大　師　名　作　坊

MASTERPIECE 91

憂容童子

大江健三郎◎著
劉慕沙◎譯

MASTERPIECE

目錄

憂容童子

如果將作者全作品納入以作者為中心的大同心圓，則本書（二〇〇二年出版）與公元兩千年發表的《換取的孩子》、二〇〇三年的《兩百年的童子》（《二百年の子供》，中央公論新社）構成的「童子三部曲」，或可視為一個小同心圓，一個緊密融合交疊的小宇宙。

——吳繼文

—Yo sé quién soy —respondió don Quijote—;

「我很清楚我是誰。」唐吉訶德答道。

（Editorial Castalia版／牛島信明譯）

序章　看啊，我要睡在塵土中

1

古義人的母親送給他兒時記憶裡聳立著白楊巨木的一塊地皮。初次提及這事，還是老人家雖已年過九十，腦筋卻依舊清楚的時期。那時候古義人已從每隔個幾年回一趟四國山坳裡的老家改成年年回去，所以記不得確實是在哪一年，不過，以季節來說，應是五月中旬。

母親嫌屋子裡漾著老人的氣味，特地把門窗打開，從敞開的空間望向山谷對岸，雖是看慣了的林木，卻已在他離鄉背井的這段歲月裡長大長高，儼然形成覆滿翠綠嫩葉的樹牆。它將上方切割出一片沒有濃淡亦無陰翳的藍天。下方則依然籠罩在黎明的薄暗裡，唯獨此岸與電線杆齊高的地方，承受著來自河上游的陽光。用粗鐵線固定在混凝土柱子上的變壓器，和彎曲的線圈上成排的電瓷，反映著朝陽。一旁停佇著兩隻喙足俱黃的鳥兒。

「那種鳥是不會傳承文化的。」母親說：「有一對白頭翁夫婦老是把電杆頂上的變壓器啄得叮噹響。你得獎的時候，城裡特地來人看能爲咱們做點什麼，我就對他說了：『那根電杆頂端的金屬玩意兒不是沒啥用場麼？每天一大早就被鳥兒敲啄聲吵醒，我希望你們能把它拆走。』

「結果他們面有難色，說是管轄權在電力公司。……不過，從第二天早上起，大概持續了一個月吧，天天總有個小夥子拿了根細竹條坐在那根電杆底下。

「想不到那對白頭翁算下來第三代還是第四代的現在這對鳥兒，居然忘掉用嘴敲啄金屬玩意兒的本事啦。」

而這只是開場白，母親接下去說，山谷四周的那些山林，一旦開墾成爲果園菜地或建造房屋以後，如若棄置不管，很快就會變回原來那種蔓草叢生的荒地。聽說蓋在天坑橘子園的那幢房子，住在那兒的總領事過世以後，如今從池邊到房宅的通道都崩塌了，連大門都沒法好好兒開關。要是把那幢房子遷移到十蓆地大小的岩角那兒，不就可以變成你讀書寫作的地方麼？那兒雖然出租給人養過豬，可居民運動將那家養豬業者趕跑以後也有很長一段時日了，應該不會有什麼臭味了罷。水電都還是現成的。

古義人曾經應邀造訪過幾次天坑斜坡上的那幢房子，記得當時對那位前外交官堂哥的品味頗有好感。

母親倒也沒有促他馬上回答，只說如果作好決定，就通知住在當地的妹妹阿朝一聲，便可以讓她著手進行遷移工程之外的種種雜事……。

「媽一直在考慮我回到山坳裡來定居的事？」

「也不是一直……只是有時會這麼想。」

「我說過要回來定居的話麼？」

「你自己既然不記得，想必說這話時並沒當眞罷。……你講過你對『童子』的事很感興趣，哪怕到東京讀大學，有朝一日也要回來作這方面的研究。」

母親低著頭，以口腔深處的肌肉作著循環運動。古義人想起了從前母親單憑這樣的沉默以對，便效果十足的懲罰了孩童時候的他。母親縮著肩膀窩在被爐那一頭的身子，油膩而泛黑，很像他在中國的新疆維吾爾自治區看過的木乃伊。由於清早剛起床，老人家尚未裹上用來遮掩耳朵的纏布。她的頭小小的，滿頭銀髮的外緣泛著淡淡的光，頭髮底下是垂及下顎的大耳朵。

「我的確一再向媽提及我心目中的『童子』……」

「阿朝告訴我，你在一部長篇小說裡寫到『童子』，我特地拿來看。我覺得小時候的你比較認眞的去想『童子』的事……也想過不定哪天你會回到這塊土地上來，開始從事有關『童子』的工作，而不是以這種方式返鄉……不過，這或許只是我一廂情願的認定。」

母親直視過來的眼神，眼瞳一片陰暗，卻又像是就要燃燒起來。

母親顯露出幾近憤怒的失望。古義人臉紅了，只得像學生時代返鄉時候那樣，任由母親觀察他。不一會兒，母親改變心情，流露出憤怒之外牽動她心胸的另一種情緒。

「吾良自殺了。沒有人告訴我這事，所以我始終不知道，我還是健檢時，在紅十字會醫院候診室看到重炒一年前冷飯的週刊雜誌才曉得的；我本來可以在一無所知的情況下走掉的，如今既已知曉，也只有抱憾到九泉底下去啦。

「……吾良既然歸了天，往後你又有什麼孩子氣的念頭時，恐怕再也不會有勸你別那麼濫情的朋友了罷。這下子千樫可有的操煩啦。」

母親重新閉上嘴巴，那張變成拳頭大小的臉龐不再脹紅，灰黑色的眼睛裡卻流下了淚水。

記得是三十多年前的事了，當時未婚，一到冬季就要穿上和服罩褂、喉頭纏裹紗布的妹妹阿朝，有天用她慣有的衝撞口氣，質問返鄉的古義人一則有關他最新長篇小說《橄欖球大賽一八六〇》的專訪報導。

古義人在專訪裡表示，百年之前發生在四國伊予地方的農民起義，和他自己置身其中的美日安保條約反對運動，是構成這部長篇小說的兩個主題，那陣子他天天都在思考要如何將這兩個主題連結；那就像是拿不定主意該伸手去推相鄰的兩扇門當中的哪一扇，使得他幾乎要懷疑此刻正在談話的自己，事實上並不存在。在持續了很長一段時間的鬱結後，有天午後古義人前往江島。他獨坐距離旺季尚早而一片空曠的沙灘上，喝著小瓶威士忌。不久，以自由式接連游個兩三小時也沒問題的古義人，突然想到只需一腳踩進水裡，就此游向外海，盤據他心中的所有麻煩事便能夠歸零。他帶來了泳衣和泳鏡。古義人當場更衣，筆直走向大海，踩進水裡。在膝蓋和大腿泡入冰涼海水的時候，只覺腦後有個聲音對他私語道：「快別這麼濫情好不好！」

他掉頭走回沙灘，慶幸還沒有弄濕泳衣，於是換上襯衫長褲，在回程江島電車站前買了條小小的活章魚。店家替他把章魚連同海水一起裝進塑膠袋裡，古義人將袋子擱置膝頭坐在電車上，不料，剛剛換乘小田急，章魚看似燒焦了的鐵絲一般的腳爪，便從袋子的結扣那兒伸了出來。古義人用指甲掐了掐，那腳爪卻毫不氣餒的樣子。末了，索性溜出全身，先在古義人膝上定了定位置，然後跳落電車地板上，一路爬行過去。在眾目睽睽之中，古義人見怪不怪地慢慢起身，用塑膠袋一把罩上，那條章魚遂又安頓到剩下的水中。

「好熟練的手法。」車掌稱讚他。

也有女乘客問他：「您是要帶牠去散步麼？」

古義人答道：「一到海邊牠好像就比較舒服，所以只要有時間，我就帶牠出來動一動。」

回到家，給迪士尼圖樣的塑膠水池放上水將章魚丟進去，只見游來游去的章魚呈現出瞬息萬變的色澤變化。當時，吾良剛巧在附近的攝影棚試完裝繞道家裡來，古義人告以章魚膚色的千變萬化，接著也跟他談到在江島海邊想游向外海的那回事，而原本笑呵呵坦率得幾近天眞的吾良，忽然變得冷漠而頂眞……

古義人向阿朝解釋說總之就是這麼回事，在聽得見裡間兄妹對話的廚房裡張羅晚餐的母親，用與她頭上的纏布同樣不合乎山坳風俗的西式圍兜，擦著雙手進來了。母親站著就開始教訓起古義人來。

「如果是不編造就難以出口的話題，最好打一開始就不要講！你就是曾經想過要投海，可恐怕連你自己都搞不清楚是不是當眞要那麼做罷？什麼腦後有人在呼喚你，事實上，那句話是當時不再作聲的吾良，臨走透過千樫提醒你的……

「千樫當初電話裡答應嫁給你的時候，我本來擔心你這人連想不想好好活下去都成問題，還談什麼結婚，可到底還是沒有把這顧忌說出口。……如今結了婚，也有了小明，居然還這麼半吊子，我覺得眞對不起人家！」

2

和古義人說過這番話之後不多久，母親接受了一名準備在松山大學校刊上撰文的女性研究人員的長時間專訪。之前，老人家只在古義人得獎時上過一次電視，回答中表示兒子八成不會再返鄉定居，播報員說：「這對老太太您未免太遺憾了。」母親回以「遺憾的該是他那個人罷」然後閉了嘴不再說話。至於和那名研究人員的對話，倒是留下一捲錄音帶，那是訪談中到家裡來的阿朝錄下的。校刊上的這篇訪談給廣爲引用到各種場合，古義人和母親卻始終沒有收到這份刊物。

而阿朝所以會想到要錄音，是由於接到報告說，那名研究人員特地走訪街上幾家與母親素無來往，甚至可以說是與他們長江家對立多年的人家，查證古義人門第戶籍上的疑點。

事實上，訪談的前半段集中在有關古義人祖母種種蜚長流短的追根究柢上；諸如祖母這個家中唯一的繼承人出錢蓋戲棚子，甚至和巡迴到此地演出的戲子攜手私奔到山頭另一邊成家過日子。經阿朝提出異議後，遂變成查證古義人根據此地的地形、歷史和傳說寫成的小說是否忠於事實。古義人聽過訪談錄音後，倒是對識破對方意圖的母親所作的回答，覺得很有意思，儘管這使得他不得不面對母親思考了很久的對他的批判……

訪談中，母親說——

「……我雖然讀得不多，可古義人寫的是小說。小說不就是編假話，不就是在描繪心目中的虛構世界麼？我認爲記錄眞實的事情，應該是小說以外的東西……

「……妳說既然是根據這個地方的歷史和傳說所寫的，就應該……可是你想想，你寫的東西怎麼可能跟存在於這個世界的東西、發生過的事、和應該有的什麼毫無關係？你也讀過《愛麗絲夢遊仙境》和《小王子》罷？這些書刻意寫成虛幻的故事是不是？可它們是完全沒有根據世上現有的東西寫成的麼？要是沒有那道又暗又長的直坑，故事就開不了頭不是？接下去如果少了大蟒蛇、大象啦、帽子啦什麼的，妳說還能逗引孩子們的興趣麼？

「就拿妳調查過的有關我們這個家族的來歷記載來說罷，跟事實也有出入不是麼？

「那是當然，因爲古義人寫的是小說，是在編假話。那末，妳大概會奇怪他爲什麼又要把一些眞假難分的事物摻進小說裡去。我認爲是爲了要加強謊言的可信度！

「有人提到倫理問題，那才是我這種年紀的人日日夜夜都在思考的東西！到了隨時走掉也不算奇怪的這把年紀，想的倒是我可以這樣說走就走麼？……在這種年紀之前，一個寫小說的人哪顧得了倫理或者合理性什麼。等到有一天忽然發現快被自己一路編造過來的如山的謊言淹沒了，小說家到時或許就會思考一下能不能就這樣走向黃泉罷。

「難不成到了那個時候，再從一大堆謊言的白蟻塚裡遞出一張紙條，告訴人家『這是眞的』？一個面臨死亡年歲的小說家，也眞不好過呀！

「像妳這種研究故事的專家，該知道很多實例罷？約莫百把年前的俄國，不也有個到了這種年紀，離家出走，死在火車站的人嗎？」

3

儘管母親送給了古義人十蓆大的一塊地，在他來說，並沒有將天坑的房子遷移到那兒去的具體計劃。不料，種種因素加在一起，這樁計劃居然快速進行。

首先是發現母親罹癌。那還是夏初，妹妹阿朝跑來說，母親估計自己過不了這年冬天，希望在那以前能夠將利用那塊十蓆大土地的計畫具體化。古義人一答應，基礎工事立刻展開。爲了籌措經費，古義人不得不多答應幾場演講。而到了遷建的階段，東京那邊又出現了新的狀況。一件是吾良的年輕女友在柏林產子，決定單身撫育嬰兒，千樫遂預備前往德國照料那女子。

另一件是研究古義人小說十幾年的一名美國女士捎來信息說，她獲得古根漢獎助金，準備到日本進一步鑽研古義人小說裡的特定主題。這位羅絲小姐，打算住進四國的山坳裡，並以古義人的小說背景寫篇博士論文。準備遷建到十蓆地的那幢房子既然是按照前外交官意願而設計，西式設備一應俱全，羅絲小姐大可同著古義人、小明父子一起住到那兒去。

而在古義人尚未將這事當作具體計劃，只是隨便想一想的階段，阿朝又提出了同樣難以婉拒的建議，希望把小明送回山坳老家臥病的奶奶身邊直到秋末，其間阿朝她可以照顧小明。事情既然底定，千樫出發前往柏林的日期也已迫近，有必要回老家致意一番，順便探望一下母親的病況。於是千樫帶著小明先飛回四國，一個禮拜之後古義人再去接她回東京的計劃，遂付諸實行。

如此這般，古義人算是在母親的生涯臨了之際，於她身旁陪伴了三天。根據本家姪兒夫婦的說法，開年以來老人家的情況從不曾像現在這麼好過，但母親雖然對古義人很是和藹，卻已不再有氣力像接受研究人員錄音訪談時那般，把話說得條理分明。

準備午後飛返東京的那天上午，古義人坐守在屋裡母親的病榻旁，老人家無論於「量」於「動靜」上，都如此小巧靜好的躺在榻榻米上所鋪的被褥上。阿朝開著四輪傳動吉普車，帶小明到古義人終究沒能抽空看看的十蓆地現場去了，裡間就只有古義人和母親兩人。看似迷迷糊糊打著盹兒的母親，看到收拾東西準備回東京的古義人，手提旅行包裡有一張小明的ＣＤ，便開口：「這音樂好神奇，我覺得很像西洋的聖歌，雖然這麼說，阿朝會笑我。」

古義人重新打量著手中的ＣＤ封套，上面的圖樣是一尊蒙有蜘蛛網的年輕人銅像和林木遠景。

「是一位很了解小明音樂的編輯送的。」古義人說。

「小明告訴我，配合合唱演奏的是Tenor saxophone（次中音薩克斯風），我本來以爲這種樂器屬於爵士樂……就是你學生時代聽的那種……」

「這是挪威出身的演奏家，跟演唱古老聖樂的團體一起作的即興演奏。不過，他演奏的曲子本身和爵士是兩回事。不過說聖歌嘛，聽起來倒眞有點那個味道……」

「你再放一遍小明也很喜歡的第一樂章可好？」母親說。

古義人一面傾聽穿梭在四部合唱之間壯麗無比的次中音薩克斯風，邊看著小冊子。這是選自十六世紀作曲家克里斯特巴爾・德・毛拉列斯[1]《死者的聖工日課》當中的一首〈主啊，求汝赦免我〉。」

「阿朝本來想唸小册子上的解說給小明聽，可她只認得ecce這個單字，小明就說沒關係，他聽得懂音樂；他完全不在意。那是很古老的語言麼？」母親問道。

「那是在教會的儀式裡演奏的曲子，用的是拉丁文，想必是根據新約聖經裡的〈約伯記〉寫成的罷，因爲歌詞裡有「看啊，我要睡在塵土中」。吃盡苦頭的約伯，要上帝不要再管他……該說是祈求或是帶幾分謙卑的抱怨罷，他對上帝說：『求汝放過我，赦免我的過犯罷，我現今要躺臥在塵土中，到了早上，汝即使想尋找我，我已不在……』」

猶如古義人兒時聒噪個不停時一樣，母親沒有回應。古義人以爲老人家又打盹了，一看之下，只見她隔著纏布按住比較大的那隻耳朵在沉思。古義人對母親的這種姿態，不，毋寧說姿勢本身，彷彿有一種似曾相識的感覺。不一會兒，母親以自言自語的口吻再度開口。

「我問小明音樂方面的事情，他總是很樂意回答，可你要多問幾句想吃什麼呀，想做什麼呀，他有時就會歪歪腦袋，做出拒人於千里之外的表情。（對啦，正是小明這種姿態，古義人覺察到這一點；那也是與這孩子有著血緣關係的吾良的姿態！）

「我猜那大概就是『我要睡在塵土中，到了早上，汝即使想尋找我，我已不在』這種態度罷？小明是沒辦法詳細的說出口，無論是衝著家人，還是上帝……」

守著再度陷入沉默的母親，古義人將那枚CD裝進封套，在他連同其他東西一起收入手提旅行包之際，聽見外邊馬路上傳來阿朝喧鬧的笑聲，接著是與小明一塊兒穿過廊道走進來的動靜。

「我們在十蓆地上邊的高處停車看腳底下山谷時候，」阿朝等著小明肯定的點點頭以後繼續說道：「鎮上的消防車從河下游一路鳴著警笛開上來了。」

「也不曉得哪兒發生了火警……」

「今天是跟消防有關的紀念日。」阿朝不管母親的嘟囔，繼續說下去：「那條路不是彎來彎去麼？使得警笛聲聽起來一會兒遲緩，一會兒又衝勁十足的，一路變化個不停，小明覺得好笑極了。喏，小明，多普勒效應[2]是不是？」

「它的變化在短二度之間！」小明插進嘴來。

「小明不管對什麼事情，都比大哥要來得精確。」

「一點不錯！」母親用力的表示同意。

回到東京以後，古義人向千樫報告說，看這樣子，老人家應該可以撐過這個冬天，而且想必阿朝自己也已上了年紀，不免變得有些軟弱。

千樫這才透露送小明到四國老家，回來東京當時沒有說出的一些事情。每週到家裡來兩次的護士，向千樫表明自己是吾良的影迷之後，從套頭毛衣底下露出兩條白胖的臂膀，讓千樫看手臂上的新舊傷痕，說是被老奶奶抓傷的……。千樫又說，母子倆於深夜抵達老家，沒能見到母親，第二天一大早，卻聽見老人家用幾近粗暴的口氣對著祖先祈禱的聲音……

「不過，等我們請過安以後，媽又恢復原先的婆婆模樣，和小明一起聽完音樂，還講了些關於你的話呢……話題好像是那次錄音訪問的延續，我想是預先準備好了的，總之是很是婆婆的那種講話方式……我怕從我嘴裡說出來會傷害到你，也就沒有告訴你。」

而千樫沒敢說出口的母親那番話是：「古義人寫了一輩子的謊言小說，多到堆積如山，到了這把年紀，哪怕只有一張紙條那麼點，只要有意寫個眞事的話，我希望妳能相信他那是眞的，無論是妳爲了吾良在柏林幫人家忙期間，或者往後的日子裡……」

4

二月中旬，每回看到氣象報告都要擔心四國老家將連日嚴寒之時，母親去世了。千樫已經飛往柏林，古義人只好將小明託付給小明的妹妹，隻身返鄉奔喪。

和阿朝談話間，她認爲母親心目中古義人將寫的眞事，應該是有關「童子」的種種。

阿朝說：「奶奶講的，當時機來到的時候，古義人肯定會寫有關『童子』的事情，也說，有關『童子』的傳說，大半的本地人都不會當眞，所以到頭來，包括找上門來的那位女性研究者在內，應該沒有誰會相信才對……

「不過，既然是古義人打算寫的最後一部作品，阿朝和千樫就相信他吧——奶奶是這麼說的。」

「爲什麼非得把『童子』的故事寫在身陷謊言蟻塚裡的紙條上不可？」古義人帶著一種出乎意料的感覺說：「奶奶的腦筋畢竟有點糊塗了？」

這座規模小而被闊葉林環繞的火葬場，就像是由鋪展在四周的大片森林延伸出來的人工島，古義人和一身喪服的妹妹站在火葬場前窄小的草地上，剛講完這句話，立時感覺到數目多如樹葉的大批耳朵正在凝神諦聽，唯恐漏掉出自他古義人口中的片言隻語，這使他心頭一驚。

---

1 克里斯特巴爾・德・毛拉列斯（Cristóbal de Morales，一五〇〇—一五五三），西班牙作曲家。

2 多普勒效應（Doppler effect），聲波或光波的源頭乃至觀察者移動之際，波動的振幅會有所變化。名詞源自一八四二年發現此一現象的澳洲物理學家J・C・多普勒。

第一章　與《唐吉訶德》同歸森林

1

登上飛往四國的噴射客機之前，古義人便已注意到身穿藏青色雙排釦西裝的那幾個男人。他們肩挨肩緊靠在一起，煞有其事的商量著什麼，不時扭過粗壯的頸子來看古義人和小明。由於顧慮到小明雙腳行動不方便，航空公司安排給父子倆最前排的座位，一抵達松山，兩個人便率先走進大廳，卻在領取行李處三兩下就被那幾個人趕上。

攔在古義人前面的一個，以從容不迫的聲音過來搭訕：「長江先生，辛苦啦。同一個方向嘛，讓我送您一程，路上也好聽聽您的高見。」

「路途遠，對我兒子來說，坐火車要比坐小轎車好。」

「那末，我送二位到火車站去。」

「那可不是你們要去的方向罷？」

古義人取過輸送到眼前來的兩只大皮箱，擱到地板上。三個男人當中看起來最強壯的一個，好像在仔細考量著古義人蹣跚不穩的程度。其他兩個重新交頭接耳協商的時候，這傢伙一直堵住推著行李準備移動的父子倆去路。而第一個來搭訕，別了枚銀底茄紫色徽章的傢伙，則盡可能用平靜的口氣說：「我們要到東京出差以前，從此地的報紙上得知先生要搬到縣裡來定居……報紙上報導得很詳細，說老奶奶過世後，您繼承了房子帶土地，打算跟可憐的兒子一起住。這一點我們當然也不好說什麼，可您好像準備從這兒向媒體發佈消息，還想找地方上的居民，尤其是孩子們談話，那可就值得商榷囉。

「您不妨問一問從警界退休的令弟，有些年輕小夥子是我們也控制不了的。」

看到古義人異乎尋常的洶洶氣勢，小明緊緊偎向父親，就在同時，那幾個人以一副「眞拿他沒辦法！」的模樣走開了。

接著，偕同夥伴望著這邊的一個五十上下的婦女，伸出那張彷彿乾魷魚上佈滿紅色斑點的面孔道：「我們很歡迎先生回到縣裡來，雖然報紙上接二連三出現對您有所不敬的投書。」

古義人躲開轉眼之間圍攏過來的這夥人，來到計程車招呼站。剛才那三人組站在停車道旁一部大轎車前面望著這邊。古義人將皮箱靠到通道一角，讓小明站到行李旁邊，然後折回機場去打公用電話。

古義人撥了電話，對立刻接聽的人說：「我剛剛出機場。有了點麻煩，妳現在在哪兒？」

即將與古義人父子同住的美國女士用手機回應著，也沒有要古義人說明發生了什麼樣的麻煩。

「既然這樣，我一個人到眞木鎮去好了。汽車導航系統很完善，所以妳放心。我在那邊的火車站等妳。」

古義人接著打了電話給阿朝，要她在同一個地點會合，末了，回到安安穩穩等候在那裡的小明身邊。那幾個男人始終監視著這邊，直到父子倆搭上開往市區的直達車。

2

古義人充分領略著絲毫不接受臂膀肌肉緩衝效應的皮箱那份沉重，走下了月台，然後重回車上，扶著小明步下踏板的時候，看到了前來迎接的阿朝和一個骨骼健壯的年輕人。儘管古義人並不以為認識他，少年帶幾分憂愁和陰暗的面容，以及一本正經的歡迎表情，都讓古義人感到親切。從高高的月台望過去，遠山一片暮色。古義人就那麼樣的緩緩轉身，環顧著嫩綠葉層上纏繞了金色泡沫似的盆地邊緣。有些晚開的櫻花還在綻放。

阿朝向小明悄聲說著歡迎的話，似乎全不在意兄長每次返鄉都要有的那種帶點儀式意味的動作。這時候，前來迎接的少年，彎起兩條胳臂，輕鬆拎起皮箱，走下長長的階梯。古義人感到右肩開始作痛。起因固然皮箱的重量，但其中隱含著他所熟悉的一種更為深沉的疼痛。尤其是今天，那份疼痛格外劇烈，幾令他失去身體的平衡。

「腰腿不行啦？」阿朝說：「哥哥那位朋友倒是活蹦亂跳的！」

從月台遠遠望下去，以山桃花作行道樹的站前廣場上聚集著一群人。只見鋪著瓷磚的步道一端，一名快四十歲的白人女性，正以頭頂著疊好的睡袋倒立。人群隔了段距離圍繞著觀看。

「那就是羅絲小姐罷？剛才還躺在那兒，像遮太陽一樣高舉著一本書在讀。我想是英文的，不過，封面是《唐吉訶德》。」阿朝說。

「她現在做的據說是從西藏學來的瑜伽……居然用這麼誇張的方式向眞木鎭居民介紹自己。」

古義人說著，與阿朝分別從兩旁扶著小明走下階梯。

羅絲小姐倒立的視野裡出現來到站前廣場的古義人一夥，於是蜷起身子滾身站起，高高興興過來招呼。

「羅絲小姐，這是我妹妹阿朝。」古義人向已然在相互微笑的那兩個人引介著。

「How do you do?」講完這句，羅絲小姐改用流利的日語寒暄，這讓阿朝有一種獲得解放的感覺，於是輕鬆地爲一起前來迎接的那名青年作介紹，而她這番介紹似也具有提醒古義人的意圖。

「本地姓長江的有兩家。跟我和古義人哥哥有關連的是『棧房』的長江，不過，那幢建築物本身就快消失了……另一家是『山中寺院』的長江，他們一直負責管理以長江爲名的那座小寺院。

「這位青年就是山中寺院長江家的繼承人。一度進入京都的大學就讀，後來又覺得應該多想想再決定前程，就回到山坳來自己做計劃自己讀書。他叫做動，是採用『動』這個動詞的語幹寫法，按照日本固有的語音讀漢字的方式念作『阿由』(Ayo)。是個很奇特的念法。聽說他還爲這事跟古義人哥哥通過信呢。」

「這個我記得。改天你再來談吧。看來這回逗留期間少不了要麻煩這位小老弟呢。」

年輕人依舊一副黯淡的愁容，卻也針對古義人這句話作了個明確的回應：「我也打算先和古義伯談過之後，再來想一想往後該怎麼照料他老人家。今天就先讓我把行李搬回去吧。」

3

羅絲小姐所開的深藍色車子是美國製的。不管是從名副其實的箱型的車體，或從車身上罩了個黑頭巾似的車頂和木質車門看來，在在都叫人感到有點年代了。據說是十五年前羅絲小姐和她那位英國文學副教授丈夫剛抵達橫濱時共用的車子。做丈夫的對《羅麗泰》小說中文學性或是語言遊戲性的企圖很感興趣，除了市面上已經出版的《注釋版羅麗泰》（*The Annotated Lolita*）之外，他又向大學出版社預約了一本「爲品味良好的知識分子」特別注解的另一種版本。總之，做丈夫的是個瘋狂的羅麗泰迷，居然找到了重拍的羅麗泰電影男主角杭伯特載著少女跑遍全美國的那部同款式的轎車。不過，雖然他將那部愛車運來了日本，卻因當時已患有重度酗酒症而無法開車兜風。夫妻倆離婚各自返回美國之際，那位把小田急沿線上的農家附屬小屋租給羅絲小姐的房東同情她，認爲與其將這部深藍色中古車削價賣給舊車商，倒不如放在家裡的倉庫裡幫她保管。這次羅絲小姐再度來到日本，又去把這部轎車給開回來。

古義人很早以前就看過《羅麗泰》，將近結尾，成了殺人兇手的杭伯特站在斜坡上的崖頂，腳底下街頭傳來孩童們的嬉笑，他把自己那種「絕望的痛楚」（the hopelessly poignant thing）解釋作並非因爲那少女不在他身邊，而是由於她的聲音並沒有混在孩子們的笑鬧聲中——古義人喜歡這個部分。爲此，他還特地跑進電影院去看看重拍的電影裡如何處理史丹利・庫伯利克於初拍時沒有採用的那個部分。小說裡用的是倒叙手法，電影中卻是現在式，古義人對那段話由男主角獨白的處理方式感到滿意。他就是從那個畫面上看到那部車子的。

古義人與羅絲小姐的私人來往已逾五年，但有關她放棄到大學研究所進修，開始了婚姻生活的訊息，也僅止於她那位尚未取得終身職的副教授丈夫，是個研究《羅麗泰》作者納布可夫的書迷而已。

目前的羅絲小姐，與初版電影裡飾演羅麗泰母親的女星秀蘭溫得絲有幾分神似。這與包括重拍版在內，羅麗泰逃離繼父杭伯特失去踪影好一陣子之後又被找到，向他訴說貧困婚姻生活的窘境時，戴著粉紅框眼鏡、頭髮高高盤起的那副模樣，有著相通的地方。羅絲小姐出身孤兒院，曾被富裕家庭收養，讀大學時候，或許還留存著近乎小妖精那種稚嫩容貌罷。酗酒成性的丈夫，既然具有杭伯特的戀童傾向，會受不了昔日的小妖精長大成人是可以想像的，而杭伯特心懷唯恐傷害少女命運的道德顧忌，可以想見賃居小田急沿線農家小屋的兩年期間，做丈夫的讓妻子備嚐連房東都看不過去的痛苦折磨之後，將她拋棄，他內心想必也存有"the hopelessly poignant thing"，亦即絕望的痛楚罷——古義人這樣想像著。

那位沉默寡言的年輕人將較大的皮箱塞進藍色轎車後座，綁好，啓動以後，一行人再坐上阿朝駕駛的車子，駕座旁是羅絲小姐，古義人父子分佔後座，開始沿河上溯，於國道上奔馳了起來。羅絲小姐似也覺察到古義人的身體狀況有點異乎尋常。阿朝解釋說，這不僅因爲提了沉重的皮箱之故，每回下火車一站上眞木鎭車站月台，大多會出現這種情形。羅絲小姐於是從那只大手提包裡掏出一本記事簿記了上去。

「關於您的研究論文，我打算從您返鄉這天寫起。和古義人一起……當然加上小明，三個人一起奔向森林的計劃是正確的！」

「每次哥哥回老家我來接他時候，總不免想起半個世紀前我們家發生過的事情……我是從母親口裡聽說的。今天尤其如此。哥啊，你可曾把自己小時候那些奇奇怪怪的行徑告訴羅絲小姐？」

「不，沒有。」

「那就講給她聽呢？我覺得現在講挺合適的。」

幾經推敲，古義人終於把年歲鎖定在五歲那年，當時他始終認爲他和另一個自己生活在一起。他按照家人稱呼他的方式，把另一個自己也叫做古義。

不料，約莫過了一年，那個古義逕自從山谷裡的家走上森林裡去了。他告訴母親這事，母親不予理會，遂又更詳細的訴說古義是怎麼離去的。他說，站在後廳走廊上眺望森林的古義，忽然踩住格窗爬上欄杆，先是併齊雙腿文風不動待在那兒，接著若無其事的邁開腳步淩空走了起來。到了河上，他展開和服外褂的雙臂，像隻大鳥，乘風飄向古義人被屋簷遮擋看不見的上方去了……

從此，古義人失去了玩伴，只得終日窩在後廳看繪本童話書，母親有意叫他活動活動筋骨，邀他到鄰鎮逛書店，他就謝絕道：「要是古義回來找我時候我不在，那還得了！」

起初，家人都覺得好玩。

「要說古義跑森林裡去了，那末，眼前這個古義又是誰呀？」

「我想是夢中人罷。」古義人這個回答有時會招來更多的笑聲。

秋日祭典的時候，家裡午前就來了一批客人，古義人給叫到宴席上，奉父親之命與兄長們作一番對答。

「我說古義，說眞的，你現在在哪兒？」

如此發問的常是親戚當中的某一個，而催促他回答的總是他那位處事圓滑的長兄。古義人抬起右手指向河對岸的森林高處，二哥就忍不住反駁。他是個具有獨立自主性格的少年，與其說看不慣弟弟被人當笑柄，倒不如說無法忍受陪一群醉鬼耍猴戲。他用兩手抓住古義人的手腕想拉他坐下。偏偏做弟弟的認爲正確指出古義所在之處是天大的要事，不肯屈從，一陣推擠之下雙雙倒下，造成古義人的右肩脫臼。

二哥怕父親生氣，慌忙而逃，因劇痛蒼白著一張臉的古義人，爬起來之後，仍用左手撐住使不上力的右手，指向森林高處……

「那個時候的疼痛又出現了，右肩現在還是會痛罷？」聽完那番話，羅絲小姐說。

「我也這樣認爲。雖說提重物是導火線，可絕對不只如此……因爲每次回到山坳來，大多會發生這種情況……」阿朝說。

「不過，通常是休息一個晚上就沒事啦。」這是古義人說的。

「眞就是這種程度的疼痛麼？」

「……」

羅絲小姐又問道：「無論如何，在古義人小說裡，回到森林來的人都要迎向死亡，古義人會不會也是準備回到山坳來面對死亡的？」

「這個嘛，我可就拿不準囉……哥哥不定藉著陪小明在這裡住上一陣聊盡他對母親的心意之後，又會回到東京去罷？那時候嫂嫂該已從柏林回來，一家人重又恢復往常的生活……」

小明的手掌小心翼翼搭到被那兩個女士對話摒除在外的古義人右肩上。羅絲小姐立即留意到這個。她對談話之間不曾顧慮到小明——而不是古義人——這一點感到羞愧，並且以整個肢體表現出這份羞愧，明顯到足以傳達給正在開車的阿朝。

想必也由於長途旅行的疲倦，羅絲小姐後來很少說話，但每當國道旁出現一座小小的村落，圍繞神社或寺院的森林不用說，就連住家庭院中比較明顯的樹木，她也拿來問古義人。而這些樹木，古義人大多是連它們的日本名字都說不淸楚。凡事講究效率的阿朝，終於煩躁打斷羅絲小姐的話頭。

「外子是退休的中學校長，他有一本關於眞木鎭植被的報告書，內容非常詳細，我們可以實地一一對照著認一認。樹木目前剛剛發芽，哥哥怕也認不清楚。」

「那時戰爭剛剛結束……我指的是太平洋戰爭，對我這個越戰期間才出生的人來說，該是古早以前的事情……聽說您輟學，每天窩在森林裡，是不是？還帶著植物圖鑑，去認樹木的名字和特性是罷？」

「也不過十歲大的孩子自己獨特的學習方式嘛。我也從哥哥那兒學到很多帶有賈波尼卡這個（拉丁文「日本」——*japonica*）學名的各種樹的種種……」

「例如？」

「好比杉樹叫克利卜特梅利亞・賈波尼卡、茶花叫做卡美利亞・賈波尼卡、棠棣是凱利亞・賈波尼卡……。」

「阿朝姐，妳自己不就是植樹專家麼？」

「我只對特殊的例子有興趣……那時候哥哥在這方面也還沒有累積分類性的知識。」

「對。我就像母親常說的半吊子……既沒有正正經經做過什麼學問，也沒有受過任何職業訓練，居然還能活到這把年紀沒餓死呢。」

已然習慣於古義人這種自我嘲弄的羅絲小姐也不理他，自管繼續說下去。

「《唐吉訶德》這本書裡幾乎沒有出現什麼樹名，就是有，也只是櫟樹和軟木櫟樹而已。櫟樹即常綠橡樹，軟木櫟樹也就是西班牙栓皮櫟。柳樹和山毛櫸也出現過那麼一點點，至於印象裡的榆樹，還是用來串烤全小牛的。

「塞萬提斯本身可曾明確分辨出櫟樹和軟木櫟樹？他且歸咎於他虛構的伊斯蘭文原著的作者，說：『總而言之，關於櫟樹的種類，錫德・哈邁德（Cid Mahamet Benengeli）欠缺他一貫的嚴謹性，並沒有清楚描寫。』

「比起這種例子，古義人肯定會寫得準確一點。」

「這一點，我想該歸功於千樫嫂嫂……」阿朝說。

「千樫去柏林的時候，我委託她做的唯一一件事是，等到可以把嬰兒帶到公園去以後，要她幫我把那些樹木素描下來，一一注上名字……我這樣做，倒不是爲了描寫柏林的風景，而是爲了閱讀有關書籍時要用……」

古義人說著，指指直逼近國道邊緣的那片庭園樹林：「那兒不是林立著好些老樹麼？老歸老，整體上卻給人矮小感覺的……喏，就是葉叢顏色斑斕不均勻的那些……那種樹叫做賈婆絲柏，所以取名賈婆，想必和矮小有關。

「我們要去十蓆地的路上就有這玩意兒，好像是我祖父從秋田弄來絲柏樹苗時候摻了進來的。他們將這些矮樹苗抽出來種到別地方，在母親留下十蓆地和周邊土地而賣掉其他地皮的時候，又把它們移植了回來；要不這麼做，只怕她老人家百年之後，不會有人想起那塊土地是她的——母親是這麼說的。

「不管怎麼說，我和小明已經回來，打算住進遷建過去的房子裡。這麼一來，母親地下有知，心情多少會舒坦一點罷。英語不是有句很好的形容詞麼？五十幾年前，從美軍機構圖書館館長送我的簡明牛津辭典裡發現的字眼，當時覺得很有意思……可現在怎麼也想不起來……」

「Flattered（取悅）。」羅絲小姐幫他點了出來。

4

從爬向林道的登山口，便開始看得見那座岩角，在旁人指示下，羅絲小姐看了不免感到畏怯，而迂迴爬上那座岩角背後，始發現實際上是由部分杉木與檜木的混生林開拓出來的一片斜坡，而天坑那幢房子就移建在斜坡的腹地上，周邊還留有充裕的空間。

「我們在東南角上加蓋了羅絲小姐的房間。」

在阿朝爲大家解說的時候，阿由逕自從林立的賈婆絲柏一旁的轎車上卸下行李，搬到突出來的門廊上。湧自河面的夕霧遮掩了山谷裡的村落，一行人立刻進入屋子，在連接餐廳的起居間安頓下來。小明跑去探索洗手間，回來以後，便以微小音量打開搬了來的祖母遺物錄音裝備，檢查一下附近調頻電台的收音情形。羅絲小姐於浴室淋浴時，阿朝取出爲大夥兒準備好的便當以後便回家去了，因她那位前中學校長丈夫跑去夜釣，沒人看家。

這天晚上，一夥人就在如山的瓦楞紙堆裡用餐，裝有書籍的這些紙箱，佔去了事先以貨運託運了來的傢什的大半。古義人接著於起居間北側，廚房裡邊的那個房間，張羅小明的臥鋪。

羅絲小姐先且回房，打點好自己的床鋪之後，穿上也是阿朝爲她準備的浴衣便裝，來找窩在西邊寢室裡的古義人說話。

和衣躺在床上的古義人，請羅絲小姐坐到成排紙箱那一頭，關閉的窗邊那張書桌前面的椅子上。

「古義人，我看你的臥床即便以一個修道士來講也嫌小了些，看樣子不大可能有你我犯罪的空間。」

「……好像是東歐民間工藝的一種型態罷，設計上具有傾斜度，可以支起上半身來寫字。訂作這東西的前外交官因爲癌症剛動過手術，打算一面調養身體，一面翻譯。我總覺得回到山坳這個老家以後，不定就會在這張床上寫我生平最後一部作品，雖不是來這兒的途中妳所講的作品分析。」

羅絲小姐聽了，反倒板起卸妝後總增添幾分柔媚的面孔，對古義人正色說：「我不認爲你開口閉口就說『最後一部小說』是件好事。我的老師在過世之前的演說集序文裡曾經寫道：『請勿將這些意見當作終極報告，我但願你們將之視作巡禮途中一場休息所作的報告……』我也希望你寫作時抱持行走途中作報告的心情，儘管感覺上已經接近巡禮的終點。」

古義人所以仍舊一身旅途上的行裝，是因爲不願意去碰還在作痛的右肩。看樣子，羅絲小姐已然打定主意該講的話就要講到底，古義人撫摸著隱隱作痛的肩膀，做好洗耳恭聽的心理準備。

「我認爲在你五歲那年回到森林裡去的那個古義是『童子』。『童子』既然能夠在時間和空間之間來去自如，那位古義之後想必經歷過很多冒險。

「而給撇下來的另一個古義，也沒有偷懶，一路勤勉用功的活了過來。儘管生長在這窮鄉僻壤，但他十歲那年戰爭一結束，就對讀外文書感到興趣。而且又在東京的大學專攻外語，實際上也到過很多國家……

「可他就是擺脫不了被那個古義拋棄的心靈創傷。你所寫的每一部小說，會不會是對森林的強烈鄉愁？而這份鄉愁的核心，又包藏著一絲對那個古義……對『童子』的妒忌？妒忌他住在森林深處，又可以在時間和空間之中來來去去？

「古義人不是寫過待在令人無限懷念的年代之島上的義大哥、你自己、和你的家人麼？那是活在有限生涯的生者寫給逝者義大哥的書信。」

「今天，來這兒的路上得知你小時候被喚作古義，我吃了一驚。古義（Kogi）的古（Ko）[1]不就是指小辭（diminutive）的『小』字麼？換句話說，就是小義對不對？這麼一來，你既是義大哥，你那獨自跑進森林裡成了『童子』的另一半，也是義大哥。你根本就是以另一個義大哥的身分在跟他們寫信呢！」

羅絲小姐似已整理好阿由搬來的她那份行李，把帶在手上的法譯本《懷念年代信札》攤開在膝上，唸起了古義人可以即時置換成自己所寫的一段原文。

時光四時循環的過去，義大哥與我重又躺在草原上，小節和妹妹在採青草，像個少女的阿由和幼小而純眞透頂，又因弱智反倒更加乖順得惹人心疼的小光，也加入採青草的圈子裡。明媚的煦陽使楊柳淡綠色的新芽燦然生輝，巨檜那份蒼綠更加深濃，對岸山櫻的串串白花不停的搖曳。威嚴老者理該重現發聲，一切一切彷若四時循環中祥和而又認眞的遊戲，而匆匆奔上大檜島的我們，就再度在這片青草地上遊玩罷……

「古義人又說，給四時循環的時光之島上你自己和義大哥寫信，將成爲你往後的工作。這應該是說，你將以停留人世，逐漸老去，然後單獨走向死亡的你自己這個身分，給原來與你是一體的『童子』寫信罷？

「懷念年代的義大哥是『童子』。而大檜島就是古義人nostalgie（鄉愁）之島。根據希臘語源，nostalgie是由回歸（nostos）和痛苦（algos）所組成。也就是說，大檜島是你痛苦回歸的印記。我相信我這篇論文要是循著這條線索探究下去，定能更明確的釐清你對『童子』的想法。」

好一會兒之前古義人便留意到換上了黃色睡衣的小明，拘謹站在帆布推門的空隙之間，那門是羅絲小姐進來之後就沒有關上。羅絲小姐說完話轉回頭去看，小明就回應著走進屋裡一步。接下來他仍自默默舉手指著窗簾那一邊的山谷方向，正如來此的途中提到幼時的古義人會做的那樣，而且他還以聽到了什麼似的意有所指的眼神看看古義人，再看看羅絲小姐。兩人遂凝神將耳朵豎向都市裡罕有的死寂一片的戶外。

古義人沒有聽出什麼，羅絲小姐神情更加嚴肅，且滿臉狐疑。古義人從傾斜的床板上支起上半身，單以左手打開玻璃窗和木板雨窗。

「我聽見我的音樂了！就是那首〈森林的不可思議〉，雖然調子不一樣。」小明說。

只聽見低音長笛般悶悶不清的微弱響聲，伴和著潮濕的風，自漆黑的山谷飄上來。

「令堂不是說過，一走進森林就會聽到這種音樂麼？」羅絲小姐說。

或許因爲寒氣的關係，羅絲小姐那張臉看起來有點蒼白，而古義人自己怕也如此。唯獨小明一人，以一副警惕又無從測度的表情，像是在享受所有的一切。

---

1 日文古與小二字同樣發“KO”音。

第二章　阿由、阿由、阿由！

1

古義人於森林中的禽鳥尚未啼叫的五點鐘之前醒來。窗簾縫隙變亮以前，他就有懷著「回到了特殊場所」這種心情醒過來的感覺。有一股濃烈的懷念之情。他深深覺得自己在這個地方扎根的時間可眞夠長的。即使長期遠離此地，也不過是「外出中」罷了……

有關場所的思維出現之前，他正在作夢。這個夢起自阿朝口裡聽來的木工一句話，參與移建工事的那名木工說：「擱在風口岩角上的房子還能住人麼？」儘管並非直接的原因，卻仍以與地形有關的危機跑進夢裡來。他夢見出現在山脊上那個傳說中的巨大**破壞者**一路奔下來，跳落山谷的刹那，高高彈跳起來，抓住白楊樹彎折了的樹梢打個轉，咚一聲落到地上，古義人連忙翻個身，總算躲開那人落地之際的撞擊。這使得他幾乎從狹窄的臥床邊摔下來。

背後的森林依然寂靜，古義人卻聽見成群山雀從山坡移向山谷的啼叫。他下床，在微暗中穿好衣服，沿著臥房旁的短廊，從玄關走出戶外。天已大亮，天空藍得幾近俗艷，朵朵積雲串成的行列，燦白亮眼。

晨光裡，覆蓋著高處的杉、檜混生林，看起來濕油油的。山毛櫸、白槲和小橡樹柔和的綠，一片輝燦。而從中凸顯出來的金黃色葉叢，則是花朵如火如荼盛開的日本板栗。我少年之時的大環境，起碼在這個季節，竟是如此華麗啊，古義人茫然想著。

過了一會兒，古義人輕輕踩著青草登上北邊的地界，這兒與昨日能見的房子東邊一樣，顯眼林立著母親所種的賈婆絲柏。他發現直到他少年時期還健在的那棵白楊樹朽掉的殘根四周，圍繞著一圈幼木。

這些幼木要長成能夠以其白色絨絮遮蓋自山谷仰望呈甕形的高空，需要多長久的歲月？……

「直到上次回來，哥哥都不曾像這樣一逕兒沉思呢……」

右後方傳來阿朝的聲音。古義人起初搞不清妹妹所在的方位。

「我覺得嫂嫂還是有她決絕的地方，居然能夠撇下很可能害上老人憂鬱症的人跑去柏林。」

古義人回頭，總算看到了阿朝，他應道：「可不是麼？」

的確，比起自己這種老里老氣的舉止，陽光下拎著水桶站在那兒的妹妹，渾身展現出來的活力，簡直耀眼。

「我家那口子昨夜釣到了一條軟絲烏賊。這年頭跟你我小時候不一樣，有了車子，海岸也打入了這一帶人們的生活圈。羅絲小姐和小明還在睡罷？讓我把這東西擱到廚房去，我有點事要跟哥哥商量。」

原來阿朝怕引擎吵醒小明他們，遂將車子停在林道的分岔口那兒，徒步過來。阿朝所謂的商量，是要古義人一起到決定拆除的棧房那兒，看一看她保管多年的義大哥那些藏書中可有舊書店感興趣的東西。

兄妹倆在嫩綠的葉子之間篩下的陽光裡走向車子那邊，阿朝告訴兄長，釣到軟絲烏賊的前中學校長半夜裡回到大橋頭，在與十蓎地隔個山谷的正南方庚申山上，看到某種奇怪的東西——至少第一個感覺是如此。

原來，在稍高的庚申山頭上，有個小光點在移動。如果是未成年的孩子躲在那兒偷抽菸，身為前中學校長就得告誡一下。他將車子開過大橋，停在庚申山登山口對面的中學校校門旁邊。他亮起夜釣用的手電筒沿著石階拾級而上，發現待在那兒的是阿由。

「他帶著我給他的便當從十蓎地回家途中，臨時決定在庚申山上邊吃邊偵察你們，結果時間拖長了。事情大概就是這樣。不過，側背包裡既然裝有看戲用的望遠鏡和一支岩笛[1]，可以說是半計劃性的。

「阿由又告訴我那口子說，他用雙筒望遠鏡看到哥哥站在起居間的大玻璃門前，一動也不動的盯著山谷。其實，那會兒已經起霧，天也黑了很久，該是什麼也看不見，可哥哥就還是儘往下看……

「接下去，窗簾拉上，光線不再外洩，過了一會兒，阿由想起一個點子，準備叫你們吃一驚。我剛才不是提到岩笛嗎？因爲常跑三島神社聽神官講述的關係，借來了一支岩笛，他就從包包取出岩笛，吹起了小明作的曲子……這麼一來，就看到哥哥房間的窗子打開了，露出三張烏黑的面孔，好像在豎耳諦聽……」

「原來是這麼回事，我正覺得這事好生奇怪，看樣子是個難纏的年輕人。」古義人說。

「人家阿由那邊怕也是因爲很可能要爲一個難纏透頂的老人跑腿做事，才讓他禁不住做出用力過猛的舉動罷。」

2

古義人許久沒來的棧房，明顯成了幢廢屋。車子停到街道上，順著漾滿了水的稻田之間狹窄的畦道走下去，只見建造在森林坡底的水道已經乾涸，大門不僅倒塌，上面堆積如山的家具和舊榻榻米還擋住了去路。兄妹倆登上西端唯一仍牢固殘存的那道石階。石板路從大門繞過主屋，在連接停車門廊的地方，掛有禁止通行的繩索。

阿朝用鑰匙打開別館大門上的便門，用前中學校長昨夜使用過的多用途手電筒，照亮空蕩蕩的空間。通往倉庫式建築的主屋過道上，盡是蟑螂屎、蜘蛛網和灰塵，那種髒法，實在不容人赤足行走。古義人只得帶幾分歉疚，穿著鞋子走向義大哥的書庫。

一進入書庫，古義人頓時積極起來，他將面向中庭的窗子撬開四分之一，盡量使外面光線射及書架。書庫裡倒是沒有原先擔心的潮氣，反而不得不留心別讓泛黑的灰塵飄揚起來。

大致上瀏覽了一遍書架之後，古義人說：「這麼看來，義大哥的藏書比我小時候想像的要少得多，其他地方還有麼？」

「全在這兒啦。我找過眞木高校負責管理圖書的老師前來看看有沒有他們用得上的書籍，他看了以後婉謝了，說是這些書太特殊，而且大半是洋文書。」

「所謂特殊，應該是精選過的意思。有關但丁的不用說，義大哥一向的原則是不可能重讀的書看完就要丟。所以單看這些，就已經相當驚人啦。」古義人說。

「既然這樣，哥哥是不是可以找您熟悉的舊書店，告訴他大致上的內容，看看能不能幫我們收走？如果有意，就用貨運送過去，運費由我們出。哥哥寄來的那些瓦楞紙箱該夠裝了罷？……在我來說，只希望保管了多年的這些書，或多或少能夠再派上用場。」

關上向著中庭的窗子之後，古義人要阿朝再將手電筒照向書架，取出希臘原著的各種日譯本當中的一冊。在車上，他翻了翻那本書，找出他所要的部分，然後起勁打開了話匣子。

「關於悲傷，西塞羅說過，那只是人類的主觀感覺（這應該是對斯多葛學派而言罷），尤其是婦女們，總愛用種種可憎的方式來表現，好比用灰刻意抹髒面孔，用指甲去抓臉……當家裡死了人，親人都在悲慟的時候，要是孩子們在開心的蹦蹦跳跳，或者大聲喧嘩，大人甚至會鞭打他們，強迫他們哭泣。而我向義大哥借來這本書讀過以後，還眞覺得從中學到了悲傷的眞諦呢。喏！這兒有我用紅鉛筆畫的線。

「說刻意用鞭子去抽打家裡死了人還蠻不在乎照樣嬉耍的孩子，強迫他哭……打的人也不知是爸爸，還是做母親的？

「還特別強調尤其是婦女們如何如何……」

阿朝默默思量著，那副模樣顯得有點特別。古義人覺得妹妹正在內心編排馬上就要向他提出什麼，他做好接招的準備。果然，阿朝開始出手。

「哥哥既然要在山坳住上一陣，我認爲好歹該向替我們守住河邊長江這個家道的姪兒夫婦盡盡禮數才好……我指的可不是物質上的回饋，跑到城市去的人，好像總以爲凡事都可以用金錢來解決，這一點請您留意。事實上，哥哥就有那麼一點，或許您自己不自覺。

「至於剛才有關西塞羅那番話，我假設哥哥談到家裡死了人也蠻不在乎的孩子時，腦子裡閃過的是姪兒家人。往後和他們打交道，無論是言詞上或者態度上，哥哥要是露出那麼點意思的話，我可是要站在他們那邊爲他們說話的。媽過世的時候，看到您在楓樹底下哭，我覺得像個小孩子好討厭。害得我們那位姪媳婦好擔心，我只好追出去，準備叫您回後廳來呢。」

那是葬禮籌備工作告一段落，親戚們於設在後廳的靈堂默然坐在一起的時候。母親的遺體單薄如熨平了般躺在薄薄的墊被上。就在這時，姪子的小女兒走向遺體，用那雙小手去轉動老人家依然裹著纏布的腦袋。儘管含蓄，屋子裡還是起了一陣拘謹的輕笑。古義人陡的起身，穿過後廳一旁的母親臥房，來到如今已被堤防的混凝土牆壁擋住，從前是母親耕種的菜地裡一棵楓樹底下流眼淚。

「只因爲那小姪兒有點粗手粗腳去觸摸老奶奶，哥哥就變臉離開，可我相信在座肯定有人心想，既然這麼孝順母親，幹嘛不接去東京奉養，以減輕爲生計繁忙的小輩負擔？」

古義人無從反駁。事實上，他自己也頗爲在意這件事，曾經假借《唐吉訶德》，帶幾分辯解意味的對羅絲小姐提過。

那是唐吉訶德對準備到海島上當總督的桑丘•潘薩殷殷叮嚀中的一段：「當你於祥和圓融的老年面臨死亡的時候，你那班曾孫們可愛溫柔的小手，將爲你闔上眼睛。」他說母親靈前小姪孫女的舉動，讓他想起了這段文章……

儘管在妹妹的數說之下，古義人有點抬不起頭來，但阿朝的個性是一旦開口，非得把該講的徹底講完才干休。

「要是哥哥眞說什麼『家裡死了人還蠻不在乎照樣蹦蹦跳跳的小孩，得用鞭子抽一抽讓她哭才行』，那我就要站到姪媳婦一邊對抗您囉。」

做妹妹的既已斬釘截鐵說得這麼明白，古義人也只好暗自嘟囔：「說來說去，有可能掛掉的下一個親人，只怕是老哥我呢。」

回到十蓆地，阿朝勁頭十足處理著軟絲烏賊，羅絲小姐也給撩起了興頭，秀出意大利風味的炸物和通心麵。大夥兒共用分量十足的早午餐之際，阿朝盛讚小明由舅舅吾良調教出來的通心麵吃法，然後邊喝咖啡，邊談起昨天深夜庚申山上發生的那件事，向羅絲小姐說明阿由這個年輕人的背景。

這一解說，竟成爲好長一段敘述。

「寫成動字，念成阿由（Ayo）的這個怪名，是同樣屬於『山中寺院』家族的兵衛伯父，從他們古老墓地裡衆多『童子』的墓碑當中挑選出來的字眼兒。根據山中寺院的傳說，他們管這位『動童子』叫做阿由，雖然不知爲什麼要這麼個叫法。他們於是拿這個問題來找哥哥商量；既然至今搞不清楚幹嘛要叫做阿由，倒不如採取大家都熟悉的念法，叫做dou或wugoku[2]是不是比較妥當——想必是戶政事務所的人這麼建議的罷。不料，古義人哥哥三兩下就找出阿由的典故，告知他們啦。」

最後古義人不得不從仍舊堆在地板上的岩波古典大系裡找出《出雲風土紀》，將有關的那一頁翻給羅絲小姐看，並加以解說。

古老傳說云，往昔，某人於此地耕守山田。一日，一獨眼厲鬼來將其啖食。斯時，此人父母藏身竹林中，竹葉索索顫動。斯時『動』字念作阿由（Ayo），故動字乃有阿由之發音。

「好玩是好玩，不過，作爲給人取名字的來源，未免太恐怖了罷。其實，只要查一查舊約聖經，我們基督徒的名字裡頭，頗有來歷的也是蠻多的……」羅絲小姐說。

「這個『動童子』的『童子』本身，就是個傳奇性的人物……不管怎樣，給取了這個名字的阿由，開始懂事以後，大概對兵衛伯父和哥哥您就沒什麼好感。總之，很複雜就是了。」

3

阿朝繼續說：「阿由高一那年，哥哥您得了獎。雖然這兩件事沒什麼直接的關連，爲了湧入眞木鎭來的觀光客，他們需要一名嚮導，阿由於是打工接下了這份差事。

「當時被問到可有適當的人選，我就向鎭公所推薦了阿由。其實，向鎭公所建議需要個嚮導的，也是我。」

原來，造訪眞木鎭的遊客總是打電話到河邊的長江家，阿朝實在不忍見姪子一家備受干擾，才作了一番實際上的處置。她製作了與古義人小說裡風土傳承和歷史有關的地圖，並大量複印。阿朝給阿由工作上的建言不是用說的。舉凡地名、大樹的位置，無論是實際存在的乃至虛構的，全都寫在地圖上。本來嘛，會跑到這種深山裡來的人——偶或也有例外——肯定是讀過古義人的小說，對其中實際背景感到興趣。古義人的每一部小說他們都知之甚詳，只要帶他們去想要去的地方就行了。

阿由照著阿朝的指示開始了嚮導的工作。有天在沿河馬路上碰見阿朝，被問到工作情況，他就說：「最叫人頭大的是有一種人，你把他帶到指定的地方，他偏又抱怨說：『不，應該不是這裡。』我覺得小說畢竟是小說，會認爲現實裡存在著跟小說場景完全吻合的這種人，不是很奇怪麼？……怎麼會這樣？」

「我也不知道。不過，要緊的是你自己千萬不要忘記你方才向我提出的問題。如果連你都認為小說裡的東西是一五一十存在現實裡，那就麻煩啦。」

羅絲小姐熱心聽著阿朝的談論，一面作筆記，但也提出了不同意見。

「古義人寫的東西，表層上確實和現實有所不同，可深層裡倒是跟本地發生過的事情結合在一起。這一次逗留期間，古義人新鎖定的焦點是有關『童子』的事不是嗎？我相信阿朝姐肯定為你準備好了能夠派上用場的資料提供者。」

「的確，我所以選擇阿由，也有一部分是為了這個理由……」阿朝說。

「古義人，你不是也在想，有朝一日你將步先行離去的那個古義後塵爬上森林，自己也要成為『童子』麼？你曾經寫過，你在楓樹上的小木屋看書時候，聽樹下的母親提到『童子』，你就堅稱自己就是『童子』，是不是這樣？」這是羅絲小姐說的。

「那個時候跟那位古義分手已經有四、五年之久，心情上對老賴在山谷裡不走的自己，總有那麼幾分自嘲的味道……」

「媽過世的時候，我看到哥哥在楓樹底下哭，也想起了那個『讀書小木屋』，我認為哥哥對媽說的，不見得只是句玩笑話。

「哥哥所謂自嘲的那句話，不就透露出沒被選作『童子』的遺憾麼？只因為沒被選作『童子』，幼小的古義人便失去了自信。可是一個人總得活下去，你就只好對別人講些真真假假的玩笑話，久而久之，就成了這一型的人——哥哥曾經這麼說過不是麼？我認為哥哥目前就還保留有這種性格。」

羅絲小姐有意改變話題，遂說很想聽聽與「童子」淵源深厚的山中寺院的種種。阿朝立刻回應她的要求。

「小時候，我們常常到山中寺院去玩。寺院裡邊，靠近山邊的地方，排列著形狀像是脫落的牙齒那樣的墓碑，我們總想從那些墓碑上認出『童子』的名字。……記得有個叫做『古童子』的是罷？哥哥還說跟自己有連帶關係呢。」

「其中只有『動童子』是新的，而且離開衆童子的墓碑，單獨座落在竹林的斜坡上。就因爲這個緣故，我才從兵衛伯父聽說『動童子』在別子銅山的爆破事件裡參過一腳。」

古義人繼續說：「我聽說過，由銘助先生投胎轉世的『童子』，在農民起義的領導人走投無路的節骨眼裡，用出奇制勝的戰術幫他打開了僵局，想必『動童子』也是立下了同樣的功勞。」

正在給筆記添補活頁的羅絲小姐問道：「所謂的轉世『童子』，應該就是指曾經領導過明治維新前第一次農民起義的銘助先生投胎轉世而來的罷？有一則軼事說，銘助先生囚死之前，前往探監的母親安慰他：『不打緊，不打緊，你即便被殺了，娘馬上再把你生出來！』銘助先生母親這句話就成了地方上的傳說，在古義人小時候病得半死的當兒，令堂也用同樣的話來激勵過你，這點我覺得非常有意思。」

「對呀，這麼看來，好像全都有關連哩。」

得力於阿朝的應和，羅絲小姐進一步問道：「妳是說由銘助先生輾轉投胎兩次的『童子』，就是剛才提到的『動童子』？」

「這個嘛，我就不敢斷言啦。銘助先生死在牢裡六、七年後，由他投胎轉世的人，協助農民起義的領導人與新政府派來的首長交戰。多年後，別子銅山住友礦業所的數百名礦工引發了暴動。這是明治年代就要結束時期的事情。

「這場暴動被善通寺那邊調來的師團鎮壓，在軍隊和礦工眼看就要開戰的當口上，站在礦工這邊，負責和縣警還有採礦課人員溝通談判的，正是『動童子』其人。本地的人都這麼傳說。事實上，礦工們好歹還具有用炸藥將住友礦業高級幹部住宅轟個粉碎的實力……」

4

於是古義人繼續談起了有關「動童子」的詳情。

其他的「童子」，有些固然墓碑猶存，但記錄下來的史料等同一片空白，相形之下，「動童子」是唯一能夠從地方報紙上找到相關報導的一個。換句話說，他是個實際存在過的人物。是最接近古義人他們存活的時代——消失到森林裡去的那個古義除外——的一位「童子」。儘管如此，鎮史上卻沒有正式記載他，那是因為他這個人有諸多可議之處。「動童子」的可議之處，在於他和一個知名的罪犯——哥德龜有關；無論是地方史出版社所出的資料集，乃至通俗的犯罪刊物，都曾提及兩者的關連。

哥德龜，也就是強盜阿龜[3]，以超快速度在黑暗森林裡飛奔移動的腳力，和陷入絕境之際、讓他千鈞一髮得以脫逃的那股子超人的彈跳輕功，再就是他所藏身的許多個山寨，類此種種，在哥德龜於廣島監獄給絞死的四十幾年之後古義人少年時代，仍以神話性的傳說流傳於山谷和附近鄉間的孩子們之間。

古義人開始寫小說以後所涉獵的資料顯示，哥德龜從少年時代便是強盜慣犯，每次被捕，他就脫逃，把這一帶地方當作活動場所。惡行之重大，甚至殺害過警察。而這麼個兇惡的慣犯哥德龜，和「動童子」之間，竟也有接觸點。哥德龜犯罪生涯後半的某一時期，「動童子」曾經積極與他交往。尤其是距離他最後一次被捕的一年半之間，「動童子」似乎經常與這個罪犯一起行動。傳言尤其強調，「動童子」曾在哥德龜於深夜森林中奔逃時幫助過他。

只要順著與眞木川沿河國道相連的平面坐標一路探索下去，可以感覺到哥德龜八成以遠離眞木鎭老村地域的另外一帶地方作爲活動據點。不過，採取的路線如果是爬上森林高處沿著山脊移動，再往下走到另一邊的山谷，則與眞木鎭之間的距離就變得出乎意外的短了。你要是用立體坐標來看這一帶地方，則這兩份地圖即成爲迥然不同的東西，正如用於陸上交通的世界地圖和航海人所用、以墨卡托（Mercator）投影製作的世界地圖是兩回事一樣。

事實上，哥德龜就蟄居在遠離老村地域的一幢單家獨院裡。當時地方報紙的社會新聞曾經報導過這個消息。那時正值日俄戰爭末期。特別是遠征旅順的松山第二十二聯隊，在乃木將軍拙劣的戰略下，造成的犧牲包括千餘名陣亡者以及三千三百個受傷人員。報紙表面上的報導重心，從松山舉行的慶祝大捷活動開始，然後是對和談條件不服者引發的暴動等等，而這些報導背後，倒是有椿聳動的要聞吸引了讀者注意，那便是有關哥德龜縱橫無羈的夜間活動。

哥德龜打從少年時代便連續盜竊，變成一名惡行重大的罪犯，一生犯下強盜案件超過千起。他經常與情婦們在一起，不如說他對她們性方面的強烈欲求構成他的犯罪動機。

古義人曾與兒時玩伴，到哥德龜以超乎常人的大跳躍聞名的「阿鶴的岩洞」去作過半日探險。那是古老的山寨遺蹟之一，哥德龜同兩名情婦潛藏在這裡，終被告密者引導的大批警察包圍。警察一靠近，覺察到危機的哥德龜，立刻與一群像是黑色猿猴的人，手牽手大嚷著飛身竄出岩洞，落在約莫六十尺外的地面逃之夭夭。

哥德龜從不再出現於他撇下的情婦面前。逃脫以後，他應是獨自——其實是與「動童子」一起——跑到更深遠的山寨藏身，把那兒當據點。

明治三十八年（公元一九〇五年）九月十日，哥德龜在爲他和情婦安排「喜事」的陷阱下遭到誘捕。由於邂逅「動童子」，應已熟諳森林峽谷的地形，習慣於深夜摸黑疾行其間的哥德龜，何以想起來走回頭路？地方上有一則關於他的傳說，那便是哥德龜被捕的前幾天，亦即從九月四日到六日之間，伊予南部受到暴風雨侵襲。狂風暴雨中，只聽有人從現今古義人家所在的十蓆地，對著森林高處發出聲聲淒切的呼喚：「阿由，阿由，阿由！」那呼喚彈回來，撞上河對岸的斜坡，激起重重迴響，讓置身回聲漩渦裡的山谷和周邊山區的居民，心緒向無底深淵沉落不知如何是好。淒切悲痛的呼喚不時死了心似的沉寂下來，隔了兩三個小時之後重又開始，就這樣重複再三，直到風狂雨驟的天明……傳言說，回頭與情婦們重拾舊生活的哥德龜，迫於金錢上的需要，重新下海幹強盜，覺察到層層包圍的警網步步逼近，以悔改之情向「動童子」發出求救的呼喊。不過，傳言也說，他這一著已不具任何意義……

原來，「動童子」新近關切的是六月裡以炸藥武裝起來的數百名礦工所發動的別子銅山暴動事件。爲了避免軍隊鎭壓可能引發的流血慘況，百名礦工代表與縣警察局面對面談判而暴動事件可望解決之際，有個少年以第一百零一個站到礦工一方，擔起了使人聯想到銘助先生的調停角色。然而，哥德龜並不在事件現場，這從當時報紙便可得到間接的佐證。因爲在這裡現身的縣警察局長，正是追蹤哥德龜多年的緝拿者。哥德龜若藏身於礦工當中，焉能逃過縣警察局長的眼睛？

5

「我要問的是關於我們這位阿由的事情。我不明白爲什麼『動童子』和哥德龜的關係，單單憑著那麼點交情，就給當作天大的事件流傳了下來，而且好像至今還給咱們這位阿由落下特殊的陰影？」邊聽邊作筆記的羅絲小姐這樣問道。

阿朝回應說：「哥德龜被捕後，給推上一輛特製的馬車，從大洲警察局出發，經過眞木鎭……再回羅絲小姐開車通過隧道的犬寄嶺，押解到松山。沿途瞧熱鬧的可說人山人海，據說在眞木鎭休息時候，哥德龜好像還特地溜著眼睛四下張望呢。

「如果單是這樣，『山中寺院』那邊既然沒有理會，日子一久，大夥兒大概也都能忘記了這回事，畢竟『動童子』和哥德龜在一起的說法，也不過是有人看到他倆深夜裡手牽手飛快跑過森林盡頭而已……

「不料，那場大雨過後總算能夠走進森林的那天，正是哥德龜給解送到松山去的日子，上山幹活的幾個漢子，發現『動童子』的遺體卡在森林豪雨造成的溪流中……就是在地人所謂的『鞘兒』那裡。從此，就有人說『動童子』是憐憫哥德龜被處死而殉死的，甚至傳言稍早前山中寺院得以翻修，是哥德龜出錢襄助的關係……

「又說，這麼一來，『山中寺院』長江家的人，在山坳的日子就變得不好過了。阿由的祖父那一代，舉家遷往神戶以後，山中寺院就成了空屋，直到他的父母因爲那邊的事業搞不下去，才又回到老家來。有過這樣的來龍去脈，所以……至於棧房的咱們長江家，也發生過義大哥溺死事件，可以說一直以來都是每況愈下。」

「可是『棧房』的長江家族，有古義人成了名作家，小明作的曲子也廣爲人知不是？」

「哥哥剛剛得獎的時候，一時間確實成了熱門人物，可接下來不是天皇要頒獎，哥哥拒領了麼？這麼一來，就等於抵消啦。而且在我們這一帶地方，家有智障者，可是家族的負累呢。

「吾良哥的自殺也帶來很大的影響。因爲千樫嫂嫂的緣故，本縣的人都知道吾良哥和古義人哥哥的關連，所以吾良哥的自殺可以說是加在哥哥身上的枷鎖。哥哥回到老家來是不打緊，就怕萬一鬧出什麼不體面的事兒來，那枷鎖可就會更多更沉重啦。」

聽了這話，羅絲小姐臉上現出一抹顧忌的神情，以爲阿朝在暗指她與古義人不該孤男寡女同住一個屋頂下。阿朝立時看出這一點，搖頭斷然否定道：「以哥哥這種人的德性，即便再年輕二十歲，也不會跟個精力十足的美國女性搞出什麼名堂來的！」

---

1 岩笛為日本繩文時代的一種祭具，明治維新以降仍被用作鎮魂歸神的樂器。

2 dou或wugoku，前者為日文「動」字的音讀，後者則為訓讀。

3 日文強盜念作Goutou，音近「哥德」。

第三章　夢的迴路

1

另寄的行李一送到，羅絲小姐便取出飴黃底金色豎條紋裝幀的英譯本《唐吉訶德》。雖是舊書，卻是尚未用裁紙刀拆封的大型精裝本。

古斯塔夫·杜雷（Gustave Doré）所繪的插畫集中在一起。古義人花上半天時間，代替不善手工的羅絲小姐，將柔軟而薄的紙頁割開來，作業中不時被那些插畫引得入神。

羅絲小姐將這本書擱到六蓆大榻榻米房間的經卷桌上，作爲即將展開的生活表徵。書的色調本身，與經卷桌很是調和。這張桌子還是古義人當作母親的遺物從山谷老家要了來的。抱持無用的東西就要丟棄這種生活方式的年輕一輩，八成打算乘著發大水時候，把堆在屋後貯藏室裡的祖母那些傢什，從堤防扔進洪流。如今古義人拎走這張經卷桌，就等於向他們亮出准許通行的號誌——表示他們可以任意處置剩餘的其他東西。

羅絲小姐實際讀的是那天在四國旅客鐵道眞木站前人行道上也在讀的現代文庫版《唐吉訶德》，閱讀時還特地鋪上據她說此趟開車之旅於京都一家舊貨店買到的坐墊。羅絲小姐似乎是個有傳授癖的知性女子，把自己的讀書法講給古義人聽。

「我的老師諾斯洛普·弗萊[1]曾經引用卡爾巴斯[2]的話寫過一篇文章說，一個認眞的讀者，是懂得『重讀』的閱讀者……那並不是說一定要重讀一遍，而是要在書本所具有的結構透視中去讀，這樣才能將徬徨於語言迷宮似的讀法，改變成具有方向感的探究……

「我所以一遍又一遍的重讀《唐吉訶德》，就是出於這種探究。古義人帶著小明回到森林來，或許爲的是你自己常說的自覺邁入老年，不過，另一個原因怕是爲了要『重讀』罷？而且，在你來說，並不是要重讀別的作家的作品。當然啦，包括這個也無妨，但最要緊的文本是你寫過和做過的一切。

「古義人不該在這文本結構的透視中去重讀一下自己寫過及做過的事物麼？我眞希望你的重讀不是陷入語言的迷宮，而是一個邁入老年的人攸關生死的一種具有方向感的探究。

「至於我自己，既然拿到了可以在日本待上一年的獎助金，我就打算藉著參與古義人具有方向感的探究，來加強我這篇論文的主題。請多關照啦！」

搬進森林裡的家不到一個禮拜，就在她正色作此聲明後沒幾天，羅絲小姐又引用莎士比亞和葉慈的話來開講，而且同樣透過她那位諾斯洛普・弗萊老師。

「我想起留學多倫多時候，課堂上聽到的幾句話。其中之一是讓你感受到灑然走向彼岸的《李爾王》一劇落幕時謝絕當官的那句台詞：身爲逝者的臣子，我是不事二主的。

I have a journey, sir, shortly to go: My master calls me. I must not Say no.（我還有一趟旅程，大人，我馬上就要出發：我的主上在呼喚我，我無法向他說不。）

「另一個是相反的，描述一個人儘管年老，卻想永遠留在此岸打拚，是葉慈的詩句。

An aged man is but a paltry thing,
A tattered coat upon a stick, unless
Soul clap its hands and sing, and louder sing
For every tatter in its mortal dress.

古義人也曾親自譯過這首詩[3]，且認爲後者簡直就是歌詠現在的自己。

年老的男人只是個無謂的東西；
一件掛在木桿上的破外套。
除非靈魂拍手歌唱；
並且更加高聲歌唱，
在這必死肉體的破綻上。

「可是羅絲小姐，我的靈魂就是拍手不停歌唱，怕也只是徒勞一場呢。到底誰會去讀那種東西？

「有時連我自己都搞不清楚寫下去的動機……爲餬口？爲養活自己和沒辦法自立的兒子，乃至爲寄錢給隻身到柏林去的老婆？就算是勉勉強強，但找個寫小說之外的工作，也還是可以維持這些開銷啊……

「儘管這樣，為什麼到了這把年紀還想寫小說？是不能不寫麼？還是因為寫作是件樂事？可我是即使眼前出現某種悲慘的前兆，還是要先觀察一番，再開始尋找句子。半夜裡思之再三，找不出答案，是常有的事。」

羅絲小姐有雙淡淡的灰藍色眼睛，初次見面時，她告訴他那種顏色叫做土耳其藍。此刻她將這種顏色直接變暗了的瞳仁對準古義人說：「這不就是古義人你的靈魂在拍手歌唱麼？不正是必死的肉體每一出現破綻，你就更加的高聲歌唱麼？只要小明存活一天，你就沒法像李爾王的忠臣肯特伯爵那樣灑然說走就走，只好等著變成個狂怒的老人，這有什麼不對？

「我可是準備在這麼樣的一個你身邊待上一年，才爭取到這筆古根漢獎助金的。古義人，你說我這麼做有什麼不對？」

2

晴朗的一日，午飯後，古義人和羅絲小姐帶著小明沿林道爬向森林高處。一路上幾無車輛來往，小明也就充分享受散步的樂趣。他習慣於不用眼睛而用聽力去警戒車輛的接近，此刻，整個人放鬆了，扭身躲開兩個人的扶持，逕自邁開大步抖擻的往上爬。由他領先，三個人來到穿山的林道盡頭。赤松從檜木和柏樹的樹叢中鶴立鷄群高出一截的兩座紅土小山之間，可以望見一片淡藍色的天空。

羅絲小姐汗津津而洋溢著活力的面龐仰望著那兒說：「古義人常用的詞句——這個風景好令人懷念。我現在也知道為什麼令人懷念了，因為開車走過這樣的風景，所以感到懷念……

「我循著唐吉訶德冒險之旅的路線走向托波左小鎮時候……在一個叫做蒙提耳的野地裡，就見過類似的風景。接著我又買了一本新的《唐吉訶德》，因爲原先看了多年的那個現代文庫本又舊又髒。而新書的防塵封面上，就畫著同樣風景。古義人應該想得起來我手頭那本書上迦勒菲・易・基米尼滋4的畫罷？

「就是以爲魔法師將他的心上人達辛妮亞變成醜陋村婦，以致更加愁容滿面的我們這位騎士唐吉訶德，遇見一車子神怪戲劇班子的那個場景。喏，就是小丑用綁著三個吹鼓了的牛膀胱的棍子敲打地面，把馬兒嚇得撒腿狂奔的那個章節！」

「關於那個丑角，我曾經想像過，像他那樣響著掛滿全身的鈴鐺，還用三個牛膀胱氣球敲打地面，那動靜該有多吵鬧。那種古早戲劇的丑角，總給人太過於攻擊性的感覺。」古義人說。

「除了蹦蹦跳跳戲耍的小丑、從撒腿狂奔的馬背上摔下來的唐吉訶德、和在驢背上高舉雙手的桑丘・潘薩……還有遠景中的馬車以外，你說天空和土地的顏色，乃至落在地上的人影，哪一樣不跟你我眼前看到的光景相同？」

古義人跟閉上嘴巴的羅絲小姐並肩眺望空曠的紅土切口和兩座小山之間的藍天。

羅絲小姐泛著疲色的眼睛盯著古義人問道：「你覺得整本《唐吉訶德》，塞萬提斯心目中眞正的壞蛋是誰？」

古義人一時答不上來。

「我認爲是希內斯。高中時代讀到這本書時候，我就覺得很奇怪，書中人物除了主角和幾個熟悉的配角以外，爲什麼唯獨希內斯在前半部和後半部都出現過？」

「出現在前半部的是幸虧唐吉訶德搭救，倖免被押到加萊大牢去服苦刑，卻又反過來恩將仇報，鼓動囚犯同夥向救命恩人丟石頭的傢伙。後半部是因爲唐吉訶德搗毀了一堆木偶，漫天要價求償的木偶戲師傅。」古義人接腔道。

「這種人眞是壞透了。古義人，你的人生當中可曾遇過希內斯這種人？好比滿懷惡意的做盡壞事，過了一段時間以後，竟又完全忘了那回事般出現在你面前，而且還裝滿一肚子新的壞水……」

「有啊，羅絲小姐。眼前就有一個，不久的將來就要出現在我面前呢。妳是不是看到了我那位『希內斯』的傳眞？」

「我看了。搬到這兒來以後，平常只有你的經紀人才會傳眞過來。這個人在傳眞裡一廂情願表示將找機會造訪十蓆地，讓我覺得有點怪，所以……」

「還眞虧妳一眼就看穿那傢伙對我來說是個什麼樣的人物。」

「倒不如說是你自己打從看過這個密司脫黑野的傳眞信以後，一直悶悶不樂，連小明都在擔心哪。」

「我也覺得這樣。」小明耳尖的從一旁插進嘴來。

3

剛才提到的人物果眞來訪的話，勢必非向羅絲小姐介紹不可。古義人決定告訴她有關黑野這個人的種種，卻發現自己並不確實知道他的來歷。古義人所知道的黑野，只是大學裡與他同學系，沒有像古義人那樣的留級就順利畢業，然後任職於電通或是博報堂之類的大廣告公司，換句話說，在知性上是個瀟灑的帥哥。兩人理該同堂上過課，記憶裡古義人在校期間並沒有跟他談過話。而古義人開始寫作生涯的那個時候，碰巧反對美日簽訂安全保障條約的運動正在高漲，兩人遂不時在與媒體有關的年輕人士和研究者的聚會裡碰面。現在想起來，正是從那個時候起，每隔一陣，古義人就得時不時被迫收拾黑野所留下的種種爛攤子。黑野甚至還在以年輕讀者爲對象的一本週刊雜誌上連載回顧文章〈我們的狂飆運動〉裡批判老同學說，古義人儘管常常接近各種「運動」，卻從不卯足勁認眞參與，是個一心只想往上爬的機會主義者……

聽過這番話後，對六〇年代日本社會狀況一無所悉的羅絲小姐，仍是一副不得要領的模樣。古義人只好跳過大段年代，談起他得獎之際，黑野跑來兜攬一樁也不知是眞是假的企劃。

「我們這兒有個慣例，任何日本人要是得了那個國際大獎，可在國內還沒有得過文化勳章的話，官方就會頒給你這枚勳章……這可給我惹來麻煩啦。

「很久沒有來往的黑野，也不曉得什麼意思，忽然寄來一封匿名信——我一眼就認出那傢伙獨特的圓咕嚕嘟筆跡。信上說，既然領了國外的獎，你就別假惺惺推辭國內的獎吧。你該接受這枚勳章，然後搞一樁空前絕後的大陰謀。黑野姻親裡也有得過文化勳章的學者，在親人齊聚慶賀的場合，他拿在手裡看過，是一枚蠻大的仿橘花形狀徽章。他說，假使在這枚勳章的複製品裡藏一種新型爆裂物，你就可以用淡紫色綬帶掛在脖子上，出席天皇和皇后都會駕臨的慶祝餐會了。

「那封信結尾，字裡行間流露出黑野三杯下肚糾纏我時候慣常的說話方式。『當然囉，首先會給轟掉的是閣下的腦袋，可你也將因爲幹下這個國家有史以來從沒人幹過的大事而名留千古！好歹你也是《政治少年之死》的作者不是？我可以爲你介紹正在研發那種新型炸彈的專家團體和能夠製造中空徽章的工匠。在新年的晚餐會以前，你那張克朗貨幣的支票該已兌現了罷？你可以量力出點錢。想到閣下在《政治少年之死》所寫的詩句──「讓濺滿了純粹天皇胎水的暗黑星雲下凡」，這正是你秘密夢想的實現哪。　知名不具』」

古義人看過黑野這封快信之後，大白天還能當作單純的惡作劇置之不理，只是那段把家人也捲了進去的異樣的時日，每當深夜就寢，它便同著古義人遙遠的記憶，發揮相乘效果，帶給他眞實而又陰暗的影響。

他接著道：「羅絲小姐還沒有出生的戰爭期間，當時我還是此地的小孩，有天老師問我：『要是天皇陛下命令你死，你會怎麼辦？』不用說，我和教室所有小朋友一樣不敢拒絕踩畫式的檢驗5，可我就是不願意講那句既定的答案──我會死，我就切腹而死。而我這一遲疑，立刻討來老師一頓好打。」

「我讀過古義人在《紐約時報》雜誌版寫的隨筆。你說你那時反駁說，天皇怎麼可能直接向窮鄉僻壤的小孩搭話。」

「在那段匿名信騷擾期間，失眠的腦袋想到的是現在，那個人知道我的名字，所以……而我已經發表謝絕勳章的聲明，想到這個，禁不住心頭一震。糟糕的是好不容易入睡，馬上就夢見窮兇極惡仿造勳章的那幫傢伙前來聯絡……」

「叫做黑野的這個人，眞的有意仲介你去弄個仿橘花形狀的炸彈麼？」羅絲小姐問道。

「我是不認爲如此──不過，不多久，倒是聽黑野在嘲笑說，他知道長江古義人謝絕領獎的理由。」

「密司脫黑野認爲古義人採取不回應他提案的手段，他算是逮到題目作文章來批判你啦。」

「沒錯。」古義人重又以鬱卒的心情說。

「用一種很日本式的說法，不定他還拿沒有暴露那椿秘密來賣你古義人一個人情呢，現在不就……」

4

有一天，古義人帶羅絲小姐和小明到母親的墓地。之前，他預估一番小明能否爬得上去，然後決定請阿由用割草的鐮刀，將夾在檜木林和竹林之間那條小徑先清理一遍，母親的墳墓就在小徑深處。

位於別處的家族墳地座落於陽光充足的斜坡上，每年季節性的例行活動都在那兒舉行。古義人記得祖母過世時，母親與不識寺的上一代住持花很長一段時間談事情的情景。祖母小規模的送葬行列，朝著不同於先走了一步的父親的另一個墳場行進。一行人踩過被羊齒類山草所覆蓋的濕窪地邊沿，走進小徑盡頭的墳場。正如預先將十蓆地岩角上的房子留給古義人那樣，母親也跟現任住持談妥，在祖母的墓旁爲自己準備好一塊墓地。

這天，通往墳地的小徑，有可能妨礙小明攀登的所有障礙都給清除到旁邊，墓碑四周也仔細除過草，連背後那棵板栗樹的矮枝都砍除了。然而，四周卻不見阿由其人。

古義人首先找塊小明可以落坐的圓形石頭，除去上面的青苔和塵土。小明正在調整夾克口袋裡帶了來的FM收音機天線。想必逗留山坳期間，曾經到過這兒，同著奶奶一起聽過音樂。

羅絲小姐則以她那雙碩大慢跑鞋踏遍墳地每一個角落，不厭其詳檢視著，然後發表她的觀察結果說，所有的老墓碑都只是將自然石稍稍加了點工的，形狀頗爲「女性化」的東西。

「是啊，能看出碑文的，盡是些什麼什麼信女之類女性的墳墓。」古義人說。

「阿由說過，這和山中寺院那邊的老墳全是『童子』的墳，成了明顯的對照。」

這幾天來，羅絲小姐始終以阿由爲嚮導，精力十足走遍山谷和周邊的山區與鄉間。

她也加上自己的意見說：「山坳自古以來不是有個信仰麼？說死人的靈魂會順著甕形空間一路盤旋而上，停棲到森林裡屬於自己的那棵樹底下，在那兒安頓下來，直到再度從森林裡下降，進入某一個嬰兒的肉身那天……果眞那樣的話，山坳那些墳墓，裡面安葬的不就只是一具具死掉的肉體，不具本來的重要性麼？既然如此，我覺得墳墓還是跟這兩座一樣，做得含蓄一點，樸實一點比較合宜。不過，這也不能解釋爲什麼這裡的墳墓名字全是女的……」

「會不會是此地的墳場整體上都屬於這種規模？阿由說過，山中寺院那邊的老墳墓全屬於『童子』，這一點是有根據的。所以，我覺得古義人應該能夠告訴我這邊墓地的特性。」

「家母在此地給自己造了個墓，卻沒有留下什麼遺言。」

「老人家會不會認爲婦女的墳地對你古義人的重要性，並不如山中寺院的之於阿由？」羅絲小姐話頭一轉：「倒是這個阿由，究竟怎麼回事？他是依約幫我們淸除了雜草……可之後又跑到哪兒去了呢？該不會下山接我們時候錯過了？不管怎麼樣，還是等他來了再說罷。」

古義人顧慮到不便把小明帶往不好走的地方，遂將他託給羅絲小姐，兀自從蒼鬱的檜木林之間，劃開樹下雜草一路朝上爬，樹葉之間篩下的陽光，給這片雜草繪出道道條紋。澗谷很快就變窄，經過挖剜般陷落下去，腳底下隱約可見澗流。不一會兒，在前方出現高聳的巨岩，岩根那兒盤繞著一條小徑，有座泥磚橋跨在澗流上。橋那頭，是貫穿岩盤的成年人那麼高的洞穴。

中學生時代，古義人曾經循著森林裡的古老林道，下來到這兒探險過。這是孩子們所熟知的山谷裡幾座「洞穴」當中的一個。森林高處一連串橫挖的坑洞——哥德龜用作山寨的也是這種——再就是過了大橋，往庚申山中途，有棵大銀杏人家背後的那座「洞穴」。

古義人小心翼翼走過積滿厚厚落葉的泥磚橋，來到飄漾著冷涼潮濕氣味的洞口，探頭窺望滿是濕溜青苔的洞穴。

二十年前，癌症開刀，退隱到山坳來的古義人那位舊金山總領事堂哥，是業餘的葉慈研究家。古義人算是將這位堂哥的整個家，包括他設計的臥床在內，原原本本遷移過來居住。據說這位總領事對這座洞穴特別有興趣。洞穴於久久無人光顧的情況下經過了漫長歲月，兩邊側壁繼續剝落著。小心謹慎的總領事沒敢進去，只站在洞口朗誦葉慈的作品。阿朝被告以堂哥朗誦的是"The Man and the Echo"。這的確是適合於守著洞穴回顧生涯的一首詩。

我過往的所言所行，
到了既老且病的現在，
全成了無能肯定的疑問。
夜復一夜，
我雖睜眼躺臥，
終究無能獲得正面的答案。

古義人曾經將那首詩這樣翻譯過來，他想像著站在這兒用原文朗誦這首詩的前外交官那副模樣。然後，也不知爲了什麼——其實，也有些自覺到自己這種行爲的奇特性——他向前彎起身子，對著某種什麼泛出模糊光亮的洞裡呼喊：「媽！我們將成爲比呱呱落地時壞得多的東西，『驟然倒斃！』」

古義人叫嚷著，由於提高嗓門重複的詩句，立時以同樣粗暴劈裂的巨聲迴響過來，讓他有挨了耳光的感覺。古義人乾咳著，固然由於頭部深深探前，又大聲叫嚷過，但他咳嗽的樣子，看起來仍比實際年齡老邁許多。這時，有隻手掌帶著些強迫意味，又有幾分躊躇的，搭到他肩膀上。

「古義伯伯，這裡很危險……咱們還是回去小明在等的地方吧。」

回過頭，阿由就站在背後。第一次近距離看的這張面孔，儘管年輕，卻與兵衛伯父非常神似，忠厚魁偉的相貌，眞就像是出自「山中寺院」長江家的血統。

5

古義人和阿由往下走到小明與羅絲小姐倚在巨大樅樹樹幹上聽FM廣播的地方。小明所以把一支耳機分給羅絲小姐——兩顆差不多高的腦袋幾乎抵到一起去——是因爲聽的是單聲道關係。自從在十蔕地定居下來，小明擔心由於電波的緣故，採用立體收音會有雜音。

接著，小明依舊聽他的FM，古義人和羅絲小姐則重新聽阿由講述祖母和母親的墳地比「長江家歷代祖墳」更近似山中寺院的陵地（亦即衆「童子」的墓地）這事。羅絲小姐很希望從阿由嘴裡聽到他如何看待「動童子」和哥德龜的關係。

「我是山中寺院的人沒錯，也用自己的方式調查過有關『童子』的事……只是對研究古義人文學的人看來，我的調查方向不見得有意思……」

阿由說著閉上了嘴巴，與他已有進一步交往的羅絲小姐，遂以看似親密，又像是帶著幾分強迫的鼓勵他說下去：「根據阿由調查結果，總算弄清楚『動童子』並不是自始至終參與哥德龜的犯罪生涯，而是最後一年半才跟他在一起的，是不是？」

「是的。我認為這點很重要。『動童子』第一次遇見哥德龜，好像是在聚滿了五千多個民眾的道後溫泉公園，那些人對日俄和約感到不滿。兩人的邂逅算是與當時社會的劇烈動盪有關。

「聽說當天晚上，天亮之前，『動童子』牽著哥德龜的手奔回這一帶來。被通緝多年的哥德龜，眼看就要落入偵查群眾聚會的警察手中。這節骨眼上，『動童子』八成看上哥德龜的才能，後者也算是遇到了能在漆黑山區帶領他火速流竄的師傅。哥德龜號稱可以橫向一躍十間那麼遠……一間約莫是一・五公尺，大概有點誇張……總之，他就能夠一縱好遠，想必『動童子』是對他這種動物性的能耐和能量感到興趣的。

「在住友礦山那場糾紛裡，好幾百個礦工用炸藥武裝，同樣在道後公園集會中，大批群眾凝聚起來的能量也是顯而易見。『動童子』或許有意將集團的能量和哥德龜異乎尋常的個人能量結合起來……這是三島神社神官分析給我聽的……。

「哥德龜並沒有出現在勞資雙方的談判現場，『動童子』可是直到最後一刻都還在試圖說服他帶他去的樣子。盆舞中有一首表達心願的歌謠〈勸說〉，就是以這個場景作題材的。『動童子』並沒有讓這場罷工結束的意思；他是否打算找個生性反叛，又跟警察打過交道的人，將他引薦給有實力與軍隊相對抗的銅山那夥勞工，挑起一場暴動？但是哥德龜並沒有來談判現場。

「末了，礦工這邊還是向資方妥協了。衝突的雙方，一邊是因爲日俄戰爭變得筋疲力竭的軍隊，一邊是具有炸藥配備的數百名礦工，誰知道哥德龜會倒向哪一邊……大概『動童子』也想到了這一點……。」

「『動童子』怎麼會死的？即便哥德龜被捕解往松山……」

「他是頭天豪雨之夜死掉的。『動童子』對勞資雙方談判結果感到失望，便回到山坳來。可下大雨那夜，在警方追捕之下無處可逃的哥德龜被逼進山區，讓他『阿由，阿由，阿由！』沒命的這麼一呼喊，我們這位『動童子』還能安安穩穩在山中寺院麼？雖說是『童子』，年齡上畢竟是名副其實的孩童，也許驚恐之餘，想逃回森林『童子』力量的泉源那裡，不幸一走進森林，就被山洪沖走的罷。」

阿由有關「童子」的詮釋和知識（他似乎擁有這方面可靠的導師）引起了古義人興趣，且對阿由的心智本身益覺有趣。

羅絲小姐看出古義人這種反應，便開口道：「古義人打算寫『童子』的事，是不是？關於『童子』的小說，你目前有什麼樣構想？」

「我的確是準備寫有關『童子』的小說……我已經想了很久，筆記也積了不少，只是眞要動起筆來，又覺得抓不到撓不著，完全摸不著邊際呢。」

「眞到了開始寫的階段，也許就會變得具體一點，不過，你總有個當前的計劃罷？要怎麼樣將這些東西寫進第一頁，才是個問題，是罷？正如你在隨筆裡提過好幾次那樣……」羅絲小姐說。

「是啊。構想倒是有，不容易實現，作爲一個想頭，可是非常淸楚。

「好比『童子』本身躺臥在這森林深處，大作跑到外邊現實世界去了的『童子們』接二連三引發事故的夢；可以說我想寫的是後設『童子』的故事。而後設『童子』作夢的能量，又成爲分散到全世界去的衆『童子』的原動力，也就是說，有後設『童子』在這裡作夢，世界才得以運行……

「還有個構想，儘管跟前一個有關，實際上又不知道該怎麼將兩者連結起來寫。生長在這山坳裡，卻沒能被揀選作『童子』的人們……其中包括我自己在內……各自作他們自己的夢。他們透過各自的夢，和沉睡在森林深處的後設『童子』相連接；我是想這麼個寫法。而且就像上網那樣，在自己夢中和森林裡後設『童子』連上的人，既能夠自由進入後者夢中檔案室任何時代、任何場所的劇情裡去，甚至可以實際參與……」

古義人說著，發現羅絲小姐已然陷入自己的思考中。從她耳朵到頸項變得白裡透著紅斑的皮膚，明顯可以看出她有了新的構想，且因而亢奮著。小明也好像在看什麼好玩的動物那般望著身旁的羅絲小姐，被看的一方卻無暇回視。不一會兒，羅絲小姐像個大男人粗重的吁了口氣，拖過擱在腳邊的包包，從中取出一本大學出版的大型平裝書。她用指頭按住其中一頁，抬起炯炯發亮的眼睛。

「古義人，你剛剛講的那番構想，正合乎日本古典文學的一句習慣用語，就是『夢的迴路』哪！我的老師……不過他並不是根據日本文學……也在這本書裡碰巧談到同樣的事情。弗萊老師把喬伊斯《芬尼根守靈記》裡芬尼根和HCE[6]的關係，看作是世紀末的……換句話說，他認爲這本書在二十世紀的文學裡是很獨特的。

「喬伊斯的芬尼根就是在做那種夢的巨人。歸根究柢，他也是代表了全人類的一個作夢的巨人。而HCE正是他夢裡的分身，這分身在夢裡以一名英雄叱吒風雲。可以說他是具體表現了歷史的循環經驗。

「我認為這兩者的關係，可以拿來跟你構想裡那個夢的後設『童子』和活在現實生活裡的衆『童子』的關係並比！還有，跟沒能成為『童子』，而進入後設『童子』夢鄉的那些人之間的關係，不也一樣麼？」

「可惜我沒有好好兒讀過《芬尼根守靈記》，只是略為翻了一下翻譯本而已……」

「喬伊斯為那部作品創造了特別的語言，眞是太好了。因為只要古義人用日文寫後設『童子』和衆『童子』的故事，就不會有人批判你是抄襲者。我說古義人，你得馬上著手寫這部小說……」

「可我的構想還沒有到可以馬上著手寫的地步，我正因為這個在傷腦筋呢。」

阿由有些索然的聽著那兩人——起碼其中一個是非常熱切的對話，把古義人父子送回十蓆地後，重又開車載羅絲小姐到眞木鎭大街上的超市採購食材，據說車上阿由發表了他的聽後感。

「阿朝姑姑要我為古義人伯伯和您跑跑腿打打雜，我沒辦法推辭，所以這些時來都是我在為二位服務。今天嘛，二位講的話我雖不能說完全聽懂，可也開始覺得很有意思，所以我準備好好兒幹，也感到好像有什麼事遲早得找古義人伯伯正正經經的談一談。」

抱著裝滿食材紙袋回來的羅絲小姐，把阿由的話轉述給古義人，她自己也洋溢著準備大幹一場的氣勢。

---

1 諾斯洛普・弗萊（Northrop Frye，一九一二—一九九一），加拿大出身的重要文學評論家。

2 卡爾巴斯（Karl Barth，一八八六—一九六八），瑞士神學家、現代新教神學的代表性學者。

3 摘自《航向拜占庭》。

4 迦勒菲・易・基米尼滋（Baldo Galofire Y Gimenez，一八四九—一九〇二），西班牙畫家。

5 踩畫，江戶時代藉踩不踩踏耶穌或聖母像來檢查該人是否教徒。轉喻為思想調查手段。

6 HCE為男主角Humphrey Chimpden Earwicker的姓名縮寫，但也有很多其他指涉，如"Here Comes Everybody."（「人人先生來了」），代表每一個人。

第四章　與「白骨兵團」的怪異冒險

1

儘管回到了山坳裡的社會，古義人還是像個遁世者那樣過日子——其實，近些時來，他在東京的生活已然如此。阿朝批評做哥哥的，他好像在試看看，若是不向地方上的任何有力人士「致意拜碼頭」的話，是否能夠在此地待下去。合併之前，鎭長和鎭民代表大會主席都住在另一個自治體的老鎭地區，古義人的生活圈子只要不出老村地域，就不致與他們不期而遇。除非萬不得已非去拜會，他是能免則免的拖延下來……

阿朝能夠接受這一點，但她還是認爲有幾個人是古義人有必要與他們談一談的，包括中小學校長、三島神社高階神官、和不識寺的住持，這位住持還是故舊，古義人曾因拿他當小說人物的原型，而讓他心存芥蒂。古義人也沒有試圖化解過，如今隨著羅絲小姐「童子」研究的進展，發生了不得不與那位住持聯繫的情況。

羅絲小姐製作了古義人談及「童子」的索引，又爲了論文需要引用，先將這些索引譯成英文。這方面的作業大致有了個眉目，她想到該拍幾張大學出版社出版論文時可能用得上的照片。

而今成了廢屋的棧房裡，灶房神龕旁塞有一尊黑暗之神，這尊神明的照片拍得相當成功，羅絲小姐得勁兒敲定準備用作古義人新書封面書衣上的彩色照片。

有那麼一幅畫，記述了約莫兩百年前發生於此地的一件事，那樁事儘管只像個簡單卑微的注腳，卻也使得森林包圍的這個峽谷村落，登上現代史的舞台。根據羅絲小姐抄自古義人小說的卡片，畫中所描繪的光景應是這樣的：

……場景是可以俯瞰谷底的山脊岩角上——就是**破壞者**鍛鍊出年過一百猶在成長的體魄之處——設於一棵白楊樹下十蓆地的一場酒宴，賓客是農民起義的幾個要角，款待他們的是我等地方上的父老，和置身其中益顯年輕如少年的龜井銘助。畫中，賓主無憂無慮的把酒言歡，從多層食盒取出各種色彩繽紛的糕點享用。畫面下方也畫滿了山坳裡的風景，到處可見舉事農民臨時搭建的小屋，而村子＝國家＝小宇宙裡的婦女們，正在爲這些外來賓客遞酒送菜，整體上而言，是朗朗乾坤，洋溢著節祭氣氛的熱鬧情景。

羅絲小姐讀的是英譯本，身兼攝影助理的阿由，倒是很誠實表示那本大部頭長篇對他是苦事，所以至今還沒有讀。爲此，古義人特地向他解釋這幅畫的來龍去脈。爲該藩[1]苛政所苦的眞木川下游十幾個村莊的農民，企圖翻越四國山脈，集體逃到別處，當時，他們沿河而上，就在盡頭這個村落上設置了可收容一千人的臨時陣地。這幅畫描繪的便是這樁事故。

村莊方面的立場是既不與逃亡的農民同流，也不能讓他們懷疑你是在追逼過來的藩勢力指示下行事，務必小心謹愼處理這場危機。而年少的銘助正好發揮了他的外交手腕。他居然假借節祭氣氛，輕輕鬆鬆化解了一場高難度的危機，看來畢竟具有「童子」的能力……

到得這個階段，古義人才打了個電話給據說十年前就繼承了三島神社的那位新神官。不料，對方對古義人此番「致意」的回應卻是頗不友善。他表示，你在小說裡提到曾於神社社務所見過的那幅畫，事實上並不存在。可你寫得那麼活靈活現，所以你得獎後，好幾家電視台都跑來要拍那幅畫，憑空給我帶來好大的困擾。如今，你又要我行個方便借用這幅畫，可本來就沒有的東西，叫我怎麼拿出來？眞不曉得你一開始怎麼會有這種誤會的？

這麼說也許有點誇張，但神官所言，對古義人確是一樁衝擊性的新事實。少年古義人曾經同著母親正襟危坐榻榻米上，拜謁神社代代相傳的那幅寶貴的畫。那已成了記憶裡永不磨滅的一種圖像……

古義人擱下話筒，也不理會一旁沙發上商量事情的羅絲小姐和阿由，以及側坐在放低音量的錄影機前面的小明，逕自回到他自己的書房兼臥室。他坐到臥床與工作檯之間的木質地板上，垂頭俯視著來自峽谷的亮光和森林這邊綠色陰影交相融合的情景。如今想來，打從告別昇向「童子」世界而去的那個古義之後，這已成了他多年的習慣。儘管以當時的年幼，記憶裡的人生時光應是很短暫的，該記起來的事物也不會多……

不久，古義人發現他並不是在神社社務所明亮乾燥的室內看到遍地都是逃亡人潮的峽谷這幅畫的。

他走進餐廳起居間，給阿朝打了個電話。他首先提起那幅農民逃亡圖，做妹妹的就說兒時聽哥哥說過。古義人彷彿受到鼓舞說道：「我問三島神社的神官，他說沒有這麼樣一幅畫。聽他這麼一講，我倒又覺得好像是在旅館還是什麼好大一棟房子一間拉上紙門的房間裡看到的。」

「會不會是不識寺？……我現在就去找住持談。老實說，三島神社的神官……他和我家那口子是教育委員會的同僚……還向我們抗議說，哥哥剛才向他提出了強制性的要求。他惱火說，什麼想把明治維新前的農民作亂圖拍成照片，難不成他還是不惜捏造地方史料，也要叫孩子們相信自己小說所描寫的都是正史嗎？」

2

阿朝出面情商結果，不識寺的住持倒是表現得很大方，儘管講明在先他自己也沒有親眼看過，卻仍答應到納骨堂背後的倉庫去找找看。古義人於是偕同羅絲小姐，由阿由開車，立即前往不識寺。母親的葬禮以來就不曾謀面的這位住持，起碼看起來已經忘記被拿當小說原型那回事，在寺方人員整理收藏書畫的櫥櫃時候，還請古義人他們喝茶。古義人一行給請入的房間，用槅榻紙門與正殿隔開，從室內的陳設到玻璃拉門那一頭後院裡滿樹綠葉的石榴陰影，都令古義人感到似曾相識。在這種心情之下，古義人遂就記憶所及，將自己看到那幅畫時候的情景一五一十描述出來。他認爲應該就是這個房間。

不料，一直都很和氣的住持，這時卻不以爲然反駁道：「您剛才說那幅畫就在槅榻紙門前面，那不是很不自然麼？如果是紙門那一邊的房間嘛，一邊就是牆壁，當然可以掛畫軸……」

一聽這話，古義人頓時對自己的記憶沒有了把握。看到他默不作聲，阿由挺身出來說：「不管是紙門這邊，還是那邊的房間，古義人伯伯或許具有幻視圖畫的能力？」

住持彷彿看什麼稀奇東西般打量著阿由，羅絲小姐也忍不住問道：「你說幻視是什麼意思？」

「就是vision，我的意思是古義人伯伯看的是幻影……」

「既然這樣，紙門那一頭有沒有掛畫就不是問題啦，不是麼？」羅絲小姐問道。

「這麼說，即便那幅畫實際並不存在，古義人兄還是可能有過幻視經驗囉？」住持意有所指的說。

「最要緊是那幅畫的記憶銘刻在他的心版上；與其說孩童古義人的眼睛看見那幅畫，倒不如說看到畫的是他小小的靈魂。」

「別的不說，首先我希望確定一下到底有沒有過這麼一幅畫。」古義人道：「好歹還沒有看過不識寺的倉庫……」

這時，廊子一邊的拉門打開一條縫，住持太太也沒露臉，便告知已經準備停當。

爲了一旦尋獲畫幅好拍個彩色照片，羅絲小姐和阿由到眞木大街上去張羅膠捲和三腳架，留下古義人一人從事翻查工作。

裝有書畫的木箱整理好了放在高高的壁櫥裡，憑著木箱上的題字，大半內容一目瞭然，因而包括攤開卷軸查看的部分，很快便告一段落，結果卻是落空的。他四下裡望望，發現庫房上方鋪有一層木板，與天花板之間隔著頗大空間，塞了相當數量的木箱。古義人決定繼續尋找下去。

幾經考量，古義人把吊掛在倉庫門口的梯子搬進來，於庫房上邊找了個支點靠上去，感覺著逐漸亢奮，因而格外小心的一步步往上爬。他坐到那層木板上，兩腳懸空垂盪，扭著身子由上而下查看排列在裡邊的木箱。用來移放查畢卷軸的空間倒是有，只是以這種姿勢去搬弄又長又重的木箱還眞累人。蒙了層煤黑色灰塵的燈罩就在膝前，唯有少量的燈光照到上面來。

儘管這樣，古義人還是逐一檢查平放在那裡的木箱，確定並沒有他要的東西，然後，他發現頗有點縱深的三合板隔牆那兒倚放著一口細長的箱子。這箱子給人受到特殊對待的感覺。

古義人拉起雙腿身體轉向裡面，低著頭爬行。他雙臂和長褲沾滿了灰塵，盡可能將上半身挺向前面，伸手去搆斜靠在那兒的箱子。手指是搆著了，沒想到箱子一個翻轉，順著三合板滑落到遠遠的角落裡去了。這個動靜也波及擱在隔板牆根，裝有壺罐和花瓶的木箱。

古義人想起了羅絲小姐要他讀的岩波文庫新譯本《唐吉訶德》書中的一段：「別逃，你們這些卑鄙下流的鬼畜牲！要知道對抗你們的只有一個騎士。」古義人想繼續爬向裡邊。

就在這時，古義人發覺身子底下的平面陡的向前傾斜，只見隔牆牆根椏開一條縫，他便頭下腳上朝那縫隙滑落下去。

古義人哇——的大叫一聲。（當地方新聞記者前來查證時，住持太太想必將以「長江先生發出一聲吶喊」來補強記者們的報導重點罷。）

儘管內心一片恐慌，古義人的身體還是確確實實一路往前溜，衝垮三合板隔牆，連同身子底下的木板衝進一個明亮的空間。剎那間，視野裡出現一層又一層的橱架，上面排滿了白裡透著青灰色陰翳的瓷罈子。下一個瞬間，支撐他身體的木板消失了，古義人給拋向空中，轉了半圈，踢翻對面橱架上的罈子，整個人倒栽蔥跌入順手抓下的橱架板子和一堆壺罐滾落跌碎所發出的噪音之中……

一邊的腦袋和肩頭撞上地板，上半身算是穩住了，左腳踝卻勾住橱架的支柱，一副倒掛金鉤模樣。摻雜著骨片的白色砂子，從搗毀的罈子裡嘩啦嘩啦傾注下來，叫人睜不開眼睛……

準是跌入納骨堂，把這些骨罈子砸壞了，古義人很快掌握了情況，無奈人倒掛在那兒閉著眼睛動彈不得。這時候不光是骨罈子裡裝的骨灰和砂子，就連罈子本身也紛紛掉落，古義人只得用還能動的單隻手保護頭部，抵擋迸散的碎片。

而陷入這種窘境的古義人閉上眼睛之前，視野裡的殘留影像，是從白色到暗灰色，甚至米黃色的許多碎骨片。這一下不知有多少死者的靈骨摻雜在一起漫天播撒呢——剎那意念襲上心頭。果眞有靈魂這種東西的話，靈骨被混雜在一起的好些個死者，必定感到憤慨。大白天醒著的時候還好，只怕每天早上都將在遭受死者們報復的睡夢中，驚恐的慘叫著醒過來罷。而夢裡，他得獨力去對抗由各色靈骨鑲嵌成馬賽克模樣的這批怪異的骸骨軍團……

不久，大致上擔住他體重的左腳踝與彎曲了的櫥架接觸處，震天巨響崩垮下來。剛以爲左腳自由了，卻不料連同打了個轉的下肢一起跌入另一座櫥架和支柱之間。只覺後腦勺和上背被突出的木板棱角擊中，又聽到腳踝骨折的聲音，也感到這聲音和疼痛是他所熟悉的。古義人一動不動待著。

無可如何中，時間分分秒秒過去。古義人的腦袋頂在撒滿了破罈子碎片和白砂般骨粉的地板上，支撐著倒立的身體，好不容易睜開眼睛看到的是，一汪黑黝黝的水，膨脹著它的邊緣，緩緩漫向這邊。更要命是其中有個更加漆黑的龐然大物，正扭動著身軀欺近過來。再就是那股子強烈的臭味！古義人忍不住大叫。聽見這喊叫的住持太太，肯定又將對前來採訪的記者說：「隔沒多久，長江先生又開始喊叫啦，這一次的叫聲可長著哪。」

那汪黑水和烏黑怪物總算岔向一旁去了，古義人在恐懼的餘燼中等待救援。他聽到木底涼鞋沿著寺院後面的水泥通道走近來，然後停止的聲音，外邊雖也傳來有人踮起木質鞋底探視納骨堂毛玻璃窗子的動靜，無奈古義人已喊破喉嚨出不了聲音。穿著涼鞋的腳步聲像是走開了。

接下去一片寂靜，也不知過了多久，通往寺後去的納骨堂門扉終於開啓，亮起了約莫四十燭光的電燈。

古義人聽見依然不見影子的住持太太說：「剛才也是這個樣子，長江先生可是在倒立麼？」有如要打斷妻子好整以暇的口氣那般，住持緊迫的聲音立時罩了上來：「瞧這地板，眞個一塌糊塗！我看是不是該先疊個帆布什麼的鋪上去，免得走在上面扎傷了腳。」

然後是今早通過電話的那位神官的聲音說：「瞧他張大眼睛瞪這邊的模樣，神志大概還是清醒的。無論如何，得先把人弄出來。我說太太，麻煩妳叫部救護車，申請人算我和住持先生好了。我看還是送往眞木大街那家醫院比較好；反正人家跟你我這種普通人的規格是大不相同的啦！」

把帆布折疊起來鋪到排列著骨罈的櫥架之間，這動靜剛才開始，古義人便感覺有個黏答答的什麼搧了一下他自耳朵到下巴的皮膚。那玩意兒留下堅硬的觸感東蹦西蹦，一次又一次衝撞過來。憑著臭味，古義人曉得溜黑而又濕漉漉的那玩意兒正在逃竄。而彷彿被那黑色玩意兒所呑噬那樣，古義人的意識溶進了黑暗裡。

3

把古義人嚇成那樣子的，原來是住持長子從眞木川抓來養在寺院的大山椒魚。同時也弄清楚，從住持妻子克服古義人慘叫帶來的恐懼，到她鼓起勇氣跑來刺探納骨堂，其間花了點時間，待她找到住持再回來，又經過了很長一段時間。不過之後，叫救護車啦，連絡羅絲小姐之類的事情，就在與住持一起趕來的神官協助下，三兩下就搞定了。只是住持不等古義人檢查倉庫的工作結束就忙著趕往三島神社這事，卻在古義人心中留下了疑團。而接到神社電話趕來醫院的羅絲小姐，一邊向衆人表示謝意，回過頭卻對古義人說，她懷疑住持和神官那天會不會是爲了某種共同的秘謀，約好在神社社務所見面的，而關於所謂的秘謀，她後來結合寸步不離身的那本《唐吉訶德》所導引出來的人性詮釋，作了一番解說。

古義人受傷住院，連同傷勢的診斷內容，都鉅細靡遺登在第二天早上的地方報紙上，這也再度觸發了羅絲小姐原有的猜疑。早報上甚至附了張照片，但見高掛在鋁合金支架上的左腿下面，是可憐而又不服氣的一張老里老氣的臉。

那是古義人暫且接受過診治，給推回底樓單人病房，正在眺望窗外一大片奇異果園的時候。有個中年男人好似有什麼事那般，從爬滿奇異果嫩綠蔓藤的細柵欄之間走向前來。那人突然取出照相機，將鎂光燈對準這邊。古義人作了個慢半拍的抗議動作，就只這麼動一下，不單是受傷的腳踝本身，就連側腹也掠過一股劇痛。那人從從容容再度拍下古義人挫敗的慘狀，曖昧的舉手一揮，便走向與鄰棟病房之間相連的通道而去。

報導以國際文學獎得主的鄉土作家大發飆作標題，說以身攻擊納骨堂櫥架的長江古義人，搗毀了大量骨罈，使周遭遍地骨灰，本身也嚴重受傷。而住持太太的現場談話，有一股鮮活的眞實感，以及她自己和記者都不自覺的奇妙的幽默感。

報導上也附有居住松山，多年來古義人一聽其名便感到厭煩的一名研究家透徹的評論。阿朝最擔心的是他這篇評論可能影響到古義人往後在山坳的生活……

出於住持的意思，納骨堂收容有無人認領的乙、丙級戰犯的遺骨。以長江兄對靖國神社合祀甲級戰犯的批判，此番行動固可理解，但多數民衆只怕不免質疑。筆者身爲他的高校老同學，雖能體會長江兄感覺，卻一路擔心他會做出不顧後果的行動來。

「哥哥一開始寫作，就被這家報紙用一整版面嚴厲的抨擊過。」阿朝向羅絲小姐解釋說：「那是藉著訪問比哥哥稍早登上文壇的一位縣籍女作家的方式進行。負責這事的東京分社職員曾寄給我們明信片說，想必不至於刊登太過分的報導吧，但他還是寄給了總社……我們這些家人是認爲那次事情似乎叫哥哥學聰明了一些，可對方大概對哥哥從那以來的不合作態度非常不爽。」

至於羅絲小姐，起碼到這個階段爲止，日本一個地方上的報社對她而言，恐怕不具任何現實感，因而對阿朝這番話並不特別關心。在廢寢忘食看護古義人的時候，她熱切談論的是這次意外事故明顯具有《唐吉訶德》的影子！

促使羅絲小姐聯想的契機，固然在於古義人爬上庫房的藏書樓，導致事情有了出乎意外的開展，要緊的還是因他提到要從事此番冒險之前想到的一個章節：那是他古義人被石膏綑綁在病床上的現在，以自嘲的口氣說的，羅絲小姐當下就看出那正是《唐吉訶德》書中著名的一章〈意想不到而又值得驚歎的風車大戰〉唐吉訶德衝向風車前說的一句話。

羅絲小姐看到住持和神官儘管未曾會同檢查倉庫，可古義人一旦受傷，立即一改原先的冷漠，熱心伸出援手照料他，遂發表她的見解說，那兩個人等同於《唐吉訶德》裡面的神父和理髮師。此外，她還作了一番樂觀的預測。

「唐吉訶德雖然一會兒從馬背上摔下來，一會兒被人打得半死，可除了最後病倒在床上以外，從來沒有傷重到無法康復不是麼？我相信古義人身上也有那種唐吉訶德式的恩寵。」

4

三島神社的眞木彥神官和不識寺的松男住持——羅絲小姐不用說，古義人亦復如此，都是從古義人住進醫院開始，才彼此熟稔到以個人名字相稱的——確實多方面幫了古義人很多忙。

提及眞木大街那家醫院名字的報導一見報，在松山沒有分社的全國性報紙和廣播電台紛紛派人來採訪，打著探病名義的好事之徒也跑來湊熱鬧。醫院門口一旁擺張小桌子，好歹佈置個應對那干訪客的門面，不管來者是誰，一律謝絕採訪的，正是那兩個神職人員。古義人只讀了一年的眞木高校乃至轉學過來的松山東高的一干老同學，如今年屆退休，閒來無事，也就成了地方上的有力人士，聽說不能進見本尊，毫無例外當場翻臉表示憤慨。爲了應付這一號人物，少不了飽經風霜的僧侶松男住持。而高揭著乙、丙級戰犯合祀議題前來的一夥（支持與反對各一組），則由三十五、六歲的尖銳議論家眞木彥神官負責應對。

院方建議作腦部斷層掃描，準備轉往松山日本紅十字會附設醫院那天，古義人第一次跟住持與神官促膝深談。羅絲小姐心目中，僧侶和神官是《唐吉訶德》裡面的神父和理髮師，姑不論誰是誰，總之，這天早上，松男住持特地爲古義人整修了一下出事以來就沒有刮過的鬍子和理過的頭髮。羅絲小姐重新被這兩人勾起了興趣，在他們三人高談闊論之際，也不揷嘴，兀自膝蓋上攤開那本記事册，熱切的傾聽著。

關於眼前的課題——斷層掃描，眞木彥神官不以日本人慣有的凡事笑臉相迎的委婉方式（羅絲小姐事後的說法），而直截了當提出了他的質疑。

「我說古義人先生，要是斷層掃描結果，腦子出現異常情形，那可怎麼辦？當然啦，我並不知道斷層掃描的所謂異常指的是什麼標準。不過，要是醫師表明您的腦功能已經出現異常現象的話……」

「你的意思是此刻正在聽你說話的這個人，有一副不健全的腦子？我自己倒是絲毫不覺得有什麼不對勁兒。」

「『腦血管阻塞之後的我，已經不同於之前一直從事於言論活動的那個我。』評論家汙藤，不是在遺書裡留下這句話後自殺的嗎？當時，您曾經批判說，明知道早晚見諸媒體的遺書上留下這種話，對那些正在作腦血管阻塞復健的人是不敬的，文化界一位德高望重的老作家當下就駁斥說，小說家何苦講這麼漂亮的門面話。我相信爲這位老作家喝采的編輯和記者應該不少，而這種情形之所以沒有怎麼檯面化，可是因爲那時候您還置身得獎的光環下的關係？

「要是檢查結果發現異常，您又表示照樣寫下去的話，那些人大概會說您這是作爲身障者的缺乏自省，相形之下，還是汙藤先生懂得分寸。」

「斷層掃描時發現腦子當中有個白色蝙蝠狀的影像，即使客觀上證實現今的我已經不像往常的我那麼健全，我還是要活下去。能寫的話，我還是要寫下去。至於媒體要怎麼看待此事，那是他們的事囉，不是麼？」

「可是，客觀上既已證實腦子不再健全，怎麼還會想到要好好兒活下去、寫下去呢？」

「那是因爲現在的腦子就是我。當這腦子還健全的時候——我是當作現今已經不再健全在說話——也曾想過不要活。如今這副腦子也有可能同樣的不想活下去……」

眞木彥神官偏著血管浮凸的高額頭思量著。松男住持這才第一次提出意見。

「我只希望斷層掃描結果，古義人先生不要出差錯就好。果眞出現異常，大概有兩個可能性，其一是納骨堂那場驚天動地的摔落跌傷了腦子，再就是長年過度使用，叫腦子生變。

「無論如何，我都希望古義人先生專心療養，徹底治療。換句話說，我贊同您不管怎麼樣都要好好活下去。您膝下還有個小明啊！至於要繼續寫下去，又當別論……」

這回可輪到古義人自覺氣血上升，額頭要暴起青筋了。羅絲小姐目不轉睛凝望著松男住持。而一會兒能夠展現叫人不得不提防的複雜心思，一會兒又可以單純附和你論調的松男住持，意識到羅絲小姐的眼神，遂刻意說給她聽那般提高嗓門。

「我特地查了查那天古義人先生挺身到天花板上沒能抓住的那個卷軸。那是上一代住持在永平寺靈修時候，照顧他的師傅送給他的。兩行大字，第一行上方是□、○，下面寫著方語圓音，另一行寫的是唱涅槃。古義人先生，您該記得罷？令尊過世之後，上一代住持到府上做法事，爲令堂講道。當時，他引用《道元和尙廣錄》的詞句來解說——八成是求學時候從師傅那兒聽來一知半解的知識罷。而那時還小的您在一旁聽著感到很佩服，您不是在某篇文章裡這麼寫嗎？」

「老住持當時解釋說，涅槃二字用漢字寫起來有稜有角的，但用梵音念起來倒是圓柔的'nirvāṇa'。我年紀雖小，聽了也覺得原來如此。」古義人說。

「這正是道元和尙在涅槃會上講經時說的。我們寺院的涅槃會也掛這幅字。古義人先生或許是不自覺想起了母親，才會去摸索這個卷軸的罷？我聽阿朝姐說過，您雖然在很多事情上跟令堂有過衝突，可也比誰都受到母親的關切。令堂也是在誦念方語圓音、涅槃、'nirvāṇa'中歸天的。會不會是想確定這個事實的潛意識，讓您那麼魯莽闖下大禍的罷？

「我也許是讀得太深入，古義人先生不是寫過《M／T與森林的不可思議》嗎？老實說，比起女強人M，您對靈活騙子T恐怕有更深一層想法罷？換上這個地方來說，銘助先生代表了T。也就是說，會不會是您假裝要尋找實際上並不存在的，畫有銘助先生的卷軸，其實是希望與M的化身——您的母親和解，才捅出那種樓子來，儘管是不自覺的？

「我說古義人先生，我想趁這機會改建一下納骨堂，得拜託您捐助一大筆款子啦。好歹比別的什麼都更能爲令堂求冥福不是？」

羅絲小姐在陪著古義人於駛往松山的救護車上，陳述了她經過修正的意見。

「按照我的編派，住持先生應該是《唐吉訶德》裡的神父，可今天早上又當理髮師爲你理髮刮鬍子不是？他是一個人身兼神父和理髮師哪。至於眞木彥神官，就該是學士參孫・加拉斯戈了。儘管有些事上不贊同古義人的想法，會頂撞你，可我認爲他畢竟是想幫助你的。」

電腦斷層掃描結果，就古義人被告知的範圍，是正常的。但他卻隱約感覺到自己的身心裡已然產生某種來自年邁的變異。

---

1 藩為江戶時代諸侯的領地。

第五章　「普通人」的痛苦

1

出院回家，古義人發現書房兼臥室的佈置有了變化。原來是他前腳出院，後腳就跑到醫院取回衣物的阿由，事先爲他安置妥當的。爲了要在窗前擺張擱放打了石膏的一條腿的檯架，臥床給調轉了方向。腦袋枕在原是腳部的地方躺下來，山谷那一頭南邊的山脊稜線，竟顯得如此清新。那就像是用柔軟的鉛筆畫在稍厚畫紙上的線條，而沿著這條稜線，頗有些幅度的天然照葉林從東到西相連著。遼闊的天空猶似木版印刷的藍色平面，無邊無際鋪展在那兒。

即便圓嘟嘟的照葉樹叢，也有著綠色的明暗條紋，看著看著，撩起了他一些瑣碎的記憶。稜線下方，大片人造林的杉樹和檜木、砍伐後青草茂盛的平面、再往下是向山谷突出的急傾斜坡，在無法造林下成了雜樹叢生的林子，其中開著白花的朴樹之類鶴立鷄群，格外顯眼。

零零落落留在低處照葉樹群落中的一棵，忽然扭動身子，接下去鄰近的另一叢也出現同樣情形，便知道風局部吹過這些樹林。而山脊上濃淡有致的綠色稜線，則依然靜止不動。

……門鈴應該管用，卻聽見有人在玄關外邊直接叫門。稍早就傳來的淋浴聲停止，只聽羅絲小姐大步邁向玄關。

一個年輕人的聲音，以音節怪分明的口氣拐彎抹角解釋著。從他一再重複的說詞中，總算逐漸弄清楚來訪的目的：我們雖然沒有事先約好就跑來，不過你們應該曉得我們拜訪的目的就是想見長江古義人氏。我們是特地從松山趕來的。之前曾經寫信請求採訪，也收到了謝絕的回函，但是從醫院打聽到長江氏今天出院，索性直接跑來請求採訪……

每回對方講到這兒，羅絲小姐便答以，你們既沒有事先約好，長江又是療傷之身，沒法接見記者。但對方無動於衷，重新開始解釋。雙方磨了一陣嘴，原先只是從拉開的門縫從玄關裡對應的羅絲小姐，似乎對來客的無感漸覺不耐了，傳來她重整態勢的動靜；她決定現身。

「誠如各位所見，我正在沖澡，必須失陪啦。」

「不，不，您別客氣，請便！」口氣變得與年齡相稱的年輕人應道。

「我是爲了把話說清楚，才特地跑到外面來。你好好聽著，我負責古義人的郵件、傳眞、和來往電話，所以詳情我都知道。古義人不是謝絕了你們的採訪麼？」

「是的，可那是這回受傷之前的事情。如今情況有了改變，想著，索性直接登門求見，我們這就跑來了。」

「改變？你倒說說看改變成什麼樣兒？受了傷不是更不容易接受訪問麼？」

「話是沒錯。」對方說。

沉默半晌之後，羅絲小姐好似憋不住了，她說：「貴報不是把古義人受傷的消息，拿來當趣聞加油添醋大炒一番嗎？」

「那是社會版。」一個中年人的聲音接著回答：「我們是文化版，今年正在作『重新認識正岡子規1』的特別企畫。您知道正岡子規罷？俳句詩人。

「長江先生是爲了過往一些無謂的爭執在意氣用事，而我們也不是沒有批判過那位人士。可這是子規辭世百年的企劃呀，想著彼此都該站在更高的視野上來看待這件事情，我們就鄭重向您提出採訪的請求，結果被您拒絕了，老實說我們很不愉快。但也還是特地從松山趕了來，希望您能夠重新考慮一下。

「既然受傷臥床療養，就沒辦法寫作不是？或許可以請長江氏說幾句話，我們是這麼想的。是不是這樣？」

「這樣麼？……我是美國人，既不懂得日語的複雜性，也不很清楚日本新聞界的習俗。不過，這並不是類似發現了子規的新文本之類的事情罷？關於子規，古義人以前寫過，也許他認爲重複同樣的言論沒什麼意義。我認爲你們同這種心態下的古義人見了面，也不會有什麼成果的。」

這回連那個中年人似也閉上了嘴巴。沉默了好一陣子以後，終於傳來羅絲小姐明顯忍無可忍的聲音。

「儘管我們再度拒絕，你們仍然冒冒失失跑了來，強硬要求和受傷的古義人見面，讓我這個毫無義務可言的人耐著性子應付你們。而你們再三重複同樣的要求，等到沒話可說了，索性嘻皮笑臉打量我全身，賴著不走。爲什麼？小心我控告你們性騷擾喔。」

「性騷擾？妳不是也有一**大**把年紀了麼？我們幹嘛要騷擾妳？我們怎麼騷擾妳了？」

「你們對沖澡沖了一半，身上裹著浴巾出來應門的女性問了半天話，還嘻皮笑臉上下打量有一**大把**年紀的女性。

「你們可曾讀過《唐吉訶德》裡，女扮男裝爲名節而戰的姑娘那段故事？你們相信一個美國女性來到這麼野蠻的國家這麼野蠻的地方，受到一干野蠻記者的騷擾，爲了自保，她不會用手槍麼？」

古義人從床上支起上半身去摸索拐杖，卻因名副其實氣得發抖，以致讓拐杖掉落地板上。而打了石膏的一隻腳擱在檯架上，根本就無法伸手去撿拾。又氣又急的古義人耳中傳來用力碰上門的巨響。隔了一會兒，他聽見繞往臥床對面窗外的那票人談話的聲音。

「這個長江也眞好命，大白天就有赤條條的褐髮美女一旁伺候，什麼養傷不養傷的！」

「也有人說，子規終生保持童眞不是麼？」一個年輕的聲音不勝義憤的應道。

裹著浴巾的羅絲小姐站到怒不可遏的古義人身旁，手擱到他打著石膏的腳上。卸了妝，有個朝天鼻和光亮額頭的那張臉，眼看著脹紅起來。

「氣死我了！日語能力太差，連那一類的傢伙都沒辦法擺平！」她不甘心的說著，冒出了眼淚。

2

古義人住院期間，一直在阿朝家受她照顧的小明回來了。

起初，父親的臉不用說，他是連老爸身上任何主要部位都不看一眼。過了段時間之後，也只是好奇打量著伸出床外的那條打了石膏的腿。又過了一陣以後，他輕敲石膏，古義人嚷痛（事實上眞的很痛），這時他才展開笑容張口說話。

「有件最棒的事情！」小明說著，面帶微笑，卻又閉上嘴巴。

送他回來的阿朝姑姑，爲炒熱氣氛，問他：「小明，你說最棒的事指的是什麼事？跟別的比起來哪一樣讓你覺得這事最棒？」

「我覺得除了這件事以外，別的事全不算棒！」小明回答。

「說的也是啊，小明。小眞特地向大學圖書館請了假趕來。爲了給爸爸一個驚喜，我們瞞著沒說，還有比這更棒的事麼？眞是一級棒對不對？」

「對啊！」

「所以，也要請羅絲小姐特別關照。我說小明，咱們來好好歡迎小眞怎麼樣？」

「好啊，在這兒小眞不曉得要吃些什麼？」

「吃什麼對年輕女孩是挺重要的事。眞木鎭超市賣的食品有限，而且大多太鹹。」羅絲小姐認眞思量著。

三天後的過午時分，玄關那兒傳來小眞對著前往機場接她的阿由致謝的聲音。伸長打了石膏的腿正在看書的古義人和小明都嚇了一跳；後者正坐在因濃綠的樹蔭變得微暗的房間北邊地板上，露出腳背上坐出來的淡紅色瘀痕，查對他的《FM迷》雜誌。小眞也向等候在餐廳兼起居間的阿朝和羅絲小姐致意，儘管是千遍一律的客套話，但出自她嘴裡卻是如此眞摯得叫人心疼。古義人彷彿看到緊張中拚命微笑——尤其對初次見面的外國女性——的女兒那張脹紅的臉。此後，小眞也極少現身古義人的書房兼臥室。正因爲膽小謹愼，小眞得爲自己的「出場」做好準備，爲此她得極力想個兄妹久別重逢之際阿朝和羅絲小姐不用一旁相陪的理由。

不一會兒，小眞結束與阿朝她們的寒暄，把行李安置到小明的房間，逗留此地期間，她將在兄長的臥床一旁打地鋪，末了，她終於出現父親面前；她推開直抵天花板的帆布門，背著手牢牢關上之後，這才把那張紅紅的圓臉轉向這邊。雖也飛快觀察了一下父親打著石膏的模樣，卻沒有說什麼問候的話，自管拎著大紙袋，並排坐到兄長一旁去。

接著，她用傳承自母親，有別於方才寒暄口吻的關西腔問道：「哥，你可曾發現《FM迷》的節目表上有個誤植的錯字？」

小明仍兀自盯著側坐的膝頭上攤開的雜誌，也不回過頭看妹妹。但在泛綠亮光底下，只見他眼眶四周膚色變濃了，面頰的輪廓也立時柔和了起來。

「我帶來了音樂之友社出的《標準音樂辭典》，還有補遺那部……哥，知道我爲什麼不用郵寄麼？成城郵局的男性員工，總是把接過去的包裹重手重腳往地板上一扔，要是書角給摔壞了，才叫討厭呢。」

看樣子，小眞是除了皮箱之外，還又拎了個大紙袋來，她從紙袋取出一厚一薄兩冊大版本的書擱到地板上，小明依舊向前直著身子，從書盒裡抽出書本翻閱了起來。

「不過，那本辭典太大太重，所以我也買了來《袖珍樂典》。哥目前正在讀樂理不是？」

放在平時，小眞總是從從容容隔上一段時候等哥哥回答再繼續講下去，此刻卻自顧自說個不停，顯然，她也跟半天說不出一句話的兄長同樣激動而昂奮。過了一會兒，也翻閱小辭典的小明，用另隻手將剛才還在看的雜誌推到妹妹膝前：「他們把孟德爾頌排成了孟德頌爾！」算是回答了妹妹的第一個問話。

小眞依舊與小明並排著遠不如哥哥厚實的膝頭，仔細審視著。

「眞的耶。這家雜誌老出錯不是？」

「他們也把塔爾雷加[2]寫成塔雷爾加。不太確定的時候就稱塔雷，塔雷不就是塔雷爾加的簡稱嗎？」

「哈哈，一點不錯。哥，他們連塔雷是誰都不知道哪！」

於是春末以來就沒有碰面的兄妹——其間，由於每日電話，小明的對話能力反倒變得更穩當——兩人之間那份拘謹，似乎逐漸化解了。

又一段時間之後，兩人開始藉著更瑣碎的禮物玩起了遊戲。那就是挑選合乎ＮＨＫ動畫繪本《小忍者阿茶丸》紙面情景的人物與小動物貼紙貼上去。小明默默的全神貫注，小眞則並不與她的過於認眞相矛盾，巧妙模仿出各種嗓音來提示他。她也用勤勞的螢火蟲僕傭那種口吻，提醒視力有缺憾的哥哥：「各位小鬼可是和醜公主一起躲在岩石背後？」

古義人正在讀納布可夫的《唐吉訶德講義》，那是羅絲小姐當作禮物帶來給他的，想必是她受教於前夫的東西。上好的紙上印有大大的鉛字。極其精練的詞彙和句法結構，以古義人的英語能力讀起來，得一邊查字典一邊思考再三。躺在特製的臥床上，肚皮上擱本書消磨時間，倒也合適。

小眞像個任職多年的秘書，瞅準老爸從書本上抬頭，卻也沒有查字典或者在卡片上記東西的空檔，傳達母親的信息。

「聽說小源太長得很好。（源太是吾良那位就讀柏林自由大學博士班的年輕女友和別人生下的嬰孩，血緣上與吾良無關。源太〔Genta〕是根據德國名字Günter取的漢字。）媽媽說一旦照顧起來，多一個少一個沒有什麼差別，索性把浦小姐朋友的兩個貝比也接過來一併照顧了。柏林有好多一面撫養小貝比一面讀書的單親媽媽呢。」

不一會兒，糟糕的是古義人感到尿急。住院期間，護士和留在醫院過夜的眞木彥神官，分別照顧他白天和夜間的大小便問題。回到十蓆地的家以來，就由羅絲小姐幫忙，只是做老爸的總覺不便吩咐女兒叫那位美國女性拿尿壺來。

不料，小真輕輕走到正東想西想爲尿急事煩惱的老爸身邊：「我去拿尿壺來，已經洗乾淨擱在那兒呢。」說著，以一匹小馬行走的姿態消失而去。

在公立小學四、五年級遭到與古義人差不多年歲的男老師惡意對待，以致變得怯懦退縮之前，小真的個性原本活潑開朗，就拿在北輕井澤度假山莊那段生活來說，她可是領著當時還具有運動能力的小明滿山遍野奔跑的女孩。

接下去，小真忙裡忙外處理著尿壺，一邊說：「阿朝姑姑對我說：『讓一個和爸爸沒有肉體關係的女性朋友倒尿倒尿不大好。不過，話又說回來，妳跟爸爸也沒有肉體關係，可你們父女倆之間好歹有著遺傳因子的關係，就由小真來做吧……』。」

在這種進展之下，古義人總算對未來幾天將如何熬過生理上的窘境一事有了個眉目，也留意到做姑姑的阿朝一直在提供女兒三不五時得將父親在山坳的生活報告給柏林的必要情報。

另一方面，羅絲小姐毫不保留的對小真表示好意，每天都準備特別的晚餐，也款待阿朝。於是一到了傍晚，古義人便聽見在餐廳兼起居間熱熱鬧鬧展開的阿朝他們的歡談。他自己則在總領事附設有小餐桌的床上單獨用餐。羅絲小姐可憐孤單的古義人，特地跑到床前來聊上一陣。主要的內容常是關於小明和小真兄妹倆，羅絲小姐不在意兩人的談話會被餐廳那夥人聽到。

「那兄妹倆靜靜待在他們自己房間時，小明的樣子才像桑丘•潘薩辭掉海島總督大位回到家鄉，和他那頭灰毛驢子重逢時候的模樣哪，小真沉思的眼神，也跟杜雷的插畫一模一樣……」羅絲小姐說。

「妳說小明像喜極而泣的桑丘・潘薩倒也罷了，可將一個未婚女孩比作驢子，未免太什麼了罷。」

「可是古義人，我認爲那幅畫是杜雷的傑作。老實說，看到你們父子倆爲了小眞要來就幸福成那個樣兒，我還眞妒忌哪。我是人還沒有來，就忙著預想些不快樂的事情，眞的覺得很羞愧。

「小眞看起來很儉樸不是？這個國家和韓國那些愛漂亮的女孩，都有人穿迪奧啦、香奈兒啦，小眞卻只穿最常見的那種圓領樸素套裝……不過，看起來相當帥氣哩。

「我雖然沒有見過千樫，可她既然是吾良的妹妹……想必小眞也有來自母系的品味。這麼好的女孩子居然沒有男朋友，是眞的麼？如果是小明的存在讓她有意無意排除了交男朋友的可能，那就不大好了。」

古義人正在吃阿由特地到松山三越買來，用美式風味香料烤出來的小羊排。沙拉也是精心製作，這天還特別附有紐約風味的貝果。看到兀自默默繼續用餐的古義人，羅絲小姐知道無法從他那兒得到什麼具體意見，於是死了心，匆匆走向餐廳。古義人隨後想起了千樫飛往柏林前夕留下的話語。

「只要有小眞在這兒，我就不擔心你和小明倆。不過，你也別忘了這個可靠的小眞，心理上也有不穩定的時候。以往我是因爲不要你擔心，才很少提到這方面的事……

「那孩子就像她在畢業作文上寫的，是個『普通人』。我想，一個自認爲『普通人』的年輕人，心理上感到痛苦的時候，肯定是眞的很痛苦。任誰都會質疑我爲什麼要撇下小明跑到柏林去，而且爲的是照顧素不相識的別人生下的嬰兒。可只要有小眞在家，我就能夠對你和小明放心。我擔心的反倒是小眞自己，因爲無論從好壞兩種意義上來說，你和小明都不是『普通人』……」

3

古義人出院返家過了幾天，等到能夠拄著拐杖如廁以後，發現原本用來隔開餐廳與起居間的那張高背沙發椅，背對這邊，給挪到面向山谷的玻璃門前，騰出一方窄小卻也獨立的空間。擺在那兒的矮桌上擱著有電話、傳眞機和文件夾，成爲臨時的辦公室。而基於考量到起碼逗留期間能給羅絲小姐多點時間，多數時候由小眞坐鎭在這裡。小明則自從妹妹住進山坳家以來，重又恢復往日那種平靜安穩的生活（羅絲小姐必也見過那種情景），待在自己的屋子聽廣播，或是潛心研究樂理。

這也是託小眞的福，虧她帶來了小型樂理解說和附帶有淸晰樂譜圖表的《袖珍樂典》。小明正在重新理解耳熟的多種曲調之間的相互關係。他在早餐桌上展示著那本書，爲買給他眞正需要而且方便的音樂辭典這事，向妹妹表示感謝。小明一面用餐一面聽FM，也就著那曲調，根據小辭典上引用的一節樂譜，說明C大調和D小調或是E小調之間的關係。

「對了，從這兒開始轉變成F小調，那是下屬調的同主調。」

如此這般，兄妹倆在這十蓆地家裡的生活，也跟著東京的日子一樣，呈現出若即若離的樣貌（羅絲小姐感歎地認爲是理想的互動模式）。做母親的千樫，倒是把這種情形稱作「妹控模式」。

即使在羅絲小姐充當秘書期間，基本上還是採用電話留言。午後五點開始一個小時之間，聽取所有的留言，必要時加以回話。而小眞從東京打電話來與小明聊天，也是這段時間。電話留言切換回正常通話的時候，打進來的如果是預期之外的電話——全都來自沒有私交的人，也不知他們是用什麼方法取得電話號碼的——羅絲小姐就以她的母語那種快口的曼哈頓英語逐一擊退。

不料，把一些事務交給小眞之後的某日，接聽電話的小眞顯出困惑不知所措的跡象；躺在床上的古義人聽見女兒一再否定：「不，我不是櫻子。」

古義人感到不解，但也沒有問女兒那是什麼樣一通電話。過了一會兒，他起身到廚房取冰箱裡的礦泉水。小眞正在「辦公區」整理文件。羅絲小姐和阿由出遠門去田野調查，小明房間也是靜悄悄的——這個時候，他多半在看譜子。古義人取出水瓶和製冰盤。雖然拄著拐杖做這種事有點不便，一旦成功，他就想為冰箱做點什麼事。每回到眞木大街超市，羅絲小姐總要買回來大量冷凍食材，塞滿整個冷凍室。用保鮮膜包裹的牛肉、豬排、切成厚片的魚肉、裝在塑膠容器裡的咖哩飯、再就是前中學校長分送過來獵得的野豬腿、幾條包裹起來的香魚、和支解過的甲魚種種，數量之多，堪稱滿山滿谷。

站著喝過水之後，古義人將這些冷凍食材，逐一取出扔進不鏽鋼流理檯裡。他打算解了凍再將之分類裝進垃圾容器中，請阿由用車子載往沿河的大馬路那邊去。

他無意向女兒誇耀老爸剛做了一些事情，遂逕自穿過餐廳兼起居間，回到床上，看起《唐吉訶德講義》。

就這樣過了段時間，窗外變得漆黑一片，只聽待在廚房的小眞，似又回到小女孩時候那般，以童稚的聲音快口說著什麼。

「啊，怎麼辦？怎麼辦？今天輪到我做晚飯，可是來不及了！怎麼辦？怎麼辦？」

小眞用纖細又急切的聲音重複著同樣的話。不一會兒，廚房傳來陣陣撞擊聲，聽著像是在敲打沉重、卻又確實比金石柔軟許多的某種東西。

古義人仍只是肚皮上擱著大開本的書，支起上半身。那撞擊聲（連帶異樣的動靜）依舊持續著。古義人終於取過拐杖，下床走進仍在咚咚作響的廚房。只見小眞背對這邊站在堆滿了洗滌槽的大量冷凍食品前。腳底下擱著一只半透明大塑膠袋，可以看到開始解凍的淡紅色肉塊。如果是將這些東西一包包扔進地板上大塑膠袋裡去的聲響就好了，古義人心想。

但小眞復又邊嚷著怎麼辦？怎麼辦？邊擰絞著身子用額頭去撞餐具櫥的框框。咚——咚——，小眞正陷入如她個性般柔和，但也正因爲如此，變得極端暴力性自殘的恐慌狀態中……

古義人試圖從背後抱住女兒纖細的上半身，但她一回頭就掙脫老爸臂膀，繼續用後仰的半個腦袋去撞櫥櫃，泛黑的面孔，出乎意外顏色深濃而肉感的那瓣豐滿突出的下嘴唇上，竟然刻劃著道道紅黑色皺紋。

「他不相信我……眞木鎭公營游泳池的人口口聲聲喊我櫻子，我一再說我不是，他還是不相信……報社的人會來割耳朵……夢裡的人形模特兒手中就拿著美工刀……怎麼辦？怎麼辦才好？」

古義人感覺到小明正在自己的房間豎耳諦聽。想必驚恐之餘，被一股沉痛的心思擊垮了罷。更糟的是羅絲小姐似也回來了。只因她知道這種時候外人插不上手——敢是在日本的婚姻生活中，某些刻骨銘心的悲慘遭遇，讓她有了這種體會罷——只好屏住氣息什麼也不做。古義人摟住仍在掙扎的小眞，將她帶到起居間沙發上，其間，不止一次被女兒頭部痙攣性的動作撞及下巴。小眞嘴裡不停的說著，除了看似她自己也控制不了的肉體上的反抗之外，倒是乖乖隨著老爸來到起居間，一坐進沙發，便又以掙脫了的右手拿起玻璃紙鎭，咚咚敲起腦袋。

古義人抓住紙鎭，檢查了一下女兒頭臉上的傷勢，對她說：「可千萬不能用菜刀這麼做喔。」

「菜刀很可怕，所以我不會那麼做。」小眞一本正經說著，又恢復剛才那副樣子：「他不相信我……說什麼妳是櫻子麼？……還又氣沖沖的問，妳是櫻子罷？……要是到眞木鎭的公營游泳池，肯定會被他們按進水裡淹死……沒有人相信我……我一點用處都沒有……連來電話的人的姓名都記不牢……」

小明鼓起勇氣走出房間，隔著沙發椅背去觸摸妹妹以奇怪形狀伸出的一隻手。但他八成弄不清究竟發生什麼事，只好老老實實站在那裡。

「公營游泳池的人報了名字，我卻沒有聽清楚……哥哥只能游兩公尺遠，肯定會被他們按進水裡淹死……躲藏在衣帽間的報社的人就會來割耳朵……夢中的人形模特兒手中就拿著美工刀……怎麼辦？怎麼辦？我這種人最好不要活在世界上……因為我什麼用處也沒有……」

「沒這回事，小眞，別的不說，小明不就像這樣的依賴著妳麼？」儘管古義人這麼說，小眞還是聽不進去。

……良久，小眞那張臉，雖仍泛黑，卻也終於恢復了人色。嘴唇亦縮小成淡紅色。古義人突然發現自己居然在身陷極限狀態的女兒臉上，感受到肉感的吸引力。在自己也可能陷入危機的緊張感中，古義人希望能夠就這樣與緊擁在懷裡的小眞一直對話下去……

4

小眞回東京那日，阿朝帶著小明送她到松山的機場。到了午後，羅絲小姐來到正在書房兼臥室的床上看書的古義人跟前。

「這一陣子託小眞幫忙，讓我有空閱讀去年得獎的高行健的《靈山》。因爲書中出現一些像『童子』那樣的人，叫我好生驚訝。那是屬於道教的東西。你們村子裡的傳承也受到道教的影響麼？」

「妳我和小明三人不是一塊兒去拜過我祖母和母親供養過來的青面金剛佛麼？那兒雖然佛教和神道都在內，基本上是源自道教的神社。不定『童子』的源頭，也是與這相近的東西。」

「高行健筆底下的『小人』寄生在人類喉嚨深處，靠著吃那兒的粘膜爲生。我覺得你的『童子』譯成外文時候，也有必要加註說明他在森林裡以什麼果腹，即便利用山寨當住處。據說『小人』會趁宿主睡覺時候，跑到天庭向上帝報告那人的惡行。

「高行健筆下的男主角到偏遠山區旅遊中，去見了個肥胖的女靈媒，那靈姑警告他被『小人』纏身。我剛到東京的時候，正好有一場你和法國人士的公開討論會，其中一個熟讀你作品的文化參事，不是指出你的小說裡，也有個胖子在當這一邊和那一邊的媒介麼？也許東洋的靈媒一般來說都比較肥胖……高行健書中的人物，被他一開始並不正視的胖女人說了句『你眼前就有大災大難，你被小人包圍了』，便嚇壞了。」

羅絲小姐很難得的既不談《唐吉訶德》，也不論他古義人的作品，這讓他覺得她其實另有所思（八成關乎小眞），而正在斟酌著如何開口。既然如此，古義人只好等著她提出，恰巧送小眞去機場的阿朝和小明回來，事情就此打住。而小明不用說，連阿朝也比平日顯得消沉，早早就回她自己家去了。

三人吃了頓沉悶的晚餐，重又收回照顧小明上床工作的羅絲小姐，細心細意完成任務後，再度現身於古義人的書房兼臥室。

「我說關於高行健《靈山》裡的『小人』。」說這話的羅絲小姐拿著本約莫半斤麵包那麼厚的平裝書。

古義人這時正悲傷的繼續心想，女兒從小到大，他這個做父親的從不曾像她發作時候那般在肉體上感到親近且心疼過（按照老式的說法）。窗簾尚未拉上，古義人仰望著對岸黑壓壓如一堵牆壁的杉樹林上方，沒有月亮的天空，那份微亮，構成一片淡黑色的背景。

「《靈山》裡的男主角，是個身陷困境的知識分子，會被『小人』纏身是不足爲奇的。儘管這樣，他對靈媒還是一副輕慢的態度，這個我白天好像也跟你提過。爲這個，焦躁不耐的靈姑歇斯底里發作，渾身抽搐，口吐白沫，在地板上打滾。即使這樣，他也蠻不在乎，居然還在想著別的事情。」

羅絲小姐說著，戴起她那副紅框眼鏡，念起了其中一頁。

> 人其實就是這麼種動物，受了傷害會特別兇狠，這不是東西的人讓人畏懼的又是人的癲狂，人一旦癲狂了就又被絞殺在自己的癲狂裡。

「我不認爲小眞是癲狂的。我們這些人即使有那麼點近乎癲狂，也很容易甘於受虐，允許別人用恐怖的行動來對待你，我從自己的經驗明白這一點。我不是告訴你我老公曾經怎麼對待過我麼？

「小眞開始在廚房發出不尋常的動靜時，我嚇得躲在自己屋子裡發抖，你這個做老爸的卻照樣歪床上看你的書。難不成你沒有感覺到發生了非比尋常的事？」

古義人只覺自從納骨堂那樁事故以來，身心就有一股深沉的疲勞，並且發現從變紅了的手掌開始，只要意識到身上任何部位的皮膚，那塊皮膚便發起熱來。就拿眼前來說，在羅絲小姐直視之下，他感到眼睛一帶腫脹而發熱，一時想不出該怎麼回應她。

「我是有感受到發生了什麼不尋常事故的信號。艾可[3]《符號論》這本書的開頭曾經舉例說，一座水庫的發電裝置發生故障，修好了以後重新運作，家家戶戶才又亮燈，這也是符號功能的傳達……而我的情形就像是未經語言傳達，直接在腦子裡的某一部分亮起了燈。」

「但是你並沒有起身去看看。」

「當時我這雙眼睛追循著文章的下文，然後自己告訴自己：這是必須努力去面對的一件事。」

「你是一開始就接到信號，卻害怕去解讀。家家戶戶重又亮燈，不就是停電結束的解讀麼？可你試著想一想，要是不打開電燈開關呢？即使恢復供電，還是漆黑一片，什麼也沒有發生。」

古義人只有無言以對。

羅絲小姐淡淡的灰藍色眸子牢牢抓住他：「你身爲小說家，居然把小眞的失控只當在低聲哀歎，沒有想像到接下去可能發生什麼事。

「該說是沒有把它用語言構成影像罷……」

羅絲小姐眼中那一抹柔和消失了，顯然不想再聽古義人的任何解釋。她已移向有意把思量已久的東西用明確言詞講個淸楚的階段。

「溫柔、有幽默感又有觀察力，跟大夥兒在一起時候，總是在不引人注目的地方笑著……想到這麼好一個女孩好像長久以來一直在暗自受苦，實在是件很令人難過的事。

「不過，小眞不許別人介入她的內心世界，所以我對她要回東京這事並沒有表示反對……一方面也因爲她情緒上已經恢復到可以這麼做……

「坦白說，我倒是在古義人你身上看到精神病癥，只不過你始終靠著意志力控制過來。小眞跟你不一樣，她沒有精神病癥。正因爲是個不會跨越極限的人，小眞才會受苦。她是個容易受傷的人。

「身爲名人古義人的女兒，校園生活想必也有過很多煩擾，要說那種戒懼成了習慣，也是可以想像的。而且透過千樫，跟自殺身亡的吾良也有關連。可別小看血緣的作用喔。儘管這樣，我相信小眞每回都靠著自己的力量挺了過來。

「我不認爲小眞的失控是癲狂，就像我不會把驅使唐吉訶德去從事多半是悲慘冒險的因素稱作癲狂那樣……

「那天夜裡，小眞服下你爲『萬一怎樣的時候』準備好的鎮靜劑睡著以後，我到你跟前來要求解釋。你只是陳述事實，說什麼小眞用腦袋去撞餐具櫥啦，拿紙鎮敲自己的頭啦，弄得整張臉烏暗如淤血，嘴唇也腫了起來……聽著，我聽著，覺得你們這對父女好可憐。

「我預備把高行健的madness這個字眼解釋作『小小的癲狂』。即使用日文引用，心中想的仍是小寫字母m。是這個m讓小眞對自己採取恐怖行動的。當這個m一旦變成眞正可怕的癲狂，也就是大寫的M，將毫不抵抗的小眞導向自毀的話，古義人你只怕再也沒辦法重新站起了。而小明通往現實世界的兩條管道，肯定將同時關閉。所以我說，千萬不能讓這種事情發生呀！」

---

1 正岡子規（一八六七—一九〇二），日本俳句詩人、短歌作者、隨筆家。本名常規，因咳血而改名子規，有泣血杜

鵑之意。曾以隨軍記者身分參加中日甲午戰爭，返國後因脊椎骨疽長年臥病，唯病中仍戮力於文學，除創辦詩刊《Hototogisu——杜鵑》從事俳句、短歌的革新運動，也創導所謂的寫生文，給夏目漱石等小說家帶來影響。

2 塔爾雷加（Francisco Tarrega，一八五二—一九〇九），為西班牙吉他演奏家、作曲家，被稱為現代吉他之父。

3 艾可（Umberto Eco），一九三二年生於意大利都靈，為全球知名的符號語言學權威，同時以小說名世，著有《玫瑰的名字》、《昨日之島》等。

第六章　那件事與痛風

1

幾天後，羅絲小姐重炒小寫m和大寫M的話題。一旦鎖定一個課題，準備明確表達自己想法之際，總不忘扯上《唐吉訶德》，是她一貫的做法。

「就是桑丘・潘薩在唐吉訶德臨終的床前苦勸主人的章節。用不著我重新提醒……我本來就是看到你在馬德里一場演講中，談到桑丘・潘薩顛覆了正常與癲狂的言談那篇講稿，才對你發生興趣的。請你看一看後半部第七十四章桑丘・潘薩講的話。」

古義人於是一邊聽羅絲小姐朗讀，一邊用眼睛去追循袖珍本上她提到的部分。

「啊，騎士老爺！」桑丘・潘薩哭嚷著：「您千萬不能死呀。我們最重要的老爺，您倒是聽我說，在這世界上，人所能做的最瘋狂的事，莫過於沒什麼多大理由，也不是有人要殺你，而只因爲悲傷或者孤單寂寞，你自個兒就忙著要去見閻王。……」

「我眞遺憾古義人你怎麼沒有把這段文章念給晚期的吾良聽。你從年少時候起就時常表現得像是『吾良王』的弄臣，必要時候又當他的智囊，可以說你是在吾良身邊扮演了五十年的桑丘・潘薩。爲什麼在最後的節骨眼兒裡默不作聲？

「桑丘・潘薩的喟歎總括於slain only by the hands of melancholy（被憂鬱的手所殘殺）。slain是slay的過去分詞，好個老式的說法。作者恐怕也有半開玩笑的味道罷。換上我，可要一本正經譯作『死於憂鬱之手』。……

「不過，您肯定不願意拿這句話去套在吾良之死上面罷？就像上次年齡與你相仿的那個美國史學者來信請求寫推薦文時候那樣。你對被一般性的認作和吾良同樣害上前老年期憂鬱症而後來又好了這事，非常反彈。你一口咬定事情不是那樣，吾良自始至終都是正常的，他可是經過深思熟慮之後才選擇了死亡……又說從他如何將兩人在洛杉磯聯合經營的辦事處那筆錢遺留給家人開始，到……

「可是，一想到吾良，我還是覺得他是slain only by the hands of melancholy。melancholy的頭一個字母也是m，但我認爲應該不是大寫。小眞要是再次被這個傷痛的m纏上的話，古義人你怎麼辦？難道照樣只束手想起艾可的符號論不成？

「如果你只能慌亂不知所措，幫不上小眞任何忙，那才眞叫the greatest madness that a man can be guilty of!（一個人所能犯的最癲狂的罪行）呢。如今再加上古義人你自己本身，每天早上都被憂鬱症所苦不是？千萬不要把melancholy的小m變成Madness的M啊！」

2

剛要邁入中年時候，古義人曾經引用中野重治[1]小說裡的詞句，寫到「此項永續」的迫切性。如今思之，吾良之死對古義人而言，才眞的是「此項永續」，永續到他死亡爲止。

千樫把吾良遺留下來的拍片草稿拿給他看以後，古義人以十六歲的自己與十七歲的吾良親身經歷過的事情爲核心，作成厚厚一本筆記，整樁事叫做那件事。

總而言之，這本筆記源自吾良有意將那件事拍成電影的構想。古義人本身就不能不將吾良之死視作那件事鐫刻在身心裡的東西，經過多年的歲月變胖變大了。只怕要不了多久，那東西也將壓向他古義人。

吾良所作附有分鏡圖的電影劇本，該當那件事的核心部分有兩個版本。當千樫問到吾良不知會採取哪一種版本，古義人答以「既然把分鏡圖畫得這麼周密，想必兩種都要拍罷」。

古義人感覺到千樫對這個答覆並不滿意，儘管口頭上沒有表示出來。

其中一個劇本有這麼個場景。美軍佔領期行將結束時發生的一樁事。爲了企圖從美軍基地取得軍械，國家主義者的殘餘分子大黃，以美少年吾良作誘餌，將美軍的語文教官彼得騙往山上秘密基地。場景中的彼得正與吾良在溫泉澡堂共浴，就在這時遭到大黃的年輕徒輩突襲。彼得光著身子給抬到山坡上的草原，一干人將他拋下，再抬起，拋下，再抬起，一再的重複著。

直接引用吾良的劇本，就是「一夥人更加狂野重複著這種開心到近乎野蠻的遊戲，奔入草坡下方的灌木叢裡。間隔片刻之後，一聲悽厲的慘叫」。灌木叢那一邊，正是那幫小夥子爲宴席宰殺小牛的地方。

另一個版本則是不同進展：彼得夥同大黃用來代替吾良的村子裡的少男少女們一起洗澡，任務已了的吾良，單獨走下暗夜的山澗離去。

如若古義人說他想吾良會拍前一個版本，千樫會認爲吾良肯定是殺害彼得的共犯。

再回到先前那場對話。

羅絲小姐也說：「根據我切身的經驗，我知道melancholy的m，很容易轉變成Madness的M。我無意把你概括成前老年期的憂鬱症，可你也不能說跟這個完全無關罷？你自己也不能因爲當時不在現場而認定你這雙手並沒有沾血；可以說你是在那件事所帶來的殺人意念這份痛苦中活過來的。

「我相信吾良如果還活著，一定會對此時此刻的古義人說：『你絕不能從melancholy的m跳向Madness的M啊！』

3

古義人與羅絲小姐談及吾良的自殺沒多久，跟三島神社眞木彥神官也談到了同樣的話題。當時古義人並沒有覺察到這並非偶然……

古義人所以沒有將兩人有關吾良的言談聯想到一起，是因爲他知道不識寺那場意外事故以來一直留在醫院照顧他的這位神官，很早就開始關切吾良的電影及其整個生涯之故。

古義人與眞木彥神官初次通話時，彼此並無好感，接下去又在奇特的情況下見面，倒也成了蠻談得來的一對。此外，從忍著傷痛的住院期間起，夜間取尿瓶倒尿瓶的工作全靠他眞木彥神官。不能喝酒，醫師開的安眠藥吃多了怕上癮，對每天只得在難以成眠中苦熬長夜的古義人來說，能夠與眞木彥神官談天說地，著實是值得感念的一件事。

「塙吾良拍的電影我全看過。什麼導演事業遇到瓶頸啦、江郎才盡只好走上絕路啦。我才不相信他那啥都不懂偏要充內行的老同學說的話。」眞木彥神官說：「創作了一連串成功作品的人，要是工作上觸礁了兩三年，反倒會讓人對他的下一部作品積極期待的。一個有極大才能的人，即便會現出走進死巷而困窘的表情，內心約莫仍有突破困境的譜兒罷？我說這話並沒有要恭維你的意思……」

每回與眞木彥神官共度深夜時光，吾良之死必然成爲兩人的話題，而此一話題，古義人也開始熱中了起來。有時遭到眞木彥神官反問的第二天，他甚至仍會就著那個問題繼續思考。

例如古義人曾經這麼說：「那是我和吾良讀松山高校時候發生的事情，我們管它叫那件事，是因爲有個難以忘懷的記憶。

「我有時確信那件事與吾良的死有直接關係，有時又沒有把握。我雖然不能苟同吾良死於憂鬱症這種通俗的說法，可偶爾也不免心想，或許歸根究柢多少總與那件事有關，那些景象在吾良腦子裡一再重現，導致本就有幾分老人憂鬱症傾向的他覺得不想活了。至於那件事與吾良之死怎麼個關連法，就不是我所能了解的了。」

古義人說完，以爲已經結束這方面的談話，豎耳諦聽眞木盆地邊郊的醫院深夜裡一片靜寂，卻潛藏著耳鳴一般嗡嗡作響的動靜。

「……古義人兄談到的那件事，不管是性方面的惡作劇也好，還是已經嚴重到稱得上犯罪行爲也好，總之，它留在心中的陰影，應該是你倆共有的罷？

「爲什麼那件事的記憶對吾良足以致命，古義人兄您卻可以活下去？我甚至認爲以你倆的個性應該是相反才對呢……」

這天夜裡，古義人躺在床上思量著眞木彥神官挑釁他的這個問題，爲免被發現還沒有睡著，他悄悄的翻身——其實由於無法將打了石膏的腳自檯架上移動，他是連好好兒翻個身都做不到。

他可沒有把握想出答案來就能安然入睡，根據過往經驗，他此刻所思考的問題，並不是暗夜獨處能夠解答的東西。

「夜間」總以除此之外別無他法的專注來迫切思考，「白天」則繼續追索昨夜似已近在眼前的答案，但在白天那樣不停的想下去本身，就是個不正常的行為；可到了夜裡你又無法逃避這個問題。

如此這般，在與這種思考共存中，因現實生活的累積而變成意識的背景。這也算姑且獲得了解決。

另一種方式是按照自己的職業習慣，將那主題寫成小說，然後接受各種各樣的批評以得到解決。只是這兩種解決方式都需要很長時間，也不見得能夠一掃疑問的焦點；古義人是隨著年歲的增長，深切體會到這個……

4

拆除石膏，拐杖改成手杖時候，有兩處前來連絡。兩者都與古義人腳痛有關，卻與納骨堂的受傷有所不同，其中一個還關係到久遠的那件事……

首先是定期與遠在柏林的母親通話的小眞轉述千樫口信，以及附帶的東西。先談所謂的東西，是指五年前斯德哥爾摩的卡羅林斯卡研究所附設醫院給他的止痛塞劑，是當時剩下來的。

凡事謹慎的小眞，向母親報告請長假回四國老家逗留了一陣子的事，卻好似沒有說明造成父親左腳新的不便的直接原因。千樫遂以為許久不曾再犯的痛風又發作了，且認準了是她撇下丈夫遠赴柏林，導致他疏於養生之故。她要他找出剩下的止痛藥來用。

古義人掌心上托著由銀光閃閃變成鉛灰色的子彈形膠囊，心思很是複雜。瑞典外交部派來的翻譯兼陪同人員，在海軍服役時與國王同過事，是個豪爽的漢子，所以每回日本大使館派庶務官或參事來連絡，他就火冒三丈。因此，頒獎典禮後安排的造訪《尼爾斯騎鵝旅行記》作者[2]老家時，古義人就謝絕了大使館人員的陪同，以免出狀況。後來，大使館人員在日僑組織的會報上，撰文怨歎因日本作家得獎而憑空增添衆多雜事和開銷，可以說，古義人的決斷自是有道理的。

性格開朗而又神經質的瑞典外交官，一直守望到接過藥劑的古義人在床上開始處理才離開。因爲過往就有患類似症狀的得獎人，拿塞劑去口服，耽延了藥效。

且說古義人靠著塞劑快速的藥效，總算得以出席典禮，領獎並致詞。然而，他遭遇生涯裡第四次痛風，卻是極其特殊的。

第一次痛風發作，倒眞是尿酸過度累積引起。而約莫是揶揄此事的八卦報導帶來的提示，第二次以後的腳痛可是源自別的原因。原來，古義人在作品裡寫到父親超國家主義的意識形態和敗戰當時他那悲慘的死亡，惹來秘密組織殘餘分子的報復和警告。他們一夥三人跑到東京古義人私宅，合力抓住他，用鐵球去砸他光赤的大拇趾根部。

古義人所以沒有報警，一則由於那夥人講的是四國老家山坳裡的方言，二則他們前後兩次襲擊行動，都發生在古義人以父親作題材的中篇小說剛剛發表之後，明顯可以看出他們的意圖所在。

古義人於斯德哥爾摩頒獎典禮三天前，除了將致詞的英文稿作最後一次審核，又在日文版上加筆校正，再發給來自東京的記者們。他估計肯將他講稿中涉及戰後日本狀況的部分原原本本刊登出來的報社恐怕少之又少，因而還原成日文詞句，有必要作一番斟酌。

古義人和記者們走出雜亂的飯店大廳，在面向波羅地海灣的停車門廊邊，審校著英日兩種講稿的用詞。這時候，古義人已留意到掛有慕尼黑車牌，滿是灰塵的那部福斯，以及倚著車身看這邊的三個日本人。

交談接近尾聲，記者們開始回飯店，遠處那三人看準了這點走過來。這時，停到飯店前面的車子下來一個日本紳士，急急忙忙走近來說：「對不起，在媒體干擾下也沒能好好兒向您致意。我們這些皇家學院會員當然會參加頒獎典禮。」

古義人知道這個很有教授派頭的人，在京都大學曾被研究生控告性騷擾，難怪記者們忙作鳥獸散，以免跟這人碰面。

而古義人直接反應是大步走向那三個接近過來的陌生日本人，彷彿雙方已經約好見面。短短一瞬，對方退縮了一下，接著中間那個似曾相識的鑲邊外套男人示意下，另兩人迎上來圍住古義人。他們沿著泊有成排觀光船和渡輪的碼頭，把他帶到與前往老市街去的那座大橋相反的方向。行走中，比帶頭的年輕且身材較高大的兩個，一左一右強行摟住古義人臂膀，只差沒有拖著走。

等於被懸空架起的古義人，扭過頭去，看見已在百把公尺之外飯店正門台階上窺視著這邊的那名日本教授，但他無意向那人求援。同時他也無法將自己的窘境訴諸行走在車道那一頭狹窄人行道上的市民。

首領模樣的那名漢子跪到古義人膝前。只見那人以極其熟練的手法脫掉古義人左腳上的鞋襪。鑲邊外套男人脖子雖已明顯老皺，仔細看，仍是參與過前兩次襲擊的那個人。他抓住死了心而一動不動的古義人左腳踝，試圖固定在地面上，一邊要求同夥：「把他放低一點！」

古義人的光腳板一觸及冰冷石板，鐵球便從起身的漢子手上砸了下來。那玩意兒砸中變形成瘤瘤的大拇趾根部，彈起，滾走。劇痛使古義人止不住呻吟。鐵球一路滾過石板路邊的淺溝，掉進分別叫做Värmdö和Varö的兩艘遊艇之間。這時架住古義人的兩個人發出一聲驚呼，使得路過的一個長外套高雅老婦人不禁回過頭來。

兩臂一鬆開，古義人便抬起灼痛的腳癱倒在地。他這副模樣呻吟了半晌，然後從石板地抬起上半身，仰望落了葉的白楊老樹。老樹的斜上方，可以望見飯店右邊五樓突出的圓形房間。那是分配給他們一家的蜜月套房，小明正在那兒俯瞰海灣，寫著他五線譜上端標了個「海」字的曲子。古義人心想，近前探視兒子的千樫，要是能夠俯瞰石板街道，發現出事就好了。……

這是古義人想到的唯一要緊事。偏偏這時千樫正在和當地一名日僑婦女商量出席頒獎典禮的穿著問題，癱倒路上的古義人，末了總算被趕巧到陽台上吸菸的那名出身海軍，有副好眼力的陪同人員發現。

5

另一樁聯繫來自隧道這一頭的北方城鎮。那是古義人父親喝了酒就自作自吟的漢詩所謂「自眞木盆地過犬寄坑道」，如今已整建成的現代化隧道通往松山。來信沒有署名，古義人卻認得那筆跡。

第一封信夾在他自柏林回國當天收到的快遞物件裡。寄來爲他接風的賀禮是隻碩壯的活鱉。信上也提到準備結束由當年秘密組織殘餘前輩指導的活動。

古義人在腥臭的鱉血中奮鬥了一整夜，結果是拿好不容易熬成的一大鍋鱉湯不知怎麼辦才好，終致倒棄了事。這事之後，第二封匿名信又來了，同上次的快遞一樣來自松山市區。

爲何要宰掉「鱉」？你有何資格殺那隻「鱉王」？這種野蠻無恥的行爲顯示，別說鱉，你是個連殺人都幹得出來的傢伙。年輕時候實際上不僅幹過，只怕從麻布狸穴公寓大樓把那個導演推下去的是閣下你罷？而你居然再度逃避責任偷生至今？

而這又一次的來信擺在與羅絲小姐事務性處理的東西區隔開的另一堆郵件裡；理由是信封上寫著「親啓」。事情無論大小，羅絲小姐總是非常信守日本的習俗。

組織既已解散，也無須煞有其事贅署個人姓名，總之，我等乃大黃師教導下，在與長江家淵源頗深的農場接受教育和訓練的一夥人，我等從那位人稱大川的中國人、也就是鍛鍊道場解散前擔任了多年廚師的口中，聽說了古義人先生幼時的回憶，乃至您偕同後來成爲塙導演的青年一起自松山造訪農場時候的種種軼事，都讓我等留下快樂的記憶。

目前，我等大黃師最後一批門生均過著隱居生涯。唯這並不是說鍛鍊道場的成果已煙消雲散。買下我等公社的經營者，趁泡沫經濟的破滅，構想出眞正豐富多元的休閒之鄉，正在建造一種新機能的飯店，而且還有溫泉——您該記得罷？——據說明年春天即將開張，由於我等是舊產權者之故，始知這個消息。

根據日前報導，得知您已在家鄉展開新生活。既然近在咫尺，何妨使用該飯店設施？那兒也有對小兒麻痺的令郎無任何危險的浴池。以上無謂的一封信，姑念我等乃才疏識淺、於風雅文章毫無素養之粗人，請多海涵。

P.S.又前番領獎，當時旅居瑞士的爛學者，曾於網路撰文說，閣下竟然不分時地，酩酊大醉，倒臥碼頭石板地上，眞是我等日本人的奇恥大辱。獨眼獨臂的大黃師看了非常生氣，說事情絕非那樣，或者是在那值得紀念的時刻，思及令尊那番大構想之故。無論如何，我等的希求終於傳達，往後長江古義人，或能按篤胤先生[3]所吟之詩去行動——大黃師這樣曉喻我等。

「蒼藍大海，潮波萬國，浩然正道，弘揚天下。」

6

古義人在長年從事瑜伽和彈性體操的羅絲小姐指導下，穿起走路鞋，一再持續著上下林道的訓練。古義人這份熱心，讓羅絲小姐決定策劃一次森林徒步，以便驗收訓練成果。

雖然正値梅雨季，難得連著兩天沒下雨，森林變得比較乾燥，要能再晴那麼一天，便決定行動。負責籌備事宜的眞木彥神官，利用地方報紙查對南予地區的一週氣象預報，又與小明在起居室肩挨肩討論電視上的天氣預測；小明是因爲職棒廣島鯉魚隊比賽日程的關係，一向對中國[4]、四國地方的天氣非常關注，而自從千樫去了柏林，他就連帶爲母親替這個棒球隊加油。

這種情況之下擬出的森林徒步計劃初步獲得正面答案，古義人一夥於是在一大清早陽光就灼熱如夏的星期天，決定走進森林。而把時間定於午後三點，是因爲眞木彥神官瞞著古義人擬了個節目（說是特地為羅絲小姐而做），需要時間來準備。

此地有個祭典活動，似乎與宇和島的和靈大社有關，那便是從森林到山谷的「亡魂」遊行。由**破壞者**建村以來，傳說中的人物，多為死於非命不得安息的亡魂，就在震天價響的鑼鼓聲中，自森林降落到峽谷裡來。如今慣例是先聚合於森林下方孩童們的「亡魂」，會出現在神社院子裡，而眞木彥神官從古老紀錄裡查到的，遊行起點，似乎該是三島神社設於山上和河川兩座分社當中位於森林高處的那座。而坐落河川地帶的，就是庚申山那座。

現今山上那座分社，是將石塊堆成的所謂「亡靈之路」的遺跡頂端加以修復，再把戰時設在國民小學用來供放天皇敕語的奉安殿建築搬運上來的。眞木彥神官準備搬演的戲碼，是讓「亡魂」遊戲隊伍（儘管小規模）從這座分社出發，讓古義人和羅絲小姐自「亡靈之路」的東端觀賞。

雖然沒法和正規祭典的規模相比，眞木彥神官還是帶著扮演「亡魂」角色和負責音樂的人士先出發。要把小明帶往只有幹山活兒小徑可走的山上是件難事，只好委託給阿朝，古義人和羅絲小姐便同著前來迎接的阿由走出家門。眞木彥神官一行照著古早以來的方式，從三島神社背後沿著山澗進入森林，登上「亡靈之路」。由於攜帶戲服和樂器，阿由說那將是一趟艱苦的行軍。

古義人和羅絲小姐坐車至林道頂上的分叉點，向西邊往下走到十蓆地上方的樹林背後。從那兒順著約莫五十公分寬的古道深入森林，留意著避免被裸現而滿是癤瘤的樹根絆倒。阿由走在前面，為個羅絲小姐，一路不是砍除灌木枝條就是動手移開橫倒的杉木，體貼殷勤的程度，令人莞爾。

羅絲小姐腳下仍是平日那雙慢跑鞋，古義人的則是特地於冬天極為寒冷的普林斯頓訂購的一雙堅固厚實的鞋子，靴筒牢牢裹住腳踝，不必擔心上回的傷痕。

一旦進入森林，也因爲傾斜度的緣故，發現這片闊葉林出乎意外之敞亮且視野良好。古義人於是將那些有如老朋友的大樹一一介紹給羅絲小姐。小椎木、板栗、粗橡、扇骨冬青。

「村人習慣於管這一帶林子叫原生林，其實是我祖父指導那些年輕佃農『擇伐』的地方。就是留下所謂的優良木，使它成爲比較少歪脖兒樹、早熟細木、以及過老樹木的優質森林。『擇伐』這事一直持續到約莫七十年前，小夥子們被拉去當兵之後，就被迫停止了。戰後嘛，只有採伐香菇砧木的業者才會進入林子，如今到處都長滿了無用的植物。」

羅絲小姐似乎沒有餘裕環顧四周，但抵達枝頭上殘留著很多花朵的野山茶群落時候，倒是停下來看得出神。

「古義人，所有這些樹木，你都能夠分辨出來麼？」

「所有樹木不敢說，不過，會落葉的樹也已長出了葉子。尤其是我祖父擇伐過的林子一帶，樹木種類畢竟有限……因爲陽光充足，當令的季節，還可以看到冬莓和春蘭。」

古義人一行人於預定時間抵達「亡靈之路」東端。他們站在相隔大石塊堆積成齊胸高通路開端一小段距離的長滿綠苔的岩石和倒下的粗大樹木之間，張望著「亡靈之路」。由扁平石塊堆成的路面一直連綿下去，陽光照得到，卻連一棵實生小樹也不長。關於這種不可思議的現象，傳說是出於外星人的力量，兒時古義人就如此相信。

「小時候我就空想過，敢是外星人要降落到『亡靈之路』來，特地留下這麼一條光禿禿的石頭路，月夜裡像條白蛇那樣閃閃發光，好給他們打信號……」

「纏繞在這個『結構』旁邊的蔓草，喏，就是葉子很像檸檬的那種……仔細看，開著很多歪歪扭扭的五瓣花朵不是？花朵那種白，或許正是造成古義人想像的根源。花朵還散發出薰衣草的香氣呢。」羅絲小姐說。

「亡靈之路」遠遠的西端，將蒼鬱濃密又高大的林木切割開來的一方空間裡，有小片鼓出來的部分，可以望見比記憶中小得多的舊奉安殿。古義人聽到一種樂器的聲音，在兒時，他總把這種近乎摩擦木片發出的聲響當作開門聲，心想神明馬上要從神殿現身而不禁顫抖。接著噹、噹、噹！響起了三拍子的音樂。只見從敞開的分社大門那裡出現了斗大紙糊腦袋底下穿著戲服的「亡魂」，遠看都知道是**破壞者**的化身。再來是可稱之爲女童節仿天皇皇后裝束的放大了的古裝偶人「亡魂」，頭頂擱著一堆疊好的棉被大小的黑色物體，邊走邊將那堆物體洩落，變成長及足踝的烏髮。

「Oh, fanciful!」（多異想天開呀！）羅絲小姐發出狂野驚歎。

接著，與先前的兩人間隔一段距離，出來了並肩行走的一對「亡魂」。乍看之下，像是小孩還是狗纏在一個男人身邊。纏人的那傢伙一隻腳似乎有問題，始終靠著另隻正常的腳惶惶走跳。不管怎麼樣，古義人凝視他們，試圖將所見重疊到自己曾經見過的「亡魂」上去。

就在這時，羅絲小姐越發感歎的嚷道：「有部電影，男主角不是從義和團暴動中救出飾演女主角的艾娃．嘉娜（Ava Gardner）？這個『亡魂』簡直像極了演那部電影的吾良！」[5]

確實，變裝成明治時代外交部武官的這個人，就連摩登的墨鏡與軍帽之間蹙起的額頭，都和壯年時期吾良一模一樣！吾良獨特的走路方式，而跟在他腳邊舉步維艱追隨過來的「亡魂」，並不是一條狗。而是頭戴美軍軍帽，穿著同是駐領軍那種厚布料敞領襯衫的一名男子，正彎起一條腿，艱辛地跳著走……

瞬間，古義人發出說不上是來自恐懼還是憤怒的大叫，逃離吾良和彼得的「亡魂」，衝過灌木叢，從闊葉林貧瘠的雜草間穿梭過去，不由自主順著急傾的斜坡，手臂連抓帶抵著樹幹，一面保持身體平衡，一面奔往澗谷方向。然而，一跌入茂密的箭竹叢，再也無法恢復正常體態，只有任憑頭下腳上滑下斜坡。

1 中野重治（一九〇二—一九七九），日本小說家、詩人、評論家，先後參與左翼文學運動與民主主義運動，戰後並曾任參議院議員。

2 《尼爾斯騎鵝旅行記》的作者為瑞典女作家拉格洛芙（Selma Lagerlof，一八五八—一九四〇）。一九〇九年獲諾貝爾文學獎，為第一位獲此殊榮的女性作家。

3 篤胤先生指平田篤胤（一七七六—一八四三），江戶後期國學家，富神道思想。因實踐性學風，門下多幕府末期志士。

4 日本岡山、廣島、山口、島根、鳥取五縣合稱「中國地方」。

5 指一九六三年由尼可拉斯·雷（Nicholas Ray）執導的《北京五十五日》（55 Days at Peking）。

第七章　兒童唐吉訶德

1

逃離「亡靈之路」，沒命的在樹林裡奔跑，末了一頭栽進箭竹山澗的意外事故發生以來，整整三天，古義人都默不作聲。

醫院裡，他們在他腳踝上重新打石膏，除了治療周身的撞傷和擦傷，還將左耳上的裂傷縫合。儘管這樣，到了傍晚時分，總算回到十蓆地的家，但他既不跟陪侍在側的羅絲小姐說一句話，也沒有向送小明回來，一直陪他到深夜的阿朝道聲謝。

看著腳打石膏，也沒辦法自己脫掉另隻腳鞋子的父親攀住阿由肩膀，一拐一拐走進書房兼臥室，小明說了聲「眞是不得了啊！」之後，也沒有去接近父親。

羅絲小姐對古義人的態度感到吃驚而不知所措，遂引用巴特南譯文中一句"The badly wounded Don Quixote was melancholy and dejected."（受了重傷的唐吉訶德憂鬱而沮喪），使得古義人更加冒火。

雖然古義人不像唐吉訶德憂鬱六天之久，但這場傷害不僅令古義人憂鬱沮喪，甚至把他推向帶著憤怒的緘默裡。

然而，只要自認沒有錯就絕不因對方不悅而氣餒的羅絲小姐，有天早上爲古義人端來早餐，講了如下一番話。

「當時，阿由馬上就去調查驚嚇到你的那兩個『亡魂』，查出把你傷害到這步田地惡作劇的元兇居然是眞木彥神官，而修理了他一頓。阿由的意思是只爲了那麼一點目的設計的惡作劇，儘管沒什麼惡意，可也too much（太過分）。接著，他並沒有直接搶往你跌下去的山澗那兒，他回到林道，把車子從令堂墳地那兒往上開……當時我也在車上……這樣的話，一把你救上車，就可以開往醫院不是？阿由可眞像個投胎轉世的『童子』那樣奮鬥了一番哪。

「我說以扮演角色而言，眞木彥神官是《唐吉訶德》裡的學士參孫・加拉斯戈。基本上，眞木彥神官的談論裡總帶著對你古義人的批判，就像參孫的談論帶有認眞對唐吉訶德的關心和批判一樣。結果是參孫向唐吉訶德挑起了一場決鬥。

「對眞木彥神官來說，是因爲正確了解你這個人——批判性言論也是由此而來——才會發展成這次事故。他是深感後悔，沒有預期到你的反應那麼強烈。他來探望過你兩次。

「從這次事故，眞木彥神官和我有個共同感受，那就是古義人你這人實在像極了唐吉訶德，這是我倆談過之後才曉得的。書中不是出現過好多次唐吉訶德的坐騎洛西南特受到驚嚇，載著主人撒開蹄子狂奔的場景麼？多數時候並不是唐吉訶德所願，不過，每回從駑馬洛西南特背上摔出去的唐吉訶德，總是魅力十足。而不顧一切，在樹林狂奔的古義人也同樣棒極了。

「……被洛西南特從背上甩落地四腳朝天的唐吉訶德，那股子悲痛的威嚴和滑稽勁兒，不也是非常獨特麼？上回，我要求古義人千萬別把melancholy的m，變成Madness的M。可那並不是要你成爲『恢復正常的唐吉訶德』。和桑丘・潘薩對主人的泣訴一樣，我覺得有些話務必說給你聽。」

不管羅絲小姐怎麼說，古義人都默不作聲聽著，這使她受到鼓勵，於是這天送晚餐來時，重又拾起了話頭。

「那是唐吉訶德和貓大戰一場後被抓傷臉孔躺在床上休養的場景，我想藉杜雷這幅插圖讓你慢慢打起精神來。咱們的傳眞機非得裁下紙才能影印，我只好去眞木鎭圖書館。我坐阿由的車去，碰見眞木彥神官也在那兒看新出爐的雜誌。阿由和神官已毫無芥蒂的談笑風生。出事那天，阿由因爲太過生氣，出手沒輕重，所以神官還吊著一隻臂膀……

「眞木彥神官告訴我，他相信古義人當時眞是受到了驚嚇。他說，首先，古義人恐怕壓根兒不知此地幾十年前就有美軍『亡魂』的偶人罷？打從那時候以來，扮演用的長褲，膝蓋以下全染成烏紅色，社務所的倉庫也沒有靴子。據說本地有人看見一名美軍拖著血肉模糊被砸爛的腿，用兩條胳臂划呀划的逃入森林……大夥兒於是將這個傳言加入新的『亡魂』裡；而古義人先生大學以後一直待在東京，所以不知道這回事罷。當然啦，吾良的『亡魂』是他眞木彥神官的傑作……」

古義人躺在床上，止不住懊惱的將石膏的腳宛若跺腳那般蹭了一下，結果是咬緊牙關強忍劇痛的他那雙視線，對準了托盤上那幅用厚紙板輔助豎在早餐旁的影印的唐吉訶德療傷圖。這使得羅絲小姐像挨了打的少女那種表情退出房去。

古義人心中，方才聽來的傳聞和實際看到的「亡魂」身影再度重疊。而腳踝上的疼痛也以最險惡的情況捲土重來。他把頭埋進毛毯裡呻吟著。然後他想起小眞寄來的卡羅林斯卡研究所附設醫院所開的止痛藥就收在床頭抽屜。他立刻取出丟進嘴巴，和著杯子裡的水吞下去！但隨即發覺用法錯誤，果然，並沒有像斯德哥爾摩時候那樣產生電擊般的藥效。古義人被失眠和疼痛折騰了一整夜。

第二天早上，羅絲小姐臉上殘留著受到不當傷害者的冤屈神情，將那本現代文庫版《唐吉訶德》與早餐放在托盤上送來。身爲生活在異國人士當中的美國女性知識分子，她稟持的原則是該講的話就要講個徹底。

「後半部接近尾聲部分，有學士參孫・加拉斯戈以『銀月騎士』身分打敗唐吉訶德，逼他答應回鄉隱居的一段不是麼？他後來把一切來龍去脈說給唐吉訶德在巴塞羅納的保護者聽。『所有認識唐吉訶德的人沒有一個不對他荒唐的瘋狂行爲感到遺憾，其中最同情他的就是我這個人。我認爲要治好他的癲狂，莫過於靜養，亦即回鄉在自家安穩下來，於是想盡辦法要把他帶回家鄉。』

「沒想到在化身爲『鏡子騎士』的對戰中，他竟然被唐吉訶德捅下了馬。（羅絲小姐再度念起了巴特南譯文）『……我敗下陣來失去了面子，又從馬上摔下受了重傷，差點沒命的回到家鄉。不過，雖然吃盡苦頭，我並沒有放棄再度找到他、把他打敗、逼他不再雲遊四海、帶他回鄉的志向。』

「眞木彥神官的用心，是要你自己去徹底搞清楚事實上你也不很清楚的那件事的眞相。和眞木彥神官談過以後，我就開始這麼相信。你確實也受了傷，不過，要說哪個人受到的心靈創傷比較深，恐怕還是被阿由痛扁了一頓的眞木彥神官罷。那就等於身爲『鏡子騎士』的參孫的敗北，是不是？

「可即使被扁成那個樣子，我想眞木彥神官還是會繼續試著爲你找出那件事的眞相來的，就像參孫・加拉斯戈之於唐吉訶德。古義人應該沒有拒絕的理由罷？因爲你比誰都會永遠記掛那件事。你還是盡可能找個機會跟眞木彥神官談一談吧。」

2

古義人藉著臥床的斜度兼之羅絲小姐爲他塞在背後的坐墊挺直著上身。與臥床呈直角的椅子上，則正襟危坐著依然吊著臂膀的眞木彥神官。而古義人的左耳也還沒有拆線。

「關於上個禮拜發生的事情，閣下和阿由、當然包括我自己，我們就不要去分辯、批判或者反駁了罷。」古義人首先這麼說。

「從這次『亡魂』遊行事件，我明白了自己對這地方上的傳說也有不知道的部分。有關我離開山坳以後的傳說，如果是大人熟悉的，應該能夠從你這裡打聽到。根據我自身經驗，我倒是對兒童層次的傳言也很關心。我在想，能否找機會和此地的中學生們談一談……

「我請阿朝的先生向校方試探結果，說是未嘗不可能……羅絲小姐也說，不識寺的松男住持和眞木彥神官好像可以從旁建議，作些具體的計劃……」古義人說著，把目光對準默然不語的眞木彥神官，催促他回答。

「這件事的緣起是我對松男住持說，單是由那些學生去收集資料的話，古義人兄怕也不會舒服。我便想到索性由古義人兄來對那些中學生作一場演講，同時讓羅絲小姐翻譯成淺易的英語，以這種方式來給他們上課。

「羅絲小姐對這個方案感到興趣，在她提到的種種計劃裡有這麼樣一個，就是古義人兄以『桃太郎』爲題作一場演講，然後由羅絲小姐朗誦英譯的“Peach Boy”。我從她那兒聽說了概要，覺得蠻有趣的。」

約莫三年前，古義人曾於哥倫比亞大學的劇場，與《個人的體驗》英譯者共同作過一場公開演講。演說中他談到「桃太郎」故事。當時在紐約的羅絲小姐聽了，表示確實非常有意思。

這場演講原本的主題是「故事中的地形學」，古義人以「桃太郎」爲例說，日本的傳說總是直截了當顯示出故事中人物與場所的關係。一開頭「老公公上山（＋）打柴，老婆婆到河邊（－）洗衣裳」，便已標示出縱軸。而從構成橫軸的河流上方（＋），漂呀漂的流下來一顆大桃子。

從桃子裡冒出來的小小子，好好在村子的小空間過著幸福快樂的日子也罷了，偏偏要跑到橫軸下方（－）的惡鬼島去冒險。

古義人以他自己的想法詮釋說，把上游的樂園與下游的惡鬼島，藉著侵入橫軸的宇宙論式的歪扭，像麥比烏斯環[1]那般在背後連結起來。

「我生於東京，長於東京，連自己祖先代代任職本地神社的神官這事都不很清楚。儘管這樣，我還是讀過古義人兄的《橄欖球大賽一八六〇》。來到本地聽說曾祖父是農民起義的主謀之一時，我還眞吃了一驚。不過，把它當成跟自己有關的事故重新看待時，倒是發現有些無法理解的地方。

「爲此，我開始去研究這塊土地的歷史和相關傳說。有一部分是經由羅絲小姐對你作品的分析才弄清楚的。這片森林裡有縱軸也有橫軸。依古義人兄的說法，順應著地形學，這塊土地有了它自己多樣的故事。也有過循著橫軸出出進進的衆多人物。

「能否到學校裡去將這個原理講給孩子們聽？如果透過『桃太郎』，相信他們應該很容易接受。要是能夠因此讓孩子們去關心這塊土地的結構和主要傳說，不定可以從每個孩子身上挖掘出流傳在各個家庭裡的小故事呢。也有人說，這年頭已經沒有傳說這玩意兒啦，如今地方文化不外乎被全國性劃一爲電視和影劇……無論如何，古義人兄根據此地地形寫成的故事，應該可以讓孩子們作一番實地查證罷？」

古義人看出眞木彥神官已經有了好幾個構想，儘管有些是出自羅絲小姐的。

古義人接著講出了盤據在他腦海的事情。

「是有關我出醜的『亡魂』遊行那回事，爲了防備他逃走以致被砸爛兩腿的那個美軍的『亡魂』……我想知道所謂『有人目睹那個美軍』的傳言，究竟是怎麼個說法？有沒有說在森林的什麼地方？看到的又是誰？種種細節？離開松山到東京以後，時常被母親數說『跟小明一樣與這塊土地無緣』，我所以會定居到十蓆地來，部分是出於遵從母親的遺訓，雖然已經嫌遲了。」

眞木彥神官遭阿由毆打，傷痕猶新的眼鏡底下由於兩邊不對稱，反倒顯得咄咄逼人的眼睛直視古義人。

他說：「已經是半個世紀之前的傳聞啦，那是說……一個暴風雨晚上，地點就在這十蓆地，有人看到好像是受了傷的野豬站了起來（其實是兩條腿不管用，只能支起身體的一個人）；想必是這一帶地方獵野豬時期的集體記憶又蘇醒了罷。總之，那個人用明顯的外國腔不停哭叫著Gorō, Gorō[2]!就是這麼回事。我覺得這跟古義人兄正在調查的『動童子』和哥德龜的傳說有些混淆的地方……」

不覺間站到古義人床頭背後的羅絲小姐忍不住插嘴道：「我沒聽說傳聞裡有這個。那是你準備的新戲碼『亡魂』的一部分，只因古義人忽然拔腿飛奔才搞砸的……你還說太可惜了，不是麼？」羅絲小姐說這話並非有意與眞木彥神官對立，而是基於凡事力求正確的性格。

眞木彥神官一張臉鐵青得使打傷的烏青痕跡益顯深濃。但他毫不退縮。

「……古義人先生的令尊雖然解散了鍛鍊道場，可殘留下來的成員——現在已經搬到四國大橋橋下的島上去住。那人證實說，山頭那一邊也有同樣的傳聞。他牢牢記得彼得、少年吾良，當然也包括古義人先生……

「即使這樣，他也只是含糊其詞。他是聽到我在調查這事，主動跟我連絡的……

「兩三年前，不是有過這樣的新聞麼？在伊江島上發生的罷，沖繩之戰結束，日本還沒有投降的那個時期，有個惡名昭彰的美軍，一到晚上就溜出營房強姦年輕婦女。他們把他殺了，丟進海邊洞穴裡，末了，那白骨給發現了……

「那是對性犯罪慣犯的自衛，是在聚落的共同默契下殺的人——當時，這種辯護的聲音比較佔優勢。以國對國的層次而言，可以說好歹戰爭還在進行中。可我們這邊的情況已是佔領期快要結束的時候，是一批超國粹主義者企圖從美軍基地取得槍械。

「萬一山寨裡發現了彼得的遺骨，經過DNA鑑定證實是他的話，儘管已過追緝時效，可在這種地方上，媒體勢必大事渲染，原鍛鍊道場的成員擔心的是這個。

「古義人先生曾經在《換取的童子》這本書上含糊其詞寫到那件事，羅絲小姐認爲你並非刻意要那麼寫法，而是沒辦法確定整樁事件裡到底有沒有犯罪行爲。不過，她也說過，如果彼得還活在自己的國家，那末，吾良先生的電影既然在美國叫好叫座，古義人先生又成了哈佛大學的名譽博士，照理他應該留意到你倆的風頭，前來連絡才對。」

「……你所謂山寨裡發現遺骨，是有具體根據麼？」

「古義人先生回到久違了的家鄉，開車跑在林道上，不是驚訝的發現河邊國道距離很遠的城鎮，在森林地圖上居然背對背那麼近？在翻過山頭的路線旁，就有好幾座古老的山寨。你也看過哥德龜和『動童子』的逃亡記錄罷？過些時候不妨從原本是鍛鍊道場的新飯店建築工地沿著森林，往下走到峽谷，來一次實地調查如何？我可以當嚮導。」

如此這般，起初古義人＝唐吉訶德的從容的高姿勢，逐漸演變成很有可能被眞木彥神官＝參孫‧加拉斯戈所顚覆。

3

也因爲有意爲腳踝作復健，古義人開始到眞木鎭公營游泳池游泳；他是老早就申請游泳證，因而讓小眞遭到莫名其妙的電話騷擾。而小明也由於運動不夠，體重增加，在十蒔地仍熱心於瑜伽的羅絲小姐，想到可以帶他作水中行走運動，遂跟父子倆一起去。

梅雨季雖已近尾聲，但從早上就小雨不停的一日，父子倆由羅絲小姐開她那輛深藍色轎車前往公營游泳池。從火車站通往盆地的古老公路上，潮濕的深綠葉叢自兩旁伸出。羅絲小姐美國式的駕駛作風，讓古義人心驚膽跳的氣勢，馳過由一名小個子教師領隊的一式黃色外套的孩子們。

古義人照著熟悉的順序，於男更衣室幫小明換上泳裝，將他留在羅絲小姐得多花一點工夫準備的女更衣室前面，獨自游了起來。剛才那一隊十餘人的學生也下來到池邊，與三十幾歲的教師一起做起了暖身運動。

古義人旁邊水道上的是一群女子隊。紅邊茶褐色泳衣，高衩、兩根細帶子在裸背上交叉的設計，儘管年少，肌肉豐滿而形狀美好的肢體，眞就像個游泳選手。手臂的划動不用說，兩條腿打起水來也一點不含糊，個個以穩健的快速折返游回。

她們那邊的兩個水道，男生隊則以更準確控制的強勁生猛游著。古義人不時吞下中學生們掀起的水波，也奮力游泳。

不一會兒，教師站在不鏽鋼梯子旁，對著聚集到各自水道邊的學生們訓起話來。聲音並不特別大，只因講得緩慢有力，讓還在游水的古義人也聽出意思來。

「……你們這種調調兒算是訓練麼？你們根本就無意給自己加上負荷！你們可是在玩水？在學人家由女老外作陪，優哉游哉戲水麼？」

古義人牽掛著小明和羅絲小姐，尤其是後者，他倆正在與這一堆中學生反方向那個角落的水道中行走。古義人於水道一端停下休息，並想聽聽教師的訓話。那教師似乎眼尖的看出了這一點。

「你們知不知道『健全的精神在於健全的肉體』這句諺語？我告訴你們，我們這個國家目前有個叫做『人權派』的玩意兒正在橫行，它連這種諺語都要攻訐呢。他們的意思是『照你這麼說，不健全的肉體便是不行囉？』一點兒不錯！可我告訴你們，這句諺語來自拉丁語，就是“**Mens sana in corpore sano**”。

「你們看看那邊！讓老外牽著手在水裡行走的，可不是個正常的普通人。且不說他的精神障礙，你們看看他的身體，總不能說是健全的肉體罷？這是事實不是麼？

「我也不指名道姓了，打第二學期開始你們就要上某人的特別課程，星期一的游泳訓練就得被迫打消啦。在那特別課程裡，你們很可能被灌輸那些『人權派』的夢話，什麼『游泳池本來就是用來在水中行走的，讓整個團隊在這裡訓練，對那些弱者未免太危險了。』」

教師用力吹了吹以金色鍊子掛在粗大頸上的哨子。可以看到停止運動的小明用白胖手臂去摀住露出在泳帽底下的兩隻耳朵。古義人將肩頭沒入水中，藉著浮力加上踢蹬池底的力量，一口氣跳上池邊。

他走近狠狠扭過身子表示不屑一顧的教師招呼道：「哎哎，你這位小兄弟！你是中學校的老師麼？還是游泳教練？」

「誰是你家小兄弟！我在中學教英文，也是初高中部游泳隊的教練。」

「可以說是文武雙全是罷，老師？閣下的『引用語辭典』裡大概是連作者朱凡納里斯[3]的名字都沒有，告訴你，你講的那句諺語還有點別的意思呢，那就是『擁有健全的肉體，不見得擁有健全的精神。』那不是爲的給選來作強化訓練的小腦袋瓜子搧風點火，而是用來鼓勵赴死者的一首詩。」

「你這是在做特別課程的實習嗎？你想說的就是這個？」

「如果要加一句話，那就是閣下是個無可救藥的下流胚子。」

「要不是看在你是個大病初癒的糟老頭，我倒可以奉陪一番。」

「你我離這麼遠我就毫無辦法啦。只要我能抓住閣下，管保啃住你的耳朵不放。喏，你瞧瞧我耳朵，我就是受到攻擊時學會的。」

教師盯著古義人的耳朵望了一陣，表現出孩子氣的恐懼和厭惡。

「咬人家耳朵不是違反規則麼？」他說。

「你說咬別人耳朵是壞事，可關於身障者，誤導孩子更不好。」

古義人覺察到小明和羅絲小姐已貼近他背後。由於被他們聽見，古義人對自己所講的加倍感到厭惡。他促著小明走了起來，孩子卻問他：「應該是咬指甲而不是咬耳朵罷？」

4

來到可以望見十蓆地房子、路從國道分岔出來的地點，雨停了，原先濃霧般雨濛濛的峽谷兩邊的山坡，也變得清晰。

羅絲小姐把車子放慢：「我說古義人，從這兒開始，我們走路吧；就這樣悶悶進屋子裡才叫不好呢。」

古義人感到鬱悶，固然起因於和那個游泳教練起了衝突，主要還是坐羅絲小姐的車從地下停車場上來時，隔著泳池大廳玻璃窗，看到聚集在那邊的中學生們，正模仿小明水中行走。那東倒西歪的蛇行模樣，讓古義人預見若干年後自己蹣跚的步伐。

然而下車以後，因著那番水中行走運動，身心都有了活力的小明，居然領先走了起來。古義人連忙邊注意腳踝邊跟上去，以難得的速度爬上能夠俯瞰眞木川俗稱「大築」的堤堰。

古義人對正看著河面的羅絲小姐解釋說：「山谷居民管變成這種顏色的河水叫『撒撒濁』，妳查的辭典恐怕用的是比濁字清淡一點的混字……小時候我一直認準寫作『笹濁』[4]，滿以爲是比作沙岸竹林裡矮竹的顏色來稱呼的……大概應該寫作『小濁』才對。我翻開辭典發現到這點，既驚訝，也有點失望。心想，如果是比作竹葉的顏色叫作『笹濁』多好，眼前所看見不就是不折不扣的那種顏色麼？……」

「基本上笹竹也算小矮竹不是？」羅絲小姐展現她語文學方面的實力：「古義人少年時期的感受

性還眞是語言化哪，這可是作爲一個小說家的根本呢。」

「小時候喜歡讀書，又討厭被人看作書呆子，就拚命想做些越出常軌的冒險，像日本人也常講的唐吉訶德式的那種。可上了高校，安穩下來好好讀過《唐吉訶德》以後，發現書中幾乎沒有什麼小孩在活躍。」

「這也許是因爲桑丘・潘薩的性格是孩童轉化而來的緣故。書中並不是沒有小孩，例如在巴塞隆納市集作弄唐吉訶德的一干小蘿蔔頭，還有剛開始冒險時候，他從農夫雇主的皮鞭底下救出少年，這孩子後來反倒埋怨唐吉訶德救是救了他，結果卻使他加倍受苦。」

「儘管全世界小孩都曉得唐吉訶德的性格，但小說本身並不適合兒童閱讀。」

「沒錯。《唐吉訶德》並不是爲了小孩寫的書。小說一開頭就講明『我們這位鄉紳就要滿五十歲了。』身材是如假包換的成年人。『骨架肌肉都很結實，卻有一張瘦削的面孔……』，說是這麼說，其實要表明的是他屬於非常健壯的一型。那就是爲什麼他三番兩次被整得遍體鱗傷，又能夠康復，再繼續去冒險的理由罷。據我統計，他老兄斷掉的肋骨絕不止一兩根呢……」

「你也許會認爲我這是一種奇怪的鼓勵方式，我認爲古義人你的姿態欠佳，走起路來像個老人或是小孩，卻能夠寫出這麼多作品，那表示你生就一副健壯結實的身子骨。剛才看著你跟那個教練對抗時候我就想，你的肩膀外側有著結實的肌肉，胸膛也很厚實……」

古義人學著羅絲小姐，一步一步穩穩踩下去，以免湧自檜木林底雜草間從路邊水溝氾濫出來的水讓腳下打滑，一面等候她回到原來的話題說下去。

「就拿大家都曉得的風車之戰來說，要是一開始就知道那根本不是什麼巨人的話，孩子們還會覺得好玩麼?我第一次讀《唐吉訶德》,是中學時候老師指定的,當時只覺得穿著內衣褲在岩石上苦行的唐吉訶德簡直難看死了。直到很後來,才對那主僕倆睿智的對話感到有趣。

「唐吉訶德這個人是年近五十才因讀太多騎士小說變成D.Q.5。D.Q.是到了晚年才變成D.Q.的,所以提起D.Q.的少年時代這個議題是沒什麼意義的。

「不過……當然你也可以把流傳全世界的D.Q.印象套到少年人身上,去思考D.Q.型的少年。古義人可曾像你所想的,成為一個D.Q.型的少年?」

古義人想了想,我是D.Q.型的少年麼?答案是No!那位古義是D.Q.型的小孩,所以能夠上昇到森林裡去當「童子」。而我,不僅沒能成為「童子」,連D.Q.的邊都沾不上。

穿過檜木林,古義人指給羅絲小姐看那座自河邊國道跨越眞木川的老舊混凝土橋;如今由於有條支路自眞木大街直通看得見庚申山的橋上,在那兒過河,這座老橋也就不再使用。

「橋頭那邊,不是有條從河下游通過來的下坡路麼?那會兒我剛進中學,有一回騎著五號到六號規格……反正是中型的單車,也沒有減速就想轉彎,因為大人都這麼做。沒想到一下子把不住車把,猛烈撞上橋欄。我沒有因為衝力掉進河裡,是幸好前輪嵌入混凝土拱欄間救了我。我只看到眼前一片綠油油枝葉,這一帶的人管那叫蛇無花果……

「我一面欣喜心想,居然讓我看到如此鮮艷一片綠,一面也念著一頭撞上橋欄,給拋向空中,該已直接飛向森林去的我這個『童子』……」

關於這個,羅絲小姐沒有表示意見,只管指著已毫無霧氣的森林高處。抬頭望去,只見說是蝴蝶嫌大，可飛翔方式又不像鳥兒的某種生物，正在旋轉飛舞，一次又一次試圖衝進穹蒼。

「那是白化蝙蝠。」羅絲小姐很有把握說：「雖然天空還很明亮，對蝙蝠來說已經是黃昏啦，尤其視力應該很弱的白化蝙蝠，更是如此……」

---

1 麥比烏斯環（Möbius strip），為德國幾何學家、拓撲學家、數論學家和統計學家麥比烏斯（August F. Möbius，一七九〇—一八六八）發現的原理。

2 「吾良」的日語發音。

3 朱凡納里斯（Decimus Junius Juvenalis），公元一世紀和二世紀間的羅馬諷刺詩人。

4 笹，矮竹類的總稱，日語發音為「撒撒」。

5 D.Q.乃Don Quijote，即「唐吉訶德」的簡寫。亦指唐吉訶德式的人。

第八章　「桃太郎」

1

與其說是霧靄，不如稱之爲乾燥白色大氣的東西，順著十蓆地背後森林斜坡下降的那天早晨，不識寺的住持前來造訪。他在玄關轉達了一聲「課外演講那件事變得有點困難了。」給邀入起居間後，又講了一遍同樣的話。

「『困難』這句日本話倒眞的是困難。」羅絲小姐道：「而且這信息是強迫性的。」

松男住持有些不敢正視羅絲小姐迸放著不滿與洶洶氣勢的目光。

羅絲小姐把矛頭轉向古義人：「意思是說，我，或者該說我們，並不是不接受你古義人的要求。只是採取了誰也無須負責的客觀表達，用困難這句話來婉拒罷了。」

「可即使像普魯斯特（Marcel Proust）和厄普戴克（John Updike）這號人物，也有不得不採取——翻譯成日語的話——『礙難實現』這種說法的時候呀。」

「我認爲基本上，這種措詞是根源於日本人的社會生活和日本人個人的思維。」羅絲小姐絲毫不讓步。

「不過，我在這裡提到的所謂困難，倒是沒什麼曖昧不明的地方。」松男住持說。

「古義人這邊是沒有任何困難的。」羅絲小姐依然不改神色：「即使關於普魯斯特和厄普戴克，也是準備好實例才那麼講的罷。」

松男住持重又談起，古義人這才明白，代表了老村地方利害的這位老練的交涉專家，今天也帶來了相對的提案。

「這種課程準備在暑假的返校日午後開始上……這樣的話，低年級學生可以自由選擇要不要留下來聽課。校方預定的方案是以『桃太郎—Peach Boy』爲題，古義人先生講你的桃太郎，再由羅絲小姐用英語解說，作雙線進行。

「此外，我也向校方提議，古義人先生既然難得爲我們演說，何不開放給一般大衆聽呢？……如何？現在才要跑去叫鎮長安排時間聽講大概很難，可那些負責的總有一兩個人會露面罷。

「當然不敢勞古義人先生到鎮公所去致意，可連個『招呼』都不打，又未免太什麼。我那麼說，羅絲小姐八成要發火，認爲我這又是十足日本人思維的說話方式……」

「暑假有幾個返校日？」羅絲小姐問道。

「現在沒法確定……大概有三兩天罷？我們可以利用其中一天……」

「只有一天的話，對英語教育可以說毫無意義。」這是羅絲小姐說的。

「妳也不要這麼說……就當作是爲古義人先生所必要做的事……好啦，我得回寺院去了，二位就好好商討商討罷，最好把此地是日本的小地方這一點也考慮在內……」

2

八月的第一個星期六，古義人和羅絲小姐提早吃了中飯，前往多年前建築師友人所設計的中學。

由於阿朝夫妻也一起去，留守在家的小明就由阿由陪伴。由混凝土牆壁圍繞的操場裡邊，並排著高低有些參差的兩棟教室。左端是權充演說會場的圓筒形音樂廳。相對的右端則有教員室。古義人一行穿越不見學生影子的操場，走向教員室。混凝土牆壁穿山道路般通往教員室的階梯西側，聚集著躲避灼烈陽光的一堆人。

古義人正想走過他們旁邊，卻見看似小工廠老闆，又像不務正業者的一個年齡與他相彷彿的人士，搭訕了過來。

「喂，那個叫什麼的，是我呀，認得麼？」

這人趿著橡膠涼鞋的一隻腳踩在古義人就要登上去的階梯上，可也沒有看古義人的臉，只管等著他回應。這人長長的腦袋及扁平得出奇的後腦勺兒，喚醒了古義人關於此人不甚美好的記憶。

「記得有一回在（大阪）千日前地鐵站見過你，那會兒我爲了要去趕一場飯局實在沒辦法多聊，太可惜了……已經是四十年前的事情了。」這人說。

確是有過那麼回事；那是在旅途中某一站的鬧市上，古義人根據寄來的目錄，正在尋找一家舊書店，只見一個大扁頭小夥子，帶幾分尚未習慣城市生活的怯生，可又有意對同鄉人士展現自己有多吃得開，於是假裝查了一下自己記事本上的行程之後講了這麼一番話。古義人聽說過這人透過一個山林地主親戚的關係，任職於阪神地方某家木材公司……

「你有孫子在這中學就讀？」古義人問道。

「不，不。我是回來談生意的。」對方老邁的臉上，濃濃描上大阪熙熙攘攘的匆匆行色：「我的行程排滿了，沒辦法聽你演講……總之，心想，好歹見個面也好。就只是這麼回事！」

這人巴噠巴噠踩著橡膠鞋底下階梯去了，代之走近前來的是兩個四十過半，各自戴了頂似該稱作西洋頭巾的帽子的婦女。其中一個先分別交給古義人和羅絲小姐「眞木川河岸保護法」的傳單。

「我們是這個組織成員，撇開這個，我們還有別的事情想請教您……是跟我們這個組織有關的長良川運動的林先生告訴我們的。聽說他們曾經寫信邀請長江先生加入信託基金百人委員會。那陣子您剛得獎，大夥兒原本不敢抱太大期望，沒想到居然接得您答應加入的回條……他們於是請求您提供全部著作，同時出席記者會，結果您表示寫錯回條，取消了原先的承諾。請問是不是有這回事？」

由於事出突然，古義人一時答不上來。

不料，皮膚皺如乾棗子的另一個女性，用與其說質詢，不如說是告發的口吻接下去說：「有一位以調查現代作家陵墓聞名的隨筆家村先生，他那個大忙人特地跑來參觀這所中學，回去寫了篇感想，說那是叫那幫貧困學童天天從破落的家屋到美輪美奐的學校走讀的一幢超現代建築。長江先生可是爲他這句評語記恨在心？」

「請問，妳是眞木鎭老村一帶的居民麼？」

「不，我是宇和島……」

「這麼說，妳的孫子並沒有從貧困破落的家屋到這所中學來走讀囉？」

「不，不，村先生特別在文章裡講明，那是參觀以後在一家釀造廠舉行的宴會中某一位同夥的發言。」

阿朝制止正準備向那兩個婦女發話的羅絲小姐，和顏悅色招呼道：「座位有限，想來聽的家長好像也很多，所以，二位要不要早一點找個座位？」

「你們這是對中學生的演講不是？我們剛才是去找鎮長，向他提議對眞木川的護岸工程作一番重估。因爲我們全國性的網路上，不時出現對長江先生您蠻嚴厲的批評，所以歸途中想到有必要讓您知道。」

「謝謝您們。家兄古義人在獨立自主的女強人之間風評就是不好，好歹是個封建世代的人嘛。」

阿朝接著提高嗓門，對聚集在階梯那兒注視著這邊的那夥人喊道：「這是在中等學校舉行的演講，務必準時開講，準時結束。現在請讓路給兩位講師過去！」

在這種氣勢之下，本來要向像是來自鎮公所貴賓「致意」的流程，也就不了了之。

3

在教員室等候古義人一行的女老師，告以因著剛才那番小耽擱，校長爲免學子們失去注意力，已先開講，說完，將古義人他們帶到長長的走廊上。

走進建築師爲處理音響費盡苦心設計的圓筒形大廳，學生人數之少，讓古義人頗感意外。不到三十個的學生排列在大廳一邊座位那兒，背後約莫同樣數目的椅子，眞就印證了阿朝所講，坐滿了大人。

擠在牆腳的衆多吉他、成排的吹奏樂器、鋼琴、以及電子樂器，在在顯示出這兒是用作音樂教室的地方。就在被這些樂器佔去一半空間的平坦處，站在移動式黑板前面的那位年輕校長正在暖場。他好似在解釋利用所謂「綜合性時間」所上的這堂課的輪廓。看到古義人和羅絲小姐抵達，校長明快作了個結束，學生行列最前排右端的少年起身，大聲呼喊「起立！」。

那股子迫力使得古義人和羅絲小姐震懾的互望了一眼。「敬禮！」、「坐下！」，只覺黑色及灰色的兩種鳥群在眼前一齊動了起來。古義人中學時代受的是戰後新制教育，不習慣於這一套的他，感到彷佛參與了暴力性的某種什麼。

但無論如何，他還是開口說道：

「……我是長江古義人，是在本校從一年級讀起，完成了全部課程的第一屆畢業生當中的一個。基於自敗戰重新出發，這所中學成立時候，除了一年級的我們以外，還有二年級、三年級的學生。「學生總數一共是三百五十四人。之後的半個世紀間，一個村子……一個市鎭上一個學區的孩子們會減少到這個地步，到底是怎麼一回事？我也覺得這是件可怕的事情。還有，從我入學到畢業走出校門，也因爲已經是各方用心引入民主主義的時代，從來沒有被人大聲喝令過起立、敬禮什麼的。」

這時，坐在學生行列背後家長席中央的前中學校長準備制止古義人往下說，做妻子的阿朝用手輕輕撥開他，然後起身發話。

「古義人先生，請立刻進入預備好的課文。要不然羅絲小姐就會拿不準該兼任翻譯，還是只需朗誦譯文就好。不管怎麼說，大人的開場白，對這些孩子們來說，是很無聊的！」

4

這天，總算上完課之後，喊口令的少年不在乎古義人那番開場白，照樣中氣十足的施令如儀，全體學生始終直立著，直到羅絲小姐領頭走出音樂廳。不管什麼場地，古義人蠻喜歡上完課之後的那份騷動和嘈雜，但此刻往外走的背後，卻是一片寂然。向帶路的東姓女老師探詢原由，回答是等一會兒將針對方才那堂課，召開一場檢討會，對象包括各班班導師。也就是說，古義人和羅絲小姐的授課與檢討會各佔五十分鐘，兩個段落構成了「綜合性學習時間」。

不受後半段節目約束的家長們，從音樂廳旁邊通道往下走到操場，步向校門。阿朝夫婦也在其中，但看到古義人和羅絲小姐由東老師帶進教員室，前中學校長立刻追了來。

意氣消沉的古義人和爲了給孩子們講課而感到疲累的羅絲小姐，決定休息一下之後，搭前中學校長的便車回十蓆地。

東老師兩道粗粗的濃眉，一雙大眼睛和微長的鼻樑很是調和，身上穿的並非百貨公司賣的名牌套裝，她白色夏季針織套衫底下配了條茶褐色棉布裙子，算是鄉間難得一見的耀眼樣兒。

這位中年女子現代感十足的臉上透著一絲深思的陰翳：「您今天講的，是根據《桃太郎的誕生》的見解而來，是不是？」

讓她這麼一問，古義人反問道：「那是什麼一種見解？抱歉我沒讀過……」

「不，不！」東老師戒備的微笑著：「我也說不上好好的讀過。」

「那末，妳爲什麼要提這個問題？」

羅絲小姐這一問，東老師神情裡的和藹之色消逝了，她說：「對我們日本人來說，桃太郎的解析是民族共識之一，因此，只要不出這個範圍，我們大致上也能預測到新學問會怎麼解釋它。」

然而，古義人和羅絲小姐都沒有積極回應，前中學校長只好一旁打圓場。

「譬如說，日本人的桃太郎解釋，整體上構成一面大網，其中一個網眼破了口，新的東西恰好塡補那個破口。依此看來，預想出新解釋爲何，也是有可能的罷。」

「所謂結構主義式的解釋是罷？」古義人開口以封住羅絲小姐不服氣的反調。

事情到此爲止，不過，第二天過午，前來十蒂地的阿朝，劈臉就開始批判古義人。

「好啊，在人家東老師面前表現得那麼輕佻。連那位前任校長大人一碰到舊日的部屬，也變得殷勤過度。我看你們兩個都被那位美女老師看穿啦。」

阿朝表示，這天早上在河邊馬路上遇見東老師，後者喚住她，作了如下的談話。也因爲興趣十足的羅絲小姐在旁諦聽，阿朝的敘述遂變得極其詳細。

東老師首先表示，阿朝既然對閒話沒興趣，她就只提供一些文壇上的話題。

「我並沒有讀過這本書，只在報上看過有關的介紹，鈞特・葛拉斯（Günter Grass），就是德國的大作家……據說他寫的一本書《我的世紀》裡，有《凱旋門》的作者雷馬克（Erich Maria Remarque）和另一位老作家，守著年輕女孩共話第一次世界大戰的場景。那女孩事後向上司報告說，兩位作家都極力想展現風韻猶存的魅力。

「那麼有地位的兩位老人會是那個樣兒麼？我原本半信半疑，可昨天請教過長江先生和校長先生後，總算能夠了解了。」

阿朝只以表情向羅絲小姐顯示東老師的說法曾令她忿然，然後重播了一下自己當下的回答。

「那本書我恰巧讀過。我在柏林的嫂嫂在藝術學院的朗誦會上，請葛拉斯在附有作者一百張水彩畫的豪華版上簽了名，寄回來給古義人。家兄讀不來德文書，便將那本書轉送給我，我就從百則故事中隨意挑一個來讀。妳說的那一章我讀過。

「那是說年邁的一對作家老朋友，在一起回顧歐戰期間的歧異經驗。當時的雷馬克，應該和現在的家兄差不多年歲。儘管東老師眼前還是很漂亮，可從年齡上來說，比負責訪談的那個女孩要更接近家兄和我先生，果眞這兩個老傢伙言語輕佻，怕也是來自年歲的親近感使然罷。」

阿朝作了個使羅絲小姐大樂的結尾之後，接著教訓古義人一番。

「我告訴你，一個有自信的女性，別說城市裡的，哪怕我們這種窮鄉僻壤，也會出於慈悲，讓年過六十的男士嚐嚐甜頭，但她們可是站穩了批判立場才施的恩喔，你倆千萬別讓人家輕看哪。我也告誡我那口子識相點擺脫那些想入非非的幻想。」

不過，講完這番刺耳的正論，阿朝還是對古義人和羅絲小姐昨日的演說大加讚揚。在她鼓舞之下，兩人遂又抖擻起精神，加上個新聽衆阿由，邊回想昨日的演說，邊重新檢討。

「也是出於阿朝姐的建議，首先由古義人朗讀講談社版日英對照的《桃太郎》。這時候孩子們都很安靜。

「可我一開始念英譯文，他們就煩躁起來了。剛才班長喊起立、敬禮時，表現得如此順從的一群人不是？這在我們美國是無法想像的……穿同樣服裝、面帶同樣表情的孩子們，這回可是要來抗拒我了。」

「孩子們會不會是熱切的想聽懂妳的話？會不會是因爲缺少聽地道英語的經驗，跟不上來，才禁不住騷動的呢？」

「他們應該很熟悉桃太郎的故事內容罷？」阿由爲學弟們辯護。

「知道故事內容和聽取文本應該是兩回事罷，羅絲小姐？」古義人說：「開頭那一段是所有日本小孩都知道的。

這是個發生在很久很久以前的故事。老婆婆正在河邊洗衣裳，只見從上游漂呀漂的流過來一顆大桃子。

「和這個相對的，英譯文就顯得格外的長，連我都想向羅絲小姐提出質疑。尤其是那句老婆婆正在河邊洗 her clothes，讓我聽起來就是在洗她自己的衣裳，於是不免掛心：那末，老公公的衣裳呢？

「不過，接下去那句桃子 came bobbling down（載沉載浮漂過來）倒是眞好。

「可再下去問題就來啦。英語圈也許有這樣一句口頭禪，『那邊的水苦呀苦，這邊的水才甘甜。』老婆婆唱道：『那邊的水是魚兒的眼淚所聚成』……到得這裡，加上英譯文的冗長，孩子們就騷動起來了。」

羅絲小姐點點頭，催促古義人說下去：「古義人講的是文本的結構分析，我希望大夥兒一起就著這個重新思考一番，所以請你先向阿由解釋一下。」

古義人從命。他說，記憶裡，《桃太郎》的故事是「老公公上山打柴，老婆婆到河邊洗衣裳」。他就是從這裡向學生們講起的。兒時儘管年幼，他還是覺得這個對比具有特殊意義。因此，將之作爲談論的核心……

英文繪本裡有回家吃午飯的老公公驚訝於老婆婆拾得大桃子的畫面，一旁寫著 He'd been out chopping wood，依古義人他們解釋，老公公並非砍伐巨木。所謂打柴，應是屬於張羅燃料的一種極其日常的小事，正如老婆婆洗衣裳那樣。古義人是從民俗學者柳田國男的書裡知道古時候的農家，並非擁有大片田地的地主，而是普通一般的民家，似都坐落在森林與河川之間，亦即山腰的斜坡上。老公公和老婆婆從這個家一個上山一個下河，分別往不同方向做著日常雜務。

山↑

河↓

首先山——河構成一個縱軸，而河川→越界通往深山裡，同時又←流向大海，形成與外界溝通的橫軸。這橫豎兩條軸構築了村落世界的秩序。

神秘力量的源頭在於界外的深山裡，外敵盤據的恐怖場所則位於河下游，得渡海而去的島嶼爲其中之最。

而從神秘源頭來了個出生異於常人，且異樣超速成長的小小子。他後來順河而下去攻打外敵。在向橫軸延伸的過程中，他邂逅了狗、猴子、和鴙鷄。牠們藉著空中飛翔、貼地潛行、或是沿著樹木上上下下，各自發揮所長，奮力協助桃太郎攻敵。

這些打手說好的報酬是老婆婆居家手製的窩窩頭——想必製作過程中用的水，也是從河裡汲來。至於磨製玉米粉的黍子，是老公公在房屋上方園地裡耕種出來的。

再來，他要學子們注意，那天降臨到縱橫二軸結構中安居樂業的兩老身邊來的，並非只有桃太郎。

古義人相信這話一出口，才抓住了孩子們的注意力。在他們的專注下，才得以繼續講下去。而「故事」也來了。「故事」循著橫軸前來，爲這「故事」能落地，需要場所，場所乃由縱橫二軸所構築。他要學子們牢牢記住這一點。

「故事」於是經由重要人物在橫軸上的移動而展開。移動中，他遇見其他人物、動物、甚至超人類的異物。爲了與他們結交，具備自家場所標記的禮物就派上用場了。

且說「故事」在別的場所展開，完結之後，人物以及與之訂了盟約的同夥，將攜帶具有新場所標記的禮物返鄉。

然後，他們就幸福快樂長命百歲麼？「故事」是以可喜可賀作結束……但你們看慣了以往的「故事」演進，就不知道這回會不會注意到眞正的結尾，就是桃太郎將循著橫軸溯流而上，離開那兩老？

「我就是跟他們談這些。沒想到講到後半段，小子們開始無聊了。聽羅絲小姐朗誦的時候，喊喊喳喳騷動個不停也是事實，不過也能感覺到有幾分是誠如阿朝所言出於興趣的關係，可我在講的時候，眞就只覺得他們已經自我放棄，只等著難熬的時間快快過去。」

5

阿朝太曉得古義人少年時期以來的反省癖，和好了瘡疤忘了痛，一再重複同樣錯誤的個性，也就搖搖頭什麼都不說。

於是間隔一兩拍之後，阿由發言了。

「學校裡有個姓福田的英文老師，也兼游泳隊敎練。咱們這麼個小地方，誰在哪兒打了個噴嚏，馬上路人皆知，昨天那堂課之後福田發表的感想，以匿名方式刊在今天地方報紙上。他說，對中學生講那麼抽象的東西，非但無意義，甚至可說是一種罪過……眞木彥神官認爲那是記者對古義人先生和羅絲小姐心懷敵意，刻意尋求這種意見的……」

「用所謂抽象的東西來作全盤否定，到底是怎麼回事？」羅絲小姐說：「把孩子們由具體的觀察和感想，導引到抽象思考的層次，不就是教育的目的麼？再說，將『桃太郎』故事抽象化成神話性的原型，其間過程對孩子們來說，該也蠻有趣的……」

「該說是民間故事性的原型罷？」阿由含蓄改正道。

「我的老師不同意神話與民間傳說在原型上有所差別。」羅絲小姐反擊。

「我倒覺得古義人先生講的朝著原型抽象化那段話相當有趣。」阿由說。

「那是因為你不是中學生。」阿朝道：「原則上我贊同羅絲小姐想法。可我認為有必要為孩子們將他們所想的還原成具體化的東西，引發他們對現實的興趣。我先生也表達了他的感想說：『老實講，古義人先生講的前半段蠻有趣，不過開始抽象化以後，就好像完全不顧及聽眾聽不聽得懂了。』

「我是以我自己關心的事情，也就是撇開中學生的課程來提問，您是說縱橫兩軸構築場所，『故事』又由場所而成立是不是？這使我想到『童子』的『故事』。以我們這塊土地來說，山谷和森林可以連結成一道縱軸。」阿由說著環顧了一下四周。

而對任何人都細心周到的羅絲小姐，立刻從活頁本上拆下兩三張紙遞過去，正如剛才對古義人做的那樣。

森林 ⟶ 山谷

河川・道路 ⟵

「構成橫軸的應該是眞木川和沿河的國道。我認為沿河這句話適切的表達了這一點。

「我學著古義人先生這麼做，可連自己都覺得這個圖實在沒畫好。我在箭頭尾根塗了個黑圓點，意味著這片山谷，也就是盡頭，表示不可能再從那兒往上溯。但河水當然從上面往下流，所以用這種方式來詮釋河川不算正確；只因爲想表明『童子』的『故事』場所，和桃太郎的『場所』不一樣……

「這個村子裡傳說人死了，靈魂會升向森林，棲息至分配到的樹底去。那便是：

森林 ← 山谷

「但過了一段時間，樹根底下冬眠的靈魂，便又降臨山谷，進入新生嬰兒體內，就是：

森林 → 山谷

「這麼一來，這塊土地上人的生與死，可以歸納爲：

森林 ⇄ 山谷

「而無論出生與死亡，橫軸都沒有切入的餘地。沒有人會像桃太郎那樣從河上漂流來，不過，也有像古義人先生這樣離鄉到東京生活，然後又返鄉的。那就變成：

山谷 ⇄ 外界

「拿『童子』的故事來說，與哥德龜結夥活動的『動童子』在離鄉跑去河下游的村莊和城鎮這一點上，是屬於沿著橫軸的動態，返鄉後，便順著縱軸爬上森林去了。

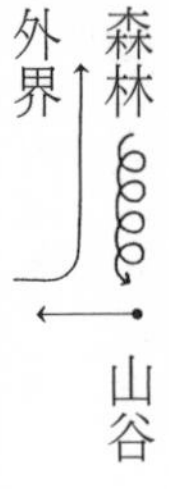

「右邊的螺旋圖樣表示靈魂從森林下降時候，總是呈螺旋狀路線進入人體的傳說。因此，比『動童子』更普通的本地人的生與死，用圖表顯示的話，大概是這個樣子罷：

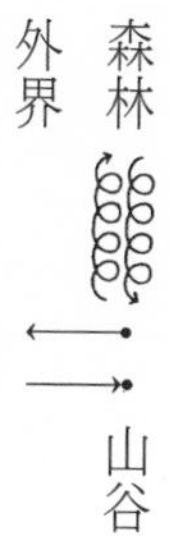

羅絲小姐比誰都對這個解說表現出極大的興趣，貼近阿由，不時爲他補充紙張，甚至感歎道：

「阿由用圖表作的解釋，眞是想得很嚴密。」

「不，這是眞木彥神官整理出來的……」

「這個道理你已經可以運用自如。我的想法是桃太郎來自的河上游與『童子』爬上去的森林高處，在同屬越了界的『異界』這一點上，是同一個東西。如果將它製成圖表，會是什麼樣子？」

「我想大概是這個樣子……實際上，森林和河上游並不在同一個高度上，我沒辦法將其間的彎曲好好畫出來。」

「或許靈魂那種以螺旋狀移動的方式，正是打開彎曲那份矛盾的鑰匙呢。」古義人說。

「哥哥畢竟不是理科出身，用語言要比用圖表表達更有眞實感。」阿朝說：「不過，那不是virtual，也就是雖有實感，卻未擊中本質。我是因爲從羅絲小姐學會real（眞實）和virtual（虛擬）的差異，才作這種補充的……」

6

在中學裡開講的「桃太郎」介紹，於「長江古義人書迷俱樂部」網站上登出來了。羅絲小姐在操作攜自紐約的個人電腦時發現到，興奮報告給古義人。

「你總是說自己的家鄉沒有你的讀者，可音樂廳那些家長當中，居然還有人懂得活用網站哪。既然有這種新型態讀者，古義人的文學世界，不是比過去更有開展麼？」

不料，到了第二個禮拜，同一網站上出現了批判古義人「桃太郎」課程的插注。在眞木大街任中學老師的阿朝長子，搶在羅絲小姐前發現，立刻影印了一份送來。投稿人是他的一名同事，這人會替學生的畢業旅行安排參觀廣島原爆資料館的行程，也常爲來自菲律賓、巴西的勞工與本地青年男女聯誼，舉辦交流會，在阿朝評價裡，是個前所未見極爲活躍的女老師。

> 在長江古義人初次開講的「桃太郎」上，我原本對他如何看待惡鬼島的遭遇寄以期望，結果是大大的落了空！我有一種遭到背叛的感覺！
>
> 用來綁頭的布條上的桃子，擺明就是太陽的象徵。以此類推，船帆上那顆大桃子，應該就是軍艦旗。我雖不至於把日本式美少年那種畫法說成反亞洲，總之，他腰佩日本刀，去攻打船行不久就能登陸的鄰國。英語版 *The Adventure of Momotaro, the Peach Boy* 詳盡描寫了侵略實況，但長江氏朗誦的文本，卻只輕描淡寫說「狗咬、猴抓、雉鷄啄眼睛」。
>
> 但我仍認爲到了解釋的階段，應該不止於此罷，殊不知長江古義人竟然脫線談起《唐吉訶德》來

啦！讓我聽到的是一大堆可厭的東西！眞個徒勞！白白浪費時間！這是我由衷的感想，不過，想到對學子們的影響，授課時應該少不了一些批判性的觀點吧。

羅絲小姐重新向阿朝解說，有關桃太郎一行的侵略與殘虐行爲，英文本也沒有講得很明確。

「雉鷄啄眼睛這個描寫是相同的。猴子抓人家臉、狗咬人家大腿這一點上，英文的確描述得比較詳細。不過，它也寫著，對抗惡魔的鐵棒攻擊，咱們的英雄也沒有使用日本刀。由於桃太郎飛快的 **dodged about**（就是一個閃身的意思，古義人譯成日文說），魔鬼於是暈頭轉向仆倒下去，終告投降。沒有描述血腥場面這點，英文本也是一樣。」

「這麼說我倒想起來，戰時你我讀的文本裡頭，也沒有流血場面是不是？不過，她講的脫線到《唐吉訶德》，倒眞是說對了。」

這天也在一邊旁聽的阿由，對這場重演的授課居然沒有往《唐吉訶德》脫線這一點感到奇怪。古義人於是說明給他聽。

「末了我所以花不少時間談到《唐吉訶德》，是這麼一回事。那就是桑丘・潘薩到海島上當總督，唐吉訶德獨自住在公爵府的那一段。公爵夫婦半夜裡將裝滿了上百個鈴噹和貓的袋子，掛到唐吉訶德臥房的窗台上。『總之，數不清的鈴聲和貓的慘叫，交加起來是如此淒厲，就連這場惡作劇的主謀公爵夫婦都嚇壞了。唐吉訶德更是驚恐得發不出聲音來。』就是這個地方。納布可夫認爲勇猛的唐吉訶德就是在這個地方轉變成一個軟弱、懂得恐懼的常人。

「至於我，是想把黑暗裡被貓兒抓臉的恐懼，拿來和惡鬼島上遭受雉鷄啄眼的那種恐怖作一番對比……」

阿朝則以重新聽到的消息轉達了東老師的說詞。自然，東老師是以校長的發言人自居。她說，校長本來擔心古義人把攻打惡鬼島那一段，比喻作向鄰近諸國發動侵略，可能給家長們帶來這種印象，所幸末了轉變成有關唐吉訶德的詮釋，也就放了心。不過，在這一點上，教英文的福田老師在眞木鎭公營游泳池向古義人先生直言，似也發揮了功效……

「我跟我家那口子和哥哥都說過，一個長年被拿當美人看待的女子，她的眞心是男人沒辦法捉摸的。她即使對你好，也得小心一點才是。不管怎麼說，你們都算是學了一次乖罷。」

儘管不至於像被貓兒抓得滿臉是傷而窩在床上的唐吉訶德那樣鬱悶至極，古義人卻也再度陷入消沉中。

第九章　殘酷與詭計

1

一早就陽光灼熱的日子。電話裡童音的留言，讓羅絲小姐一反慣例拿起了話筒，然後將聽取的結果高高興興報告給古義人。內容是那天聽了特別課程的中學生們，希望和羅絲小姐直接用英語對話。他們想知道長江老師山谷生涯裡上學和遊戲的情形，也希望三位能來聽一聽由小明作的曲子改編成吹奏樂的演奏。所以，能否於過午時分移駕到中學的音樂廳來？這純粹是由學生發起的，大夥兒將以義務大掃除的名目借用音樂廳鑰匙。蜜司羅絲該可以幫我們向校方保密罷？

羅絲小姐似乎只擔心一點。

她說：「古義人你在紐約一家大書店舉行簡短演說的簽名會時，是我安排的行程不是嗎？可記得之前日本領事館曾經邀你用晚餐？我以你得準備婉謝，也告訴對方如果想聽，可以爲他們安排座位，想不到那位書記官居然揚聲笑起來。我實在不明白他爲什麼要笑。

「早上也是，我在跟中學生代表通話的時候，就聽到他周邊同夥在笑，雖然感覺上眞就像鄉下孩子那麼純樸……」

「當年待在此地時候，我雖是個鄉下人，可並不純樸喔。無論如何，還是小心一點好。」

說是這麼說，古義人還是興匆匆刮好鬍子，換上襯衫和西褲。小明始終在旁留心聽著兩人對話，後來才曉得唯獨他一人事前心懷戒備……

古義人一行不僅把羅絲小姐的藍色轎車停在從教員室看不到的校門外，還刻意從校園東端直接繞向音樂廳。學子們還沒有出來迎接，三個人遂進入敞著門的大廳裡休息。

學校背後的闊葉林繁茂得幾近幽暗。天花板上的天窗倒是在陽光裡燦然生輝；每逢音樂廳於夜間辦什麼活動，從十蓆地看下來，這些天窗就像集結在一起的八個奶黃色飛碟。小明隔著一小段距離站在豎立於地板上的幾十把吉他面前，向羅絲小姐解說根據尺寸所發出的音域。

混凝土結構，從細緻的功夫可以看出建築師用心的圓筒形牆壁上，裝有同樣用心的回音板。下方排列著只容貓兒通過的豎窗。所有窗子的平面的相對角度全都錯開，以免回音的衝撞。古義人也把建築師的用心說明給羅絲小姐聽。後者目光卻停留在山邊浮凸於濃綠上的沙羅樹花朵上。

……就在這個瞬間，一股整體性的衝擊來襲，只覺圓筒形空間就要給震歪了。古義人以為是地震。小明搖晃著向前兩三步，隨即蹲下來，以單手和一邊的肩膀塞住耳朵，再用另隻手去摸索褲口袋。這時古義人才發覺原來將弦樂合奏放大的超級音響灌滿了整個音樂廳！

羅絲小姐搶近小明，一把將他腦袋摟進懷裡。古義人奔撲方才進來的那扇門。不料門把牢牢鎖住，幾幾乎扭斷他的手腕。通往旁邊休息室的門也一樣。四下望望，要想從牆壁上那些細長的窗口逃出去似無可能。

在與其說是音樂，不如稱之為大發動機噪音的凌虐下，古義人只得不知所措走回兩人身邊，對著依舊懷抱小明腦袋，脖子上刻劃出粗大扭褶仰望他的羅絲小姐，毫無意義的點點頭。不一會兒，古義人發現了塞在吹奏樂器櫃櫥裡的檯燈。他抓出檯燈，扯下電線，拆散線端，用牙齒捋了又捋，把搓合在一起的電線全都裸露出來。接著將插頭塞入插座，用穿著慢跑鞋的腳去踩擱在地板上的線圈……只見一股小火花，發自擴音機的巨響終於消失。

寂然無聲的音樂廳外邊，門砰一聲打開，傳來快速跑開的許多腳步聲。古義人貼近一扇窗子，俯視自音樂廳通往操場的那條路，試圖用眼睛去追趕，羅絲小姐帶淚的以英語對著他大喊。古義人回過頭去提醒羅絲小姐注意摟在懷裡的小明，後者雖然把聲音放低，仍然用英語大加抱怨。

「這些小孩怎麼這麼壞！簡直比修理唐吉訶德的那些難纏小蘿蔔頭還惡質。想想，小明該有多驚恐、多痛苦！這哪是小孩惡作劇，分明是邪惡的暴力嘛。你我無償的行爲，怎麼會換來這種回報？」

古義人發現小明正想掙脫羅絲小姐，後者白裡泛著紅斑的粗大兩膝支在地板上，搖晃著厚實的上半身繼續叫嚷著。

「小明，要不要緊？會不會很難受？」

古義人說著，對自己的無能爲力備覺憾恨和憤怒之餘，與羅絲小姐同樣差點掉下眼淚。

不料，從羅絲小姐粗壯臂膀掙出來的小明，以羅絲小姐都禁不住閉嘴低頭觀看的冷靜動作，從兩耳掏出了什麼。他整整齊齊伸出的美好的手指上擱著的，是看似兩小塊淡粉紅色紙粘土的東西。

「不要緊，我有耳塞。剛才播放的是布拉姆斯的《第一號弦樂六重奏》耶。」小明說。

2

在羅絲小姐手機求援下趕過來的阿朝，釋放了古義人他們。據說鑰匙就扔在音樂廳門口。羅絲小姐已經筋疲力盡，古義人又是舉止遲緩，一副鬱悶老人模樣，阿朝判斷他們要想在自家張羅晚飯是太勉強了。於是向他們推薦一家新開張介於鎮公所職員和眞木鎭老饕之間頗具口碑的鄉土料理店。

關於今天發生的事情，阿朝已委託做丈夫的前中學校長，與校方進行善後（包括古義人刻意破壞電氣器材在內）的協調工作。她甚至替他們向料理店訂位，好讓羅絲小姐和古義人利用午後的殘餘時間睡個午覺，以恢復氣力。羅絲小姐睡醒午覺，沖個澡之後，雖然以晚餐時間來說有點晚，三人還是照阿朝的推薦，前往眞木鎭大街。

訂位之際，阿朝還把那家料理店的簡略路線圖傳眞過來。這家料理店叫做「御小福」，取名自明治維新前夕那場農民起義中大肆活躍的一個人，令古義人很覺好感。不過，由於是別人開車，他起初並沒有好好去看那張路線圖。滿以爲是坐落於靠著生產樹蠟發跡的富商們庫房式豪宅林立的「街道」上，一家鎖定觀光客爲目標的餐館。沒想到駛過眞木川與別的河川合流處的立體交叉點，準備爬上位於高崗上的「街道」時候，羅絲小姐要古義人看看地圖，他才發現那家料理店居然在反方向往下走的西端，是旅社與小餐館聚集的古老角落。

把車子停在別處停車場，沿著古色古香的狹窄街道走到鄉土料理店「御小福」，從純日本式門面到裡面的裝潢，都讓鬱卒了半天的羅絲小姐感到開心。古義人從挑點他也熟悉的料理開始，便就著小菜喝起日本酒來，羅絲小姐和小明則把陸續端上來的料理吃個精光。到此爲止，以一個小家庭安穩的聚餐來說，倒眞算圓滿順利。也因爲時間太晚，非榻榻米的外間椅子席，除了靠通道邊座位上的古義人他們並沒有別的顧客，這也是一行人得以輕鬆自在進食的理由。不料，屏風相隔的裡間另一夥食客當中的一名，在往返外間盥洗室時，發現了古義人。古義人無視於那位年輕小夥子的點頭致意。那人先回到裡邊房間，旋即筆直走來外間。

他已經醉得差不多，而且正處於醉酒帶來的昂奮，行將變貌成陰沉的拘泥（這恐怕才是他的本性）這個階段。既然看出這一點，頂好是適當躲開對方言詞上的挑釁，偏偏古義人也醉到了精神上不能自持的地步。受到輕看的小夥子站到古義人桌旁，似已拿定了主意。

「因爲閣下是本地出身，姑且也算個知名的作家，我本來想向你致個意，閣下不回禮也罷了，可我這樣面對面跟你招呼，你還是相應不理，這就太過分了罷。」小夥子開始說：「我雖不像你們是個有來歷的人家，可在這眞木大街上從沒被人這樣對待過。」

羅絲小姐一旁致歉說，因爲古義人今天遇到非常耗費精神的事情。

羅絲小姐用的是日語，小夥子卻英語回答，且要求羅絲小姐握手之後才退去。接著小夥子一票人便於屏風那頭，衝著古義人和羅絲小姐興高采烈譏諷了起來。

「日本人這種態度，也是我沒辦法理解的。」羅絲小姐說：「大聲高笑，還特地站起來不客氣的打量這邊，他可是這樣就得以補償剛才被你輕看的難堪麼？」

看到古義人默不作聲，羅絲小姐又說了。

「我說古義人，小明已經感覺到你的態度非比尋常。套句年輕人常用的日語，你是打剛才就在『緊繃』了。固然像我剛剛講的有過大意外事件，可你今天的態度還是太過奇怪了罷。平日用起餐來，多數時候總是開開心心，可今天一句話都不跟小明說，也不爲我解說這些鄉土料理。要是很疲倦，咱們就回十蓆地去罷？」

這樣正準備起身離開，卻見醉態明顯一個五十來歲的魁梧漢子穿上鞋子走下榻榻米間。他以寬大肩膀擋住想去結賬的古義人，招呼道：「鎭上的小夥子多所冒犯，抱歉啦。」

被擋住去路的古義人，挺在小明和羅絲小姐前面，俯視著對方西裝領子上的議員徽章。而那人剛想繼續講下去，古義人竟抬起頭，粗聲嚷道：「大爺，你就放過我吧！」

古義人伸手去推還想擋他路的那人，對方立刻像挨了打那樣，拿雙手去遮那張紅褐色臉龐。接著以慣練的手法，暗地裡手肘灌足力氣，給古義人頸動脈狠狠一擊。就這樣雙方開始互毆……

那家地方報紙可也逮到機會般報導這樁毆鬥事件，在這山坳似將成爲更加喧騰的八卦。不過，阿朝儘管置身於比任何人都豐富的訊息核心，來到十萳地，卻也隻字不提此事。倒是前中學校長根據疑似可靠消息來源，陳述他的觀測說，鎮上當不至於將事情搬上檯面，雖然報紙已以不說出對方姓名的方式報導了出來。

這是他前來幫忙修剪房屋四周的樹枝時，就便告訴古義人的。古義人擔心阿朝對此事件的看法，他就轉告阿朝的話說：「雖然是愚蠢的行爲，可也眞符合哥哥的個性。回到這麼小的地方來，在大庭廣衆下喝酒，不跟人家起衝突才怪。不同於年輕時候，一大把年紀了，只要不受重傷，無論做什麼，或者遭受任何什麼，都無礙於哥哥的生涯。」

3

正因爲出事時也在場，羅絲小姐對整個事態掩不住好奇。她尤其著意於古義人動手推擠之前那句奇怪的日本話的語法和語調的含意。於是看準古義人從較諸自我厭惡還要複雜的感情窘境中恢復過來，羅絲小姐大膽提出了質疑。

「你當時不是說『大爺，你就放過我吧！』？說這話時你的聲音已經透著醉意，這固然叫人害怕，可你那種太過奇怪的說話方式，連小明都嚇呆了。怎麼會講出那種話來？那是這一帶的人挑釁人家時候的口頭禪麼？」

大爺？在羅絲小姐提起之前，古義人根本就想不起被那個五十開外的漢子糾纏時自己出口的這句話。

而經羅絲小姐提起她心目中異常奇怪的這句話，古義人立刻記起了發生在同一條街道上的另一副情景。那已是戰後三、四年，眞木鎮大街的旅社和餐館因那幫黑市掮客呈現一片興旺的時期。古義人家照理與這種景氣無緣，卻有過母子倆被扯上的事故。

事情開始於眞木鎮大街某家旅館的一通電話。母親愼重其事穿上和服，把襪套和草屐放進紙袋同著貨物一起裝進掛在單車後的拖車，由當時還是新制中學生的古義人從後面推著，沿黃昏的道路跋涉了起來。那通電話表示，京都一位著名的日本畫家目前住在他們旅館，這位大師戰前就慣於使用從此地老村一帶寄送的日本紙。雖然曉得古義人家不再製造這種紙，但是否還庫藏的有一些舊貨？

原來，庫房裡收藏有大量他們所要的東西，這些紙張且按照製造原料區隔開來。古義人還是從貼在壁櫥框架上那張紙，初次學會幾個拉丁名詞的。楮樹 *Broussonetia kazinoki*、構木 *Broussonetia papyrifera*、黃瑞香 *Edgeworthia papyrifera*、小雁皮 *Wikstroemia gampi*、雁皮樹 *Wikstroemia sikokina*。

有趣的是從拉丁文發音上，可以看出這些植物是根據此地人對它們的稱呼，甚至直接以地名本身取的學名。

將漉過的原料分類整理留下來的庫藏品，按照紙張規格加以包裝，然後每種各取一兩包——對方有可能當場買下一些——用繩索固定在拖車上，花了將近一小時運往眞木鎭大街。

據說那位畫家就在二樓的大廳當場作畫，並出售畫作，而從那兒傳來的喧騰氣氛中，古義人遂於女侍和女傭端著酒菜來來往往的玄關旁看守拖車，等著上樓去的母親回來。母親是將各種規格的紙張樣本用厚紙夾起來送去給畫家看。古義人已經不記得這天晚上對方到底有沒有買下那些紙張……

那是因爲發生了混亂的關係。一窩蜂走下寬樓梯的一夥醉漢，對古義人看守的貨品感到興趣，集攏到拖車四周來。他們個個伸出手來，不是想撕破包裝紙一角看看內容，便是去扯紙繩。後來才聽說，畫家與母親談論紙張的時候，曾經提到因敗戰而發行新鈔之前，黃瑞香一直是十元紙鈔的材料。

那夥醉漢趴到堆積得不算高的紙包上，自四面八方伸出的指頭揑住兩三張紙，試圖拉扯出來，古義人只得恐懼的慌亂抵抗，這副情景成爲苦澀的記憶，牢牢粘著在他心版上。大爺，你就放過我吧！

古義人把這個告訴羅絲小姐，接著說：「當時很生氣，無力感也大，可以說是處於恐慌狀態，這回是我自己喝醉酒，加上被一個帶有鄉音的老漢逮住機會纏上的那種感覺，使我做出相同的反應。之後的所作所爲也不算正常。不過，還是說不上是唐吉訶德式的瘋癲罷。」

「被納布可夫指爲與《唐吉訶德》同年寫成，也曾被他引用的《李爾王》，你這會不會是近乎《李爾王》那種錯亂喔？」羅絲小姐說。

古義人於是找來新的岩波文庫，讀了讀向羅絲小姐確定過的第四章第七場那段台詞。

請你不要作弄我。
我是個愚昧的老頭兒，

不折不扣年逾八旬。

而據實講來，

精神似也有點失常。

4

之前的好幾天，古義人帶著自我厭惡與懊悔在反芻那樁毆鬥事件的時候，還又想起了另一件事，那便是在鄉土料理店纏上他的那人眞木鎭獨特的口音——與老村一帶腔調有著微妙且截然不同的差異——讓他聯想到於這種語言環繞中在眞木高校熬過的整整一年時光。那眞是痛苦難熬的每一日，只有默默忍受。而正當他覺得再也無法撐下去的時候，家裡突然提起了轉學問題。從那以來一直避免去想的種種往事，此刻與狠打他脖根並用膝頭搗他下腹的那個壯漢，以及站到那人背後三、四個同夥造成的壓力感，重疊浮現出來。當年掌控著高校的那個惡少和他屬下，神情與動作都跟這幾個蠻牛明顯相似。

而當年的小刀事件，算是那幫不良少年壓制別人的頂點。古義人有一把父親在上海弄到手的漂亮彈簧刀。老村一帶通學的同班同學向那幫惡少密告這事，他們遂要求古義人將彈簧刀當作貢物獻出。在學校背後，古義人於人多勢衆包圍下拒絕了對方的要求。從此，一連串要脅、逼迫，終至不得不與惡少頭目屬下進行一場決鬥。

古義人對自己的握力沒有自信。白日夢中經常出現刀子因衝擊而鬆開，誤將自己握刀的手指紛紛切下的血腥場景。他遂以兩枚金屬片去固定彈簧刀的彎折處，再以細草繩一層又一層將刀子綑綁到右手掌上，試了試一旦動起手指能否緊握。到了「決鬥」當天早晨，他從手腕到指尖用毛巾包裹，吊掛到頸子上之後，這才上學去。

中午的休息時間，古義人給叫往棒球隊器材室，與「決鬥」的對象隔著厚木板舊桌分站兩邊。惡少頭目要他倆各自伸出握刀的右手宣誓來一場光明正大的君子之爭。而就在這時，對方看準了古義人將自己的手掌擱在木板桌上發呆，於是對準那手掌一刀刺下去。

從木椅上彈跳起來的惡少頭目，一拳打在屬下太陽穴上。接著拔下刺傷古義人中指，猶在木板桌上顫動的刀子，扔還給嘍嘍，宣佈開始「決鬥」。對手的刀子三番兩次閃過古義人臉前和胸前，但古義人又無法用淌血的手指緊握小刀。憤怒中反擊的他，感受到綁在掌心裡的小刀刀刃碰觸顎骨的那種可怕的衝擊。對方終於大哭大叫逃向體育館旁邊的飲水處去了……

聽了這番話的羅絲小姐，明顯擺出厭惡的表情，僵硬的線條和陰影，讓她那張臉幾令人感到陌生。

「古義人，我很怕你潛在的暴力傾向，我想，八成因為這個緣故，你我才沒辦法跨越作家和研究者的疆域罷。」羅絲小姐說。

5

由於鄉土料理店那場毆鬥事件——末了，古義人被人多勢衆的對手踢出店外——造成的撞傷及其他，被阿朝再度帶進醫院的古義人，雖然難免鬱卒連帶而來的壞情緒，卻也發現了一個足以排遣心緒的新事實。那與前番出事時耳朵受的傷有關。

古義人一頭栽進箭竹斜坡嚴重受傷的左耳，儘管經過巧妙縫合，但是傷口複雜，很難在短時間內完全癒合。後來還是護士指出，每夜臨睡前總要喝啤酒的古義人，因爲醉酒而失去自制，入睡以後一再搔抓耳朵，終至化膿。這麼一來，只得重新開刀再縫合。醫師且說耳朵可能會變形。

羅絲小姐於是擔心地表示，如此，兩邊的耳朵將不對稱，這對只透過照片看慣了的古義人這張臉的外國讀者會造成不便。

醫師反駁道：「那些讀者既然只透過照片接觸長江先生，往後也不可能直接跟他碰面罷。」

「可是，他們會看到新拍的照片。」

「那就得經常留意只讓他們拍右邊的側臉囉。不然就是還有個可能，既然是個這麼短時間裡就能受兩次重傷的人，誰說不會再次跌入箭竹叢澗谷？到時候，只要右臉朝下栽，兩隻耳朵就可以恢復平衡啦。」

被醫師這麼樣調侃以來，直到爲這次的互毆事件上醫院，古義人並沒有特地跑去拆線。早晨洗臉時多少有點不協調的感覺，卻也認爲只要拆線以後，耳朵便可復原。而這回除了治療眼睛底下的新裂傷以及其他大小傷之外，也順便拆除耳朵上的線，回得家來，阿朝仔細打量過兄長的臉之後，就著新耳朵的形狀，對著羅絲小姐評論了起來。

「哥哥的耳朵很大，從頭上呈著直角突出來不是？雖然目前有一邊已經不是這樣，可另一邊還是保持原來的樣子。爲了這耳朵的形狀，哥哥還被國語老師揍過。起因是該把哥哥這種耳朵叫做什麼是罷？」

「那位老師在班上公開說：『像你這種耳朵叫做籠耳。』意思是形狀欠佳。當下我就頂他說，要把我這耳朵形狀・看成籠子是他的自由，可我認爲籠耳之所以有負面的意思，是否因爲會像水從籠子裡流掉那樣，把聽來的東西忘得精光？……」

「哥哥會事先想到這個，可見您還是在乎耳朵的形狀。媽也講過眞是委屈您了。您跟千樫嫂嫂結婚時候，老人家好高興的又重提了一次。」

「那也不是說千樫不嫌我耳朵長得難看，實在是因爲她哥哥吾良太過俊美的關係，在她看來，其他男士容貌如何已經無所謂了。」

看到古義人不很開心，羅絲小姐不表任何意見，索性改變話題。

「是前半部開始沒多少的地方，唐吉訶德和庇斯卡雅出身的一名隨從打鬥，被對方削掉了半個耳朵。正如阿朝說的，古義人的新耳朵還眞是給人精悍的感覺。雖然目前只改造半邊……」

「我倒希望不要再動另一邊。」古義人說。

羅絲小姐似乎還有一件積極想講的東西。

「每次讀《唐吉訶德》，我就免不了深受感動；一個年過五十的鄉紳，居然還有那股子強壯勁兒。看到主人背上帶毛的黑痣，桑丘・潘薩就說那是勇者的標誌，事實上，唐吉訶德也眞能打不是嗎？雖然也有過被打敗的時候，但起碼有兩次是把武裝的對方徹底打垮。

「而且無論吃多大苦頭，他總是很快就復元。這人以瘦削細長的畫像爲世人所熟悉，基本上是個健康強壯的人。

「古義人也是，一回來森林沒多久就接連兩次受重傷，卻都完全康復了，儘管受傷變形的耳朵已經沒法恢復原樣。唐吉訶德也是在生涯的三次冒險之旅中先後受傷，我猜他在臨終床上觸摸著已經沒辦法復元的部分身體——給削掉半邊的耳朵啦、斷掉的幾根助骨啦——，他撫摸這些傷痕的時候，想必心情不致太壞。」

小明正在面朝山谷的玻璃門前他自己的座位上，給CD封套上的解說畫畫線，或者查查袖珍音樂辭典，一聽到肋骨這個字眼兒，立刻眉開眼笑望向父親。原來小明學作曲的啓蒙老師的夫人，在波蘭民主化當時，參加向大使館示威的運動，遭警方驅逐之際斷了根肋骨，小明於是作了個小小的曲子叫做《肋骨》。儘管做母親的千樫提醒他斷掉的是肩胛骨，他還是堅持道：「我覺得肋骨比較有意思。」

「我認爲眼前對你古義人來說，逗留在森林本身，就是個冒險。你年少離鄉，五十年之間都沒有回來住過，而臨老卻決定回山坳定居。在你而言，就像唐吉訶德的離鄉踏上旅途一樣，是非常危險又重要的冒險。往後還得度過重重難關。不過，對於一個已近晚年的作家，這將是生涯最後也是最大的經驗！」

羅絲小姐越說越昂奮，彷彿以灰藍眸子裡的紅色點線加強語氣。

「哥哥從高校時代起就常吃苦頭，可也都倖免住院平安度過，沒想到這回幾番出事住院，連耳朵都變了形。眞虧羅絲小姐給這整個事體，找出一個積極的意義。

「……既然如此，哥哥，咱們索性來個消災的宴會好了。我家那口子找中學校長和教務主任談過兩三次。看看從第二學期開始，正規的上課時間不敢說，但可否利用別的時間，繼續排一下羅絲小姐的日英語綜合課程。

「可因爲這次事故，這個計劃就泡湯啦。做老師的喝醉酒和縣議員打架……一走進教室，不被那些小孩訕笑才怪。」阿朝說。

羅絲小姐不禁反駁：「但那干蘿蔔頭不也那麼惡質的作弄了老校友和殘障人士麼？」

「沒錯！雙方都不值得嘉許，算是因一邊受傷而停止比賽。既然同為受害者，也就不要互相報復了，妳說是嗎，羅絲小姐？

「不過，我也讓校方答應古義人可以跟有助於他『童子』調查的青少年自由交往，被選上的是兩名初中男生和一名高校女生。

「和這幾個小朋友見見面，再加上幫了大夥兒很多忙的阿由，還有眞木彥神官、松男住持，咱們就來個慶祝康復大會吧，同時也算是新耳朵的公開展示會呢！」

6

到十蓆地來的三個青少年，比起半個世紀前古義人的同班同學和玩伴，形態上眞的改變太多。他們並不油頭滑腦，舉止卻自然大方，一點兒也不膽怯。那個高校女生名字香芽（Kame），字面上看來是頗為現代化的漢字，發起音來卻是一聽就知道是出身世家。她似乎有副與她那健美肢體相符合的成熟性格。就憑她的名字香芽，同學不用說，只怕老師們也免不了要調侃幾句罷；或許可以說，她的沉穩成熟，正是長久以來搪塞慣了這一類調侃所養成的態度。

同來的兩個男生似也很敬重香芽。個子高，額頭也開闊飽滿的這一個叫阿新，另一個身材矮小，神情內向，可又不忘在阿新旁邊細心提醒這留意那的，是小勝。守著這兩個男生，古義人只覺內心有一絲令他牽掛的動搖。

聚談從傍晚時分開始，聊著聊著，古義人想到了一件事。這時眞木彥神官正以羅絲小姐作主要對象，談論吾良的電影。眞木彥神官對塙吾良所知可不是一知半解，舉凡從吾良身爲演員演出的作品開始，到他導演的作品的錄音帶，他似都看過好幾遍，難怪這位神官扮演的吾良「亡魂」會那麼逼眞。

過了一會兒，眞木彥神官說：「不過，在座的人當中同時見過古義人兒和吾良先生的，也只有古義人先生一個人……」

阿朝立刻改正道：「不，我也同時見過他們兩個，因爲當時還在讀高校二年級的哥哥，把吾良從松山帶回來，在棧房住過一夜。那會兒也不過才十六、七歲，吾良已經不是個尋常的少年。至於哥哥，普普通通，算是看來還能讀點書的孩子。他還眞是細心周到的照顧吾良這樣那樣呢……」

「這不就像是阿新和小勝這組搭檔麼？」前中學校長插進嘴來：「我聽他們班導師說，在協助古義人先生的調查工作上，單是阿新一個人恐怕派不上什麼用場，小勝獨個兒來嘛，又怕沒什麼樂趣，所以才推薦兩個人來的。」

在前任老校長弦外之音的褒揚下，阿新是坦然接受，小勝則惶惑中透著點驕傲，至於香芽，比他倆要顯得更爲從容，甚至面帶冷笑的聽著，古義人關切著他們各自的反應。

餐會就在十蓆地岩盤上，房屋與山谷之間一小塊空地，以烤肉的方式舉行。除了前中學校長裝在海釣用冰箱裡帶來的內海小魚和自己種的蔬菜，就是羅絲小姐花費一整天工夫準備的鐵板燒漢堡。

三個青少年只管大吃大喝，也不加入閒聊，古義人與妹妹、妹婿的談話也是斷斷續續。湧自谷底的河霧侷限了視野，只見眞木彥神官和羅絲小姐並肩坐在相隔一小段距離的馬鞍形岩端聊天。而眞木彥神官不時起身繞著羅絲小姐轉一圈，從阿朝才得知是噴灑防蟲劑。

用完餐，孩子們早早離去。古義人他們手伸到擱有鐵板的圓石頭爐子前面，就著火紅的炭火烤火，各自默默聽著遠處的溪流聲。老校長抽根森林撿集來的木柴加到炭火上，揚起的火焰照出阿由垂頭喪氣的模樣。細心的阿朝，避免去看在那一頭聊個沒完，輪廓也已分不清的羅絲小姐他們，和爐邊的阿由。

第十章　爭風

1

羅絲小姐所以會在感情上與眞木彥神官接近，自有她的理由。首先是受邀擔任眞木高校舉辦的縣英語教育研討會講師。那是最後一天上午，以「日本小說的翻譯」作主題的分組討論。

會中，他們讓羅絲小姐坐在講台中央，分坐兩旁的是來自縣內各高等學校擔任提問的老師們，由松山大學英文系講師主持會議。如能請身爲當事人的長江古義人出席，那是再好不過，無奈他的演講費會危及整個會議的總預算，只好……主持人這番開場白引發了笑聲，羅絲小姐卻無法理解這種事怎麼能拿來當玩笑講。而同樣讓她感到不可思議的是她分明自己開車前往，可又領到了相當於三十塊美金的「車馬費」。

根據羅絲小姐活頁筆記上的摘要，針對她的質詢是這樣開始的。

——聽說妳都用日文和英文讀長江古義人的小說？

——沒錯。

——妳對他作品的譯本作何看法？

——我認爲十來部英譯本當中，除了一本由日本女性譯的不算好之外，其他的都算妥當。尤其最優秀的要數古義人青年時代以來的朋友，加州大學那位教授的譯作。那位譯者和古義人曾經在哥倫比亞大學劇場作過公開對談，當時，古義人較弱的英語部分，在譯者補強之下，變成相當有趣的東西。

——有人說英譯本要比日文原作容易讀，在這一點上，長江可以說佔了便宜。妳對這個說法作何感想？

——我沒有看過這一類的評論。

——我有個學生住在奧勒岡州的寄宿家庭上高校時候，有一回學校出了個讀日文小說寫報告的課題。他請母親從日本寄給他長江的袖珍本作品，他讀不下去，末了，還是到圖書館找英譯本才解決問題的。他說經過翻譯的長江作品倒是很容易讀。

——會是這樣麼？我覺得高校生不用說，即使是嫻熟於閱讀外國語的成年人，只要是用日語教養大的人，讀起母語來，總比外國語來得容易罷？尤其是小說，我不相信透過外譯，會比直接用母語讀本國作品容易懂。

——但是正宗白鳥[1]不是說過要讀《源氏物語》，可以去看英國著名漢學家亞瑟・韋利（Arthur Waley）的英譯本麼？」

——古義人說過，即使拿賽汀斯提卡[2]翻譯的新版來說，還是會覺得只要具備某種程度的古文基礎，讀原文仍比讀譯本容易懂。

以英語進行的討論自始至終不出這個層次，沒能觸及要緊的翻譯本質……羅絲小姐是一到家就向古義人抱怨說「欲求沒能得到滿足」，但她還是滿開心的。那是因爲會議行將結束的時候，真木彥神官起身發言，爲古義人的小說作了一番有用的辯護。

據羅絲小姐說，真木彥神官的發言未必是一面倒表示支持古義人，它同時也具備批判性，予聽衆以公正的印象。神官備有數位錄音機，會後看到羅絲小姐表示興趣，遂將自己發言的帶子連同錄音機一起借給她。古義人因而有機會與羅絲小姐共同播放來聽。帶子有個缺點，就是遠處的聲音小而聽不清，唯眞木彥神官本身的發言聽得一清二楚。

眞木彥神官如是說——

「長江古義人目前回到眞木鎮的老村一帶定居，往年好像都在北輕井澤的山莊避暑。去年在別墅公會同仁委託下發表了一場演講，也算是對當地鄉親的一種回饋罷。我還收到出售演講錄音帶的廣告傳單，因爲我曾經在網路上公開過我正在蒐集長江資料。

「你猜那廣告詞怎麼說來看？那兒好像是一些大學教授或是他們第二代、第三代居住的一種特權式的別墅地區，總之是這類團體爲介紹一個不合時宜的小說家所擬的宣傳文。廣告上說：『慣於書寫有點難纏文章的長江古義人改變形象，來一場新鮮有趣的別墅開講。』喏，除了特別講師羅絲小姐以外，從台上列位老師到在座各位聽衆，不都發笑了麼？總之，長江在大夥心目中一直就是個寫有點難纏文章的人。我要說這個有點難纏的有點就跟有點狂妄自大的有點一樣，意思是負面的。長久以來，雖然沒有講得這麼露骨，可長江經常蒙受的批評是難懂、惡文、這也算是日文麼？今天各位老師的談論——羅絲小姐還是除外——該說是這種傾向已經擴展到了海外的一種反映罷。

「我專門研究長江挨批的惡文源頭。各位又笑了，可這是認眞嚴肅的事情。

「長江極其年輕時候，寫過不少足以叫他躋身文壇的好文章，何以後來會迷入艱深難懂的窄路，那是有他的理由的。他從某個時期起，開始徹底修改自己的文章。這是他自己坦言的。他連校樣都能夠修改得滿紙通紅。爲長江出版《橄欖球大賽一八六〇》的出版社編輯，想必是基於行規，只能私底下告訴我他們曾經看過一則匿名報導說，這麼樣折騰那些印刷勞工，還敢擺出一副民主主義人士的面孔。

「改文章，而且還是用漫無邊際添加的方式去修改……該說是粘著語[3]文法的特性罷，無論你在任何一個詞句前後，或者一段章節之間加上多少詞句，都能成章。這正是日文不可思議的地方。這要換上法文，簡直不可能，即便英文，怕也成不了文體罷？關於這點，我倒要請教一下我們今天的特別講師。

「總而言之，長江毫無節制的修改增添，這麼一來文句變長了，變多了。文章於是彎彎曲曲，沒完沒了，當然就失去人類發聲的自然節拍啦。

「在地的各位老師想必已經知道，誠如民俗學家柳田國男文章裡提到的……不，也許不是那樣，總之，我們這個地方在語言上是被稱作無腔調地帶，意思是說話絮絮叨叨，平板而沒什麼抑揚頓挫的方言地帶。

「因此，長江或許天生具備不停書寫平板文體的持久力。可要是任由他這樣絮絮叨叨，還夾些片假名外國語沒完沒了寫下去的話，老實說，我們這些看的人讀著讀著，難免感到透不過氣來。我就曉得有好幾個認眞的讀書人，是在長江這種書寫傾向最顯著的時期，放棄閱讀他作品的。

「不過，幾年之後，長江古義人也開始反省了，他不得不反省。曾經長年出版他著作的出版社，因爲書賣得不好，改出某可疑年輕女作家的作品。長江也是人子呀，同時又是人父、殘障兒的爹，大概也考慮過往後該怎麼養活自己和親人的問題罷。這點嘛，所幸託翻譯的福，得到外國大獎，眞是太幸運了。是不是這樣？

「因爲這個緣故，他近來好像也在想辦法，把添加進去的部分刪下來另成詞句，用以調整語氣。其實，原理上來說，並不是詞句添加得多，意思就變得更明確……他好像已經有此自覺。總之，算是開竅比較慢的一個人罷。

「不過，話又說回來，長江古義人所思考的文體本身就非常特殊，他是個執迷於不能寫得曖昧不淸這種強迫觀念的人；雖然終其一生也不見得能夠爐火純靑到『默讀中內心湧起節奏明快的音樂，得以從單純素樸的每一行、每一節之間看出深雋的智慧』那種千古名文的地步……

「儘管這樣，對於『長江的作品仗著優秀翻譯得以在國外獲得高度評價……該怎麼說呢？感覺上像是南蠻鴃舌的原住民受到西歐賞賜式的庇護』這種說法，我還是無法苟同，我認爲他們那是原住民資料供應人的根性。我不希望他們把文化上的後殖民主義議論搬到我們這四國來。

「縱使不多，哪怕只印個幾千本也沒關係，但願大家能夠偶爾停停看看這位老作家的新作，也重讀一下他壯年時期的作品。這麼一來，不容易被大家所熟悉的他的語言和思考，不定有朝一日可以引起各位共鳴，我也期望在座年輕朋友們多多培養這種緩慢而又深沉的閱讀經驗。

「不過，你若是問我何以要選擇長江古義人來培養這種經驗，我也答不上來。只是讓我說說個人感受的話，我想講的是你不覺得他這個人很可憐麼？一輩子滿腦子純文學，都六十好幾了，還在爲新作品拚死拚活。他老兄偶爾也會轟轟烈烈展現一下實力，不過好像毫無例外都以慘敗收場。

「我得爲各位剛剛發出的笑聲負責。那末，就讓我在自我反省中結束受研究會之託所作的這番發言吧。」

2

受傷的腳踝大致算是痊癒以後，古義人仍舊床鋪鋪了草蓆，斜靠的背板上再塞個墊子，將畫板擱在膝蓋上寫稿。他也養成了以同樣方式閱讀的習慣。這一陣子，小明總是歪躺在小眞逗留期間佈置的工作區電話機底下，練習樂理的問題集，作作曲，同時把更多時間花在聽FM的古典音樂和CD上。

這表示小明開始負責接電話。起因是出現了幾個電話猥褻羅絲小姐的無聊男子，據羅絲小姐說其中還包括高校生。之前雖然一直以答錄機過濾，末了擔任歸納檢查工作的還是羅絲小姐。羅絲小姐尤其受不了英語的騷擾電話，其發音和語法的錯誤，使加害程度發揮雙倍效果。而小眞不時連絡小明，說她在電視或者FM上發現了有趣的節目，要哥哥馬上收看或收聽，也是小明樂於守候電話的原因。於是放棄答錄機，小明自薦擔任直接查收電話的任務。結果非常有效。羅絲小姐卸去了肩頭重任，佩服之餘，特來聽取小明接電話之際如何能於最短時間內作出區別。

「小明，你馬上就能分辨出重要電話和惡意電話……你怎麼知道什麼樣的電話該轉給爸爸，什麼樣的就立刻掛掉？」

「應該說是聲音的……音程罷。」

「你憑著音程去認每一個人的聲音？可是有些人的音程是相同的不是嗎？人聲的音域畢竟有限。你是怎麼分辨出來的？」

「音調罷……」

「音調呀……同樣的音調，同樣的旋律，由紀里[4]和卡瑞拉斯[5]唱起來還是不一樣。」

「是啊，很多地方都不一樣。」

「爸爸出外時候有人打電話來，如果是認識的人，你就會說爸爸不在家，倘若是個陌生人，你馬上掛斷電話，對方要是再打來，你索性把話筒擱到一旁默不作聲，是不是這樣？」

「沒錯。因爲，是壞人打來的嘛。」

「沒有中間的人麼？……比如說不是小眞呀，阿朝姑姑那種好人，但也不是欺負羅絲小姐的那類壞蛋……」

「……」

「我還在接聽電話的那一陣子，有一回沒開答錄機的空檔進來了一通電話，我以爲是中間人打的，轉給古義人，結果把他氣死啦。那通電話不僅干擾到怕吵的小明，還叫古義人鬱卒萬分。我認爲你現在是在保護爸爸和這屋子裡所有的人，是不是？」

「我想是這樣。」

擺脫了接聽電話的工作，羅絲小姐所以分外欣喜，是因爲眞木彥神官每日必來到她房間，擔任顧問，將地方上的傳統與古義人小說相結合。確定小說裡描述的現場並將之拍成照片的作業已經結束，阿由即使來十蓆地，也改爲跑跑腿做一些雜事，其中包括由羅絲小姐列舉清單，特地到松山的超市去採購，或順便繞道專賣新出書刊的書店……

阿由如此忙裡忙外，多數時候得待在餐廳兼起居室乃至古義人房間，但他仍心繫羅絲小姐和眞木彥神官的文學談論，不時對古義人說出感想。

「眞木彥神官說，本地的神話、傳說、和歷史，透過伯伯您記憶和想像力的偏倚，已經變了形。

「眞木彥神官是策劃了明治維新前那次農民起義的那位神官的族人是不是？因爲山坳的三島神社絕了後，才把他找回來繼承。他原本在讀同志社大學的研究所，人人都覺得不可思議他爲什麼要到這麼個窮鄉僻壤的神社來。」

「眞木彥神官有意將自己先人參加過的農民起義作一番歷史重現，而且糅合地方習俗，做得更細膩。你瞧他現在就非常熱中於頗具傳說味道的亡魂祭，甚至還在『亡魂』上加些創意……讓我吃了苦頭……」古義人說。

「眞木彥神官試圖說服羅絲小姐寧可信靠新的歷史研究方法，也不要被伯伯您的記憶和想像力牽著走。又說他是個年鑑學派，一副要對小說所操弄的記憶和想像力的領域展開反擊的樣子……」

「我是讀過埃曼紐・勒・羅瓦・拉都黎6那本著名的書，可那跟寫小說的方法是兩回事。」

「他幹嘛要這樣一個勁兒向羅絲小姐推銷自己？人家研究的是長江文學，跟他的地方史研究是兩碼子事不是嗎？」

古義人於是說：「可你要知道，人世間也有研究關係之外的交往哪，阿由。」

由於沒有裝冷氣——前中學校長是說，十薷地的氣溫通常比山谷低個兩三度——屋子裡所有的門窗都打開，所以始終聽得見從羅絲小姐房間傳出的眞木彥神官爽朗的講話聲。

3

而阿由這邊，也未嘗沒有朝著新的方向發起一些活動。這天，他就帶來了一個計劃，準備於下禮拜天下午邀大家到「大欒」下面游水。他要古義人父子，當然也包括羅絲小姐，當天好好吃個早午餐，以中午十二點正為目標，徒步走到「大築」那兒，當作暖身操，說定以後便逕自回去了，他自己則準備當天到眞木鎭接香芽……

古義人打了個電話給阿朝，告訴她內心牽掛的事。做妹妹的回答是這樣的：

「為了羅絲小姐，阿由會對眞木彥神官燃起對抗心，是理所當然的。阿由從一開始就參與小說場景尋根的調查工作，可既已弄清楚大致上的輪廓，這項研究就有必要轉移到另一個層次不是？所以，選擇眞木彥神官作新的導師也沒話可說……我只是認為感情生活方面的事情，還是交給眞木彥神官那種歲數的男人去管比較自然。

「還有，關於香芽嘛，上回因為她本人也在場，我不便細說，她屬於壟斷本地所謂『眞木三白』的世家一族，『眞木三白』指的是白色的代表產業——和紙、白蠟、和蠶絲。我們家的黃瑞香木材有個時期也在這兒漉製成紙，可產量上，壓根兒就沒辦法和眞木宣紙相比。

「對了，香芽的爸爸好像還是哥哥眞木高校同年級的同學呢，雖然不同班，也沒有過來往。至於跟哥哥同年齡的人怎麼會有個像香芽這種年紀的孩子，倒眞是事出有因。原來離鄉到大阪去做事的香芽爸爸，結束了那邊的婚姻，帶著香芽媽媽回到這裡來。據說香芽是眞木高校有數的問題學生，但這也不盡然是家庭因素吧。不用說，另一方面也有優秀過人的地方。她是游泳選手，在縣內可以說是所向無敵的蛙泳高手。而她因為頂撞游泳教練，被迫退出游泳隊；在眞木鎭公營游泳池恐嚇過哥哥的那個高校游泳教練，也在中學兼職。

「依我的想法，她很可能為了叫游泳教練難堪，才應徵參加這次活動的。香芽家跟『童子』傳說有關，倒是千眞萬確的事情。

「來自中學的兩名學生是老師們推薦的，高校方面卻是從自由應徵的學生裡選出來。聽說是出力幫忙此事的阿由所推舉。他們也找我家那口子商議過，我表示贊同，因爲我認爲對阿由來說，與其去親近羅絲小姐，不如和同年齡的女孩交往比較好。」

雖說暑假已接近尾聲，這段期間古義人不曾見過從課業解放出來，在沿河大街遊蕩或是眞木川戲水的孩子們。他覺得很奇怪。仍舊向阿朝詢問，回答是孩子們如今都捨眞木川而到鎭上的游泳池，大白天甚至大多窩在家中打電玩。

古義人於早起就晴朗而又暑熱的近午時分，先讓小明換上泳衣。帶來的是短褲型特大號泳褲，只是小明比想像肥胖了許多。肥胖加上恆常運動不足，令人擔心不久的將來可能引發麻煩的健康問題，無奈千樫去了柏林之後，除了羅絲小姐曾帶他試著在水中行走，始終沒能讓他做什麼積極的健身運動。

古義人沮喪想著這些，自己也換了泳裝，父子倆又在各自的泳裝上穿上T恤和長褲。臨出門，小明一本正經向打心底羨慕他們能夠到河裡游水的羅絲小姐問道：「妳沒有帶游泳衣來麼？」後者率直的紅紅臉，坦白道：「我下午跟眞木彥有約。」

父子倆往下走到「大築」，只見阿由背靠車門立在岔向林道的那片空地上，上回自公營泳池回來路上，羅絲小姐就曾把車子停在那兒。阿由等到父子倆走過來，抱起更衣簍子——裡面裝有昨夜從十蓆地帶回來的浴巾——一邊留意小明腳底下，一邊領先走下通往河灘的小路。小明踏到已經鋪好在那兒的墊布上脫外衣時候，阿由也在一旁幫忙。

「香芽沒來？」

阿由並不直接作答，逕自朝車來車往的國道那邊呶呶下巴。

「她還是游泳隊員的老習慣，一定要正正經經先來個暖身操，現在已經暖身完，在車裡換泳衣……伯伯和小明一路走來，該已暖好了身罷？」

不一會兒香芽從車裡現身，以輕快到看著都叫人深感愉快的模樣，奔下古義人父子方才艱難跋涉了半天的小徑，踩著卜嗤卜嗤沒腳的河沙走近前來。少女穿的是與比賽用泳衣相去甚遠的兩截式針織泳衣。雪白腹部和形狀美好的肚臍，透著一股未經日曬的清新。而她那緊繃的大腿和肩頭圓鼓鼓的肌肉，都予古義人非比尋常的印象，哪怕他長年看慣了在俱樂部泳池指導游泳班的體育會女學生。

香芽因爲戴了泳帽成了渾圓的圓盤臉回望著古義人，問道：「長江老師平常練習時候，都採取什麼樣的步驟？」

「在東京經常跑泳池的時候，總是游個一千公尺，中間休息兩三次，花上四十五分鐘游完全程……」

香芽目光投向河水輕拍著廣闊岩壁的「大簗」那邊稍作思考。

「這兒就像人稱搓衣板岩那樣，整體上呈長方形，從岩石盡頭算起約莫十來公尺的地方，既有水流，深度也夠。地方上的選手總是從那兒游上去，練習快速轉身。我們也來照做吧，除了迴轉以外……快要到達岩石那兒時，您就斟酌一下速度。」

香芽說著，踩著水大步走到「大簗」邊端，挺起上半身，將整個身子筆直投入河裡。她回過頭看古義人，將一隻胳臂彎向因水濕而變成深褐色的泳衣胸前，是在向他顯示水的深度。她接著投身水中，任由水流沖到下游之後，這才重整姿勢，開始以輕鬆的划泳游向上游。上半個背部和腰到臀的部位，隔著粼粼生輝的水膜，呈現一幅泛黑的立體影像。除了雙臂準確轉動和明顯強有力的兩條腿的踢動，活脫脫就是靜止連續照片的展現。

「眞是不得了，還說蛙泳是她的專長呢！」

聽到古義人的讚歎聲，阿由應道：「伯伯從前也在這裡游過罷？」他只脫掉鞋子，已經同小明走進浸泡著岩石的水中。

「我們只知道使出吃奶的力氣拚命游，哪有像她那樣利用水流控制速度的能耐。」

看著小明在正與爸爸說話的阿由一旁停止了動作，古義人走近前去。「大築」裡有著大大小小的窪坑，記憶裡人們管浴缸大小的窪坑叫做「大舟」，而那邊也有「小舟」，阿由正打算利用「大舟」讓小明動動身子。他叫小明頭向上游俯臥水中，兩手搭在岩坑邊緣，抬頭作對抗水流的一種運動。阿由露出粗壯的膝蓋和腿肚子蹲在「大舟」旁邊，將小明的身體慢慢沉入水中。小明認眞而快樂的對抗著沖刷來的水力。

「小明，我們來動動腳好不好？慢慢來，以免碰到岩石。喏，用腳背……就是腳盤的上邊試著去按壓河水！」

而小明動起腳來，與其說是筆直的上下運動，不如說好像船槳在水裡擺動，但也明顯透露著那是出自意志的動作。

古義人也游了起來。河底色彩繽紛的卵石和抬頭換氣間看到的栗子林那份嫩綠，都鮮明得撞動人心。起初，還會游超過範圍因此讓手指撞上岩石，或者被水流沖到淺灘，踩著沙子回至水深處。慢慢的，能夠控制速度後，他開始像在游泳池的水道游泳那樣，以香芽爲目標。然後，他更是被香芽的泳姿深深吸引住。高高的骨盤緊綳，但在水裡顯得有點蒼白的大腿。

隨著一股鮮活的渴望，古義人覺得對裹在泳衣裡躍動的這副潮濕青春的肉體，有一種似曾相識的感覺。他很清楚松節油般透明清澈的豐沛體液濕潤的性器，不，還包括性器周邊超乎想像的那麼廣大的部分……

古義人很快就明白了這種離奇聯想的原由，因他彷彿聽到吾良的聲音重疊再現，儘管此刻他戴的是泳鏡，而不是吾良贈送的田龜形錄音機的耳機。……

吾良明晰的聲音告訴他：「我不認爲生涯裡有過多次如此色情的瞬間。我告訴你這些，是爲了閣下在你的餘生裡想起我此番色情經驗，就像你親身體驗過那樣。」

吾良爲他古義人的老年設想的事情，此刻居然在家鄉河川裡游泳的古義人腦子裡，原原本本展現了……

古義人思念著吾良嫌早了的晚年那段可憐的戀情。淚水奪眶而出，泳鏡模糊一片，什麼也看不清楚。香芽的掌緣重重打在失去平衡的古義人肩頭。古義人停止游泳，身體任由河水漂流，自覺方才流下的眼淚，正是出於對他自己以這種方式度過晚年的一股自憐。

4

而畢竟是年歲的功效，古義人很快恢復了平靜，他站在河水變淺，流速也加快，可見大顆卵石的水中，取下泳鏡，掬水澆到臉上。香芽游到「大簗」邊端，兩條茁壯的胳臂擱在岩盤上回頭望著這邊。古義人於是以自由式拚全力逆流而上，氣喘吁吁抵達岩石邊緣。

「您忽然一個搖晃，我來不及閃躲，就打到您了。」香芽開腔道：「打到您以後，還擔心是不是把您打昏了……」

「妳打得有道理啊。」古義人看著少女不解而又逞強的眼睛繼續說：「妳是在眞木鎭大街長大的罷？看起來一副在這裡游慣了的樣子。」

「我好像是在大阪生的……今年放暑假前我退出了游泳隊，天熱，心情煩躁，加上身體又想動……只好天天到這裡游泳。知道我被游泳隊掃地出門的中學游泳隊員使壞作弄我。他們躺在『大簗』窪陷的地方，像嬰孩那樣的屙屎，大便漂呀漂的流下來，讓我好難游。

「就連跑來察看練習情形的教練，也在水裡大便。我告訴朋友這事，居然演變成侵害教練的人權……」

古義人笑著聽她說，卻抓不到她這番話的重點所在。香芽看出這點，遂繼續說下去，終使古義人不能不承認香芽雖只是個高校女生，卻是無可捉摸的人物。

「我告訴那位朋友，教練是成年人，大便要比那幫中學生大很多。可聽說教練一直都有同性戀的傳聞……」

香芽直接游上「大簗」，古義人則繞到淺灘那兒才追上她。阿由一面替浴缸般窪坑裡起身的小明罩上浴巾，一面招呼香芽。香芽湊過去聽了之後，往停著車子的地方走上去。

阿由對接過小明準備走上河灘的古義人說：「香芽所以關心伯伯的調查工作，是因爲她家有個跟『童子』有關的『狗屋』。L字形建築的宅第，他們把原來的馬廐直接拿來當狗屋，所以空間相當大。「香芽自己是說，她從來沒有把『童子』的傳說當過眞。伯伯要不要親自看看『狗屋』，再向他們家的人打聽？我們現在就可以去，伯伯，您覺得呢？」

「我很樂意去呀。聽起來像是聞所未聞的事實……是你夥著阿新和小勝他們替我做了預先調查工作是罷？好勤快。」

阿由與他年齡相稱的瞇起眼睛現出一絲兒羞澀的神情——一半爲了陽光灼熱，河面閃閃生輝之故——，卻也務實的繼續講他公事上的話。

「我已經約好去參觀他們的家。」講完這句，阿由才快口透露了他意圖的核心：「我們也邀羅絲小姐一起去吧，我現在就來打電話。相信她一定會開車來載伯伯和小明。」

古義人覺得此刻眞木彥神官應該在十蓆地的家，只見阿由雙腳踩在淺淺的河流裡，撥著掛在脖子上的行動電話。古義人讓小明坐到河灘一塊大圓石上，用浴巾爲他擦身。氣溫雖然很高，但因在水裡久了，身上有點冷颼颼的。

而回到河灘上來的阿由眼神大變。

他說：「羅絲小姐告訴我她跟眞木彥神官有話要談，所以不能和我們一起去眞木鎭上……我覺得還是讓羅絲小姐看一看狗屋比較好……要不要下次再找機會去？」

在車子裡換好衣服，披著一頭及肩長髮下車來的香芽，聽到計劃有變，便以帶著距離感的冷漠表情默然不語。

「羅絲小姐好像很牽掛伯伯和小明要什麼時候才回去呢。」阿由重新試著打動古義人。

香芽的嘴形只差沒有吹出口哨來。

5

這天，古義人有一起和小明好好動了動身體的感覺。於是決定索性走回十蓆地——也因爲羅絲小姐沒能開車來接之故——作爲這一天的完美句點。不料，半路上小明老毛病發作，不得不扶著小明被河水泡冷了的身子杵立路旁，直到他恢復過來。父子倆於剛才阿由打電話一個小時之後回到家，只見羅絲小姐和眞木彥神官依偎著坐在沙發等候的模樣。由於兩人的神情迫促，古義人不得不向他們解釋小明老毛病發作，以及爲防備緊接著就要發生的瀉肚子，務必先帶他進廁所種種。

以往發生這種情形時候，羅絲小姐總要過來幫忙，今天卻毫無那個意思，自管與神官並排著兩張嚴肅而脹紅的臉坐在那裡。古義人將小明帶進廁所，聽著來勢洶洶的水瀉聲，認命的心想，那兩個人勢將向他提出沒法用三言兩語就輕易打發的事情。

把小明弄上床，坐在沙發對面的扶手椅子裡，古義人終於面對了眞木彥神官如下的聲明。

「古義人先生，我和羅絲小姐好好兒談過以後，決定結婚。羅絲小姐認爲沒有必要得到您的許可，我卻希望能夠第一個獲得您的同意。」

「眞木彥說應該考慮到你的心情，我就告訴他這點倒不必在意，事實上也沒有在意的必要。」

一張臉益發脹紅的羅絲小姐，以可以想見那種高校女生或是大學新鮮人的感覺，有如要印證兩人剛才那番話般，把壯碩結實的上半身倚靠到眞木彥神官身上。

「簡單說，決定和羅絲小姐結婚之後，我擔心的是怕傷到您。我已經傷害過您的身體，喏，眼前您就有隻留有傷痕的耳朵……我沒辦法想像您這樣的人身體受了傷而不連帶著精神也受到創傷……」

「這比倒過來講要容易理解多了。也就是說，比起『精神上一旦受傷，身體也難免受創』這個說法……」

眞木彥神官儘管沒有說出口，只是短短三兩句話已道出了他的顧忌。不是麼？如若事前不釐清一些事情，即使可喜可賀締結了跨國婚姻，誰敢保證不會頻頻發生夫妻吵架的事端……

羅絲小姐灰藍眸子裡閃亮著摻雜了紅點的光輝，接替著說下去。

「眞木彥自從接下三島神社神官職位以後，就特別關懷古義人的小說。因爲《同時代遊戲》這部長篇小說裡使用了三島神社這個專有名詞，就被比較文化學界的人批判說，那是對世界級作家三島由紀夫心胸狹隘的惡意挖苦，眞木彥於是投書去爲你分辯說，這位留洋學者如若或多或少學過本國文化史的話，就應該曉得供奉大山神祇的神社名字……

「眞木彥目前對《燃燒的綠樹》和《空翻》感到興趣。不是也有人批判說，那兩本書根本就是同義詞反覆的作品麼？對於這種批判，眞木彥可是認爲正因爲兩度寫到在這山谷興起又滅亡的新宗教，才有它的意義。

「他說你的作品裡有一種預感，預感世間將會出現一位眞正的『救世主』，那預感是經由這塊土地的地形學，積年累月醞釀而成的。眞木彥正在試圖促使那個眞正的『救世主』出現。只是他不像你用透過小說的方式，而是爲了『救世主』出現做好萬全的準備，然後等候他。

「聽到這話，我就想到了卡羅斯・富恩提斯[5]在他的《塞萬提斯閱讀和批判》中所作的中世紀宗教史摘要。」

羅絲小姐從桌上拿起已經找出來放在那兒的富恩提斯英譯本。事態於是演變成古義人也從書櫥裡取出日譯本來對照。

「從埃及的基督教諾斯替教派到猶太教的唯理教派，富恩提斯介紹了各種各樣『異端』的耶穌基督說，什麼死在各各他的是另有其人，耶穌其實混在人群裡看著自己的替身被釘在十字架上受磔刑啦，又是什麼一直受到化身鴿子的救世主守護的耶穌，在各各他被鴿子所棄，末了以一個常人輾轉痛苦而死啦……

「列舉了種種『異端』說法之後，富恩提斯說了：『類此異端系統，在改寫教會的教義之時，便把對基督的生涯與人格、三位一體說、以及基督作為宇宙主宰種種問題的觀點，加以擴大並多樣化。單只瀏覽一下這些異端理論，即可知道彼等實在適合被稱為中世紀真正的小說家。』

「古義人，怎麼樣？很有意思罷？你是這跨世紀時間點上真正的小說家。另一方面，眞木彥希望探討過你憑著想像力營造出來的『救世主』之後，能夠在現實裡創造出超乎那些的『救世主』。你明白了嗎？眞木彥是革命家哪！

「作爲理解古義人小說的專家……套用富恩提斯的說法，身爲一個專業閱讀人……我希望能夠幫助眞木彥，讓他以現實作對象的志業，在文學的範疇上也是正確無誤的。爲這個，我要跟他結婚！」

---

1 正宗白鳥（一八七九—一九六二），自然主義文學的代表性作家之一，除小說之外亦有不少戲曲、評論、隨筆方面的著作。

2 賽汀斯提卡（Edward G. Seidensticker）曾長住日本超過四十年，除英文節譯本《源氏物語》外，也譯介了川端康成、谷崎潤一郎、三島由紀夫等人的作品。

3 粘著語指語言形態的特徵，在使用時詞句的語法意義乃由緊接在詞根上的短語來表達，如日語、韓語、土耳其語等。

4 紀里（Benjamino Gigli，一八九〇—一九五七），意大利著名男高音演唱家。

5 卡瑞拉斯（José Carreras），西班牙男高音演唱家。

6 埃曼紐・勒・羅瓦・拉都黎（Emmanuel Le Roy Ladurie，一九二九—　），法國年鑑學派歷史學家；作者所指應是他一九七五年出版的代表作《蒙塔尤：一二九四—一三二四年奧克西坦尼的一個山村》（*Montaillou, village occitan*）。

7 卡羅斯・富恩提斯（Carlos Fuentes，一九二八—　），墨西哥作家。代表作有中篇小說《奧拉》、及長篇小說《我們的土地》、《老美》等。

第十一章　為西鄉先生照顧狗兒的「童子」

1

從這天起，羅絲小姐於三島神社的社務所，與眞木彥神官展開了新婚生活，除了星期日，每天都來十蓆地上八個小時的班。

人人都驚訝他倆親近得如此快速，唯獨阿朝給予積極的評價。

「單拿哥哥來說，太太到德國期間，跟個美國女人住在一個屋簷下，對這點，外邊還是有人說東道西的。再想想阿由，他們這一結婚，我就雙重的安心啦。愛上褐髮年長女士，對一個青少年的健全成長總沒好處罷？

「也有關於眞木彥神官單身生活和孌童癖的風風雨雨。萬一阿由在羅絲小姐那邊吃癟，轉過來上了鉤，那就更不好了。

「我希望哥哥和阿由都能互補一下少了羅絲小姐的缺口，致力於阿新和小勝的合力調查工作。」

塵埃既已落定，阿由不辭辛勞幫羅絲小姐搬家。他又重新安排到香芽家參觀的日子，以便羅絲小姐也能參加。

羅絲小姐曾在大學修過日本近代史，一聽阿由說要到與西鄉隆盛[1]有淵源的「童子」老家，立刻逐本逐本查閱美國大學出版社的書目，訂購了有關西南戰爭的專文。

在開車駛往眞木鎮大街途中，阿由告訴羅絲小姐結合了地方上傳說與西鄉隆盛的故事。其中也有古義人第一次聽到的細節。

「到了東京總有辦法；西鄉的軍隊就在這麼個粗率的計劃中開拔。他們在政府軍阻撓之下轉戰九州東部六個月。末了，參謀們決定返鄉和當局決一死戰。西鄉也決意放掉一直帶在身邊的兩條薩摩犬，讓牠們自由。他們且敗且戰，敗走到丘陵分向東西連綿，叫做越和田的地方，便把兩隻狗託付給『童子』照顧。記載上說，政府軍曾經在這片戰場的稜線上目睹帶了兩隻狗的西鄉。想必是和他的愛犬作最後一次散步罷。這天還是第二天，自稱十六歲（其實只有十三、四歲）的童子，便接下了那兩隻狗。

「『童子』帶著那兩隻狗準備朝日向灘的方向走。香芽是從父親口中得知在她家活到了年過八十的這位『童子』的故事。據說當時有人看到稜線這一邊盤據著超過三千名西鄉軍，那一邊的山腳下，則蜂擁著四萬名以上的政府軍。

「那兒是一片丘陵綿亙的遼闊原野，和規模異於眞木鎮大街，簡直封閉如一口甕缸的老村地帶完全不同……所以，有被包圍在周邊的敵陣發現的危險，他於是假裝成帶狗蹓躂的農家小孩，優哉游哉走過去。

「來到似乎不見政府軍影子一片和緩崗丘的松林那兒，兩隻狗停了下來，歪頭互望。然後其中一隻哽——的叫了一聲，把頭轉向鹿兒島方向，撒開腿跑了起來。聽說這隻黑毛狗不久終於回到原始的飼主家。

「『童子』無意返至馬上就要變成『交戰地區』的地方，於是帶著留下來的茅草色毛那一隻朝著大海方向走去。到得海邊，又花了些時日徒步走到臼杵，這才搭上開往伊予的船，抵達長濱，然後沿眞木川走回來。

「馬上就要到了，我們準備去看的是爲西鄉先生照管了一隻狗的『童子』致力於繁殖犬隻的狗屋；他帶回來的趕巧是隻母狗，而且已經懷孕，這使他立意要延續牠的血統……聽說只要有人上門索取帶有西鄉先生狗兒血統的小狗仔，他就免費分送。就這樣，不光是眞木鎭本地，那隻狗的後代也以驚人的數量繁衍到別的地方。」

「單靠一隻母狗生的小狗互相交配繁殖，從優生學上來說不會有問題麼？雖然我對養狗這檔子事懂得不多……」羅絲小姐說。

「『童子』爲繁衍西鄉先生狗兒的血統大致打好基礎後，便帶著若干數量他自己養大的母狗到鹿兒島去。他找到送狗給西鄉先生的兩個人家——其中一個是佐志鄉的鄉士[2]，另一個則在小山田鄉鍋子・野地方務農——分別請他們的狗兒配種。

「這麼一來，就成了大規模的旅行，據說那個大盜哥德龜盯上了他攜帶的龐大旅費和酬金，一路跟蹤從宮崎登陸的『童子』一行，無奈狗兒太多，毫無下手機會。」

移居十蓎地以後，古義人曾經造訪如今已成爲木蠟博物館的曬蠟工廠。在它背後那條街上也有一幢構造堅固的民房，是座圍以高大土牆的宅邸，在四周的人家當中鶴立鷄群，格外顯眼。宅邸右鄰目前成了縱深頗長的空地，靠近路邊的一半用作停車場，是專爲前來參觀兩條並行的街道尤其是主街上「聚落排列」的觀光客而設置的。阿由把羅絲小姐那部深藍色轎車停到那兒，領頭帶著下了車的一行人。

走進左邊那幢宅邸後門，只見隔著大幢主屋和庭園那頭還有一排單獨建築的廂房。說是廂房，其實古老堅固的這幢平房，毋寧要比正屋更具年代感。呈直角彎了出來的那一幢，一看就知道應是他們要看的特別的「狗屋」。

古義人他們抵達前，香芽和一個平頭的白髮壯漢，已打開玄關門出現眼前。他那頑強的相貌和明顯陰鬱的神情，讓古義人想起高校時期英語班的一個少年。阿由向他介紹古義人他們，他就把分明近視卻不戴眼鏡那種感覺的眼睛，停在古義人臉上好半天，好像在確認如沒有親交，可也有過同窗之誼的這個人物。之後也只是點頭致意一番，對羅絲小姐倒是用穩當的英語打招呼。羅絲小姐也用英語答禮，在此地，與日本人打交道時，她是很難得用英語的。

「對不起，因為我目前正在學日語，所以容我用日本話跟您交談。」她告罪之後道：「您是基於實際工作需要，使用英語的人士，是不是？」

「我在商社待過。」屋主也改用日語說：「不過，那已經是很久前的事了。後來回到家鄉來學著人家務農。內人身體還好的時候，也做過一些以跑來參觀『聚落排列』的觀光客為對象的小生意，其中也有從國外來的遊客。

「關於長江兄——我當然知道你文學上的成就——我記得的是真木高校一年級時候，你卯上了掌控棒球隊的那個惡少頭頭。那會兒你好像還真頑強的挺了過來。」

「末了，我也只熬了一年就落跑啦……倒是老兄你，是個難得免於惡少頭頭欺壓的奇人。聽說你柔道高段，又出身世家，想必這也是他們讓你三分的理由……」古義人說。

「香芽向我問這問那，我試著回憶，可就是不記得跟你說過話……給我的感覺是一個來自窮鄉僻壞的山坳裡，卻拚命努力想講標準語的學生，我只曉得隔著老遠用中立的眼光看你這個人。」

兩人說完，一時無話。

「那末，我們可以看看『狗屋』麼？」阿由問道。

「香芽帶你們去看。」屋主人說著，乾脆退回正屋玄關裡去了。

在香芽帶領下，一行人沿著武士住宅式木板牆繞了進去，來到似乎也兼工作場的大庭院裡。從這兒可以探望「狗屋」。屋頂的高度、縱深之長、加上那份陰暗，在在都殘留著馬廄的痕跡。可以看到恰好與馬兒齊胸高的地方，橫槓著烏亮粗大的木頭，而從這槓橫木到地面，是成排的木條欄杆。橫木那頭，踩硬了的泛黑泥地有些傾斜，貼著木板牆砌有一道乾溝。

「角落那口木箱是給狗兒喝水和清掃用的貯水槽，聽說一直到我父親小時候，都還用導水管從中庭的水井引水到這木箱來。」

「也不曉得養了多久的狗？」

「據說養狗的伯伯沒有結婚，就在本家（嫡系人家）幫了一輩子忙。他是年過八十還養的有十隻狗。我父親記得戰爭快結束時，官方以提供陸軍毛皮的名目殺了那十隻狗，也許是打擊太大，伯伯沮喪跑進深山裡去死掉了。」

「本地人又是怎麼看待長久以來他養的那麼一大群狗？」

阿由代替香芽答道：「那些狗兒都是具有名貴血統的薩摩犬，對於當時仍以狩獵為業的獵戶們來說，應該非常貴重才對。只不過他是在整個家族的奧援下一路飼養過來，根本沒有想要從中獲利。他似乎有個想法，有朝一日西鄉先生的餘黨登高一呼，他就要領著分散各地的所有犬隻去加入叛軍。

「因此，他定期跑去看被這一帶居民領養的狗兒，並且訓練牠們。這情形一直到昭和初期（一九三〇年前後）……太平洋戰爭末期，就像香芽剛才講的，爲了供應軍需毛皮，大規模屠狗。這表示不僅留在這個家的十隻狗被宰掉，之前繁殖的西鄉先生之狗的血脈，也給一舉消滅了。爲這個，曾是昔日『童子』的這位老人，大概身心俱衰的躲進森林去了罷。」

聽阿由敘述的時候，羅絲小姐一直在做筆記，到了一段落，便去拍攝「狗屋」內部。牆根的圍板底下挖了個洞，以便沖狗屎狗尿的污水經由擔在下面的長箱形鐵板，流入約莫有兩公尺落差的菜園裡，羅絲小姐把那塊鐵板也拍了下來。主屋那邊傳來主人走向拐角這溜平房最邊間去的動靜。香芽以很是游泳選手的步伐前去探望了一下，然後帶著地方上世家小姐那份矜持走回來，嚷道：「家父邀請各位喝杯茶。」

雖是普通農家那種入口，但一走進客間，便見寬闊而牢固的廊子上排列著好幾人份的坐墊。做父親的，用一只堅固的木質托盤端來了茶碗，外帶一口古色古香的大熱水瓶，委由女兒去泡茶。他接著也不鋪墊子就坐到高出一段的席位上。

坐最裡邊的是羅絲小姐，再來是古義人，女兒爲來客倒茶的時候，做父親的就取過古義人也還記得的栗子餡點心，擱到古義人的木碟子上。末了，主人開始了似已準備好的談話。他這一連串舉動，是古義人沒敢期待於這個同年齡，又在眞木高校同過屆的人的。而他沒拿不確定的當年事作開場白，也讓古義人感到舒服。

「那時候距西南戰爭雖然已有六十年以上，可我這位叔公直到某一個時期，似都還抱著反攻的希望。聽說只要有人稱他作西鄉先生的屯田兵，他就很光榮的樣子，大概因爲這一帶地方的人全瞧不起他，沒有人相信他會率領他保存下來的純種薩摩犬部隊過海到九州去……

「他本人越是抱著希望努力，四周的人越是冷嘲熱諷他那是瘋子的妄想。也眞夠悲慘的。

「鎭上所有的狗都殺光以後，叔公聽說因爲戰時糧食缺乏，被飼主丟到山裡去的狗兒繁殖了不少，其中大多數又都是薩摩種血統的狗——我們都管牠們叫山犬——他八成是爲了照顧那群野狗才跑進山裡去的罷？我認爲不至於單單爲了絕望就進山去死。

「他把從薩摩帶回來的各種字條啦、有關『狗屋』的文件啦、還有送出去的犬隻賬簿之類的東西全帶走了，所以家裡沒有任何資料。以往經過鎭公所介紹來參觀『狗屋』的人，我嘛，看是會讓他們看，可從來招呼都不打的。

「香芽在外邊聽人家說，阿由有個能用岩笛使一百隻狗兒聽命行動的祖先。想著難怪家叔公也被喊作『童子』，我也由衷的發生興趣啦。從此，我開始和阿由談到『狗屋』的來歷。今天是歡迎長江兄之餘，跟你談到這些，這跟長江兄成了名作家是兩回事……有過那麼一個人，在西南戰爭敗仗之後，把西鄉先生留下的一隻狗帶回家鄉，戮力於繁殖牠後代這種徒勞的志業，我純粹是覺得這人實在可憐，才談及這些的。」

2

與眞木彥神官開始了新生活的羅絲小姐，固然在知性上依舊生氣勃勃，但那張漲滿中年精力的臉上，似可看出一絲與年歲相稱的衰萎。這天，回程車上，羅絲小姐儘管流露出疲色，卻好像一直試圖向阿由拋出什麼有意義的話題的樣子。

在這回從事「童子的狗屋」調查工作時，她帶來了眞木彥神官送給她的佳能數位相機和那本活頁筆記。古義人目前親自爲年輕讀者編輯的導讀的校樣，也夾在筆記本裡。而爲了這本書，羅絲小姐正在查對古義人與法國作家和文化參事的公開討論紀錄。由於開始和眞木彥神官同居前後，將這樁工作擱置一旁，讓她頗爲牽掛。

因此，坐在開車的阿由身旁，她也不掩飾有意說給阿由聽的企圖，開始就著記錄的細節，向古義人求證起來。

「是關於你就要著手寫的小說，你說：『我雖尙未開始打草稿，但已到達每日做筆記的階段。』接下去，你除了提到如何構想這一部小說，還又針對最近返鄉將做什麼這個問題做了告白。

我筆底下的男主角，何以要捨棄東京這個中心地帶，回到偏遠的森林去？那是因爲也是我這個人分身的他，想要爲自己的作品作一系列主題尋根，說得明白一點，就是重新逐一去驗證自己的鄉愁。尤其試圖弄清楚傳說裡，總以永生不老的少年形象活在森林深處，每當這塊土地上的百姓有難時，就會超越時空，現身搭救的「童子」種種。

「這正是古義人目前實際在做的事情。今天的田野調查也算是其中一部分，也就是阿由在協助古義人做的工作。不過，我認爲古義人和阿由對『童子』的認知有所不同。不久前眞木彥曾經指出這一點，今天我眞覺得實際上他說對了。

「正如剛才所讀的，古義人心目中，『童子』總是活在森林深處是不是？等到這塊土地上的百姓有難時，就會超越時空，現身搭救。這可眞是神話性的風格。

「另一方面，阿由心目中的『童子』就眞實多了，不是麼？那是實際上在這兒活過他們人生的某些人。『動童子』夥著哥德龜從事的那些活動，固然充滿了神話和民間故事的味道，但在銅山那場暴動裡，卻很眞實的出了力，他末了死於山洪暴發，隔了幾天才被村人發現屍體。阿由關心的好像是『童子』的這種生存方式。爲西鄉先生照顧狗兒的『童子』，也是回到眞木鎭大街以後，一輩子從事犬隻的養殖工作，於太平洋戰爭結束時候，以八旬高齡離開人世。」

古義人望著開車的阿由被陽光曬黑的粗壯脖子開始泛紅，以爲他有話要說，但羅絲小姐並不給他時間插嘴。她透了口氣後，繼續念那篇紀錄。

男主角少年時代，曾經在老師率領下，與小朋友們一起深入森林探險，這回他把村落的孩子們召集起來，由他自己擔任教師的角色，準備再來一次森林探幽。

「阿由不是在計劃把阿新、小勝和他們的同夥集合起來，推古義人當領隊，到森林深處探險麼？」羅絲小姐說。

由於阿由沒有作聲，古義人便代替他改正道：「那是『森林的不可思議』探險，跟『童子』故事的系列分屬不同的兩種傳說。」

然而在這一點上，羅絲小姐掌握的實際訊息要比古義人多。

她說：「阿由和眞木彥共同把過去不同的兩種傳說結合起來思考。他倆準備藉著這次探險，從古義人你這裡得到證實……雖然我不該在計劃實踐之前洩露出來……

「在這篇紀錄中我覺得最有意思的是下面這一段。古義人在市谷的日法學院演說的時候，只不過當作小說的構想來講，沒想到那個叫黑野的人居然寫傳眞來十萬地連絡，誰也保不住結果會發生什麼事。

「在《唐吉訶德》後半部，小說裡的人物都曉得自己在別人的記述中是什麼樣子，也遇見知道他們這些底細的第三者，他們就在己知人知的情況下行動，我覺得好玩的就是這個地方。

書中也會有這麼一樁事：男主角一九六〇年代在東京從事政治活動的一名夥伴，於四十年後重又召集當年那夥人，亦即率領垂垂老者組成的集團，現身於森林裡的新居。他自己也將以老人當中的一個，同著昔日夥伴，把當年沒能做的政治活動，當作一首parody（諧仿詩）重現。如此，既可重新檢討並釐清戰後五十年日本的社會性格，也能明白爲探索「童子」所作的種種嘗試，是從周邊去重新探究這個國家長達兩百年的現代化歷史的一種戲劇化嘗試。

這期間，當地人其實都把闖入他們生活圈的男主角視作一個老番癲。孩子和小夥子們所以喜歡跟他打交道，是覺得他好玩，正如葉慈所謂「瘋癲老人」。這回他是把少年時期就愛看的《唐吉訶德》當作森林生活的閱讀核心，而他共同生活中多數時候沉默寡言的弱智兒子則深深融入森林，向周邊的人展示有別於其父的另一層次的知性。包括他作的小曲子，父子倆外在與內在的冒險，都與唐吉訶德主僕的行跡有著相呼應的地方。

念完之後，羅絲小姐這位處理資料的專家，便把溢出筆記本的校樣，仔細折疊進去。

「伯伯在這部小說的構想裡，怎麼描述羅絲小姐的？」一直默不作聲的阿由問道。

「我幹嘛非要出現在小說裡不可？」羅絲小姐不悅的反問回去，那是把原先對自己所傷害者的補償心理一舉拋開的一種冷漠無情的不悅。

3

這天，儘管距黃昏還有段時間，一行人仍將明顯疲色的羅絲小姐放在神社石階前，說好明天由阿由開她那部深藍色轎車來接她之後，古義人和阿由便直接返回十蓆地。不料剛下車，就看到穿一襲紗質夏季和服外褂的松男住持出現眼前，看來，他方才是在賈婆絲柏一帶殺時間的樣子。看顧小明的阿朝，將大夥兒迎入屋裡，對住持說：「本來準備向羅絲小姐展示一下純日本的夏季正式服裝的，偏偏她回眞木彥神官那兒去了，對不起，害你白跑了一趟。」

沒想到松男住持很少有的一副壞了心情的模樣。無論如何，人人都被午後的溽暑弄得煩悶不耐。在起居間安頓下來後，沒等阿朝張羅冷飲，松男住持便拋出一個爭議性的話題。

「歐美人士總認爲佛敎的僧侶是日本化，甚至國粹化的。沒錯，日蓮宗是有足以被人如此論斷的地方，可也不能以偏概全去誤解整個佛敎界。不過，就連阿朝姐也這麼看的話，那就有點遺憾了。佛敎本來就是印度的東西，不是流傳到西方連原始基督敎都受到影響嗎？」

阿朝立刻坦然道歉。她端出冰鎭麥茶，又取出冰箱裡擱著的小毛巾給他使用。

「按理說，日本化甚至排外化的，應該是神道不是麼？」阿朝繼續說：「眞木彥神官所以能抓住羅絲小姐的心，是因為他把日本的排外特性當作當然的權利並且強調這個分際。這麼看來，松男住持打一開始就不是他的敵人。」說完這話，阿朝逕自離開。

「我對眞木彥神官並沒有什麼……」松男住持衝著阿朝背影分辯，阿朝卻不理他。

松男住持與古義人面對面坐下來，原來他來訪的目的，正是基於他對眞木彥神官和羅絲小姐的掛慮。古義人止不住心想，今天要是羅絲小姐還有精神來十蓆地處理事務，這位住持也不曉得會怎麼樣？

「也不是我要鄭重其事告訴古義人兄，日本的神社不同於佛教宗派各有各的體系，它遠比佛教綜合性得多，而且納入一個系統結構裡。或許我可以這麼說，日本也有所謂教派神道，戰前，為了與之區隔，遂以國家神道之名將全國的神社歸納在一起。戰後還有神社本廳，有力地將絕大多數神社加以統一。

「我說古義人兄，果眞現職神官和美國女性結婚，會產生什麼問題？我擔心的是包辦了神官職位的本家的老太爺和兄長，以及此地的同宗代表那幫人會怎麼個想法。就拿最現實的問題來說，他要如何去向神社本廳申報？」

「不申報不就結了麼？」

「你是說堂堂一個神官，也不正式結婚，就跟個外國女人在社務所同居？一般來說，這種情形已經是醜聞啦。」

「……松男兄有什麼解決的構想？」

「沒有，我毫無辦法。」這位不識寺的住持答道。「我能確定的是歸根究柢，這是眞木彥神官和阿由的問題。

「眞木彥一來到本地就看中阿由，私底下幫他補習英文；眞木彥不是出身國學院或皇學館，而是以英文見長的基督教系同志社大學。

「眞木彥這人的性格，根本上有個毛病，老愛先樹立假想敵，藉著與之對抗來發揮潛力。當了三島神社神官後，發現鄰近有座寺院，他就對這所不識寺和住持燃起對抗意識。接下去又對明顯比我這家寺院更古老的另一所山寺發生了興趣。這便是他和阿由接觸的由來。加上阿由又是個相當優秀的學生……

「後來古義人兄搬到十蓆地來了。爲了找個在地年輕人替古義人兄做事，阿朝姐安排了阿由。其實，往遠古追溯上去，阿由和古義人兄算是同一個家族，說你是爲阿由取名字的人也沒錯。總之是淵源匪淺的關係。可這麼一來，眞木彥當然要反彈囉。古義人兄到來之前，他大概曾經就『反長江』爲阿由洗過腦，我從阿朝姐那裡知道阿由起初老對你採取反抗態度。沒想到慢慢的，阿由打心底熱切的爲你做起事來了，該說是被你這種人所吸引了罷。

「眞木彥於是正式把古義人兄當成假想敵，而且經過調查和周詳的準備之後，自導自演搞了場『亡魂』遊行的鬧劇。又因爲搞過了頭，讓他深感懊悔。在這一點上，該說他也是個人格上有脆弱面的人。

「可打動阿由的不光是你一個人。說來他這麼賣力打工，爲的是羅絲小姐。你該不曉得納骨堂那椿意外你住院的時候，阿由有多熱心的陪伴她去作田野調查罷？『只須帶女人入林鞘，要進女鞘也容易』，古義人兄應也知道流傳下來的這句俗話。據說阿由好像已經把羅絲小姐護送到林鞘（森林深處空地）了呢。

「這麼一來，眞木彥的終極假想敵就變成羅絲小姐囉？換句話說，羅絲小姐受到了攻擊。只要把羅絲小姐弄到手，阿由就不得不捨十蔣地去接近社務所；他這是擒賊先擒王。

「眞木彥的策略進行得很順利，偏偏有一點他估計錯誤了。對他來說，既然目標不在羅絲小姐，兩人之間的男女關係可以說只是一筆外快；眞木彥大概以爲羅絲小姐即使對這樁韻事抱持日本式的情趣，該也不至於深入。

「沒想到羅絲小姐是個頂眞的人，和眞木彥一旦發生肉體關係，就非要進展到結婚不可。事情到了這個地步，眞木彥可也不是一個可以隨便使喚的人。正是方才我說的人格上的脆弱面。他目前的窘境，八成是這些紛擾所造成的罷？」

「我覺得松男兄比我更能掌握確實的情況，雖然不免懷疑松男兄，幹嘛要對眞木彥神官的問題這麼熱心？」古義人答道：「換上羅絲小姐來批評的話，很可能會說松男住持有一股危機意識，無分神道的神社還是佛教的寺院，就怕他們美國人入侵到日本式結構裡。」

「那八成會大講特講！」

「不，我無意激怒松男兄。剛才也說過，如果不急著去向神社本廳申報，不定要不了多久，這樁婚事就會因爲思想不合而消失呢。儘管羅絲小姐把眞木彥神官看成一名革命性的實踐家，可他倆在思考的課題，應是不可能作革命性實踐的，正因爲這樣，我才會想到用小說來表達。」

「如果是關於古義人兄在《燃燒的綠樹》裡提到的教會，我也是書中人物的原型之一，我也有話要跟你說。不過，我並不認爲在我的有生之年，會出現什麼新『救主』來實現那個構想，更不用說眞木彥是預言裡的最後一個義大哥。羅絲小姐要是存有這種幻想，相信她這種高級知識分子，肯定要不了多久就會淸醒過來的。」

「大概是這樣罷。」

「那末，我們就這麼著如何？好歹設法阻止他們正式申報結婚……雖然阿朝姐可能會對這個策略感到憤慨……過了一陣子以後，對他倆來說，一個是厭倦於偷嘴的男人，一個是感覺到挨人家偷嘴的樂趣也該到此爲止的女人，然後當作好朋友，天長地久交往下去……

「果眞如此，這該是最穩當的結果。美國中年女人的性能量是很驚人的，你瞧，眞木彥那張臉已經黯然失色，顯得毫無精神，事實上，外邊已經有類似的風評。」

古義人對不識寺住持的低俗感到厭煩，決定結束這個話題。

他說：「目前兩人正在熱戀也是事實，所以最好不要期望很快就會有什麼好結果。倒是像松男兄這麼個人，我不認爲會爲這點事特地跑來……」

松男住持立刻機靈的逮住機會。他從竹籃子的淡青底白色花紋布包裡取出用迴紋針別起來的幾種傳票。那是納骨堂的修繕費和整個內部的改裝費。上面排列著古義人禁不住懷疑是否多寫了個零的數目字。

吃著住持贈送的「醬烤漢堡套餐」晚飯，古義人問小明寫在五線譜上的曲名，那是小明和阿朝姑姑留守時間裡埋頭寫成的。

「……就叫做《挨人家偷嘴的羅絲小姐》好不好？」小明說。

「是什麼樣的曲子呢？」說是這麼說，古義人卻連問一下調性的勇氣都沒有。「你說挨人家偷嘴呀……你聽到那位住持說的話了？……」

「莫札特的詠嘆調裡就有一首《男人永遠愛偷嘴》。」小明說著，轉臉一副燦爛的笑容，表示剛剛那張臭臉全是爲了開玩笑裝出來的。他接著說：「就是編號K433那首！」

1 西鄉隆盛（一八二七—一八七七），日本江戶幕府末期倒幕維新要角，出身今日鹿兒島地區的薩摩藩；明治天皇當政後，下層武士階級處境困窘，在西鄉帶領下發動西南戰爭，最後失敗切腹自殺。

2 鄉士指取得武士待遇的農民。

第十二章　神童寅吉的圖像學

1

阿由組織了一個去森林郊遊的隊伍——「森林的不可思議」探險隊。他自己擔任隊長，香芽是副隊長，外加二十名男女中學生。古義人和羅絲小姐則以觀察員身分參加。阿朝考慮到萬一發生意外事故，特地就商於學校的保健教員，後者表示不巧騰不出時間，她只好毛遂自薦擔任隨隊看護。阿朝在縣立醫院當過多年的護士，也兼過工會方面的工作。古義人支援廣島原子彈受害者第二代爲他們自己籌設醫療設施的運動那段時日，曾經應邀跑了趟松山，在這種場合發表演說。阿朝來機場接他，且安排好在道後舉辦的家族聚餐。第二天，住宿於後援會一名成員家的古義人來到小小的演講會場，發現阿朝正在日本共產黨的宣傳車上發表批判「托派暴力學生僞裝以擴張勢力集會」1的演說。

晴朗的郊遊日當天，全體隊員在林道盡頭，用來挖採修補用砂石的一片空地上集合。古義人對阿新和小勝的不在場感到納悶，羅絲小姐解釋說他倆屬眞木彥神官指導的特殊任務隊伍，一大早就從東邊林道穿越澗谷，先行趕往目的地去了。

「我手上現在就有你那場公開討論的校樣，你說『……能明白爲探索「童子」所作的種種嘗試，是從周邊去重新探究這個國家長達兩百年的現代歷史的戲劇化嘗試』是罷？

「我是以小說的構想來說，我原本就對戲劇化的嘗試很有興趣，所以跟眞木彥說了：『古義人雖然一天到晚在構思童子的小說，可從沒做過那會兒講的戲劇化的嘗試。』眞木彥一聽，可就當起眞來了。他開始策劃用戲劇性的手法，讓兩個『童子』出現在孩子們面前。」

「這回他打算一開始就讓孩子們曉得是戲劇化的嘗試，且已準備得很周全。阿新和小勝將扮演兩個『童子』」

「上次的『亡魂』可是相當戲劇性的演出哪，當然囉，受了傷只能算是我自己的行爲。」

「眞木彥從你的小說裡取材。不過，似乎加進了他自己調查所得。戲劇化的嘗試裡，總有一股力量，促使你去重新認知你以爲已經知道的事情，不是麼？」

「沒錯，我已經椎心透骨領略過這一點啦。」古義人說。

一夥人從集合地點溯溪而上走在沒有了林道的地方，來到「湧泉」前面休息。小時候的古義人要單獨走入森林的時候，總把「湧泉」作爲即使天黑了也不至於看錯的地標。著實是一片規模相當大的地方。

背後的腹地形成一堵寬闊山崖，一棵椋樹（樫葉樹）——古義人將椋鳥（白頭翁）啄過的果子拾起來吃——和一棵高大的掌葉槭，像一對門神矗立在那兒。裡邊是人跡罕至的常綠闊葉樹森林。積貯在森林裡的水，從重疊的兩座平坦岩石之間流出來。少年時代的古義人曾經被大量的水流驚嚇過。總覺那下面濃密的款冬叢裡窩藏著成群「童子」，等不及給水壺裝滿水便匆匆離開……

在「湧泉」帶來的涼爽中，羅絲小姐念了一遍眞木彥神官今天準備演出的劇本，再把它翻譯成淺易的英文重複一次。似乎有些家長是因爲聽說有「桃太郎」模式的英語實習，才准許孩子參加的。羅絲小姐戴一頂寬邊麥稈帽子，用淡藍色布條繫在下巴底下。她取下帽子和太陽眼鏡，大張著黯淡的灰藍眼睛，說起「童子」的故事來。

隱居在山坳的人們，原是逃離藩主統治的「避秦者」子孫，日子一久，被藩官發現，不得不開始繳稅。

「詳情你們可以回去問老公公、老婆婆。」無論用日語或者英語，兩度說到這句話時候，都引發孩子們活潑的笑聲，想必是想起了「桃太郎」的關係。

年輕的活寶銘助，常以村子與藩方連絡人身分，給召喚到河下游的城邑去。城堡裡有個叫做「武士開講」的年輕武士集會，銘助講的話很受歡迎。

年輕武士留下的紀錄裡，曾經提到銘助騎在**破壞者**背上飛行各地，增加見聞那件事。**破壞者**壯碩的背部沾滿十薕地那棵巨大白楊木的花粉，把銘助的身體也給染黃了……

銘助就這樣雲遊四海去進修。末了，他仍舊騎在**破壞者**背上回到村子裡，將學習所得的圖像和公式用鑿子刻在森林深處大石頭上。他對年輕武士們說，學問這玩意兒他已忘得一乾二淨，也搞不懂那些，可圖像和公式倒是至今都還留在大石頭上，有興趣的人不妨去看看。

之後沒幾年，銘助便因主導農民起義被捕，死在獄中。臨死，前往探監的母親鼓勵他：「不打緊，不打緊，兒被殺死以後娘馬上再把你生出來！」

一年後，做母親的果然按許下的諾言生了個男孩，在村民對抗新政府的「反重稅起義」運動中，發揮了「童子」的角色。等到事過境遷之後，「童子」於是爬上森林高處，到銘助的靈魂安息的樹根底下，找他談「永生的話」去了……

「現在我們就要進入北邊的森林。你我即將看到銘助和重生的他，這兩個『童子』在一棵大桂樹底下說話的情景。至於兩百年前的孩子們，就由你們也認識的山谷那些小朋友來扮演。各位現代的小朋友，在已經有上兩百年歷史的桂樹底下看戲和想像，是挺重要的一件事哪。

「然後，我們準備去看眞木彥神官和阿由發現的一個不可思議的遺蹟，那跟我們之前談的那些有關。就因爲要去看那個遺蹟，我們才把這次郊遊稱作『森林的不可思議探險隊』。大家就邊走邊想像那兒到底有什麼吧！」

2

中學生們都是長褲長袖襯衫上戴了頂帽子，尤其女孩子們，全穿上淺色卡其布短褲，把直拉到褲腳的半長襪用橡皮圈固定起來。阿朝則穿了條讓古義人記起戰時母親在菜園工作時穿的那種碎白花紋布燈籠褲。也不是有意拿來比，只是相形之下，古義人從這些本地孩子的穿著看出他們服裝的都市化，乃至劃一化，以及伴隨著的一股考究。

阿由逐一檢查過隊員服裝後，爲他們的臉部、領口前後及雙手，都噴上防蚊劑。他也爲古義人和阿朝作同樣防患措施。至於羅絲小姐，則按照她自己的生活原則，以剖成兩半的檸檬代替噴霧劑去搓摩同樣部位。

大夥兒由手持鐮刀的阿由領頭，呈一列縱隊進入北邊的森林。羅絲小姐邊走邊說，上回同阿由走下這條路時也曾想過，到了林鞘那兒會變得敞亮起來，可之前的森林是樹叢之間密不透光，又暗又潮濕，眞就給人日本的森林那種感覺。

古義人和阿朝一前一後將羅絲小姐夾中間走在隊伍的末尾，他一路走一路解說道：「相傳『林鞘』就是大隕石將森林切割成半留下的痕跡形成的草原，當然敞亮。相形之下，這一帶所以密不透光，是因爲森林的管理方法欠佳。通向『亡靈之路』的那片森林比較敞亮，那是由於隔個三五年就要鎖定範圍修整一下林木的關係。砍掉斜長的一些林木和沒有繁殖指望的雜樹……也就是林業上所謂『擇伐』過的森林。我祖父本來想把『擇伐』的範圍擴展到這邊森林來，終究因爲人力不足沒能做。」

「這條路可是野生動物的獸徑？」

「說獸徑倒不如稱之爲樵路罷？就是給在山中幹活兒人走的路。」

不一會兒，前頭變成急傾的下坡路，不能不留意腳底下，古義人和羅絲小姐都沒有了繼續講話的餘裕。而走在前面的孩子們並沒有停滯，十足展現土生土長的實力。阿朝雖已年邁，仍以同等實力者的自信，伸手抓住羅絲小姐的腰帶保護她。至於古義人，在羅絲小姐與眞木彥神官同居前，與她之間固無肌膚接觸，此刻更不便伸手攙扶她，只得一旁焦慮不安。

自古義人一行進入森林之前稍歇的「湧泉」那兒流出的水，形成向南的溪流。而貫穿林道的暗渠流往北邊的水，也在他們步行的旁側形成一道小溪。以一座老舊木橋作分界，順著溪流這邊朝下走向林鞘的樵路前頭很是明亮，過了橋往上爬的山徑則顯得幽暗。循著後者走，一道險峻陡坡迫在眼前，無法再向上爬。這裡盡頭處是一片草地，看似曾經用來堆積伐下來的木材。草地群生著五、六棵高大的桂樹。

這兒路邊也長著成簇款冬，阿由用鐮刀割來一大把款冬葉子，鋪滿整個草地。孩子們聚在前面，大人則坐到他們後面。從坐下的角度仰望，桂樹高高伸向天空，集中在尖鞘的綠色葉叢，襯著天空，顯得分外透亮。暗淡的灰綠大樹幹上掛滿了剝落的樹皮……

站在前面的阿由提高嗓門解說。

「包括從這個位置看去樹幹重疊在一起看不見的，桂樹總共有六棵。這六棵都是它們圍繞的正中一帶有棵祖木繁衍出來的後代。也就是說，當年**破壞者**開墾這塊土地時候，矗立在這裡的只有如今已經不存在的那棵祖木而已。」

中學生們很安靜，卻也沒有顯出任何興趣。看看孩子們沒有反應而顯得無從說下去的阿由，羅絲小姐於是主動提問。

「阿由，桂樹不是雌雄不同株麼？這些桂樹是公的還是母的？」

「我不清楚。古義人伯伯，請您大聲點回答，好讓大家都可以聽到。」

「我比各位中學生還小的時候，曾經因爲那年頭還不作興的『拒絕上學』，天天往森林裡跑（孩子們都笑了）。從剛才橋頭那一帶往上看，可以看到那幾棵桂樹以植物學上所謂群集模樣長在那裡。那正是嫩葉抽芽的季節，陽光底下整棵樹泛著紅光，美極了。桂樹雄花周邊的嫩芽是紅色的，雌花的則是綠色。我從祖母嘴裡聽過這些，所以心想，那幾棵桂樹應該是公的。」

一個看似聰明伶俐的女孩，衝著羅絲小姐問道：「桂樹用英語怎麼說？」

「我不知道。這還是我第一次看到桂樹。」

「在美國人熟悉的土地上，應該沒有桂樹的通稱，不過，要是查一查英日辭典裡對植物比較有詳細解釋的，想必會寫作 katura tree[2]。」古義人繼續道：「那是日本特產的樹木。逃學的那段日子，我總把植物圖鑑帶在身邊摸索著查閱。這一帶地方有好幾種可說是日本獨特的樹木。我本來就對這些很感興趣，尤其是能夠提供我家經營的紙漿原料的那類樹種……」

3

然而，孩子們已經沒有在聽古義人解說。他們全把生機勃勃的眼神投向桂樹群集的樹根那兒；對於即將展開的事情的期待——那是羅絲小姐的許諾——，使得這些少男少女如此安靜。

原來桂樹群集中央好像就是舞台。那是由乾燥腐蝕物堆積而成的一座淡紫色高台，上面殘留著怕有兩百年樹齡，使人感到比任何一棵桂樹都來得粗大的根株痕跡。此刻，年輕武士裝扮的銘助，儀容端正卻也伴隨著一絲輕鬆的滑稽感登場。當他於摟在懷裡帶來的木製小凳子上落座時候，一個赤裸著上半身，叫人驚艷的美少年，已經倚靠在桂樹群中唯一光禿著樹幹——想必事先清除了剝落的樹皮——的那棵樹。光赤膊少年穿一條洗褪了色的藍色牛仔褲。從肩到胸掛著蓬鬆鬆的白色花環，頭上戴了頂同樣白裡透著淡紅的某種草花編串成的花冠。細看之下，臉上也化了妝的這個美少年竟是小勝，他站在那裡，對著觀望的孩子們擺明著一副輕蔑的樣子。如此看來，被太大的假髮遮住半邊臉的銘助，就是阿新了。

從一夥人到稍高處的桂樹群，感覺上怕有十五、六公尺的直線距離，而根據那兩人臉龐大小看來可能更遠。阿朝從口袋取出眼鏡，仔細端詳之後告訴羅絲小姐和古義人：「白色花環是用珍珠花的花穗串起來的。我們也常做這個。至於花冠，是用綬草編成的，一般來說，都叫捩摺是不是？那是這一帶地方可以弄到手的最普通的蘭花。不過，我倒沒看過哪個小孩像那樣串成花冠戴著玩兒，大概是眞木彥神官發明的罷。」

「好可愛喔！」女孩子們發出一疊聲的尖叫。

男生們則揚起更加從容的笑聲。

「別胡鬧！」阿由制止他們後接著說：「讓我們來請教銘助先生和投胎轉世的『童子』幾個問題吧，難得有這麼個好機會……」

好機會這個說法越發掀起朝氣勃勃的笑聲。跪立在那裡的所有男女孩子，儘管尖叫連連乃至笑個不停，可也沒有奮勇要發問的樣子。

只見香芽從中起立舉手。她自迷惑的年少觀衆坐著的草地，走到桂木群生的陡坡邊緣，開始發問——想必這是她被賦予的任務。

「投胎轉世的『童子』一副彼得潘模樣，可爲什麼銘助先生還得裝扮成古裝劇的武士？」

阿新看一眼揮手催促他回答的香芽，用扇子搧了搧紙製武士禮服的領口，好整以暇開口道：「由銘助先生投胎轉世的『童子』，眞就以小孩的年歲來到坐鎭在眞木川河灘的農民起義指揮部。他教他們這些大人意想不到的戰術，而且還是在協議中的參謀們一旁呼呼大睡然後把夢裡所見說出來的。」

「靠著作夢，能說出什麼來？」香芽嚷道。

「我死在城堡的監牢以後，靈魂便轉呀轉的打著圓圈回到森林，安息於『自己的樹』下。他找到我的靈魂訴苦說，大〇小〇，也就是說麻煩大啦，現在誰也搞不清起義該怎麼進展了。我的靈魂於是給了他回答。『童子』睡醒後就把答案轉告給起義軍的大將。事情就是這樣！起義成功後，『童子』也回到森林來，跑到我的靈魂所在的樹根那兒，永永遠遠交談下去……如果這話屬實，那末，『童子』此刻應該還在這森林裡，和我那靈魂促膝交談罷。

「因此，就像『童子』所看見的，我現在仍是死在城堡牢獄時候那副模樣。長江老師曾經講過《神曲》裡的靈魂就像是幽靈。既然是幽靈，那就該是見者的心像決定其形體。各位大概是透過各自的心象來看我這個靈魂的幽靈。」

女生們頓時驚呼尖叫。阿新則以舞台老手那種動作，用扇子平息了騷動。

然後，他莊嚴的宣告：「可是，『童子』並不是靈魂。他永遠活在這個森林裡，隨時下山到眞正需要『童子』的人那兒去。就是因爲這樣，才會以彼得潘模樣待在這兒的罷。」

而香芽歇口氣繼續下去的質詢方式，與方才提問，竟是完全不同的兩種調調兒。

「聽說長江老師小時候在這森林遭遇『神隱』[3]，失踪了三天，被稱作『天狗的變童』[4]。

「銘助先生領導農民起義時候，已經不是『童子』，跟爲西鄉先生照顧狗兒的『童子』開始被稱作養狗爺爺一樣。讓**破壞者**背著雲遊四海，身上沾滿白楊花粉的，是『童子』銘助的故事不是？這麼說，『童子』銘助會不會也是**破壞者**的變童呢？」

羅絲小姐忙著想站起來，不小心讓包在寬大長褲裡的屁股撞上古義人肩頭，她用男性腔調的英語致歉後，向香芽叫嚷道：「香芽，香芽，（這回輪到男生們怪靦腆的又叫又笑）怎麼可以在小朋友們面前提這種問題！妳自己不也還是個小女孩麼？」

香芽扭過上半身來回顧羅絲小姐。一頭烏溜溜秀髮從中分開的那張臉，與剛才那種戲劇化的表情相反，顯得蒼白而憤怒。大聲叫嚷之後閉上嘴巴的羅絲小姐，也是脹紅著臉，粗重的喘息個不停……

就在這時，隨著一種怪誕的樂聲，全體男女中學生掀起了說不上慘叫還是歡呼的騷動。

原來桂樹群圍繞的舞台上，褪下牛仔褲露出雪白屁股的「童子」，正在咻咻咻咻的吹響龍笛，而將和服褲裙垂落到膝頭，敞露著股間那話兒的銘助，則以兩手敲打著銅鑼！

4

碰到這種時候，能夠以古義人無法可及的成熟手段收拾殘局的，總是阿朝。她苦澀著臉站在那兒，直到女生依偎著哭成一團，男生則衝著桂樹群攀爬起陡坡的歇斯底里狀態告一段落爲止，其間她好像曾叫阿由繞道陡坡旁去打斷桂樹老根舞台上的表演。

然後，阿朝以令人想起她搞活動時代的模樣打開了演說的嗓門。

「笨啊，笨啊！你們打算加入那票大笨瓜一夥麼？其中最笨的是想要爬到桂樹那裡，用手去抓野漆樹的笨蛋。我看有好幾個罷？千萬不要用那隻手去碰臉，尤其是眼睛！亡羊補牢，你們就把這籃子裡的肥皀拿去，找個石頭砸成一小塊一小塊，各自拿去溪裡洗洗身子吧。所有疑似碰到野漆樹的部位都要洗！想要露的話，露出屁股也無妨！女孩們可別跑去看什麼無聊的東西！

「待那票洗身子的男生回來，阿由幫忙點個名。我們馬上就要轉移到林鞘那兒去。那邊爲中學生課外學習準備的東西，總比你們的好一點罷。」

阿朝轉向神情體態仍然僵硬呈敵對狀態的香芽和羅絲小姐說：「我像香芽這種年紀時候，對性知識的好奇要比性事本身強得多。其實，那種事體並沒有什麼秘密可言。說是『天狗的變童』，聽起來好像跟傳說有關連，實際情形不過是一干窮小子想出來的餿點子罷了。在我們看來簡直無聊透頂。

「……羅絲小姐也犯不著看得這麼嚴肅。即使是這種鄉下，到了中學生這個年紀，無分男女，就有人喜歡講些淫穢的話，或者親身去體驗。」

阿由遵從阿朝的指示，點過名之後重新編排郊遊隊伍。他自己與高年級男生構成先頭部隊，接著是女生一夥，由公認的小隊長香芽領頭。

阿朝和古義人將羅絲小姐夾在中間，走在剩下的男生後頭。隊伍回到溪流上剛才那座橋那兒，繞過高大闊葉樹籠罩的山坡下那條路，從逐漸明亮起來的林木之間往下走。不一會兒，他們來到從南到北也不過百把公尺連綿著草原的林鞘。南端是櫻花季裡賞花宴的一片整理過的草地。阿由也沒有打算在這兒歇息一下，仍舊讓一行人爬著和緩的山坡，朝林鞘北端走去。

探險隊抵達之處，乃是林鞘北端，荒草沒膝幾叫人舉步維艱的紡錘形大岩石那兒。相傳那座黑色大岩石帶著震天價巨響，一路燃燒著落下，掃平原始林，削去地面，造成這片林鞘。

「第一次跟阿由到這林鞘來的時候，光是走路就把我累得七死八活，只在南邊的草原歇歇腿就回去了。我們說好下回要爬上北邊，看一看『森林的不可思議』，我一直在期待著。現在眞看到了，發現大雖大，卻只是塊普通的圓形岩石而已。」

看到羅絲小姐太過失望的模樣，阿朝安慰她：「古義人小說裡不是有個『森林的不可思議』麼？是個從外太空帶著使命到地球來的某種物體，它吸收人類的每一種語言，每吸收一次，就變換一次形象。可我覺得那太過浪漫了。不過，我也聽過有關大岩石和上山幹活兒的村人對答的傳說。該說是很神秘呢？還是很合乎道理？總覺有些靠不住的地方……總之，傳說裡『森林的不可思議』問村人人類的『心』到底是什麼？那人回答說是『靈魂的容器』，它就歡喜得發出螢光……」

阿由與中學生和古義人他們相隔一段距離，站在大岩石前面高出來的地方，好似等候什麼人。不多久，阿新和小勝這回以常見的中學生模樣，從大岩石背後，與矮一層的竹叢相連的峽谷出現。方才那場騷動引發的亢奮仍在一干男生之間蕩漾。他們夾雜著笑聲頻頻呼喚兩人，後者卻沒有展顏回報。直到眞木彥以正式神官裝扮現身，大夥兒才明白兩人一本正經的態度。

眞木彥神官穿著木鞋，悠然走過阿新和小勝運動鞋踩平的草叢，取代阿由所站的位置——甚至看也沒看古義人和羅絲小姐一眼——站到大岩石前面，突然開講了起來。

「我不是此地土生土長的人，所以對長江先生小說裡那些本地的古老傳說並不熟悉。我今天想讓各位看的是刻在這座大岩石背後的記號。那是曾經在這個森林待過的『童子』的證據。

「想必各位都聽家人說過你們祖先的生存方式相當特殊罷？他們跑到森林的峽谷來開墾森林，自由自在活著。可到後來，終於不能不和統治這個地方的藩主進行交涉。當時，就由年紀雖小，腦筋卻比誰都好的銘助先生代表大家到大洲的城堡去活動。

「想不到城堡那方也有個類似學者的人。他擔任的是頂重要的城代家老[5]這個職位。這人年輕時候到江戶……也就是現在的東京，見過神童寅吉，聽過他開講。他參加了在餐館舉行的近乎文化中心那種聚會，然後把寅吉講的話寫在日記裡。

「他是個地位崇高的家老，不可能直接見到銘助先生，不過，從年輕的武士兒子聽到有關銘助先生的種種談話之後，讓他想起了寅吉這個人。他找出老日記本給兒子看。年輕武士查閱之下，發現和銘助先生在城堡裡開講的一模一樣。年輕武士的同夥們開始信任銘助先生。這麼一來，銘助先生算是在城堡那一方有了具勢力的支持者。

「許許多多的事物都相符合。尤其是寅吉描繪在紙上，被那位家老抄到日記裡的另一個世界的文字，跟銘助先生寫下的符合。據說銘助先生把自己記下的文字展示出來受到懷疑的時候，氣得差點拔刀砍人。他對那些人說，這些文字是他騎在**破壞者**背上，從別的國度學來的，爲免忘記，一回來，他立刻將這些文字刻到森林深處的岩根那兒，不信的話，不妨跑去看看。

「且說，我提到的證據就在這座大岩石背後。那就是銘助先生刻下的奇怪文字，是阿由和我深深挖開堅硬的泥土發掘出來的！」

眞木彥穿的是神官的正式服裝，看似手裡執著一面笏牌，卻把那笏牌樣的紙張攤開來，然後與阿由合力用膠帶貼到大岩石側邊。中學生們立刻圍攏過來，古義人兄妹倆也從青少年背後探頭觀望。羅絲小姐似已看過紙上的東西，卻也對眞木彥神官談話的結尾部分能夠撩起聽衆興趣這事頗感驕傲的樣子。

「這是距今一百五十多年前銘助先生刻在這兒的文字。這些文字不定是一萬年前，甚至十萬年前的東西。各位仔細去看看。要繞到背後去的路，有一段得躬身穿過大岩石下面，所以務必留意別撞到腦袋！爲了貫徹兩人一組一起來回的參觀方式，我們就輪流使用鋼盔。請大家不要看太久，只要抱持能看出其中一個字就行了的原則就可以啦！」

男女中學生們乖乖等著接過鋼盔，順暢的來來往往。看過回來，他們個個面帶盎然興趣。

古義人和羅絲小姐最後一個接過鋼盔。阿朝患有幽閉症，沒辦法從洞穴般的大岩石底下穿過去，所以儘管眞木彥神官一再勸誘，她還是打心底謝絕了。跟隨在迴異於桂樹舞台那番表演而此刻顯得一本正經的小勝後面，順著連空氣都冰涼潮濕的峽谷走下去，發現同樣看起來一本正經的阿新蹲在那裡。只見沿著岩根挖掘的溝底流動著澄清的水。受到水流沖刷的半截岩壁底部，斑斑可見眞木彥神官圖示的文字。

古義人許久沒有跟羅絲小姐如此幾近頭頂的挨在一起，在她的體臭和香水味兒籠罩中，他感受到潮濕岩壁冷冰冰的反射。萬物頓時沉靜下來，只偶爾傳來一兩聲鳥鳴。感覺到某種什麼在監視著，回過頭去，卻見色澤深濃的灌木叢高出一截的糊空木葉叢上浮著成簇白花。

羅絲小姐站起來望向那邊，古義人遂把記憶中事說給她聽。

「我母親總是剝下那邊那種開白花的樹皮，用作原料，製成粘貼和紙的漿糊，當作年禮送給買我們家上等紙張的畫家和書法家……

「我都跟母親一起來割比較高處的年輕樹幹。不過，像現在這樣容易分辨出來的花季是不讓割的，因爲『童子』正在賞花。這麼一來，只好記住那些花木所在的地方，到秋天再來。我記性好，所以被母親當寶。

「可搬運起來，成把的樹幹實在重，我就乘著前來賞花的機會，好歹砍下需要量的一半，綑起來想擔回家。一路上總覺有人從背後盯著你看。到家把這告訴母親，她老人家調侃說：『那當然囉，誰叫你做壞事得罪那個古義……』」

「你小時候過的是平靜的生活不是？」

「眞木彥神官的社務所，現在不也很平靜麼？」

「我們的生活並不平靜。」羅絲小姐改變神色答道。

1 托派指托洛斯基份子，在蘇聯共黨的路線鬥爭中被指為反革命，遭到無情迫害，後來被各地左派用來泛指為反革命份子。

2 「桂」日文發音為 katsura。

3 古時認為小孩或東西突然失蹤，是被神仙隱藏，謂之神隱。

4 天狗為一種想像的妖怪，高鼻紅臉膛，深居山中，有翼，神通廣大。

5 城代家老為江戶時代替諸侯守城的家臣之長。

第十三章　「長青日本會」(一)

1

眞木彥神官提議既然已經來到林鞘北端，回程索性穿越森林繼續往北走。他已是棉質長袖襯衫、厚長褲、走路鞋這副裝備。他說只要循著樵路往北走，很快就可以接上鄰鎮管轄下的林道，他已經把車子停在那兒。關於這一著，他似已跟古義人預先商量停當。事情既決定，「森林的不可思議」探險隊便由阿由領頭，香芽居中，阿朝押尾，重又爬上先前走下來的山坡路。

在眞木彥神官引導下走進去的山徑，得經過板栗群集比先前走過的任何森林都要顯得幽暗的地帶。費時爬完上坡道，是比較好走的下坡路，前頭越來越敞亮，這天好像始終不曾聽聞的蟬叫，也開始充斥在四周。原來，青少年們靜默下來以後，古義人他們也不作聲的一路走過來。不久，大夥兒來到棄置著砍下來的樹木之處，眞木彥神官於是划開齊胸高的雜草獨自消失而去。

「眞木彥說儘管近在咫尺，可分水嶺兩邊的林相就是不一樣。」羅絲小姐對著一起留下來的古義人說，口氣聽起來生分而客套。

眞木彥神官帶回兩把花草，分別是直立的長莖上開著淡紅透紫花朵的柳蘭，和枝葉的擴展與長度分外亮眼的山蘿蔔。

一行人從那兒走下沒有擋土木板柵欄的坡道，前頭出現了正規林道，可以看到眞木彥神官的四輪傳動車就停在那裡。這條林道的一邊是人工種植的一片濃密檜木和杉樹林，車行中，眞木彥神官告訴大家去什麼地方。他解釋說，朝東北方向跑上半個小時下坡路，就可以抵達同樣通往松山，卻與來自眞木鎭大街那條路線不同的另一條古老街道。街道上有從前的旅館街，以大銀杏樹聞名的神社前也有家同樣出名的麵館。在那兒用過餐，再轉往戰國時代的諸侯長曾我部元親[1]稱霸四國時候的據點那個城鎭——古義人小時候亦曾跟父親搭乘搬運木材的卡車來過——然後走有長程大巴士來往的國道，包括用餐時間在內，約莫兩個小時便可以回到家。

「經營那家麵館的女士，也搞公民運動。她把祖傳蕎麥麵店作體質上的改進，又加以包裝使之變成在松山的機場也賣得不錯的食品，又在麵館背後蓋幢現代化的房子，裡邊還設有聚會廳。她可以說是立意要更新全鎭女同胞生活的女權運動者。……且不說這個，總之，我打算借她家讓羅絲小姐沖個澡。」

車子駛抵平地，在綠色水田之間奔馳了一陣以後，離開國道，進入偏離國道，有如鑿刻出一座深谷般的古老街道。一眼就看到的是一家大神社，隔著馬路對面，則是那家看似頗有來歷的麵館。

2

大夥兒等羅絲小姐沖澡更衣恢復精神後，才面對包含了蕎麥麵、油炸茄子、洋蔥和南瓜的盒餐，眞木彥神官重又拾起今天郊遊時開講的話頭。他想談的是如何定位在大岩石上發現「聖像」這事？

「先前提過，大洲藩的年輕武士們，也就是所謂『武士開講』那幫人，很重視銘助先生刻下的記號和家老日記裡神童寅吉的記號相符這一點，這等於是個旁證，證明那是事實。當然啦，也不是毫無保留的完全相信。古義人先生也知道，文政年間（公元一八一八—一八二九）江戶文化人之間的知性交流是相當活絡的，這從山崎美成[2]跟平田篤胤競相爭取另一個世界的資訊提供者的來龍去脈便可知曉。也就是說，寅吉的開講會是公開的。特地從大洲趕到江戶去直接聽講的人確實稀罕，不過，想必從新聞上知道的人肯定也有。這些人當中，銘助就極有可能事先將記號刻在大岩石上，好好加以利用。會不會就是這樣？」

古義人稍稍錯開焦點，附和道：「小勝在桂樹下表演的，銘助投胎轉世的『童子』露屁股那齣戲，我們小時候到眞木川游泳時候也玩過。阿新扮演的銘助先生，不是龜頭上掛了個小燈泡一明一滅嗎？那一著八成也是來自寅吉。準是篤胤的弟子惡作劇告訴寅吉，陰莖在黑暗中會發光，以便小解時照亮。相信這話的寅吉作了實驗卻不得要領。就是這回事罷。」

「那大概是阿新從社務所收藏的《平田篤胤全集》中有關神童寅吉部分找出來的。那場戲完全是背著我想出的點子。」

「我猜那跟香芽的質詢是成套的。」細心細意使用著筷子的羅絲小姐抬頭說：「兩個人都以低俗的方式，展現了青年人對性方面的關心。」

「可是羅絲小姐，香芽那孩子也有她認眞和獨特的地方。

「古義人先生他們去看大岩石裡邊時候，她跑到我身邊來說，小朋友都把大岩石上刻的記號抄到筆記本上，也寫下了這趟郊遊整體的感想。她看了他們提出的這些東西，然後作了一番中間報告。

「首先關於哪一個記號讓孩子們留下印象？這是個很單純的問題，沒什麼好議論的。至於阿新和小勝表演，也只有『叫人家看那種齷齪的鷄鷄，好噁心』層次的反應，應該不至於有什麼令羅絲小姐變得神經質的壞影響罷……」

「眞木彥，你幹嘛要那麼熱心袒護香芽？是因爲她年輕可愛麼？」

看到羅絲小姐突然的嫉妒表現，眞木彥神官眨了眨長長的睫毛，對著古義人繼續說下去。

「孩子們也選了調子，將龍笛和銅鑼齊響的地方寫成樂譜。奇怪的是有幾個還畫了纏繞桂樹的常春藤上吊掛著小人兒的插圖。換句話說，香芽懷疑，小朋友們今天有可能看到了『童子』。」

「香芽也看到了麼？」

「她自己倒是沒有……」

「撇開性方面的過度關心不談，那孩子幸虧還算有健康的地方……」

眞木彥神官面色有點嚴厲，但他把目光重新移向古義人：「無論是『童子』銘助把那記號刻到大岩石上，或是長大成人後以之作爲不在場證明，總之，他曾經誘使『武士開講』那夥人到現場去看一看。

「我懷疑銘助先生是否企圖以大岩石作象徵，從事將『武士開講』捲進去的某種運動。義大哥那個根據地的祖先，會不會就是銘助先生喔？

「一旦這麼想，就覺得現實裡有可能出現在本地重建根據地，搞革命組織的人……也就是古義人先生所謂的『新的人』。

「銘助先生於日本開始和國際交往到維新現代化這種向外擴展的態勢中，企圖在這狹小土地上建造根據地，而且藉著『童子』的作爲，成爲通往外界的一條意外管道。

「現在是以美國爲中心的全球化，試圖透過自由經濟市場，來壟斷財富與權力，而與之抗衡的一種巨大矛盾也已表面化。這個時候，本地要是有個『新的人』出來建造根據地，構想革命，那不就跟相隔兩百年之前的那個人一模一樣麼？說穿了，『新的人』就是『童子』。而且現代的『童子』即使不騎在**破壞者**背上飛翔，也能靠著網路和世界溝通。」

羅絲小姐已把剛才對香芽的在意忘得一乾二淨，自管深情款款凝望著侃侃而談的眞木彥神官……談話甫告一段落，從店堂與廚房之間那幅蠟染著大銀杏圖樣的布簾子後面女主人現身，手持Ａ３文件匣走近前來。她是個濃眉大眼，看似不同於香芽另一類型的世家女子。頗爲豐腴的心形臉龐泛著信心十足的微笑。

「對於眞木彥神官的革命構想，我們這些從事公民運動的同夥只有感到一頭霧水……長江先生可是實際參與過六〇年代的運動……

「如今，長江先生回到眞木鎭來，就要重新展開運動，當作最後的決戰；關於這個，高知那幫搞運動的，有過詳細報告。我把《中央新聞》愛媛版和地方報紙的有關報導全收攏了來，心想或許有您沒有過目的……我深爲準備聚集『年輕日本會』的殘餘成員這個構想所吸引。到了滿頭華髮這把年紀，還能貫徹始終，眞不虧是長江古義人！」

3

回程，大夥兒決定古義人坐到駕駛座旁，將後座權充臥床讓羅絲小姐睡一覺。

車子駛上國道，古義人慰勞眞木彥神官說：「今天這場郊遊，準備得眞周全呢……」

眞木彥神官也不作無甚意義的附和（古義人已經了解他這種個性），只把似已思考了許久的話說出來。

「古義人先生回到此地以後，先後受過兩次重傷……其中一次還是因爲我輕率的行爲所致……羅絲小姐擔心往後還有可能發生更麻煩的禍事。

「她向來老愛拿你的災難跟《唐吉訶德》對照。相隔多年之後我也重讀了一遍那本書。而依我自己看法來作比較的話，無論是與風車巨人的大戰或是和西斯卡亞人的決戰，你不都經歷了麼？雖然還沒有到像唐吉訶德那樣失掉半個耳朵的地步……臨離開麵館時，女主人還說你的耳朵和創作初期書本上的卷頭畫感覺上有點不同，彷彿經歷過出生入死的爭戰場面，棒透啦。」

「古義人也許已經快到《唐吉訶德》的後半部了。」本該睡著的羅絲小姐突然插進嘴來。

沒回頭一看，只見她胸部到大腿一帶綁了安全帶，用兩手緊緊抱住腦袋，看似重又睡著的樣子。沒錯，正是這麼回事，古義人以神情示意。眞木彥神官只管全神貫注開車，因爲車子正駛下連續下坡的狹窄山路。過了好半天，他才又提出一個新鮮話題。

「餐後女主人交給古義人先生的剪報內容我也知道。我聽羅絲小姐說過，幾乎這些報導的情報八成來自一個姓黑野的人，這人日前跟我們十蓆地連絡過。既然是六〇年代就認識的老朋友，這位黑野氏果眞搬到附近來住，又請求您協助的話，不是很難拒絕麼？

「尤其看過高知市一家小衆報紙對黑野氏的直接訪談，我就覺得那樁計劃或許只是黑野氏自己一廂情願的認定，可意圖倒是嚴肅的，而且期望您成爲整個計劃的核心。」

「我是從來沒有把黑野當作朋友，無論如何，他是我遇見的人裡頭找不出第二個的那種類型。他總是過一陣就來向你提議大家合夥起來搞點什麼，而且與其說以發起人不如說以籌備會的業務負責人身分來做這事。而跟我一樣，接到他通知的人，都會不由得參加。可那並不是因爲信任他是個有擔當肯負責的人。應該說是他那份輕鬆讓大家心情鬆懈……不過，如今年歲增長了那麼多，說不定性格上已有改變……

「所謂的『年輕日本會』就是這樣。當時各自從事大衆傳播相關工作的年輕日本人，大多參加這個組織。其中有如今已成爲政治保守派一方山頭的人，也有在演藝界堪稱大企業的某劇團負責人。至於過世的，有評論家迂藤，還有，跟這幫人儘管明顯不同的作曲家篁先生也是『年輕日本會』的會員……可以說要是沒有與大家同世代的黑野這個人居中串連，那個會大概也不會成立。

「之後漫長歲月裡，黑野做過各種各樣的事。例如在泡沫經濟巔峰時期，日本的私立大學準備在加州設立分校的企劃。預定中的校長是個政治家，他黑野則被認爲是傳言中包括美國人士在內的幾個副校長人選之一。也聽說他老早就擔任外交部顧問之類的職務，蘇聯解體時，還爲商社進出莫斯科做過穿針引線的工作。

「不過，幾年下來再回頭檢視，你會發現他參與的事業，沒有一樣是成功的。這麼說來，『年輕日本會』也沒有任何實質上的成果。當時，將各界頭角崢嶸的人士聚集起來，趕巧與反對重訂日美安保條約的公民運動合流。這些成員的發言，不，該說是姿態，可以比作英國和法國的『憤怒的青年』。而黑野正是這種姿態的演出者。

「這場公民運動演變成包圍國會的示威運動，『年輕日本會』成員中參加示威行動的，是比較樸實的一些團體的會員，譬如我就是其中的一個。

「我剛剛忽然想起一件事，就是因爲警方的機動部隊對著示威群衆噴水，篁先生和我落湯鷄一樣走向新橋站的時候，黑野不覺間挨近我們，講了句無聊話，惹得篁先生火冒三丈。他竟然說什麼今天晚上只要有意勾引參加示威行動的女學生，要多少有多少……現在想想，我跟黑野同在一個場合的次數，可能比我自己想像的多。」

「從報紙黑野氏的訪談看來，古義人先生的確比您自己所認爲更加深厚的像是跟他同一時代的人，加上雖不熱絡，好歹也還維持著細水長流的私交，一般來說，這種關係就算是終生之友啦。

「像您這樣絕望認定活在世上的知友已經沒有，索性帶著弱智兒子和外籍女研究家，窩回故舊只剩個胞妹的老家……這種人才算是怪胎呢。」

古義人唯有悵然不語，因爲眞木彥神官說得一點兒不錯。

「古義人先生還不知道黑野氏爲什麼要到這個地方來，把您捲進他的事業去罷？」

「不知道。」

「所以羅絲小姐很擔心。您不僅信任黑野氏，甚至不很清楚對方的現況。因此，您很可能會接受他的提議，她擔心的正是這個。羅絲小姐還說，黑野氏好像正在營造一種氛圍——古義人儘管興頭不大，卻也沒有理由拒絕——準備拖您下水。

「我剛才也講過，稍早之前我已看過那篇訪談。其實，在羅絲小姐叮嚀下還作過一些調查。她要我把弄清楚的部分告訴您。不過，我雖然明白她的憂心，卻無意事先幫您踩剎車。

「我家直到祖父那一代都在此地當神官，我算是出身神官世家，因而還取了眞木彥這個名字。可我雖然回到這塊土地來，偏偏就是說什麼也沒辦法喜歡鎮上的人。該怎麼說呢？只覺每一個人都膽小保守，只懂得仗著小聰明處世過日子。

「在我的先人也參加過的那場農民起義中，居然出了銘助先生那麼個破天荒的人物。有關他的事蹟成了民衆的集體記憶直到如今。對我這個信奉神道的人來說，儘管感到不快，卻也把他當作黑暗之神，供奉在另一座神龕裡。可縱使這樣，銘助先生的人格典範依然沒有傳遞給活著的人，我覺得太遺憾了。所以只要孩子們表示想扮演銘助先生做點什麼，無論如何我都鼓勵……

「而現在，古義人先生在十蓆地定居下來，對少年時期的銘助先生和包括他投胎轉世的銘助『童子』在內的許多個『童子』表示關心。我對這抱著很大期望。

「無論作爲一個人還是一個作家，古義人先生如今有意在人生的尾聲有所行動了，果眞您與臨終悔改的唐吉訶德相反的，決定一腳踢開一般有常識的人所謂的理性的話，我一定跟隨你！」

後座傳來厚重肉體起身的動靜。羅絲小姐因睡眠而依然溫熱的雙掌，圍住專注於眞木彥神官那番誓詞以致沒有回過頭來看的古義人脖子，而這脖子是每看一次電視鏡頭裡的自己，就不由得心想，頸子上的皺紋眞個是老邁的表徵。

「古義人，雖然不能不防備密司脫黑野的陰謀，但是正如眞木彥所說的，果眞你想從事唐吉訶德的冒險，眞木彥自管扮演他的桑丘・潘薩，我這個老牌桑丘・潘薩當然也要一路跟隨囉！」羅絲小姐昂奮的嚷道。

4

從與剛做出來的生麵條一起帶回的剪報上，古義人得知利用他的名字已然開始策動的一項具體計劃。前「年輕日本會」的「發起人」，應邀擔任道後溫泉聯合企業合資開發新型休閒遊樂區的智囊，最近就要於松山設立事務所並赴任。

而那篇報導把焦點放在記者會上，打出由長江古義人主持的「銀髮世代知性再活化研討會」。第二天，古義人與羅絲小姐談話中，始知他住院期間家裡確實接過關於此類事情的電話。羅絲小姐將之當作在美國時常接到的那種招募新住宿機構附設的研討會會員的電話，而且對方措詞和語調有著外國人難以跟上的難處。基於這點，羅絲小姐摘要是記下了，卻沒有報告古義人……

當他倆在十蓆地起居間談這事時候，眞木彥神官也在場，於是一旁建議，往後如若再有類似的電話，不妨要求對方使用英語，或者過兩天再傳眞過來。他此番建言不僅讓羅絲小姐覺得自己日語實力的不足受到指摘，且認作是批判她在這件事上沒有做好負責任的應對，爲此，她止不住面帶慍色。

關於用這種方式準備將古義人拖下水的行動，尤其沒有弄清楚實情就見報一事，如果想要抗議，並且循著要求取消有關古義人部分的消息這個方向去進行的話，古義人自有他的手段。然而，眞木彥神官的口氣是希望古義人能夠愼重行事。他看出古義人無意對參與新的活動——儘管是被捲進去的——踩剎車，甚至還有看情況從後面推上一把的打算。眞木彥神官提議，無論如何先調查一下到底能夠打開什麼樣的新局面，不妨到預定建構中的新構想飯店現場去看看，甚至跟經營者見見面也可以。末了，羅絲小姐也認同了眞木彥神官不辭辛勞的積極態度，談論過程中微妙的摩擦算是可喜化解了。

事情一旦正式展開，眞木彥神官的調查工作可說是迅速而徹底。不出一個禮拜，他便給古義人送來如下情報。

而沒想到這份情報竟與古義人的家族背景有關。古義人的外祖父曾經發想全村移民巴西和招攬鐵路等出乎當地人意想的事業，可每一種嘗試都終歸失敗。此地人管輕率而容易被煽動的人叫做「跳豆兒」，這位「跳豆兒」型的外祖父留給母親唯一可稱之爲資產的東西，是一塊帶有溫泉的地皮；如果以後來九彎十八拐犬寄嶺開通的隧道作基準，那塊地皮就在隧道前往北走下去的山谷間，古義人這才曉得那兒的正式名稱叫做奧瀨。也就是外祖父本著與縣長之間鐵路將經過此地的私密約定，而事先蓋好溫泉客棧的地方。古義人的父親曾在那兒建立超國家主義的鍛鍊道場，這是每憶及年少與吾良的交往，便會浮上腦際的事。因爲敗戰當時的一場「起義」，父親被槍殺之下，號稱繼承他遺志的一夥人，要求繼續維持美軍駐領下被允許的所有活動。爲了接洽土地和房子的事宜，母親曾經出門在當地過夜，古義人還記得留守的自己那份孤寂和不安。如今想起來，母親沿用父親擅取的地名，只說要跑一趟東北鄉，便搭巴士走了……

記憶中自戰時到戰後經常在家裡走動的一個叫做大黃的青年，便是取得母親承讓而繼續經營鍛鍊道場的人。古義人轉學到松山高校，剛認識吾良，大黃和他門下一干年輕人便來找他，演變成古義人偕吾良去參觀鍛鍊道場；那是因爲要邀古義人於國際交流中心圖書館爲應考K書時認識的一名叫做彼得的美籍日語軍官到那兒去的緣故。然後，事情發生了……

古義人與東北鄉，亦即奧瀨人士的關係就此斷絕。當國內泡沫經濟波及此地時，大黃和一干門生在買家求售下賣掉了一直維持著活動的那個場地。那買家是道後飯店經營者，也將奧瀨平坦的地方開發成高爾夫球場。又將鍛鍊道場到溪谷那頭的溫泉一帶加以評估後，決定建造一座結合高爾夫球場的休閒遊樂中心。部分建築已經完成，但到了要建飯店主體時，與仍住在鍛鍊道場宿舍的老居民之間，產生了遷離的糾紛。

如今距泡沫經濟崩潰已有一段時日，企業主有意縮小規模，將飯店轉型重新出發。據說是準備在整塊地上散佈著蓋些小巧精緻的別墅……

聽著，聽著，古義人總算明白了隨著大黃訃文一起收到的「鱉王」禮物，以及鍛鍊道場解散後那封來函的背景。

5

「我跑了一趟道後，讓飯店和黑野事務所承認他們在記者會上發表的內容並沒有事先獲得古義人先生的同意。此外，我又問了一下他們的意圖。我沒見到地方報紙所謂田部聯合企業……其實也還沒有到聯合企業這個地步罷，總之是飯店和連鎖餐廳的總經理，出來接待的是他的夫人，不過，倒反而能談些更實在的話。奧瀨飯店的經營方式由夫人負責預算，好像準備先不管盈虧，作一番實驗再說。我指出對方似乎對黑野氏和古義人先生的連結效應抱以過度期待，她就拿出黑野事務所的企劃書給我看。那上面可是一逕兒喧嚷說要充分利用回到愛媛家鄉來的古義人先生呢。

「夫人特別表示，如果古義人先生肯參與計劃，她們可是有好幾項規劃，飯店這方也會盡所能回餽您。夫人是從少女時代就有個夢想，希望以飯店經營者身分，學著十八世紀歐洲王公貴族那樣招待藝術家和學者。」

這天，眞木彥神官也打算用他開的那部深藍色轎車順便將羅絲小姐接回社務所，遂自松山的歸途繞道十蓆地。同著古義人一起聽了報告的羅絲小姐，含蓄表示了她的疑慮。

「這不正是《唐吉訶德》後半部那個公爵夫人的說詞麼？夫人背後既然有個以作弄唐吉訶德爲樂的公爵，納布可夫所謂『殘酷與詭計』的條件都有了，就連看過古義人的報導而對他有某種程度的了解這一點，也跟等著作弄唐吉訶德的那票人一樣。所以，請你們多留心啊。」

眞木彥神官好像並不在意羅絲小姐的提醒，他那種把準備來的東西全盤報告，然後想積極作個總結的態度，簡直就是拿一番新事業作賭注的「青年實業家」的作風。

「古義人先生答應與否，是往後事情進展的關鍵所在，如果以飯店方面的態勢來說，黑野氏在報紙上講的話似乎有他的根據。

「也不知爲什麼，夫人好像胸有成竹認準了黑野氏肯定能夠說服古義人先生加入這個企劃。她曾經抱怨黑野氏遲遲不直接找您洽談。

「因此，我這一出現，她馬上得其所哉希望挑個黑野氏來松山的日子，讓他和古義人先生當面談一談，夫人和我也一起列席。

「我只回答她我會盡量讓古義人先生對這樁事有個正面的領會……」

羅絲小姐搶在古義人之前滿懷把握的答道：「眞木彥，沒問題！他倆碰面的時候，長江古義人的秘書也會出席；我已經好久沒有在餐館享受過正式的大餐啦……這一點我倒眞的跟桑丘・潘薩很接近呢……可以罷，古義人？」

古義人並沒有理由拒絕。眞木彥神官看出這一點來，總算流露出安了心的神情，但他嘴裡仍不免抱怨：「那我扮演的角色，又該是哪一號人物？」

「我老早就說過，眞木彥是學士參孫・加拉斯戈。」羅絲小姐回答。

1 長曾我部元親（一五三九—一五九九），日本戰國時代以土佐（四國高知）地方大名身分，與德川家康結盟，於一五八五年統一四國。

2 山崎美成（一七九六—一八五六），字北峰，日本江戶後期考證學者、隨筆家。

第十四章　長青日本會（二）

1

眞木彥神官駕駛的深藍色轎車開進一道狹窄的石板坡道，駛向飯店；從這兒僅能看到那幢摩天大樓屋頂上的廣告塔。古義人從古早以來就有的那條水渠旁的角落裡，發現點了盞燈的麵館。車子並沒有停下來就開過去，那是古義人和吾良兩家唯一一次共同到松山旅遊用午餐的地方。吾良雖也出版過與前衛性法國餐廳大廚共同製作特別料理並附帶照片的書，卻也快快樂樂在這家地方色彩的餐廳二樓坐著。只是即或因工作上認識他的同座食客向他搭訕或伸出手準備握手，他也置之不理。一旁的古義人倒是沒有被那些食客認出來。

車子駛上眞就像溫泉鄉的錯綜複雜的坡道，抵達飯店玄關，眞木彥神官向站在門前身穿制服的年輕人交代了兩聲，車子便給泊往停車場。而一行人以羅絲小姐爲先走進飯店大廳，並沒一個有關人員在等候他們。

眞木彥神官走向櫃台，羅絲小姐和古義人不自覺停下來的時候，只見看似從高校生到大學生年紀的一夥十來個年輕人，向他倆走近來。他們圍住古義人，各自遞出袖珍本小書請求簽名。這種情形在松山還是生平第一遭。

一夥人接過書本成群結隊離去後，出現了一個四十五歲上下的高大女子，後面隨從一名黑衣男性，想必是瞅準了時機才現身的。

「沒想到您擁有那麼多熱忱的讀者，眞叫人吃驚！」那女子滿面笑容一副瞄準了時機出手的模樣。

她著一襲白底深藍細碎花樣的套裝，伸出右手，古義人想握住它，她規戒道：「女士優先嘛。」說著，將握過羅絲小姐手的那隻手連同另一隻，緊緊包住古義人的手。

「我們總經理人在東京，不過，我們已作好聆聽高見的準備。我是田部鞠子。久仰大名，老早就希望能拜見您。我們已經爲各位安排好一間蜜月套房和另一個房間。」

田部夫人改用英語向羅絲小姐重複了一遍同樣的話以後，又問她要不要先到房間安頓下來沖個澡什麼的。從櫃台拿了兩副鑰匙回來的眞木彥神官聽了，連忙制止羅絲小姐說，時間已經是晚上七點多，且有勞等候，沖澡一事就免了。

「那末，我們就邊用餐邊談吧。聽說長江先生和這回跟我們合作的黑野事務所所長，是多年的知交。」

遞交名片給古義人和羅絲小姐的經理，領先走進電梯，掀開排列著按鈕的操作盤蓋子，將鑰匙插進去。整座電梯立時被田部夫人身上的香水所佔領。

一行人給帶上不見一般顧客的樓層，沿著旁邊一排扁長形玻璃窗——出乎意外發現予人以親近感的城堡，竟然浮現在燈光之中——走下去，末了被引入一間宴會廳裡。古義人於是又見到黑野，彼此該已十幾年不見，黑野卻是一副冷漠模樣，彷彿昨日才分手那般。身高怕有一八〇的黑野，還以高人一等的那份從容，流露掂量對方斤兩的眼色。他把身旁一位面如白煮蛋般光溜，神情卻頗黯淡四十開外的男人介紹給古義人他們。

「這位是杉田君，愛媛演藝界數一數二的指導人。他從戲劇方面來支持田部夫人的新構想。文化方面希望能借重長江兄的力量。我自己是負責事務方面，這麼一來，好歹有三根支柱啦……閣下看起來好像比電視上胖一點。當紅的演員諸君倒是多半比螢光幕上的印象小巧又苗條一點。說起來，你我已經有好久沒碰面啦，這年頭凡事靠打打電話傳傳眞就可以解決不是？」

「黑野先生，現在是伊媚兒罷？」

田部夫人說著，親自將每個人領到想必是預先安排好的席位上。餐桌裡側上位坐的是古義人，一邊是黑野和杉田，另一邊是羅絲小姐和眞木彥神官，她自己則面對古義人與羅絲小姐毗鄰而坐。

「下面的餐廳做的是法國料理，我認爲是四國最好的。剛才到酒吧間小坐前順便看了一下，裡面坐滿了人。」黑野說。

「還說是不景氣呢……不過，我住在山坳裡，可以說已經脫離了消費社會。」古義人應道。

「那表示你在東京也是過的這種生活。總之，心情上屬於左派的舊世代總是對現代經濟學很生疏。那並不是說你一定得去讀《資本論》，儘管年輕時候或許K過蘇聯版的《經濟學教科書》。

「雖說不景氣，其實日本的經濟基礎是相當深厚的，地方上更是如此。你只要看看本地實力派人士闊綽的生活方式，肯定會認同田部夫人的新構想是走對了路線。」

「唉呀呀，多肉麻的恭維話！我可是屬於老經濟學一派。不敢指望像資訊科技那種一步登天的榮景。我只能在最艱苦的地方打個洞，腳踏實地一步一步推著走。至於推不推得動，甚至打不打得了洞，還得看長江先生您肯不肯幫忙。」

田部夫人搶在黑野反駁前招呼羅絲小姐：「密塞司。」她本來想用英語說下去，卻被羅絲小姐鄭重要求改用日語……

「那末，我就照您的意思用日語說了。我讓他們擬了份菜單，就像各位手上拿的。酒呢？印在菜單上的這種就行了麼？」

「我喝白酒胃會不舒服。」羅絲小姐說：「香檳也一樣，所以打開頭就來波爾多紅酒好了。」

為直接傳達羅絲小姐的要求，田部夫人走了出去。

「的確是不得了……」

「不過，讓閣下這麼老老實實相信，倒又……剛才在樓下大廳，你不是被要求簽名的學生諸君包圍嗎？你眞就相信那票小夥子們會在道後偏遠的飯店大廳混到這個時候麼？田部夫人可是個盡心盡力的實踐者哪。」

說話間，談論的對象帶著手提兩種紅酒的黑衣青年回來了。經過羅絲小姐挑選品牌、試喝、繼而恭恭敬敬移進醒酒瓶的儀式之後，大夥兒舉杯開始用餐。田部夫人解釋說前菜是伊予近海的海鮮總匯，接著這才想起來似的說：「長江先生讀的是東大法文系，對法國料理想必懂得很多，但願能夠合您口味……」

連乾兩杯香檳的黑野打斷道：「我相信長江兄什麼料理都好，我們這個世代的日本知識分子都是這樣。記得『年輕日本會』在三笠會館聚會時，有個蘆原兄例外的要了份厚烤牛肉，男服務生表示要兩人份以上才受理，結果沒一個人肯奉陪。即使是晚年成為日本或者世界有數的美食家的那位蟹行兄，那天點的也不過是乾炸鷄肉。長江兄該不至於點的是咖哩飯罷……」

「可不是，我那天正是滿懷期盼要吃他們特製的咖哩飯跑了去的。」

幾個服務生宛若看什麼奇異活物那般看著古義人。

「那正是蟹行兄和閣下都瘦而又瘦的時候。沒想到居然爆發性的胖了起來，該不至於是爲了開始懂得吃的緣故罷？」

羅絲小姐瞪一眼笑開來的服務生。

「我不認爲古義人對歐洲小說裡出現的料理一無所知。他自己筆下的法國料理雖已簡單化，可實際做起來還是很不得了。包括藥草和香料在內，食材都到松山的百貨公司採購。

「雖說這兒是地方上的城市，可多的是進口食材。史特拉斯堡的鵝肝醬啦、西西里島的鯷魚啦，可以說要多少有多少。連我都覺得說日本不景氣，簡直是不可思議。」

「好比小羊排，我們有高明的解凍技術用來處理紐西蘭的冷凍肉品，可我們已經開始在吹得到瀨戶內海海風的農場飼養小牛。至於奧瀨的飯店，原本就是當作農場開發的地方，應該可以生產優質蔬菜。我們打算開個講習會，教在地人如何利用這一點來改善他們的飲食。」這是田部夫人說的。

「我說長江兄，田部氏本來就是位不折不扣的實業家，儘管這樣，這裡的餐廳還是靠著夫人動腦筋才得以成功的呢。眞是了不起。」

2

被介紹作戲劇界領導人的杉田，看起來一路跟隨餐桌上的談話，其實比較像是在拿古義人作觀察對象。這使古義人感到不舒服。田部夫人覺察到這一點，於是用話去套他。

「我們需要長江先生建言的地方，不光是文學研討會方面的事情，還有很多很多。不過，您對戲劇方面沒什麼多大興趣，是不是？」

「也不盡然罷？」杉田加入談話來：「我和塙吾良先生有過很長的交往。塙導演曾經說：『古義人一成爲小說家，就開始寫起隨筆和評論來。他那也許是效法沙特的生存方式，可那傢伙當眞會去關心政治上的課題麼？他本來就不是那種人，倒不如說他是傾向於家庭悲劇層次的男人。』……如果是家庭悲劇，那就是戲劇啦。」

「吾良或許會用效法這種說法，但我認爲他不至於說生存方式。」古義人道。

大夥兒於是憮然閉上嘴巴。

羅絲小姐遂以言詞來塡補這份沉默。

「塙吾良以古義人和小明的家庭生活作爲原型拍了部電影，是部好電影。不過，吾良從古義人原作裡排除掉的要素，就有小明跟現實社會的關係。而古義人即使在寫家庭生活的時候，也都經常意識到落影在那兒的社會。吾良對古義人的批判，是不是因爲他自己沒辦法藉著電影做到那一步？螳臂當車不是？」

「這句成語也許用得還算得當，但事實上如何？吾良可是直搗日本現實社會暴力黑暗面的電影作者，而且差點被那個敵人殺掉。我認爲他是至死都還拽著身心兩方面的創傷。」古義人說。

「就因爲吾良先生是這樣的人，才會對古義人先生有所批評。」杉田脹紅著光滑如白煮蛋的臉膛激動說。

黑野對著古義人探出上半身：「這個——到底怎麼樣呢？

「像你和塙導演這樣一路走在光明大道上的人，除了表示肯定的言詞，大概沒辦法接受別的任何批評；你們會不會就像補充養分那般，只聽讚美的話？和我一起做事的那干媒體檯面上的人物大多如此。

「可一路走下來，到了某種年齡，不會悲哀發現那些負面的批評才是正確的？同時懊悔的覺得當初要能傾聽忠言就好了？……」

「黑野先生可眞是位批評性的人。」杉田說。

「因爲搞戲劇的人擁有多面性啊，哈哈！打起交道來，還眞累人呢。」

「杉田先生可是個誠實的人。」田部夫人告誡黑野，然後轉向羅絲小姐道：「杉田先生曾經在松山搬演過全套莎士比亞代表作。」

「我這是非常外行的問法，」羅絲小姐用異於平日的說法問道：「其中，您認爲哪一齣最有意思？」

「在某種意義上來說，是《李爾王》。」

「在某種意義上來說……古義人，記得有一回你談到《李爾王》的時候，說過同樣的話。」

「哦？長江先生講了些什麼？您並沒有寫過關於《李爾王》的東西罷？倒是很想聽一聽，您說呢，杉田先生？」田部夫人說。

「羅絲小姐本來是《唐吉訶德》的研究者。我只同她談到《唐吉訶德》前半部出版之後的第二年《李爾王》這齣戲上演，還有，儘管日曆的編排不一樣，塞萬提斯和莎士比亞於兩種日曆的同一天過世之類的事情。」

「可是，你不是說過一路隨侍李爾王的弄臣和小公主柯黛麗亞，在某種意義上來說可以是同一個人麼？」

「我是從岩波文庫的譯註裡得知的。譯註介紹了恩普森1的評論，說女兒柯黛麗亞和弄臣，在發狂了的李爾王腦海裡已經化爲重疊影像……我就心想，那末，是否可以照著他詮釋的這種方式演出……」

「『可憐的傢伙於是給勒死了！』李爾王說著，把被絞死的柯黛麗亞公主和如今不在身邊的弄臣重疊在一起」。杉田說：「我認爲李爾王內心的確是這麼個想法……」

「『可憐的傢伙』的傢伙，原文是fool（傻子、小丑、弄臣之意）。」

「可是羅絲小姐，除了那個場景之外，硬要把弄臣和柯黛麗亞混合在一起的話，還是太過頭了罷？」

「古義人你也說過，柯黛麗亞公主從一開始就像個女丑釘在父王身邊。她那樣顚覆宮廷的常規和習俗，不懂得說既是國王又是父親的老人希望她講的話，她這種態度不就是弄臣的言行麼？雖然還不至於攻擊性到當面口出惡言……」

「你又說，她隨著丈夫——法國國王的軍隊攻進英格蘭，卻三兩下敗下陣來，這到底是小丑的行徑……」

「古義人，你甚至說，如果是你在小劇場搬演這齣戲的話，希望由一個女演員來扮弄臣和柯黛麗亞公主……這不是已經超越在某種意義上來說的範疇了麼？」

「多棒啊！」田部夫人滿臉喜色嚷道：「我們也想在奧瀨的飯店演出《李爾王》，可是那兒的大廳規模只有小音樂廳那麼大，預算又來得緊……我說黑野先生，要是能夠以長江古義人初次導演莎士比亞舞台劇作號召，讓同一個演員飾演弄臣和柯黛麗亞公主兩個角色的話，媒體不撲上來搶新聞才怪。」

對於昂奮萬分的田部夫人，杉田僅以黑裡透紅的煮蛋臉，沉默表達他的不服從，而他這種抗拒的態度讓人感覺顯然並非第一次。

田部夫人似也覺察到這一點，遂顯示出有意將已然進行到咖啡甜點階段的這頓晚餐，拉回到原題而作個結束的模樣。靠著意志支撐的微笑一旦衰疲，被肥胖所掩藏的角楞感於是出現在表情上，使她看起來眞就像個實業家。

田部夫人表示，希望明天上午能夠會同飯店與餐廳整體事業的律師，一起談一談有關邀請古義人擔任奧瀨文學研討會核心人物的計劃，以及具體的條件種種。現在只想確定一下古義人、羅絲小姐，加上眞木彥神官三人的基本共識……

然而，羅絲小姐頂回去說，其實明天要表明的合約項目才是重要，田部夫人遂針對所謂的基本共識內容提出說明。而其他四個男士有意無意別開視線、不作聲的時候，古義人發現久違了的黑野，居然禿到了頭頂背後，後腦勺下方豐厚的餘髮又染成一溜烏黑，使他想起了兒時農村戲裡被處以磔刑的佐倉宗五郎[2]。

田部夫人爲特地出來致意的主廚介紹古義人和羅絲小姐，而羅絲小姐正在陳述她對這頓料理的感想時，黑野竟然命主廚拿點什麼比較烈的酒來。田部夫人將黑野安撫下來之後，問大家要不要到她的工作室喝點白蘭地什麼的。

「我不需要。」羅絲小姐打斷她：「我想去那家來這裡的途中看到的老式建築泡溫泉。」

「那可不成，那兒是公共浴池。」眞木彥神官提醒道：「人家日本女人優哉游哉泡溫泉裡獨獨加入妳一個白種女人，會有排拒感的。」

「我可沒什麼『排拒感』。」

「不，不是說妳會有排拒感，是她們看到眼前妳這副健美的……」

田部夫人唯恐黑野講出什麼不得體的話來，忙用強硬的語氣打斷道：「您這種說法簡直是性騷擾，壓根兒不像個在國外住了很長一段時間的人。

「我說羅絲小姐，我們這家飯店每個房間都附設有溫泉。您和長江先生那間蜜月套房是完全用檜木做的和式澡池。我們幾個再談一會兒，您要不要先去泡個澡？客房專屬的女侍可以爲您服務。」

「不是我和羅絲小姐。」古義人糾正她：「眞木彥神官和羅絲小姐是夫妻，我住你們爲眞木彥神官準備的那一間。」

「既然他們兩位是一對，那就用不著女侍了。」黑野牢牢握住送來的白蘭地酒杯：「和式澡池本來就不是爲單獨一個人洗澡設置的……長江兄，你我兩人都是『長青日本會』不死，唯有孤孤單單一個人沐浴罷了，是不是這樣？」

3

劇團導演說要回去郊外的港口小鎭——古義人就讀松山高校時候，總覺得那個地方不知有多遠——而羅絲小姐和眞木彥神官相偕回房後，只剩古義人跟黑野兩人給延入田部夫人工作室。而一進入照明範圍僅夠用來迎賓的大房間，黑野立刻展現與方才醉態迥然不同的另一種舉動；服務生推進來擱有酒瓶和飲水的推車，他就動手為田部夫人與古義人張羅飲料。這使古義人想起『年輕日本會』時代，黑野也曾對作家蘆原和批評家迂藤兩人展現過同樣的體貼和用心；而在具體呈現一個時代的青年風格這一點上，蘆原與其說是作家，不如說是個社交人物，迂藤則形式上與黑野互相補強，實質主導著整個團隊。

田部夫人落坐於想必是她老位置的紅皮扶手椅上後，請古義人坐到她對面。相對於夫人喝白蘭地，黑野倒了一大杯也推薦給古義人的純麥威士忌，然後逕自在微暗處安頓下來。

「說老實話，我雖久仰長江先生大名，卻沒有拜讀過您的作品。也不知道先生畢業於松山高校。您得獎後天天上報不是？這才曉得先生是愛媛出身，我對您的了解就只是這個程度而已。

「另一方面，我是經由當時在電通廣告公司高就的黑野先生介紹認識塙導演的。他的夫人梅子女士很隨和，一點兒也沒有大明星的架子，經常光顧我們這家飯店。不過，我還是沒有想到長江先生居然是吾良先生的妹夫……導演和梅子女士又都沒有提過。

「我所以會開始在意長江先生的創作，是您的一篇隨筆所引發的。您寫過有關毛里斯・仙達克（Maurice Sendak）的文章不是麼？我原是藝術大學鋼琴科的學生，在開始就跟不上進度的一夥人裡，與同伴們一起迷仙達克的繪本。奧瀨的音樂廳落成時候，我們根據仙達克的原作搬演了兩齣歌劇，就是《怪獸們所在之處》和《生命不只如此》，我們還把住宿的客人全部用巴士招待到那兒去欣賞。當地的電視台還作了轉播呢。而這事剛過，就讀到長江先生邂逅了仙達克繪本的文章，我好生驚訝！」

「關於我和仙達克繪本的邂逅，是這樣，有一年我訪問年輕時候就格外有緣的柏克萊，讀了仙達克主持的研討會紀錄。他那種具有奇特味道的發言還眞有意思，畫的畫也一樣。尤其看到他談及小時候飛行家林白的兒子被綁架事件帶給他的衝擊那段話，我就覺得跟我有切身關連。」

「前不久，我看到林白夫人過世的報導。」黑野從隔了段距離的那一頭拋過話來。

「對了，仙達克還說，很想到鄰鎭去拜訪依然健在的林白夫人，告訴她：『您的公子沒有被殺死。我就是您兒子，我現在回來啦！』又說果眞這麼做的話，只怕夫人會嚇死罷，然後笑著結束了他的演講……

「可我心想，仙達克想要表達的怕是『我是替代那慘遭撕票的孩子活下來的』。

「戰爭剛結束的那個時候，妳當然還沒有出生，發生了一樁住友家小姐被綁架事件。當時還是個鄉下小孩的我，居然對這樁綁架案感到憧憬。我把自己看作綁架了少女的那個青年，夢想著我和少女的共犯關係。少女並不恨也不怕那個青年，青年被捕時候的報導，是造成我有這個想法的原由。

「從那以來，我就有了個奇妙的固定觀念：有人犯了罪，但是……這樁罪行有時會遭到『無化』。實際上那名罪犯是受到了懲罰，但少女卻把這麼大的一樁社會犯罪『無化』了。如果社會順從少女的看法，那末，那個青年應該能夠以清白之身離開犯罪現場……可以說我被這種想法，不，還是個小孩嘛，說這種想法，不如說是我被這種感覺迷惑了。

「我把這個感覺寫進小說裡，有一篇叫做〈把山羊縱放野地〉的短篇，描寫一個女人背負著全村的罪污離鄉的故事；因著她的擔待，全村每一個人的罪行都得以『無化』……

「我也以同樣主題寫了部中篇小說〈游泳者——水中的雨樹〉。一個年輕人犯下了性方面的罪行，有位高校教師儘管與那年輕人毫無關係，卻當做自己的罪行，代替他自縊死亡。

「而塙吾良改編我作品的唯一一部電影就引用了這個。結果被大多數影評人狠批說搞不懂這段插曲的意思。可我認爲吾良已經看穿了我畢生的主題。……我甚至想到也許因爲這也是我與吾良共有的主題之故。」

「你們這些作家一到了女讀者面前就變得口若懸河。」黑野打斷道：「閣下的意思是不是說你和塙吾良都背負著年輕時候以來的某種共同罪污，兩人一路望著能有什麼奇蹟，好叫那罪污化爲烏有，就像沒有發生過一樣。可到頭來，塙吾良只有走上自殺身亡一途，長江古義人卻依然存活著……是不是這麼回事？

「要是存活下來的一方果眞認定那一個是承擔了兩人共同的罪污，以死爲兩人作一番解脫，那末，小吾良才眞叫活該。閣下向來有拿兒子當贖罪羔羊的風評，如今連小吾良也拿來當贖罪羔羊了麼？

「大概很多人都會自然而然認爲嫂夫人離家跑去柏林，想必是對於你把她十月懷胎生下的孩子和她的同胞手足當作贖罪羔羊這件事的反彈！」

4

龐大的紅木辦公桌上的電話鈴響了。時刻是十一點。田部夫人起身繞向辦公桌那邊，裹在剪裁合身的裙子裡，自腰身到臀部那股子迫力，看來足以跟羅絲小姐相伯仲。從田部夫人坐進靠背頗高的椅子那副模樣，古義人猜測是總經理打回來的公務電話，於是促著黑野起身。黑野戀戀不捨又乾了一杯純麥威士忌。古義人站在那兒等候著，臨出門，只見田部夫人邊對話筒說話，邊伸手去按桌角上的鍵鈕。

黑野儘管醉得厲害，腳下倒是挺穩當，上半身也沒有搖晃。他陡的展現活力，重拾剛才工作室的話頭。

「我呀，就像四十年前援助蘆原兄、迂藤兄、搞話劇的濱栗兄……還有你啦、篁兄這夥人一樣，現今想為大夥兒組織一個新的會。也不是說要大家在生涯的最後，再一次風風光光幹一傢伙的意思，總之，我連名字都取好了……『長青日本會』。以我這種人來說，算是上乘的傑作罷？

「如今，殘存的『年輕日本會』會員已經寥寥無幾，不可能以一個團隊的名義來做點什麼。蘆原兄依舊不愛外出走動，跟他同進退的迂藤兄偏又追隨老婆大人歸天了。

「想不到是年輕時候就沒怎麼受到媒體垂青，卻在各自領域裡踏踏實實打拚過來的那幫人，反倒頑強的存活著。好比我自己就常受到一干實業界的中堅分子支援，我也在他們維護學術、藝文種種的活動上派上了用場。他們也有在政府機構或者大學裡任職，退休後再度回鍋的。這些人倒也經歷過不少泡沫經濟的大場面呢。在這一點上，靠己力維持的行業，手頭恐怕都很緊罷？閣下雖然得到國際大獎，可還是跟酒池肉林無緣不是？」

一開始就介紹的飯店經理和一名黑衣青年，等候在靜悄悄的走廊裡邊的電梯前。經理走近黑野，好像在轉達田部夫人捎來的話。

「……就是這麼回事。今天晚上算是推心置腹什麼話都掏出來了。往後多的是時間，長江兄。《李爾王》裡有句我很喜歡的台詞……你我又還沒有像那齣戲將近尾聲時的台詞那般被人從那一邊催逼著去見閻王。那就再連絡囉！」

滿以爲握手是要把古義人送進電梯，沒想到步入電梯的倒是黑野，古義人則由服務生帶進自電梯前面延伸出去的邊廂一個房間裡。筋疲力盡的古義人也不洗澡，甚至不換浴衣，便歪到大床上喘氣。剛才黑野準備引用的《李爾王》那句台詞溜上了喉頭，記得羅絲小姐上回也引用過這句話。出於學生時期以來的習慣，他拾掇著在記憶水面翩然舞動的原文與譯文的單字，慢慢的，肯特公爵感人的訣別詞逐漸成形了。

我馬上就要出發：我的主上在呼喚我，我無法向他說不。

我可有個類似的主上……在那一邊召喚我麼？古義人心想。只覺六隅老師、篁先生、還有吾良和小明——小明雖然還活著，卻也不矛盾——都自沉靜的深淵那邊向他呼喚。或許應該立即聽從那些呼喚才對，偏偏他居然醉倒在這種地方。古義人被一股失落感和深沉的悲傷攫住。

……一陣叩門聲，古義人走過依然亮著燈的室內去開門，眼前是黑野的胸膛，比古義人高出一個頭的黑野，刺探的環顧著古義人背後。

「我忘了即使在黃金鼎盛期，長江的女人運還是不怎麼樣這回事了。」

黑野說著，發現古義人滿臉眼淚，掉頭就走，步伐之快，不像是他這種年歲和醉態所該有。

1 恩普森（William Empson，一九〇六－一九八四），英國著名詩人、文學評論家，重要著作有《岐義的七種類型》。

2 佐倉宗五郎本名木內惣五郎，江戶前期農民，為下總農民起義領導人。因越級向德川將軍直陳農民為重稅所苦慘狀而連同妻兒一起被處死。成為義民的代表。

第十五章　失去的孩子

1

古義人在一樓的咖啡廳觀望著細雨綿綿的日式庭園。他從黑野那裡聽說田部氏是這家老旅館的第五代當家。他便是活用這座庭園，蓋成高樓飯店。水池那一頭，豎立著兩臂環抱都搆不到手的黑松和枝幹粗大如胖女人的老冬青樹。

松山高校時代，古義人和吾良開夜車準備期末考，趕在上學之前從寄宿處徒步到道後溫泉泡澡。吾良課堂從不做筆記，無論世界史還是人文地理，只讀古義人猜測好整理歸納在草紙上的題庫，獲得與古義人同樣的評分。來去走在有地面電車通行的柏油路上，古義人總忍不住要多看幾眼大宅第圍牆裡邊的樹木，惹得吾良笑說：「你不是來自森林麼？又不是沒見過大樹。」其實，除非你進入森林深處，否則庭園裡若有相當年歲的老樹，要比家鄉山上常見的那些樹木，來得更像樹木……

回過神來，只見咖啡廳門口站著神情委靡的眞木彥神官。古義人向他揮揮手，回應著走近前來的眞木彥神官，儘管刮過鬍子，衣著也算整齊，還是面帶憂色的說：「羅絲小姐被田部夫人找了去，我以爲會在這裡……」

古義人和眞木彥神官都只點了咖啡和吐司。

「剛到飯店時候，不是有一夥人找古義人兄簽名麼？聽說那是由田部夫人從塙製片公司前社長一番話，才想到要發動那些人來請求簽名的。飯店經理擔心這一著會不會反倒叫你焦躁心煩。」

古義人讓如今已經解散的吾良那家製片公司的前社長這個字眼兒勾起了另一個記憶。有次吾良和古義人兩家一起來松山時，曾經由那人駕小客車，兜了一圈吾良與千樫兄妹倆住過的一帶地方。途經就讀過的高校前面，吾良居然要那人把小客車開進學校。車子一進入校園便右轉駛向排列著棟棟教室的方向，記憶中騎廊出現眼前。吾良叫車子停在騎廊前面。

儘管碰巧是午休時刻，學校依然按照平日的課程運作。未得許可就擅自把車子開進校內的做法，仍是吾良一貫作風。吾良宛若美國戰爭片裡的將軍，挺起胸膛環顧著騎廊上三五成群不時瞄瞄這邊的學生們。這也讓古義人想起了另一件事。從這裡繞向左邊的主樓那兒有個飲水處。一夥學生列隊在成排的水龍頭前面，仍舊穿著體育服在那兒說話，而既非資優生，也不是運動健將的古義人和吾良夾在他們之間，有過一番奇異的對話。

古義人對吾良說：「記得你講過有朝一日我們再回到此地的話，那干學弟會蜂擁過來包圍你我，又說要讓他們開開眼界見識一下作夢也沒有見過的頂級轎車……」

吾良沒有搭腔。那些高校生應已看過吾良的電影而古義人又剛得獎，卻是一副沒有覺察到兩位名人的樣子。

餐桌上，古義人正向眞木彥神官談這些苦澀記憶的時候，羅絲小姐出現了。據說一大早就泡過溫泉的她，不單是臉龐，就連肩膀到胸膛上方都一片光亮。她坐到眞木彥神官身旁，要了香腸、鷄蛋、甚至沙拉在內的早餐。

鄰桌一票中年女人，一直無視於這兩個無精打采的男人，自管對瀨戶大橋的展望景觀說三道四，如今又對日語輪轉的外國女子瞄個不停，羅絲小姐則壓根兒不把她們看在眼裡。

「今天這個階段嘛，雖然沒能馬上談到事務方面種種，不過，總經理倒是從他出差的地方打電話來致意。田部夫人說八成不便直接向古義人提出他的請求。根據我在電話裡和密司脫田部交談得知，他和夫人一樣，非常希望在古義人的協助之下推行文化計劃。只是我對密司脫田部的說法有點疑慮；因爲他講了好幾次他不是長江先生的『好讀者』。記得在東京的公開討論會上，現場就有個提問人說過這話。」

眞木彥神官搶在古義人前面應道：「換上《紐約時報》的書評，就不會對著自己準備評論的作家或詩人，用『我不是他的好讀者』作開頭。可在國內報章雜誌的書評欄，那是常事。」

「我訂閱的《紐約時報》眞木彥全看。」羅絲小姐補充道：「寄給古義人邀請參加政治性集會或是署名的信函，大多是這麼開頭的。我眞想問問他們『那末，你是誰的好讀者？』

「所謂『我不是你的好讀者』，是否就有些挑釁說自己是壞讀者的意思？』

「羅絲小姐每次想給日語下定義時候，難免會有偏差。」眞木彥神官說：「不以精確的定義來表達，原本就是日本式的溝通方式。我們這個社會通常不會有人在一般對話的層次上，追究你用詞的有意義和無意義。」

羅絲小姐執起咖啡壺準備給自己添上一杯，見眞木彥神官從旁伸手幫忙，遂把倒咖啡的事交給他，然後將自己的思考重作一番整理那般的說：「我說古義人，我一直希望成爲《唐吉訶德》的『好讀者』，因爲我不認爲你一開始就能夠成爲某一作者、某一作品的『好讀者』。拿納布可夫來說，一直到要準備哈佛的講義之前，都不是《唐吉訶德》的『好讀者』。

「沒想到的是，你儘著讀同一本書的時候，還是會碰到一個特別的瞬間。這時你就成了『好讀者』。小時候，我不太明白大人嘴裡『願神祝福你』這句話的意思。可是後來發現我讀著一本書，讀著，讀著，居然能夠感受到受到誰祝福的那麼一個瞬間。我是讀到《唐吉訶德》前半部，關於『一個愚昧的好事者的故事』之際，經驗到這一點的！

「當我像香芽那麼年輕時候，很討厭塞萬提斯引用通俗小說式的愛情和悲歡離合故事，我甚至跳過這個部分。

「不料，反覆讀了幾遍《唐吉訶德》後，我竟然被『一個愚昧的好事者的故事』那份美好深深吸引了……想著這份喜悅不曉得能持續到什麼時候，我不安的顫抖的手指翻著頁碼……」

2

這時，著一襲暗藍長洋裝的田部夫人，從客人泰半已退席的餐桌間走來。

「早安。今天不巧天氣不好，據說氣溫會下降幾度呢。有件事先要向長江先生致歉……黑野先生沮喪透頂，有氣無力的打了個電話來，說他宿醉起不了床，又說昨夜實在不該講那些失禮的話……所以只好延期協議了。」

眞木彥神官接過話頭來：「羅絲小姐認爲事情的進展好像要比她聽說的快許多——這點古義人先生也一樣——這讓她感到困惑，相信她今早已經和田部夫人談過。所以，今後不妨由我居間擔任古義人先生、羅絲小姐和飯店方面溝通的角色，這也是羅絲小姐的想法……」

「關於這事我剛才已經聽說了。對我們來說，若能這樣，那是再好不過了。

「我本來也在擔心黑野先生和長江先生既然是多年老交情，業務上的事情反倒不好談……何況您該有一些非比尋常的想法……」

「所謂非比尋常的想法指的是什麼？」羅絲小姐問道。

「我心裡一直惦記著一句話——塙導演擔心長江先生會自殺；這是黑野先生說的。我只好照著他講的實話實說。他說，吾良先生擔心的方式很特別，居然把想教給古義人的東西置入《靜靜的生活》這部影片裡……

「聽黑野先生講過以後，我找出錄影帶來看，發現那是以長江先生做爲原型的作家，三更半夜喝醉酒，將裝有與體重等重的書本的一只皮箱吊掛在樑柱上，然後咚一聲掉落地面。吾良先生知道長江先生最怕的就是自殺未遂，特地藉著自己電影，將自殺的方法實驗給他看——黑野先生這麼說。

「懸樑自盡最理想的結果是，從站著的地方縱身一跳的剎那頸椎折斷當場死亡。萬一半死不活傷了腦子還得繼續活下去，又不可能再來一次，家裡平白又多了個智障者，那就慘了。爲了不至於這樣……

「在長江先生您面前實話實說也許太過冒昧……只是黑野先生的說法實在令人印象深刻……」

古義人覺察到田部夫人的聲音高昂而有點失控，於是抬頭面對她那雙亢奮而變得一片血紅的眼睛。在這種勢態下，他不能不作聲。

「我認爲吾良對人類自殺的認知是對自己肉體施暴。所以，他是想試試看要施加多大的暴力才足夠……

「我的確寫過吾良放在電影裡的一段插話，但與那部電影的主要情節無關。當時，我邊寫邊想起醉酒的自己做過的事情也是事實。不過，嘗試的時候，我並不是眞的想那麼做。在我寫那部小說的時候，我想描述的好像也正是自己那種不當眞的半吊子行爲。而我母親就是討厭我這種始終擺脫不掉的半吊子毛病。

「吾良可不是半吊子。凡事都要徹底考量。無論爲自己、爲朋友，他都非常認眞……」

「……早餐時間談這麼嚴肅的話題，還眞無從應答。」眞木彥神官說：「我覺得不光是塙吾良，長江古義人本身就是埋頭苦幹的世代。」

「眞是一番好寶貴的話。」田部夫人說：「往後的工作將會越來越緊張……那末，羅絲小姐，剛才跟妳提到的東西想必已經準備好，好不好再麻煩妳跑一趟？」

3

雨濕而茂密的樹叢鼓膨的山腰，籠罩在午前的朝氣之中。羅絲小姐和古義人都被更高處，細雨裡闊葉林煙霧迷濛的情景所吸引。車子駛近九轉十八彎的隧道時候，突然颳起平地難得一見的陣風，廣闊一片橘子園的綠色平面，隱含著陰暗的光輝波動了起來。兩人一齊歎了口氣。

正在開車的眞木彥神官納悶的動了動身子，羅絲小姐遂伸手去按他乾淨的後腦勺，彷彿在撫慰一個棄置於旁冷落了半天的弱者。

讓眞木彥神官和羅絲小姐送回十蓆地的古義人，在玄關喊了幾聲，卻不聞小明回應。也沒有任何動靜。拎著飯店帶回的便餐盒和CD袋子走進餐廳兼起居室，發現小明竟然躲藏在沙發背後的一方狹窄空間裡！古義人將田部夫人的禮物擱到小明看得見的角度上，逕自對餐桌坐了下來。

過了將近一個小時，穿著T恤長褲的小明，這才背上和屁股滿是灰塵從藏身處出來。他看也不看那禮物一眼便到洗手間去撒了泡長長的尿。然後，把那雙瞳孔和虹膜都蒙了層眼屎色翳膜的眼睛，對準起身等在那兒的古義人，低聲慢慢的說：「她給銬上手銬，丟到高速公路上。那個女孩死啦！是給長途大卡車輾死的！」

原來昨夜留宿下來照顧小明的阿朝上午離去後，小明給小眞打了個電話，通話中，做妹妹的把這個訊息牢牢輸入哥哥腦中，後者於是按照妹妹指示藏身沙發背後。古義人算是弄淸楚事情的原委。說完話，小明雖不再跑到沙發背後去躲藏，卻一個勁兒低頭不語。古義人也同樣，只得百無聊賴看著從羅絲小姐手上分到的自己那份禮物。那些禮物看來寒酸廉價，止不住叫人生氣。

到底發生了什麼事？事件嘛，應該就是小明講的那回事……可是手銬，古義人知道那種器具會給小明帶來很大的威脅。事件開始於七年前小明勤跑了多年的社福工坊裡，有個四十開外的智障者。小明向來與夥伴們相處融洽，唯獨此人叫他頭大。因他老是跑來小明身旁告訴他，在決定到社福工坊之前，自己每天過的是被手銬銬起來等媽媽下工回來的日子。

「小明，你看了BS台今天早上八點鐘開始的古典音樂節目麼？」

「看了。是篁先生的《海》和幾首德布西的曲子。」

「之後，換成新聞了麼？」

「BS2也播報了新聞。」

「是不是在你關掉電視前，就改播新聞，播報員播報了手銬和女孩子的消息？」

「她給銬上手銬，丟到高速公路上。有個女孩子死啦！是給長途大卡車輾死的！」

「小眞來過電話？」

「來過。」

「她說什麼？」

「她叫我不要看電視。」

「你告訴她你已經看了。」

「我正在看。」

「小眞就告訴你發生了什麼事，是不是？」

「她怕我搞錯。」

「然後呢？」

「她說太可怕了，最好躲起來。」

「哦，所以你就躲到沙發背後去了？你這樣做是對的！小眞人在東京，爸爸又到松山去了。」

「是啊。」

「可現在爸爸已經回來啦。」

古義人把零點五公升紙盒裝的咖啡倒進小鍋子加熱，又將便當盒裡的漢堡放入烤箱，再把沙拉分裝到小碟子，小明則兀自播放老爸帶回的那張日籍手風琴手演奏的皮亞佐拉[1]作品ＣＤ。父子倆並排開始用餐，小明仍默不作聲，也無意繼續試聽下去。

古義人眺望著煙雨迷濛的山谷，想起了小明小眞兄妹倆在不同的兩所公立學校——小明上的是沒有特殊班級的學校——之時的某日。妹妹在小明的校園裡直等到哥哥放學一起歸來。那天小明很不高興，小眞於是像爲自己和兄長打氣那樣說道：「哥，人生好艱辛，好可怕，是不是？走在路上狗會對你狂叫，旁人又會上上下下打量你……」

第二天，古義人對上門來的羅絲小姐談到小明留守家裡的那番體驗。

「小明從電視新聞上得知那件事後大受打擊，而同樣受到震撼的小眞打來的電話，不定更加重了小明的衝擊狀態；你的陳述給我的感覺是這樣……可是，事實上也許不是這樣呢。」羅絲小姐說：「我認爲小眞打電話來坦白道出心裡的不安，激起了小明身爲哥哥的自覺。小明看過新聞以後，陷入恐慌狀態不是？這時，小眞來電話訴說她的恐懼，爲了妹妹，他首先讓自己從恐慌狀態中恢復冷靜。想想看，如果他不是躲到沙發背後，而是逃往玻璃門外頭，而且是山谷的方向去的話，後果將會如何？

「我說古義人，你必須從自己是比誰都可靠的小明守護神這個迷思中醒過來才行。否則，等到你更老，又害上頑強老人病時，肯定會認準自己既已變得無能，那末在這人世，再也沒有誰有能力幫助小明繼續活下去。這麼一來，搞不好你們父子倆哪天會做出比被銬上手銬，丟到高速公路上更可怕的事情來呢……

「我實在搞不懂千樫爲什麼要跑去柏林照顧吾良女友的嬰兒……又不是吾良的骨肉……當然啦，那麼熱愛哥哥的妹妹情願當吾良的champion（鬥士），也就是想到要代替吾良做他沒法做到的事，也是很自然。

「可小明是個身障者……我就是沒辦法明白千樫怎麼丟得下他。

「會不會你因爲希望獨自照顧小明而排除千樫的？這麼一想，我就好像能夠明白了。

「你甚至在小眞面前都想獨佔小明。明知兄妹倆在一起小明會有多開心，你就是始終不把小眞叫回身邊來。大學圖書館的工作有這麼重要麼？你是不想讓小眞搶走小明守護神的位子。

「記得我給你的自我介紹信裡提過我有個自閉症哥哥。但是我的雙親始終不曾留意到我之於哥哥的意義。

「古義人你不是曾經引用西蒙娜・斐雅[2]的話說『祈禱』的根本，是對他人的『關注力』麼？小眞一直都在小心翼翼關照小明，另一方面，她又有她自己的心事。上回發生的事情讓你這個老爸慌了手腳，果眞那女孩像她舅舅毀掉自己那樣自殘的話，你怎麼辦？

「眞到了那個時候，古義人你想必會崩潰罷？而且到了這把年紀，一旦崩潰，就別指望恢復了。那麼一來，小明的人生也將跟著崩塌啦。」

古義人就像昨日的小明那般自始至終俯首諦聽。由於歪在斜度幾近躺椅的臥床上，下巴尖端即使觸及胸口，目光還是會超越腳趾，看見蒙了層帆布的那扇門推開的部分。照理，羅絲小姐應不至於不擔心剛才那番特殊的對話，被正在餐廳解答樂理問題集的小明聽了去，但此刻對她來說，那扇門已巨大沉重得非她能力可關閉。不料，那扇門竟然緩緩啓動，然後加快速度砰一聲關上。羅絲小姐顫抖著回過頭去，弄淸楚發生了什麼事以後，遂把那雙原本灰藍的眼睛，化成無機如陶片的顏色，轉向古義人。

「……你瞧，小明居然做出這麼粗暴的事！我的聲音太大了麼？」

「妳倒是壓低了嗓門在講話呢。」

「小明準是以爲我在攻擊你，所以生氣了！我老是一心一意想護衛自己最寶貴的人，到頭來反倒觸怒他。因爲我自己就是個被父母放棄的孩子！」

4

古義人以行動電話連絡眞木彥神官來接人，把羅絲小姐交給他時候，特地爲令她情緒激動一事致歉。眞木彥神官替筋疲力竭的羅絲小姐披上帶來的圍巾，發起言來倒是很中立，甚至聽來有些冷漠。他說：「爲了電視上一再播放那則十四歲少女給丟到高速公路上的新聞，她是從出門的時候，情緒就已經失衡。羅絲小姐少女時期好像也經歷過什麼可怕的事情。」

一直不肯接近過來的小明，待眞木彥神官接走羅絲小姐，便跑到老爸身邊，打了場勝仗般驕傲的說：「我把門給關上啦！」

這天夜裡上床以後，古義人巴望能夠避免天亮之前被苦澀的噩夢魘醒。爲了做個或多或少良性一點的好夢，他試著去誘導自己的無意識。記得他曾經在與同是「年輕日本會」成員的一名詩人對談中，談到寫了四十年的小說，自己已經沒有什麼處理不了的無意識，而遭到對方冷笑以對。

無論如何，古義人想試著對自己用上這一招。兒時在此地固定會作的溫馨夢，是什麼樣的夢了？其實，答案早已明擺在那裡；那便是那個古義從森林高處下來，找他古義人一起到山谷去游泳的夢⋯⋯

所謂游泳，並非指的在流過山谷的溪流中游泳，而是在那個古義率領下，於圍繞山谷的甕形空間裡飛翔。那個古義是從森林出來以後雙腳絕不著地，古義人則起飛時不用說，爲了改正方向或者讓傾斜了的身體恢復平衡，得一次又一次踢蹬斜坡。

不一會兒上了手以後，古義人也能飛得優游自在。滑過斜坡浮上空中，順暢的緩緩飛翔。那份安全的感覺就是這樣；無論你怎麼自由自在滑翔，都不會像在地面奔馳那般掉進窪坑裡……因爲空中沒有窪坑。你可以永遠永遠幸福的翱翔。你發現不覺間已是黃昏，那個古義已然回到森林高處去了。空留他一個小孩孤單在山谷裡飛來飛去，那股子深邃的寂寞。然而，那是一種清朗無比的充實感，沒有痛苦，沒有恐懼。

……作夢的成年人——古義人，此刻飛離煙雨濛濛的山谷，滑翔在可以望見奧瀨的森林高處。空中沒有窪坑，身體本身的重量是有，但也只具穩住動作的鉛錘那種作用。那個古義不在，倒是吾良彷彿已經在空中飛行了上百年般，從從容容傍著古義人翱翔，而且還單手拿著一具像隻大昆蟲的手機講話。不料，吾良突然失去了平衡，咚一聲墜落地面。古義人驚醒過來，感受著頓時化爲痛苦的噩夢所留下的悸動……

另一個夢。從事務所頂樓跳樓自殺的吾良遺體移回湯河原家裡已經有了段時間。化妝成吾良電影女主角的遺孀梅子小姐告訴古義人吾良的臉已清理乾淨，要他去看一看。千樫卻阻止說還是不要看的好。

現實的場景是，古義人聽從了妻子低沉卻斷然阻止的聲音。然而，夢裡的古義人，就像個沒有耐性的小孩，非看不可。從棺蓋上的小窗口探望著，只見烏腫屍身上的皮膚，有如扯下拉鍊那樣，自胸口筆直朝下裂開，赫然出現十七歲吾良的面孔。那張臉甚至幸福的微笑著。如同剖開狼腹被救出的小紅帽，活著的青春吾良重現啦。古義人狂喜中奮醒過來……

喘息了一陣，在小明輕微可聞的鼾息聲裡，古義人重又入睡……

夢中的古義人，試圖解答已經做過好多次的重要計算題。有關那件事的一切將要算賬。古義人和吾良，都在奧瀨鍛鍊道場那干小夥子謀害美軍日語教官一事上插了一手。雖是鍛鍊道場小夥子們直接下的手，但古義人還是協助他們以吾良作誘餌，把彼得騙上山去。爲了要奪取彼得身上那把軍用手槍，他們也不知如何殺死他的？古義人所看到的，只是電影畫面般，被砸爛了雙腳的彼得在深夜森林裡爬行著逃跑的情景。

另一個夢亦是活脫脫電影本身。有雙手從出生後一個月的小明頭上割下體積稍小的另一顆腦袋，這雙沾滿了血漬的手的主人——躺在手術檯上的嬰孩和醫師的上半身都在鏡頭外——將那顆小腦袋伸向年輕的父親古義人，說道：「喏，你瞧，這麼大的暴力施加在你家小寶貝的身體上。不過，這麼一來，算是扯平啦。」

古義人驚呼，發覺自己在大叫，連忙把臉按到枕頭上以免驚醒小明，而在此仍舊黑暗的拂曉時分，他已無法再返回夢鄉……

---

1 皮亞佐拉（Astor Piazzolla，一九二一—一九九二），阿根廷著名的探戈音樂作曲家。

第十六章　醫師

1

古義人逗留在田部集團飯店時，與他同年的一位醫師前來造訪十蓆地。經由田部夫人介紹的這位名叫織田道夫的醫師，頭天夜裡來過電話，接聽的羅絲小姐對他頗覺好感。

從眞木火車站坐計程車前來的織田，彷彿有意自我演出電話裡自稱的「老式的小鎭醫師」，淡灰色麻紗西裝底下穿了雙同樣顏色的網眼鞋子，右手拿著一頂巴拿馬草帽。除非小費相當可觀，否則絕無可能做這種事的本地那名計程車司機，必恭必敬拎著田部夫人捎來的食品禮物籃子，跟在身後。

剪短了的一頭燦亮白髮、被陽光曬紅而氣色良好的醫師，眞就像個出身好人家，無論於大學於職場，都一路稱心如意活過來的那一型。不過，他這種積極的性格，不定偶爾也曾陷於孤立。這一點也能夠從他在起居室的沙發一坐下，便滿懷確信，咄咄逼人問到底（倒是頗予人好感）的態度上看出來。

「我跟長江先生同一年生，所以總是愛拿你人生各個階段的情狀來和我自己相比較。你經常寫或是談到個人的事情不是麼？這點嘛，也是日本作家常有的情形，總之，可以用來對照的資料多的是。

「我也自覺已經踏上人生最終的階段。就在這個時候，長江先生結束東京生活，到這窮鄉僻壤來定居了……我心想，你這麼做必然有你的理由——事實上，來到此地以後，更加強了我這個想法。你可是對自己的創作乃至讀書方式有了什麼新的想法？」

想必是古義人做出保留而且複雜的眼神罷，正在爲大家張羅咖啡的羅絲小姐把應答的差事接過手去。之前她一直坐在擱有咖啡機的餐桌旁聽賓主倆交談，而跟她已經和好的小明，則在旁邊弄他的樂理問題集。

「你剛才所提有關古義人工作方式的疑問，我或許可以這麼回答……古義人目前正在一會兒築砌、一會兒打掉新小說的構想，還沒有辦法說清楚。所以，由我來講講我所感覺到的種種。」

織田醫師有點困惑的樣子。但基於開業醫師多年的歷練，馬上就說：「那可是求之不得。我看，您也坐到這邊來，一塊兒喝喝咖啡聊聊如何？男女分坐兩桌，也未免太日本式了。」

羅絲小姐於是移坐這邊來，那副滿懷自信的模樣，令人難以聯想到一個禮拜前她那種慌亂勁兒。

「這陣子因爲友人和前輩相繼去世，古義人也意識到自己的日子所剩無多。這麼一來，改變生存方式，是他一貫的作法。」

「也沒那麼明顯……」

「可對一個近在身邊看古義人閱讀的人來說，那是再清楚不過了。」

織田醫師把轉向古義人的視線拉回羅絲小姐身上，收起社交性微笑，問道：「您是說您能從他的讀書方式上感覺到他這種變化？」

「古義人目前的閱讀重心在於重讀從前讀過的書。我的碩士論文是《唐吉訶德》，那也是古義人重讀的書之一。

「您知道諾斯洛普・弗萊罷？（織田醫師以好生遺憾的眼神搖搖頭。）一位加拿大的文學評論家，也是我的恩師。他寫過關於『重讀』的文章。弗萊用的表記是re-reading，中間有個連字號。

「弗萊藉著羅蘭・巴特（Roland Barthe）的話來談論。您讀過巴特的東西麼？」

「您是說卡爾・巴特？」

「不，我說的是法國的思想家羅蘭・巴特。請等一下，我希望正確的引用那段話。」

羅絲小姐把生活重心移往神社事務所以後，仍然在十蓆地繼續做研究，她從房間裡取來活頁筆記本，織田醫師則好似要向她的學習方法看齊那般興頭十足。

> 羅蘭・巴特云，但凡認眞的閱讀在於重讀（re-reading）。那未必意味著要讀第二遍。而是綜觀整體結構來閱讀。務必把在語言迷途裡徬徨的事物，轉化爲具有方向感的探究。

「古義人正按照弗萊的論述在『重讀』。他已經無暇徬徨於**語言的迷途**。我認爲他現在的閱讀，是**具有方向感的探究**。」

「我完全明白，羅絲小姐，不定比長江先生親自指教要來得更加理解。這正是我想請教的問題。您大概是研究長江先生最卓越的專家呢！

「田部夫人著我帶來了豐富的菜餚，咱們就邊吃邊談，我想多聽聽您的高見！」

2

織田醫師帶來的餐籃裡塞滿了一大塊烤牛排、一條燻鮭魚、烤鶏、做生菜沙拉的素材、和藥房裡常見的那種瓶子盛裝的調味料、以及研磨好適合羅絲小姐煮泡的混合藍山咖啡。此外，還添加了加州納帕河谷的紅酒、白酒各兩瓶。

織田醫師算是搶先提到餐飲一事，其實，餐籃裡附了封田部夫人寫給羅絲小姐的信，信上說，若與長江先生聊得起勁，就請給來客共進晚餐的機會，眞木彥神官如能參加，或許還可以談談今後種種。要是談晚了，就請從眞木鎭大街叫計程車，車資嘛，飯店方面有招待織田先生的預算，不勞羅絲小姐費神。再就是如能讓小明或多或少跟織田先生聊上兩句，或許會有什麼功效。

羅絲小姐張羅晚餐的時候，這一頭各自喝了杯眞木彥神官帶來的威士忌，聽織田醫師談起他與田部式的淵源。織田醫師是某製藥公司財團資助的國際醫學會議常客，因爲主辦在松山舉行的四國大會，與作爲會場的飯店主人田部夫妻有了私交。織田醫師把開業醫師的工作傳讓給長子，考慮進入以讀書爲重心的生活時，想起了田部夫人告訴他的關於新飯店的構想。爲退休銀髮夫妻長期住宿而建造的溫泉飯店，三不五時活絡召開文化性研討會，製造與一般參與者的交流機會。如此一來，一個經驗豐富的醫師，不定還能在另一個職場上開展第二春。

他於是和到東京出差的田部氏碰了面，弄清楚新飯店確有設置診療所的計劃，也得知長江古義人帶著智障兒子返鄉定居。飯店方面爲了發展文化事業，已經預定尋求長江的協助。換句話說，在田部總經理招待下，認定了織田醫師和古義人的這場相親。

織田醫師除了最初的威士忌和紅酒白酒各一杯外，不喝任何其他的，反倒熱心的頻頻爲羅絲小姐塡滿酒杯。他同時也很想聽聽有關昨夜與田部夫妻聚餐時在座的黑野這個人的種種。

「我知道黑野先生不僅在電視上擔任時事評論員，在其他領域也相當活躍。他也在我一週負責兩堂課的大學裡教『國際文化交流論』。校方和紐約一所小規模的大學訂有交換學生的契約，需要一個暑期率領學生到那邊去的教員。又聽說黑野先生是個很有組織能力的人……

「沒想到昨晚面對面聊過以後，發現他這人還有不一樣的一面。他表示打算回到出身東大文學系的初衷，寫他的正宗小說，而且斷言說，之所以接下新飯店服務退休老人的工作，全是爲了寫作，讓田部夫人聽了好生鬱悶的模樣。」

「他倒是沒有跟我提到這個。」古義人很覺意外。

「因爲您是位成名作家，在他這個老同學來說，敢是難以當面說出口。總之，他鉅細靡遺談了好多大學當時的同人雜誌種種。」

「我自己並沒有辦過同人雜誌……」

「黑野先生也說，我們走出大學校門那個時候，正值高度經濟成長的起點，各方面對實際上的人才都有需求。社會不容你不把大學裡學到的那一套活用於社會，而跑去過十載寒窗、文學青年式moratorium（暫停）的日子。而一旦開始做事，倒也具備一般水準以上的工作能力。然後就這樣一路幹下來的人們，到了晚年，就又想回到原本想走的那條路上。

「田部氏也同意說那是常有的事。他說，經濟高度成長結束之後，往好處說是人人有了餘裕，往壞處講是社會產生了停滯現象，這些因素於是引誘那班銀髮族在人生旅途上來個再出發……

「爲了回應這種社會性以及人性化的需求，田部夫人也講了些她的構想。這麼一來，黑野先生那種一方面施展自己的意圖，一方面也把其他銀髮族組織起來的模式，還眞適合當夫人的合作夥伴呢，他們之間看起來是偶或有小衝突，也都還能互相包容。」

用餐的時候，一輪滿月亦給山谷那邊刻劃出深邃的景觀。打電話給車行，估計車子到來的時間，講好在林道中途會合，大夥兒於是徒步走在月光底下。咖啡時間裡，織田醫師眞就像個這方面的專家，優閒自在找著小明東聊西聊，小明也興致勃勃對應著，臨了還與步出玄關的醫師懇切握手道別。

羅絲小姐邊走邊說：「我很奇怪日本人款待起外國客人來，總是熱情又無微不至到幾近過火，可分手時又不怎麼惜別。不過，小明是打心底說出道別的話，聽著就讓人感到舒服。」

「我也這麼想。往後要是開始在田部夫人的新飯店做事，能夠和長江先生跟羅絲小姐常聊，是一大樂事，我也希望能夠爲小明做點什麼。今天晚上，他講了關於我聲音的事，眞叫我感動哩。」

代替眞木彥神官讓羅絲小姐挽住臂彎的織田醫師，之所以帶著較實際年齡年輕許多的感情贊同她，實與小明表示織田先生的聲音和森大夫的同屬一個調子有關。小明具備絕對音感，總以調性來記憶人聲。森大夫乃是小明帶著畸型腦袋出生開始，便照顧了他二十年的醫師——古義人解釋說。

織田醫師繼續道：「想要請教您的要緊事反倒成了最後一個問題，那就是單只和小明共生這個問題，長江先生還是有要寫的東西罷？您不認爲即使隱居森林專心於『重讀』，也不見得不會成爲下一椿大工程的起跳板麼？羅絲小姐是說您正在一會兒建構，一會兒毀棄……

「至於黑野先生，他說的是，你可以看作長江的文章事業已經結束，雖然他目前對以銀髮族爲對象的文化活動似乎並不積極，可慢慢的會熱中起來罷。」

3

隔了一天的第三天清早，田部夫人打電話來。她說織田醫師很高興前天晚上度了一段快樂時光，並表示今天實地勘察過奧瀨的飯店後，將搭乘松山機場最後一班飛機離去，能夠的話，可否請古義人他們也到奧瀨來？羅絲小姐很積極，古義人也答應前往。

這天，眞木彥神官得出席教育委員會例行會議，遂由阿由開車帶大家去。新飯店將以試做中的餐盒款待衆人，古義人一行遂於上午十點，坐羅絲小姐的深藍色轎車出發。

不久，古義人強烈的——強烈到一旁的羅絲小姐都爲之納悶的地步——意識到自從那件事以來，這還是他第一次重臨奧瀨。駛出山谷到達眞木大街，再從九拐十八彎的隧道跟前往下走；當年比眼前開車的阿由還要年輕的古義人和吾良，便是坐在馬達三輪車上奔馳於同一條路上……

那時候，頭一天坐佔領軍日語教官的凱迪拉克駛向鍛鍊道場之際，杉樹、檜木混生林陰暗的道路，在搬運木材的大卡車過度輾壓之下中間變得高了起來，讓車子底盤發生摩擦的聲響。如今那條路該已鋪上柏油，那末，到奧瀨的一小時車程怕是估多了，或許要不了一半的時間便能夠抵達。

儘管居住東京，這麼短的路程，五十年來居然從未想過要再走一趟，可見那件事顯然在他身心上造成了創傷。而此刻坐在駛向那兒去的車上，並非源於他已洞察了那件事的全貌——吾良已然先走，在「這邊」能夠思考那件事者唯獨他古義人——而是偶然的外在因素使然。以往他有過很多次這種半吊子的選擇。難不成在所剩無多的人生裡，還要一次又一次作這種即興式的決定麼？

車抵隧道前面的下坡路，古義人這才對羅絲小姐說：「想到織田醫師準備對他晚年的生存方式作個決定，我就覺得關於現在要去談的事，得愼重一點才好。」

「……我認爲關於人生最後階段的生存和寫作，古義人也已想得很周詳。我不喜歡『最後一部小說』這句話，可那是你的固定觀念不是？其中合乎這句話的，或許就是關於『童子』的小說。昨晚，回到三島神社以後，我跟眞木彥吵了一架。他本來就對我和織田先生太過親熱老大不高興。過了一會兒，他居然說什麼有關『童子』的小說，只怕是一場未竟的夢，虧他還協助你研究『童子』呢。爲這個我們吵了起來，老實說，這才是他今天拒絕開車的眞正理由。

「起初，我們對『未竟的夢』這句習慣用語的體會有所歧異。眞木彥拿它當『現實裡無法實現的夢想』來使用。我則認爲那很平常，是一種通俗的表現。

「我的想法是，你一旦開始作夢，便進入循環運動，也就是永遠夢個不停的意思……如能在小說裡創作出這麼一個境界，該有多好！想想看，永遠讀不完的《唐吉訶德》，多棒呀！」

「……說到作夢，妳也知道因爲遲遲沒能開頭，心裡好生納悶，結果作了個這樣的夢；夢裡，有天忽然發現『童子』的小說已經開筆，而且已經進展到相當長度。既然會作這種夢，很可能就像眞木彥神官所言，淪爲『未竟的夢』呢……」

羅絲小姐沉默下來。那副側臉好似名副其實流露著對一個老作家的憐憫之情，古義人別開視線，從對面的窗口眺望繁茂又繁茂的那片滿是塵埃的夏日森林。

一行人乘坐的深藍色轎車，先駛下淺淺河川旁的平地之後，再度爬上彎曲坡道，向下一看，竟已出乎意外來到深邃溪谷的邊緣。久遠的記憶裡，此地應是祖父那幢三層樓溫泉旅館的遺跡，背後群生著神社守護林一般高大的闊葉樹之處，如今整理完好，成了一座進深頗長的停車場。阿由把車子停到入口一棟建築物前面，交給看似非常熟稔的一個小夥子。古義人一行站在路邊，隔著深谷眺望北邊斜坡上的景觀。

「Lovely, just lovely!」羅絲小姐抖動著汗毛生輝的額頭連連驚歎。

古義人也覺得lovely這個形容很是妥切。少年時期一個特殊的日子所見，隨即就那麼樣固著下來的光景，是於陰暗而又險峻的山腰開拓出來的一塊長方形空間。從這邊步下急傾陡坡，走到溪谷岸邊去的蜿蜒小徑，簡直就是通往另一個世界的通路。而今經過伐木、整地，建造了一條和緩的道路。中段地方，還又以鐵路發展初期歐洲鐵橋的樣式——這倒使人想起停車場的辦公室，也像個小車站——延伸出一條約莫五十公尺長的堅牢通路。

通路那一端，已經蓋好一幢三層樓，整體上卻顯得穩定圓融的建築。田部夫人站在與橋相連的樓房正面成排圓柱之間，兩旁各站一個老者，一位姿勢優雅，另一位則彷彿腦袋陷入狹窄的肩窩，兩位老人都仰首望著這邊。

古義人和羅絲小姐向正與方才爲他們泊車的年輕人交談的阿由打了個先走的招呼，便朝橋頭往下走。這時候古義人仍不停瞭望對岸，得到的印象是整片山坡已經開墾到原鍛鍊道場上方遠遠的稜線附近，且擴展到左右兩邊，並鋪上草坪，整體上成爲柔性而女性化的一片丘陵。如此廣爲開發的上半個山坡上，隔著段距離排列著兩棟小別墅合起來自成一個單元的房屋，連結各單元的道路亦已修好。

古義人、羅絲小姐，和慢慢追趕上來的阿由，受到了滿面笑容的田部夫人歡迎。飯店主樓東端，可以望見連結別墅群漫步道全貌的一角，設有咖啡廳。古義人他們由田部夫人領向那兒，阿由則走向穿著制服站在尚未開始營業的櫃台裡邊四、五個年輕人那邊去了。且不說揮發性塗料的氣味太過強烈，空氣一片冷涼，四周充斥著蟬鳴。

「模樣變了好多是不是？」田部夫人問道。「建築物不用說，周邊的樹林也……」

「地形本身就給人完全是另一個天地的感覺。」

「我們在西端，打最高處進入澗谷的地方，蓋了座『森林音樂廳』，雖然從這兒看不見。爲了讓那些銀髮族徒步爬坡不至於太吃力，我們特地請建築師計算過。不過，你瞧，坡度陡急又沒有階梯的地方，不是有道膨起來鑲邊似的東西麼？我們準備讓他們坐輪椅上下那段路程，也叫本地青年做些半志工式的副業。

「因爲有個鍛鍊道場的關係，奧瀨的年輕人一般來說，好像都從事健身與工作兼顧的副業。」

「包括這一類調查在內，你們倒眞是確實的在作準備。」織田醫師說：「眞令人佩服。這麼看來，秋天該可以開始營業罷？」

「剩下的課題是能不能順利招徠顧客……」相對於織田醫師勁頭十足的聲音，黑野的口氣很是低調。

「以顧客爲對象的行業嘛，要緊是來的人越多越好……我想到的與其說是怎麼樣招徠顧客，不如說是如何經營松山一帶從未有過的新式飯店，以及如何開發新的客層。不單是泡泡溫泉、吃吃喝喝，睡睡覺了事，我們希望辦些具有永續性的文化活動，所以才請黑野先生積極的協助……」

「想必黑野氏因爲參與實際上的籌備工作，感到有責任，所以沒法輕言樂觀的話。等到診療室成立後，我會擔任健康諮詢，另一方面，我也是認同這家飯店新構想的顧客。算是首先對這方面構想抱持好感罷。」

田部夫人取下卡地亞太陽眼鏡，把看似熱切的眼光轉向古義人報告說：「也是因爲和長江先生、羅絲小姐一席話有關，織田先生決定九月中旬起就來幫忙。眞是太好了。」

這時，方才先把阿由迎進去的那幾個換成飯店制服的年輕人，送來了餐盒。

黑野從紙盒取出一瓶礦泉水，仔細端詳後說：「連一小瓶酒都沒有麼？好歹也該招待一下咱們的貴賓罷……」

「古義人和我白天都不喝酒的。」羅絲小姐說。

「我也一樣。」

聽到織田醫師接著這麼說，田部夫人打圓場說：「快別說什麼大瓶小瓶的，我們已經給黑野先生帶來了一瓶您喜歡喝的波爾多葡萄酒……」

4

餐盒已經撤下，除了黑野以外，其他人都在喝咖啡。喝的是田部夫人當作禮物捎給羅絲小姐飯店特製的混合咖啡，羅絲小姐非常喜歡，再一次表示讚賞。黑野把剩下三分之一的酒瓶擱在自己面前。從用餐之際就持續下來有關古義人小說的談論中，令人感到意外的是，黑野對織田醫師和田部夫人一致的看法，亦即初期作品比近作好——總的來說，也是隨處都可以聽到的一般說法——表示懷疑。

「我把閣下作品當作同年齡的傢伙代替我寫的小說一路閱讀過來，你初期的短篇有許多我喜愛的。

「可相隔一陣，從田部夫人借來閣下的幾本近作，讀了之後覺得很有意思，雖然夫人並沒有特別推崇這幾本書。我與長江兄晚年的心思頗有同感，正如年輕時對同班的菜鳥小說家所寫的東西有所共鳴一樣……心想，那是跟自己一起活過同一個時代，如今上了年紀的人在寫的東西哪。」

然而，喝下田部夫人爲他倒滿的酒之後，黑野仍不免給古義人一個拐子。

「不過，閣下近十年來的小說，老愛引用夫子自身的作品不是？這點我實在不敢恭維，想必大多讀者也感到索然無味罷？」

「引用？我沒有讀過長江先生從前的所有作品，能有資料供參照，在這一點上倒是覺得蠻方便的。

「而且，一般而言，引用還是必要罷？我拜訪長江先生府上，學到了好多。其中之一就是把存在心裡的東西好好重讀，以便隨時能夠引用。他說，如果不能正確引用，你就缺乏具體的說服力。我現在全明白了。

「因此，我昨天早上開始第一件事便是這麼做。羅絲小姐，我選擇的是班雅明（Walter Benjamin）。我跑到大街上的書店去問，他們告訴我可以訂購……我還是耐心找了找，居然找到一本袖珍版的。我以前讀過這本書，我就用它來開始檢驗自己的記憶。目前還在挑選準備引用的章節……」

織田醫師以前天被羅絲小姐形容作gallant（殷勤）的氣色紅潤的笑臉，繼續道：「羅絲小姐，意思是說要學習妳做筆記和引用辭句的方法哪。現在就來試試看如何？」

黑野這回含了口自己倒的紅酒，對織田醫師的提議沒什麼興趣的樣子，後者才不管，逕自拿起筆記念了起來。

　　斯多葛的哲學也提到……好比根據馬可・奧里略・安東尼努斯[1]的說法，一個人哲理性的生存方式，應是務必每天都過得「宛若最後一天」。一個人臨終之前，總會將自己畢生的經驗，於瞬間重現眼前，將每一件事、每一個經驗賦予意義，或者加以理解，如此這般與過往的一切取得和解。這便是人在最後一刻，「引用」，並「充分運用」自己所有的經驗。

「你現在所做的不正是這種事麼？」羅絲小姐對古義人說。

「還沒有到臨終之前那個地步罷？」

「引用句裡不是說『宛若』嗎？」喝完了酒的黑野好似有意誇耀自己：「換上我國，就是宣長[2]所講的。我有時也會隨著那班大老們去思考臨終的態度問題。」

織田醫師彷彿有意對抗黑野的大嗓門，腦袋湊向羅絲小姐：「我秋天將回到這裡來。我在大學裡讀的是德文。重讀班雅明之後，發現了自己畢生經驗的所有意義，正準備和那一切作一番和解呢。」

黑野儘管自我中心，怕也是軟弱的醉鬼，一旦受到漠視，立刻採取迎合對方的態度。他也從織田醫師對面將頭部挨近羅絲小姐，道：「『長青日本會』就是要提供有那種願望的老人們聚會的場所。我們不僅要請織田先生擔任飯店的醫療顧問，還要請他當『長青日本會』的會長呢。

「長江兄，我不是只希望你以特約講師賺些零用錢而已。你我都是碩果僅存的『年輕日本會』成員，寂寞的時候就來互相勉勵一下吧，『宛若最後一天』那樣！

「我說田部夫人，今天倒成了成果豐碩的一場聚會！」

「您這麼說我太高興了。我們還有很多預定的節目哪。黑野先生，你就在裡邊的休息室稍憩一會兒罷。回頭我們要帶貴賓們到『森林音樂廳』去，瞧您喝這麼多酒，要爬上那麼高的地方恐怕很吃力，畢竟已經上了年紀不是？」

5

爬上半山坡，這才開始看到被高大的七葉樹、山毛櫸、櫟樹、和水枹樹所圍繞的「森林音樂廳」。這些巨木只因向著澗谷下陷的地形，個個無法直立，形成一片混沌的林相。建築物底下似曾挖出一道龐大的防空壕，上面罩著厚厚的混凝土蓋子。擅長健行的織田醫師領先走近那兒，由於他大嚷了一聲「呀，這眞是！」，使得跟在後頭的古義人止不住回頭去看落在背後的田部夫人。

爬到正前方可見那幢建築物的地方，只覺濃鬱生猛的闊葉樹林就要從四面八方包圍過來，仰首望去，是一片萬里無雲的藍天。風很涼爽，陽光卻頗灼熱，田部夫人和羅絲小姐身邊各自隨侍著小夥子撐了把類似海灘傘的條紋陽傘。羅絲小姐緊身熱褲上一件低胸背心，田部夫人穿的是無袖，卻打了好多褶的夏季洋裝，一隻手提著越到下襬顏色越濃的長裙爬坡。

「新設的大學醫院，如今大多採取後現代樣式，沒想到居然還存留著恐龍一樣早該滅絕的建築。」

麻紗西裝加上巴拿馬草帽的正式穿戴，爬了半天仍是衣帽整齊的織田醫師，比把T恤上的長袖襯衫脫下綁到腰際的古義人還要滿身大汗。想必是出於這份焦躁罷，忍不住要這麼放一下冷箭。

「眞個是這眞是哩！」古義人搶在陽傘保護下的兩位女士爬上混凝土鋪到一半的停車門廊之前，只說了這麼一句。

紅通通臉滿是汗珠的羅絲小姐也不遑多讓，帶針帶刺兒諷道：「這要是加上白馬和老鷹，不就是公爵夫人的森林狩獵了麼！」

唯獨田部夫人好整以暇的慰勞大夥兒說：「我讓他們帶來了冷飲。爬起來還是很累人不是？」

兩個小夥子抬了個堅牢到幾近森嚴的小冰箱，將一行人領往音樂廳。室內出乎意料的涼快。兩百多個座位排列成和緩的缽狀，缽底深處成爲低低的舞台。大夥兒坐到面對舞台的座位上，渾身汗臭的小夥子打開冰箱，任由貴賓們選取罐裝飲料。另一個則逐個逐個抽出重疊在一起如白色笏牌舉在手裡的保麗龍大杯子，發給大家。

古義人喝了口冰涼的沛綠雅礦泉水，邊移坐到最後一排想確定一下音量，以便來日擔任研討會講師時調整聲音的大小。窗口的視野受限於被建築物擋住陽光，因而顯得微暗的老樹幹，以及叢生的蔓藤，織田醫師就在窗邊用重新恢復好心情的聲音跟羅絲小姐交談著。音響之好，似乎不用麥克風便可以講課。

織田醫師也問田部夫人若任由鋼琴放在這裡，會不會受到濕氣影響。田部夫人於是起身登上舞台，打開琴蓋，試彈了幾個和音。她接著調整了一下椅子，羅絲小姐也坐到位子上看似挺起了背脊。即便如此，對於即將發生的事情，古義人還是沒有任何心理準備。

田部夫人突然——古義人眞就有冷不防的感覺——彈起了《月光奏鳴曲》！起初，古義人整個人都愣住了。接著他感覺到田部夫人極其緩慢的速度裡透著一絲狡黠，不免驚心於接下去的演奏。我的天！萬一這女人小題大作彈起那第三樂章——Presto Agitato（熱烈的急板），那還了得！古義人簡直氣昏。

他站起來推開通路底沉重的門扉。從窄小的休息室來到門廊上，固然待在大廳裡時間很短，主要是陽光普照的山坡猶似散發著白熱，加上憤怒，他感到暈眩。

古義人閉上眼睛大喘著氣。等到背後的第一樂章結束，他才瞇起眼睛，憑著感覺踏出廊外，橫過草坪深厚的斜坡，走向山茱萸和山茶花的大葉叢相重疊的地方。那兒曾是鍛鍊道場本部所在地。當年，十七歲的古義人能說出八重櫻的名字，或可視作理所當然，但他居然還能向那名美軍日語教官頭頭是道解說剛剛萌出巧克力色彩新芽的花石榴種種，讓吾良彷彿對好友的博學多聞感到孩子氣的驕傲，同時也不忘以成年人式的調侃澆澆冷水……

古義人穿過紅磚道繼續往下走，只見如今已經長得又粗又壯的櫻花老樹底下，黑野坐在一張輪椅上。

「讓個出身什麼藝術大學的人劈頭來一場貝多芬，眞叫人受不了……」

黑野此言算是睽違十幾年重逢以來，第一次讓古義人覺得窩心的話語。原來，從「森林音樂廳」舞台邊對著樹林打開的窗口，正流瀉出第二樂章。

「爬了半天山坡渴死了，我剛才遣小夥子到下面去找些冰啤酒什麼的來。我注意到你聽到那曲子時震驚的樣子，所以我要跟你解釋一下……對了，閣下學生時代也常出現這種眼神，不過，我也沒有因而認爲你是個天眞的傢伙……

「趕巧是個好機會，我就來多講幾句好了。閣下也許聽織田先生說過……歸根究柢，我想起要貫徹初衷。第一次打算做的，就是把老早以前就醞釀在那裡的構想寫出來；態勢上也已經可以做到。這種工作嘛，一旦開始，有的是時間。

「方才一開始用午餐，田部女士不是就提到有關研討會的事嗎？她可是個從不浪費時間的女人。她就能夠像現在強迫你聽她演奏鋼琴那樣，神經大條的蠻幹下去。事情都還沒有進行到那個階段呢，她就忙著出這個點子出那個點子，你是不是爲這個感到老大不舒服？

「總之，我打算把自己退休後或者半退休的生活，和文化事業並存。這不是有得忙了麼？織田醫師也有這個打算，所以很支持我們的企劃，你知道他是位國際性的內科大夫……」

「閣下索性搬過來從從容容打拚吧？羅絲小姐既然要跟真木彥神官結婚，爲小明張羅三餐也是件麻煩事罷？

「回想起來，我的人生也算是歷經大風大浪，在閣下看來或許繞了很多遠路，可也有不少你沒有經驗過的樂趣哩。有過這種經驗的，怕只有蘆原兄、蟹行兄、外加在下少數幾個人罷……

「無論如何，人生好像就是這麼回事：到得生涯的末了結算起來，得失收支大致平衡。在我來說，爲了即將開筆的長篇算是繞了遠路。而只要把長江兄和小明的共生一事想作是parallel（類比的平行線），不也很有意思麼？」

古義人年輕時候就覺得，眼眶深刻的眸子裡漾滿女性化濃情的黑野那張疲憊的山羊似面孔，還是俊秀好看。

「……我是重新要來寫小說，可關於創作，也不會去尋求閣下的建議。織田大夫說，人家如今是世界的長江，想求得他的意見怕也不容易，其實也不盡然。我只是重拾以前想做的事而已。

「不過，唯獨有個問題想請教閣下。我想聽聽你作爲一般讀書人而不是法國文學專家的意見。該說是當作開始寫小說的起跳板罷，我想讀薩德侯爵（Marquis de Sade）。我所以想寫小說，歸根究柢還是因爲有意把薩德侯爵的話題引進國內。只是現在已經沒有學生時代的餘暇，只能用翻譯本來重讀……以目前的研究水準，可有好一點的譯本？」

「我認爲岩波文庫的《尤絲吉妮或美德的不幸》比較好。那是比你我年輕許多的人的譯作。」

「最是薩德侯爵味道的部分，可曾好好譯出來？我的意思是有沒有因爲擔心變成禁書，刻意將敏感部分加以『模糊』？」

「那是美德姑娘尤絲吉妮歷盡滄桑的故事。在一次又一次的磨難中，她的肉體因爲受創或是一些離奇的折磨，變得體無完膚。一干壞胚子看了，還拿當樂趣評頭論足。在同一個場景中，和尤絲吉妮一起的另一個女孩，則因長年受到鞭笞，整個屁股變得硬邦邦的，大概就像那棵櫻花樹幹脫了皮的那種感覺。」

「我可不像閣下這樣擁有樹木愛。難不成沒有對肉體本身更加薩德式的描寫麼？」

「被拿來和那硬邦邦屁股對比的，是尤絲吉妮雪白緊襯的臀部。而且自誇調教了尤絲吉妮的那個壞胚子，居然能夠五指並齊，分別輕易插入前後兩個器官裡，大概就是這個地方罷。」

走過草坪，無聲無息前來的田部夫人，將兩小瓶沛綠雅礦泉水分發給古義人和黑野，然後半撒嬌的數落道：「長江先生，下次千萬不能逃避《月光奏鳴曲》喲，我可要派人守門……不過，即便像長江先生這樣的人，只要是純男士的場合，你們倒眞能聊！」

---

1 馬可·奧里略·安東尼努斯（Marcus Aurelius Antoninus，一二一—一八〇），羅馬五賢帝之一，亦即《後漢書·西域傳》所載「桓帝延熹九年，大秦王安敦遣使自日南徼外獻象牙、犀角、玳瑁」那位大秦王安敦。他出身西班牙名門，在位中專注於東征西討外，亦傾心於斯多葛哲學，著有《自省錄》、《冥想錄》。

2 宣長即本居宣長（一七三〇—一八〇一），江戶時代中期國學家，亦為日本國學四大家之一。所作文學論《人生無常論》給後世極大影響。

第十七章 「自己的樹」之規則

1

「長江老師為了西鄉先生的狗兒到我們家來時候，我父親本來有話要跟老師說。」香芽道：「當時錯過了機會，是關於長江老師在報紙上寫的一篇文章……」

「老人家表示很佩服〈膠囊中的靈魂〉那篇隨筆。」阿由接下去說。

「我覺得那個標題不像是我的風格。」古義人應道。

「聽說那篇文章並不是收在書裡，而是刊登在報紙上，說不定是記者取的標題。父親突然過世後，讓我想起他很難得會說那種話，所以……」

「是什麼樣的隨筆呢？我現在是與其說記憶庫的容量變小了，不如說是記憶的能量本身變弱了。」古義人說。

兩個年輕人似乎事先已經談好，阿由立即將他倆聽來的內容加以說明。

「也許是有了什麼預感罷，老人家談起有關死亡的一篇文章。說肉體燒毀以後，靈魂就給關進一顆小膠囊裡，在太空浮游……」

「我問父親小小一顆膠囊是怎麼樣才能夠飛上太空去的，父親當時正在喝酒，他指指四周說：

『大概是我這酒杯的周邊也是太空的意思罷。』……

「他又說，成了個丁點小塊塊的靈魂，飄浮中，心情黯淡的懊悔著……

「慢慢的，那靈魂的小塊塊變了質，一點一點融化了。這麼一來，就連後悔這種靈魂的運作也沒有了，膠囊就只成了個浮游的空殼……這些數不盡的空殼就在太空裡飄浮；父親說他對這個結尾有同感。」

「我彷彿能夠看到正在反芻你們這番話的十四、五歲少年志賀君那張面孔。儘管實際上我們的交情並沒有到足以談這個話題的程度……」

香芽和阿由只管老老實實聽古義人的說詞，來探訪籌備中的飯店因而被陽光曬紅了的羅絲小姐卻不服氣。她有一種教育年輕人的本能；例如這個時候——香芽由阿由陪伴著前來爲古義人的奠儀答謝——她就忍不住要用教誨的口氣說話。

「我認爲剛才你們摘要講的那些，不像是古義人的思考方式，因爲有關死亡的想像太過悲觀。那和他受到祖母和母親影響的『自己的樹』那種想法互相矛盾。你們兩個也知道關於『自己的樹』這篇文章罷？」

「知道。」

「我也讀了，阿由要我讀的……」

「我希望古義人自己能夠摘要講一下，因爲我想從這個傳說談起。」

「在這塊土地上出生又死去的人們，各自於森林裡擁有『自己的樹』……人一旦死亡，靈魂便離開他的肉體，順著甕形的山谷一路旋轉著上升，然後停棲到『自己的樹』底下……這跟用日本話說的樹根那兒有著微妙不同，羅絲小姐。過了一段時間以後，再盤旋下降，進入新生嬰兒的身體裡去。母親她們告訴我的傳說就是這樣……無論如何，我的領會是如此。」

「這跟香芽過世的爸爸所講的那番話不一樣是不是？這要比太空中盡是魚卵渣似的空膠囊那種說法更能激勵人。古義人不也聽祖母說過，有朝一日成了幼兒的自己，將可以在『自己的樹』遇見年老的自己麼？」

「是啊。我為這個說法著迷了，還採取過近乎模擬的行動呢。我進入森林，選了棵樹。年齡與現在的我差不多老邁的古義人回到了老家。孩童的我於是遇見了年老的我。

「用目前我自己的語言來談當時的空想——其中也加上後來想到的——年老的我，很明白在人的智慧或者知性的成就上，自己只做到有限的一小部分。他是痛定思痛自覺到這個。小孩子的我大概也是這麼想。但他依然夢想著在知性的成就上，自己能夠達到更高層次。

「可那年老的，不會對年少的說：『那是不可能的，因為我這個老年人就是五十年後你的寫照。』不說，因為那是『自己的樹』的規則……」

古義人講完以後，大夥兒依舊默不作聲。

半晌，羅絲小姐開口道：「古義人，我想到了一個計劃，我覺得現在就來實踐最好；對香芽來說，這是個特殊的機會。我的計劃是在場所有人，阿由、香芽、我、還有古義人……小明要走進森林是太艱難了……大夥兒索性到古義人『自己的樹』底下去談一談！」

「可我並不清楚哪一棵才是我『自己的樹』呢。」

「我想也是！不過，古義人，你是個很有想像力的人，你就像小時候那樣，去想像你『自己的樹』吧。」

「上回郊遊時候，因爲眞木彥太寬容，那干青少年促狹過了頭。其實眞木彥本身也做過了頭。那場戲劇性表演不僅幼稚，甚至可說是淫猥的。香芽的提問也有問題。只是還算認眞。我肯定整體上具有召喚力。

「古義人現在要是無意選擇新的樹木，就把那棵大桂樹當作『自己的樹』吧。我們到那棵樹底下去，重新聽一聽古義人的高論。」

「每當唐吉訶德在森林跟誰長談的時候，他多半扮演沉默的聽衆呢。」

古義人說著有些遲疑，但羅絲小姐不用說，阿由也興頭十足。如今香芽特別信賴阿由，後者亦滿心想回報她的期望。

「我覺得古義人伯伯要是在『自己的樹』下開講的話，這事情本身就等於在做『童子』做的事。也是我要香芽看的一本書，伯伯不也寫到做靈魂要做的事嗎？我所謂的做，就是這個意思。」

2

少年時代的古義人，始終相信有朝一日自己將面臨一生的轉捩點，雖然並不清楚那個轉捩點何時會降臨。而對於身在轉捩點這邊的自己，他倒是認識得很清楚。首先，他是個被那個古義所撇棄下來，沒能成爲『童子』的人。而他依舊堅持著活下去，是因爲相信有朝一日一切都將改變……

儘管與那個古義訣別那日的記憶依然詳詳細細且色彩深濃的殘留著，但另方面也有以爲只是一場夢的時候。不過，「自己這一生必然留下轉捩點的刻痕」這種確信，卻從不動搖。正因爲有這股確信，他才得以抗拒來自戰時國民小學、戰後新制中學的教師們的公開侮辱。那些外來的教師，總是威權十足說什麼這種窮鄉僻壤長大的孩子，壓根兒就不可能與城市的人一起讀書工作。唯獨他母親具有膽識去反駁那些外地人甚至本地出身不爭氣的教師們。

少年古義人儘管深知森林這片山坳是屬於「周邊」——這也是後來學到的名詞——的偏遠地區，但他希望不久將來他要走出此地，遠走高飛到世界的那一頭；這和母親要他求學的冀望是兩回事，因她巴望古義人讀完大學能夠回到這塊土地來。

一進入東京的大學，也不知什麼緣故，古義人讀起了法國文學研究室新書書架上有關文化人類學一本薄薄的書裡，提到部落青年通過成年禮試煉。而以他當時的語文能力，與其說讀，不如該稱之爲看。書裡收有熱帶雨林聚落的儀式照片。頭一張是儀式當前因此緊張，可面對鏡頭又不能不笑臉相向的少年。

然後是儀式之後，對整個靈魂可以說是苦行的試煉，亦明顯在肉體留下摧殘傷痕的照片。留在圓圓的大眼睛四周，光亮皮膚上的白色粘土……

二十歲的古義人看著這些照片幾近震顫的心想，自己錯過了在通過那種試煉之後仍然稚氣未脫的年幼時候就該當完成的儀式。那位古義應該早已在森林完成這種儀式。

戰爭末期，在違反國民總動員精神的前提下，被當作只具地域性活動而廢掉的祭典，敗戰後除了盆舞以外，其餘都沒有恢復。「亡魂」遊行還是外地來的人幾經斡旋才舉辦的。

在這個時期度過了十五、六歲的古義人，始終對未曾經驗於森林高處舉行的種種儀式，抱持著一種缺憾感。尤其令他不安的是，兩個孩童一組，半夜裡點著蠟燭，自山谷一路向上爬，將靈魂送往「自己的樹」下的儀式遲遲沒有恢復。古義人曾經只藉著小說，將那「童子的螢火蟲」重現出來。

古義人原本對羅絲小姐的提案興頭不大，不料，慢慢的，一股近乎渴望的什麼，卻在內心高漲起來。此番郊遊的目的地那棵大桂樹，會不會就是自己的靈魂他日即將棲息其根部的那棵樹？這個嘗試哪怕只是羅絲小姐企劃的一齣戲，但只要坐在桂樹底下，我就坦誠的實話實說罷——古義人這樣告訴自己。

他本來不就是只以說夢乃至說故事當作「人生的習慣」而活到這麼一大把年紀的人麼？

3

羅絲小姐擬了個具體的方案，就是經過湧泉爬上大桂樹那裡，聊到傍晚再回頭。這一陣子每日午後都有陣雨，如果雨下得早，就在帳篷裡躲雨，然後於午後六點到七點之間，森林寧靜下來，即將邁入明朗黃昏的時分下山。羅絲小姐起勁的說，除非早起就下雨，總不能因爲一場陣雨就放棄計劃，這是美國中等學校一向的做法。帳篷是羅絲小姐將之裝載在深藍色轎車平坦的車頂上帶來眞木鎭的，至於把它背入森林的差事，則是讓阿由擔任。

古義人建議也邀眞木彥神官參加這次郊遊，羅絲小姐答以她個人的意思是不想找他。目前正在進行銀髮族文化研討會開辦時，準備租借大巴士將聽衆載往奧瀨的企劃。爲此，眞木彥神官以古義人和羅絲小姐的代理人身分參與籌備工作，經常往道後跑。

然而，對邀請眞木彥神官參加郊遊不甚樂意的羅絲小姐，神情總顯得有點落寞。最近她來到十蓆地，也很少提及眞木彥神官。不如說又像是初來乍到時候那樣，聽寫中學生的調查結果這種工作不用說，就連每日行程的諸般細節，似都仰賴阿由。

古義人要妹妹阿朝側面打聽一下羅絲小姐和眞木彥神官是否有什麼齟齬。不料，不知該說是由於阿朝還是羅絲小姐的個性使然，事情演變成這樣；阿朝直接打電話給羅絲小姐，告以古義人擔心她和眞木彥神官是否產生了摩擦。羅絲小姐回答說，既然如此，她明天就可以把不邀請眞木彥參加此番森林行的原由告知古義人。她接下去加了句但書表示，現階段她還不想和古義人談到她與眞木彥的共同生活。

第二天，她依約作了番陳述。

「眞木彥越來越關心『童子』的傳說。以桂樹作舞台，讓那兩個青少年胡鬧一通，也可以說是他調查『童子』的傳說，乃至參照更爲一般性文獻的成果展現。只不過他沒料到在地的這些孩子一旦演起戲來會有多麼興高采烈到忘形的地步。

「脫線固然不好，可我認爲眞木彥的研究方向是好的，對我的論文也很有助益。

「還有，眞木彥關切的另一件事，用古義人跟我們談到時用的字眼，就是那件事。五十年前，古義人和吾良搭乘佔領軍軍官的車子，到古義人父親的門生，一夥國家主義人士的鍛鍊道場去。在那兒，兩個人都吃了苦頭。這就是那件事。當時還年輕的美軍日語教官彼得下場如何，其實古義人和吾良自始至終都不清楚。我相信古義人眞的不知道彼得後來怎麼樣了。也明白不知道本身成了古義人的痛苦，我還曉得由於把吾良的自殺聯想在一起，可更增添新的痛苦。

「……眞木彥對那件事很感興趣，興趣之強烈，幾近異乎尋常的地步。這麼一來，你就可以知道爲什麼會出現美軍的『亡魂』，把古義人嚇得受了重傷。

「眞木彥的調查工作有了進展，他查出這大片森林的兩側，也就是眞木鎭和奧瀨兩地都有一名美軍拖著被砸爛的雙腳企圖脫逃，終被殺死的傳說，他便根據這傳說去搜集有關事例。眞木彥跟奧瀨飯店的年輕工作人員走得近，這項調查工作也是原因之一。

「這次郊遊，古義人不是準備以回到『自己的樹』下年老的身分，去對孩童的自己說話麼？你打算誠實告訴那幻想中的孩子『這就是我的一生』不是？我不希望眞木彥參加這種場合，因爲你這人有時實在太不設防……

「古義人，這個時候總讓我想起一部B級心理驚悚片。講一個男人意識上不知道自己犯了罪，卻被無意識的瓜葛弄得痛苦不堪。而爲了免於自我毀滅，雖然毫無頭緒，他還是四處尋找能夠讓他作出不算最糟的自白的偵探……

「可要是古義人對那件事作出自白的話，不是會把自殺身亡的吾良也給捲進去了麼？那麼一來，你想千樫會原諒你這個壞了她哥哥名聲的丈夫麼？」

「即使眞的有過兇殺案，你們也只能算是未成年的從犯，何況不是已經過了法律追訴時效麼？」

4

郊遊當天，羅絲小姐和香芽上午就來十蓆地做三明治。香芽帶來了自製的小餅乾。準備和小明一起留守的阿朝，也搬來一大堆飯團。

臨出門，古義人取出當年還很年輕的母親和少年古義人上山採製漿糊用的圓椎繡球樹的早晨舉行儀式用的打火石，依樣畫葫蘆一番。

從十蓆地出發時，太陽躲在一大片捲雲那頭，到得因連日陣雨水量豐沛的湧泉那兒，天空已經晴朗了起來。上回從下方仰望上去，只覺崖頭的桂樹群與裡邊濃密的植被相連接，當阿由從背後向左邊繞到桂樹底下，才發現竟是一片頗爲寬闊的草原。桂樹層層的綠色葉叢遮蓋了半個草原，迎著陽光，濃淡分明的擴展著。

爬著急傾陡坡的時候，羅絲小姐不時將目光投向樹頂，等到在平地安頓下來以後，便指著這裡那裡的寄生檞說，她喜歡那種樹。像這麼一座巨木成群的森林，上方細小的葉叢，大多是寄生檞，到了秋天結的紅果子老遠便可看見。入冬周邊的樹葉凋謝了，它卻依舊常綠。羅絲小姐又說，她是這個國家文化的寄生檞，務必作相當程度的努力才行。

香芽作了個嗤之以鼻的表情。古義人很同情忍不住要展現教育癖的羅絲小姐，把行李擱到比桂樹群根部低矮的草原以後，遂接過羅絲小姐的話頭，開始了他的第一個話題：「我到北海道的東大實習林場去的時候，對寄生檞有不明白的地方，就向專家請教。例如，北方森林的外來種，因爲怕寒害，通常都會著根於積雪覆蓋的地方，可同樣是外來種，爲什麼唯獨寄生檞偏要在樹幹較高處生根之類的問題……

「我所以會到東大實習林場，是由於創設初期祖父去那兒習藝時留下的日誌。這一帶的『林業』好像全根據那兒學來的知識和技術從頭做起。在請教實習林場行家的時候，三番兩次都碰到祖父日誌裡的專業術語呢。

「那群桂樹中央不是有棵乾死的殘株麼？它的樹幹在枯乾之前早已成了『過熟老樹』。你得在樹木長到『極盛相』之前一刻砍伐下來，才有利於生產木材——祖父把學到的東西原原本本記在日誌裡。」

對古義人祖父沒什麼興趣的羅絲小姐——因爲祖父不同於祖母，他從不曾出現在小說裡——一副不想爲無謂話題佔去時間的樣子。她急著想把阿由和香芽的注意力引到郊遊的主題上。

「我認爲把這些桂樹選作古義人『自己的樹』是正確的。以我的日語，你們可知道我不說這棵樹（this tree）而說這些樹（these trees）的用意麼？

「我覺得這些桂樹當中的一棵是古義人的，另一棵是他母親的，而爸爸和祖母都各自擁有自己的一棵樹。這些樹是古義人家族的樹。雖然family tree這個字眼另有不同的解釋……仔細看看，不定還有小明的樹哪。」

「中央那棵樹枯死了，是否意味著我們家族的樹死掉一樣呢？尤其是我，有必要好好想一想『自己的樹』死掉這件事。」

「那棵枯木四周長了四、五棵樹，還有更多的小樹苗。」阿由說。

「『自己的樹』這個思維裡，沒有樹木本身的死掉這個觀點罷？我認爲『自己的樹』這想法才是本地的傳說，那種在太空浮游的泛白渣滓的影像應是個人的，而且是古義人個人的……」這是羅絲小姐說的。

古義人開始講了起來。

「假設我此刻和六十年前還是個小孩的我在這裡相會，我首先要對他說的約莫是：『年老的我能夠感覺到死亡，這和小孩子的你感覺到的——我也有過——那種叫人頭皮發麻的恐懼是有所不同的。

「我中年時期曾經想到一個打發死亡時刻的方法。當時候降臨了，你可以爲疼痛或是不安哭喊……尤其並不很痛的話，也要裝作哭喊的樣子，藉以打發最可怕的時刻……因爲等那時刻過去，你已經死了……

「還有，也是我以前就想到的，果眞回到自己的樹下去的話，就該在那兒定下來，將與自己相關連的所有祖先的過往時光，當作自己的現在時光來接受。」

「古義人，我覺得你的想法和織田醫師的班雅明有近似的地方。」羅絲小姐說。

「我不敢說那是不是班雅明式的想法……無論如何，我也作過這樣一個夢：我就要死了。我已經沒有未來。那是千眞萬確的。我只有現在，而且正準備走進自己過往所有的現在裡去……」

「這番話太深奥了。」羅絲小姐說：「阿由和香芽恐怕更不容易懂罷？我們還是來動動身子，讓古義人鬆弛一下腦筋好了。」

大夥兒於是開始了重新找場地這種帶有野外遊戲樂趣的作業。他們砍掉軟弱兮兮斜伸出去，或是被蔓藤纏成半枯的細木——祖父的日誌裡，將這種樹木歸類作應該廢棄的不良闊葉樹——鋪上質料又輕又堅牢的野餐墊布。

阿由揮動鐮刀，將走下山澗到湧泉那兒去汲水的路徑整理一番。沿著小徑是一片楤樹群集，每棵細條條的樹木一長出芽子就被摘掉，重複再三結果，遂形成低矮的樹叢。阿由向羅絲小姐解釋，這是在地婦女採楤芽踩出來的路。

阿由於涓涓細流水勢卻很強的小溪旁，倚著樹幹上有條大裂縫的水枹樹，搭了個帳篷。古義人意會到那是用來躲雨，同時也是裝設羅絲小姐專用馬桶的地方。古義人和阿由用石油桶大小的塑膠容器抬水上來。羅絲小姐煮咖啡，吃吃香芽的小餅乾，眞正的野餐於焉開始。

這也像是一場小型研討會。羅絲小姐用心將預先準備的問題，以阿由與香芽也能領會的方式提出來。

「關於對古義人的提問，單靠我一個人始終沒辦法擬出具體的問題。來到此地之前，古義人小說裡的地形學、神話、民間故事、和歷史，在我來說並不是現實裡的東西。一到這個地方，我就把我的研究計劃告知阿朝姐，對她說，我準備把古義人小說裡所描述的一切，視作跨越現實與想像兩個世界的等值的東西來思考。如今看來，阿朝姐在我這種看法實際上行不行得通這一點上，是採取了保留的態度。

「不久，眞木彥讓我的論文構想從根本上起了動搖。他向我提了個簡單的問題：古義人本身到底相不相信這片森林裡的神話、民間故事、以及與歷史有關的傳說？

「我覺得這個問題太過簡單，簡單到近乎愚蠢。眞木彥看出我的反應，於是改問道：『古義人是不是眞的相信自己所寫的那些事情？』這回我有點困惑，他就說了下面的話。」

「我見過長江古義人的母親，也跟她談過話。她是長江作品最頑強的質疑者，同時也是比任何人都了解長江最深，也最能爲他設想的解人。老人家寫給長江的信上提及第一次聽到小明的音樂會錄音，就覺得那正是她少女時代進入森林深處聽到的那種音樂；原來這就是『森林的不可思議』音樂。這封信給長江帶來成爲作家以來比任何評論都要深刻的感動——長江在一篇文章裡非常坦誠地陳述了這段事實。長江的母親就是這麼樣的一個存在。如今在這塊土地上，長江古義人最好的解人就是阿朝姐了。

「而阿朝姐表示，哥哥小說裡描述的本地神話、民間故事傳說、還有歷史種種，雖不敢說是全部，可大部分怕都是想像的產物——眞木彥這樣作證。他又說阿朝姐也講了，她並不討厭小時候成天胡思亂想，想像與現實不分的這位哥哥。而如此這般上了年紀成了老人的哥哥，目前依然故我還在繼續磨練他那種本性……像他這種人會被所有鄉親嫌惡，也是無可奈何的事，可不管怎麼樣我還是會站在哥哥這邊來幫助他。

「眞木彥繼續說：『阿朝姐已經說長江的作品大部分是想像的產物，這點妳也知道。我說羅絲，當妳那篇把古義人小說和此地現實重疊起來的論文出來以後，如果對上以批判態度處理同一主題的論者，只怕妳將來很難被視作一個正規的研究者。要是不希望變成那樣，妳就得鼓起勇氣問長江：你眞的相信你寫的那些事情麼？不能一味規避。』

「古義人，這就是今天在被選作你『自己的樹』——這棵大桂樹底下，我想要問你的話。」

由於有上回郊遊的經驗，對蟲咬變得格外敏感的羅絲小姐——原來檸檬根本無用——一再叮嚀參加者穿長袖襯衫來。把車子停到林道的時候，羅絲小姐便拿出上回在松山百貨公司要阿由找出來的美國製防蟲噴劑，爲大夥兒從臉部而脖頸、而臂膀、而手腕，仔細噴上一遍。

古義人也給噴灑了防蟲劑，就也沒有受到蚊咬，只是走下山澗協助阿由搭帳篷之際，在款冬葉子上跳動的一隻小蚱蜢，跑進褲腳就沒有出來。古義人一直惦記著這事，於是趁蚱蜢潛入褲子裡的時候——趕巧正是羅絲小姐俯下脹紅臉，停止說話的時候——脫掉鞋襪，把那玩意兒揑了出來。他用眼睛確定大拇趾根有些紅腫，但在這時候也沒能怎麼樣。而無論如何，他不能不回答羅絲小姐的問題。

「我是從年輕時候開始，至今已經寫了四十幾年的小說。多年寫下來，遂把自己帶進以現今的技法處理一路寫過來的主題，亦即一種連貫性書寫的死巷子；即使要改變，也不出這個連貫性的範疇。從這草原看過去，那棵斷了樹幹的朴樹裡邊，不是有一大片灌木叢麼？我覺得自己像是花了很長歲月，刻意闖進那樹叢裡去的；而且我的小說結構和小說家的生活結構本身，就構成了那片樹叢。

「我認為一個小說家死後，過了一段時間，如果他的作品還在出版，那末實際存在於讀者心中的，就只有這片樹叢所帶來的東西，尤其像我這種小說家。

「我在那片樹叢裡，甚或變成樹叢本身而書寫。好比寫指導第二次農民起義，由銘助投胎轉世的『童子』故事。也因為明治維新體制有所改變，此番起義的進行方式就困難多了。在一籌莫展召開戰術會議的農民旁迷迷糊糊打起瞌睡的『童子』，睡夢中跑上森林，從銘助的靈魂學得誰也意想不到的一種戰術。

「在寫這故事的時候，幾次三番改寫草稿中，我自己的確相信那故事。或許有人會說，儘管你是根據祖母和母親的口述記憶而寫，但其實是你的想像力創造出來的；歷史和傳說根本就是兩回事。可我敢回答說，我起碼對自己目前正在寫的東西有十足把握，反倒覺得之外的歷史也好，傳說也好，都可說是不甚高明的想像產物。」

古義人閉上嘴巴，阿由就代替默默思考的羅絲小姐發問。

「此刻，古義人伯伯正在這棵桂樹底下開講。這時，六十年前的少年古義人出現了，問您，您是如何活過來的……您自己也在一篇文章裡提過，那是結合了『如何』跟『為何』的合成問題……您認為真會發生這種事情麼？」

「事實上，我剛剛就在講我這個小說家是『如何』活過來的。我認為其中也複合有『為何』這個答案。

「倒回去算算，如果六十年前，小孩子的我就已經等在這裡的話……總覺得那棵桂樹真就是『自己的樹』呢……那個小孩兒怕已看到我們在這裡郊遊的情景。」

每個人都重新環顧了一下自己的四周。羅絲小姐把活頁筆記本攤開到膝上，提出了新的問題。

「眞木彥在三島神社庫房裡發現了佔領軍軍官靈魂的小道具。他也確定了眞木鎮和奧瀨兩地，也就是森林兩側，都留存著被砸爛雙腳的一名美軍一路爬行逃命的傳說；他說，那是因爲有幾個人目擊到現實裡發生的事情，像古義人那樣相信想像比實際體驗更接近眞實的情形，大概不是本地人一般的性格。

「我相信古義人說的，兩個青少年並沒有看到鍛鍊道場那個發生慘劇的現場。否則長達四十年的寫作生涯裡，不可能不寫到反映出古義人記憶的場景或是隱喩。那不是可以有意識去隱瞞的事情。吾良描述那件事的劇本裡，也不會出現兩腳被砸爛，只靠腕力划動雙臂逃命的美軍角色罷？要是他知道實情的話，怎麼可能無視於這麼電影化的影像？

「即使這樣，眞木彥還是想查證出美軍日語教官遭到殘殺的事實，攤到古義人面前；擺明說，敗戰後整批存活下來的那干法西斯分子的確犯下罪行，而古義人和吾良兩個青少年，也曾被他們當作工具，幫他們誘出美軍，這一點是古義人也承認的……

「事實既然這麼明顯，古義人必得重新運用他苦澀的想像力。哪怕是實際經驗和想像力不分的人，不，正因爲這樣，古義人想必也不能不從整體上去改變他的自我認識，眞木彥是這麼說；別看吾良一副大剌剌的樣子，其實神經遠比古義人纖細得多，因爲苦惱之餘終於自殺。他的苦惱應是有根據的。古義人不是認眞反駁過吾良並非死於初老的憂鬱症麼？

「眞木彥也說，關於這個課題，古義人務必向日本和美國的公民社會作一番承認自己在那件事上有責任的告白，再怎麼爲難，我也要逼他這麼做。

「可是關於那個美籍日語教官在鍛鍊道場遭到殘殺這事，除了三島神社庫房裡的小道具和兩個地方的傳說以外，眞木彥並沒有什麼實際證據。所以，他打算對古義人施加壓力，讓你自動『坦白』。如能錄音，他計劃拿到比較文學的國際會議上發表。論文的翻譯則希望我來擔任。

「不過……阿由，香芽，我講的話變得太過嚴肅了。我想，我是過於被眞木彥的想法牽著鼻子走。下午古義人想必將會把批判性的理解導向比較建設性的方向。爲這個，我們第一階段的正式談話到此爲止，現在讓我們享受一下野餐的樂趣吧。」

5

年輕的阿由和香芽儘管沒有揚聲歡笑，卻展現旺盛的食慾，羅絲小姐則一旁講解三明治的各樣做法，唯獨古義人簡單用完餐，在墊布一角躺下來休息，他感覺到左腳更腫，開始發炎。他裝作準備到帳篷上廁所的樣子，朝著水枹巨木的樹幹分外顯眼的方向走下去。把一隻腳浸入水草繁茂的流水裡，水量明顯增加且又冷冽的溪水固然鎭住了腫熱，腳底下卻傳來陣陣刺痛。千樫飛往柏林前爲他領來大量撒羅貝爾止痛藥片，他帶到四國來了，吃完之後沒有再補充，可以說對近來偏高的尿酸値，並沒有事先作好因應之道。這有一部分是因爲始終與內科性痛風無緣的關係。由於水太冷無法久泡，每當從水中抬起腳，他就不能不感覺到自變了形的大拇趾根部到趾尖，是那樣異乎尋常的發紅。

古義人從附設在帳篷裡的橱架上取下以皮帶固定在那兒的鐮刀，修砍了一下落在地上的水枹樹枝。即將成爲手杖的樹枝，拄起來居然已能派上用場。古義人就這樣拄著樹枝爬上去。羅絲小姐看了，止不住疑惑發出關切之聲。

古義人只好說：「很久沒有發作的痛風又來啦……而且好像是眞正肇因於尿酸鹽結晶的那種。再過一陣，只怕短時間內會動彈不得哩。」

「那你就去帳篷裡躺下吧。明天早上再讓眞木彥找來抬擔架的小夥子，我也會帶消炎止痛的藥品回來這裡。阿由應該可以在這兒陪你罷。」羅絲小姐說。

古義人聽著水枹樹底下，來自黑暗湧泉的潺潺流水聲，想像著將因疼痛而無眠的漫漫長夜，內心彷彿充滿了由恐怖與魅惑搓捻出來的什麼。

不料，香芽突然顫抖著喉嚨發出幼稚的聲音：「不行，阿由不能陪長江老師！長江老師不也害怕在森林過夜麼？小時候又有過神隱那種事……」

「香芽，古義人可是成年人哪，應該不會怕夜晚的森林罷。」這是羅絲小姐說的。

「……我怕的是長江老師。阿由不能留下來陪老師。萬一受到老師傳染，阿由也變得很害怕，那就糟啦。」

「……如果是現在的話，好歹還可以走路。走多少是多少，眞到了走不動的時候再想辦法。」古義人說：「看來，用餐之前那場談話，八成是講了什麼在『自己的樹』下不該講的話；我是不是講了什麼破壞規則的話？抑或是爲了防止我對羅絲小姐的發問所要作的答覆，才變成這樣？果眞如此，那末，那棵桂樹就如假包換是我古義人『自己的樹』啦。」

第十八章　「長青日本會」（三）

1

痛風發作，花了五天的時間始告平復。其間，小明因著能動，站上較諸老爸優勢的位置，遂振奮的想照顧古義人。羅絲小姐也是一大早就趕到十蓆地來，直待到深夜。

森林開講回來當天半夜裡開始的二十四小時內，古義人只覺得自己就像文藝復興時代西歐人對邊遠世界人物的想像畫中，那種頭上直挺挺長著一條腿的怪胎。而且整條腿是滾燙的。

被滾燙的腿燒紅的腦海裡浮現的是各種影像和意念的碎片。唯獨桂樹群始終在那裡；重疊的大樹幹、數不清的枝條、以及葉叢的細部。看久了輝燦的桂樹群，就如同用烙印著殘像的眼光去看世界那般……

疼痛減輕，紅熱的腦海所見，已然開始令他感到懷念的那些東西，卻又變得沒有一樣是特定的，只有「那片桂樹群當中的某一棵，的確是我『自己的樹』」這種想法是益發強烈了……

這時候古義人無暇顧及本身以外的其他人。但疼痛明顯趨向平復後，他有時會留意到身旁的羅絲小姐正被一股深沉的鬱悶攫住。

古義人能夠推測到她那副黯淡的神情——連續曝曬在烈陽底下，使得膚色變暗這點更是發揮相乘效果，加強了這份黯然——乃是來自她與眞木彥神官的關係。既然如此，古義人就益發不便主動提起這方面的話頭。第四天端來晚餐之際，古義人準備把黑啤酒和陳年啤酒摻起來喝一杯，羅絲小姐表示也要陪他來一杯。她喝下差不多等量的啤酒之後，神情儘管憂鬱，卻也亮起灰藍色的眸子，開始了睽違多日像場對話的對話。

「回到十蓆地來的古義人，因爲吃了我要來的止痛藥，變得有點亢奮是不是？」

「讓阿由連摟帶抱扶到湧泉前面路上等著車子來接的時候，明曉得這麼做不好，還是灌下了幾罐啤酒。」

「那天夜裡，你一直喃喃不停念著詩句哪，我的程度只能說你那是在引用和歌[1]與漢詩。看來古義人並不是一個不懂日本古典文學的作家，雖說你的母語是日語，懂得那些是理所當然。當時我不免心想，因爲疼痛和疲倦，整個人就要垮掉的古義人表現出來的情緒，就是所謂『人生無常的悲哀』罷。」

古義人所能記起的只有因劇痛灼熱而燃燒的桂樹群。他試圖從中找出何以會讓人覺得他在引用和歌與漢詩，卻只覺好似有過某些意念，但並沒有形諸言詞。聽到古義人這麼說，羅絲小姐遂表示，她已經把當天晚上所有出自他口而她能聽清楚的和歌與漢詩記了下來，說著，取出她那本筆記。

「單是這樣的話並不成詩，不過，英語圈的妳意會作引用了和歌這一點倒是完全對了，那是《新古今集》裡收的定家[2]的一首詩。

春宵夢短浮橋斷，雲幕橫天別翠嶺。

「千樫一直在讀《源氏物語》，讀到〈夢浮橋〉這一卷時候，問我這個標題可有什麼典故，我便去查了一下比較大的辭典。結果，還是搞不清算不算典故……

「至於妳第二個提到的引用漢詩，乃是謠曲（能樂的詞曲）當中一首。也是在同一本辭典裡找到的。

前塵往事皆渺茫，唯見殘夢浮橋，猶添數舟競逐。

「當時我的腦海裡，該說是疼痛引發的熱，和想壓制它的藥效帶來的熱罷，正在劇烈的相互攻防，沒想到我居然用這兩股高熱熊熊燃燒的腦袋在引用那些詩句呢……眞個是夢裡浮橋，不可思議呀……」

2

八月底的一天，描繪著即將在奧瀨開張的新飯店商標的一部奶黃色巴士，駛抵毗連十萬地的私人車道入口處，車上下來了黑野和織田醫師，外加與他倆同樣年歲的三個男人。

迎接的一方是古義人和羅絲小姐，阿由則待命一邊等著跑腿打雜。時刻正値黃昏，爲免上山出任務回來的車子與上山的巴士於林道上出岔子，阿由等候在通往國道的路口，負責引導。田部夫人分派給阿由餐廳部門的男女工作人員各一名，與他們已經混熟了的他，將上回那種餐盒、酒、和啤酒等等搬進餐廳兼起居間，也幫忙擺桌。

奧瀨飯店決定從九月的第一個禮拜開始接受長期房客。之前，先由黑野就號稱「長青日本會」舊識裡找幾個有可能「訂房」的人，辦個試驗性的活動。由於受邀的幾人當中只有一個不認識古義人，便有人提議住進奧瀨之前先造訪十蓆地。黑野為這事連絡時特別表示，他們會自帶餐飲到他這兒用晚餐，黑野也會為自己帶烈酒來，古義人無須準備任何東西。

於是古義人做的事便是請羅絲小姐參加派對（眞木彥神官和前中學校長晚一點也會趕來），並讓阿朝把看到衆人聚在一起喝酒喧嘩就顯得煩躁的小明帶回她家去。

黑野帶來三個新面孔當中，古義人見過的有兩個；其中一個姓津田的，原本在拍紀錄片方面已受矚目，後來又以監製電視劇廣為人知。另一個則為一家大建設公司老闆的家族田村，本業之外寫寫詩，編編劇本，泡沫經濟時期常在企業回餽的文化事業上見到其名。而第一次見面的是名片上印有重工業公司顧問頭銜的麻井。

餐廳兼起居間不用說，這天是把通向古義人房間的那扇門也打開了，站著吃的晚宴一開始，麻井便跟羅絲小姐交談起來。大夥兒確定近十幾年來，津田、田村、和古義人三個人最後一次一齊碰面，是在篁先生的葬禮上。津田拍的影片和製作的電視劇，全由篁先生負責作曲。而篁先生主辦了多年國際規模的音樂祭，贊助人便是田村。幾個人談話間，麻井跑來把古義人帶往羅絲小姐身邊。

羅絲小姐接過麻井遞來的第二杯白葡萄酒，以滿是活力的聲音，將方才談話摘要說給古義人聽。

「我說古義人，一九六〇年，美日安保條約反對運動的第二年，你不是出席了廣島那場專題討論嗎？你曾經說過，當時一名年輕人（你自己也很年輕）的質詢一直讓你牽掛在心。那個小夥子，為了讓原子彈爆炸的受害者雙親安心，考慮到一家大企業任職，卻發現該企業從事的是軍需生產，內心不免搖擺。因此，他想問你對他出路的建言……

　眉毛和鬢角雖已斑白卻未見稀疏，目光也炯炯有神的麻井揭開了謎底。

「長江先生，那個人就是我。想來您那年該是二十六歲，據跑去念文學系的高校同學說，您曾經重考和留級什麼的，算起來應是大學畢業才兩年多罷？我則順利的念完法學系，當時其實已經就業，並已負責某種程度的業務。我所以舉手發問，是有意要爲難與我同年齡，跟蘆原兄屬不同領域的您這個進步派媒體明星。

「我那時候即使進入地方上的小企業，想必也能拚出起碼的成績來，但我還是跑到當初拿來假裝向您訴苦的那家大企業，而且早早就加入經營團隊過了半輩子。說起來也算是泡沫經濟的幫兇罷。有時候不免心想，要是長江先生建議我走別的路，我又聽從了的話呢？……無論如何，我在給自己的人生重新作一番選擇的時候，又與長江先生相逢啦。想起來也蠻有意思的。

「我這回可是當眞的，得請您好生指導。聽說羅絲小姐將慢慢告訴我們英國浪漫派詩人的種種，好像會有許許多多有趣的事情。」

「你說英國的浪漫派詩人，那末，你心目中想的是什麼樣的詩人？」位於羅絲小姐那一頭的田村（他正好同著麻井把她夾在中間）質問道。

「我這才要篩選呢。」

　聽到這個回答，田村帶著打量的眼光看看麻井，然後轉過來問羅絲小姐：「妳們讀高校時候，大概被逼著背過華滋華斯和拜倫罷？」

「……是啊，還有柯立芝。」

「長江先生是布雷克，然後是葉慈罷……如果要講到最後的浪漫派詩人，那就符合麻井兄所關切的了。」

和上回一樣，把純麥威士忌倒入冰塊裡啜飲的黑野，從旁插進嘴來。

「談詩也不錯，不過，田村兄既然能來，倒是想聽他說說長久以來的不景氣可有什麼出路，青年工商會那幫人可期待著呢。」

「不，不，我可是沒有任何負擔。是田部兄邀我來的，說要不要跟幾個老朋友聊一聊。到了這兒，看到長江先生好像在爲這樁企劃背書，老實說我還挺吃驚哩。我說羅絲小姐，事實上，妳和長江先生會不會也是與黑野兄談論中不覺間被拖下水的？」

獨個兒離群欣賞著山谷那邊景觀的津田也加進談話來。

「我是在這種情況下被拉進來的：黑野兄帶了個企劃來找我，說銀髮族文化講座這樁事業如果決定開辦的話，準備從開始就拍成紀錄；他連在電視台做高畫質放映都談好了，攝影機和其他器材的租借種種也已安排妥當……

「還有，德國一個年輕電影人的團體，也要求在本地拍攝一部構成長江文學背景的風景和習俗的影片。

「前來洽談的是在塙吾良導演指導下，將《橄欖球大賽一八六〇》改編成電影的那夥人。他們說這個企劃醞釀了很久，此番獲得某州文化首長的援助才得以實踐……他們也說在柏林見過長江先生，並且獲得您免費授權他們改編成電影。」

羅絲小姐把異於方才的眼神投向古義人；她一直在經手古義人有關國外版權的事宜。後者回報她

「先聽聽津田怎麼說」的眼色。

津田出身經營美術館的富裕人家，這家美術館以收藏現代畫聞名。古義人看過幼年津田被蓄有漂亮鬍子的家父長和一堆梳著堂皇日本髻的婦女們圍繞的照片。眼前他這張面孔依稀當年，卻已滿頭斑白。他眞就像是出身名門，有著不太顧忌對方想法的地方，對女性的反應亦頗敏感。此刻他看出羅絲小姐的神情，於是詳加說明一番。

「柏林那幫電影人握有長江先生確實承諾免費提供電影版權的現場錄音帶，是透過一名日本籍的德國研究家翻譯作的訪問，今年夏天那位人士回到日本，我也見過他，當面聽說了。

「他又說，另外有家知名晚報訪問了長江先生，也是他當的翻譯，那場訪談對長江先生大概不是很愉快，儘管責任不在他，可還是不便直接跟您連絡。果眞有過這樣的事麼？」

「該說是因爲我看不懂德文罷，他們硬是不寄來訪談文章的報紙。那個叫做每日晚報什麼的二人組，長達三個小時的訪談，確實是我逗留柏林期間最糟的經驗呢。

「那對男女記者，按照老式說法，女的戴了副紅色賽璐珞眼鏡，威權十足，擺明了處處想叫人吃虧上當，男的則活脫脫年輕小情夫模樣。那男的還帶著本莫名其妙的日本導遊書。他準備了二十幾項提問，什麼聽說年輕男女總以兩小時作單位，去旅館做愛，是眞的麼？還有，據說跟外國人一起開會時候，你臉上始終泛著沒什麼意義的微笑，請問是爲什麼？我這邊可是很希望談一談日德文化如何交流這個課題。結果，一旁守望的女記者那張面孔，因著不耐，慢慢脹成她那副眼鏡的顏色給稀釋了的俗假的紅。」

津田稱心的微笑著，也現出尋思的眼神，卻是什麼都不說。

倒是黑野取代道：「沒想到長江這種國際級作家，也有他窘迫的一面。那不等同於鈞特・葛拉斯來到東京，被問到對穿著豹紋超迷你短裙佇立柏林街頭的女郎作何看法一樣麼？」

「該不至於所有的訪談都是這樣罷？」田村說：「不過，你想期望海外報紙對日本的知識分子表示敬意，那是很有問題的。雖不至於到務必警戒的地步，還是多加小心的好。一旦上報，要求更正而能成功的例子，據我所知從來沒有過。」

「古義人在授課的柏林自由大學和提供他住宿的高等研究所都受到厚待。在柏林愛樂人士的一場追悼演奏會上演講的前總統魏芝澤卡（Richard von Weizsäcker）看到座位上的古義人，還特地坐到他旁邊地板上來一起聽安可曲。」羅絲小姐說。

黑野好似對古義人抱持新的興趣，他說：「原來，正如妳從紐約來到這四國一樣，羅絲小姐居然爲釘古義人而追到柏林去了！」

將眞木川釣來的香魚烤好帶來的阿朝丈夫和眞木彥神官也參加了這場晚宴。古義人原本擔心羅絲小姐會在意眞木彥神官的反應，不料，津田知道了神官是靈魂祭等地方祭典很高階的襄助級人士後，立刻獨佔他，以便獲取攝影資料。

而雖已晚了一步，古義人仍解釋道：「其實，不光是我的文學創作，羅絲小姐還是小明音樂的研究家，所以釘呀、追呀這些字眼用在她的研究工作上並不恰當。」

3

「長江先生，有件事想請教您。這件事對我來說非常重要。」

說話的是織田醫師。他讓古義人想到一位老練的醫師問診之際，確實掌握對方，不容有任何妨礙的那股子決意。

晚宴進行中，織田醫師曾以同樣的手法獨佔羅絲小姐。此刻，織田醫師攬住古義人肩膀，將他引到窗邊聊起來，除了黑野專心於喝那加了冰塊的威士忌以外，「長青日本會」的所有成員，都圍繞到羅絲小姐身邊，享受英語會話的樂趣。

「若干年前，長江先生曾經對新聞記者說不再寫小說，這消息成了大篇幅的報導。說老實話，我就是從那個時候起對您感到興趣的，作爲同年齡之人的人生決定，不免引起了我的關切。

「爲了尋找這篇報導後續的論評，我生平第一次買了文藝雜誌這種東西。不過，那上面的評論和我們從醫學論文類推的東西完全不同。我好生失望。能夠讓我聯想到『你這份決意最深處的意涵會不會是這樣』的東西，可以說完全沒有。

「長江先生，坦白說，我料定這大概是個信仰問題，你說我有沒猜錯？」

「……錯倒是沒錯，正因爲我有過三年之久沒有寫小說，才讓我決定終生不憑信仰活下去……

「當時，我起意要把『祈禱』當作生活的重心。但憑著經驗，慢慢曉得要一邊寫小說，一邊那麼做是行不通的。我打算以史賓諾沙[3]的文本和研究書籍作敲門磚，試著做『祈禱』。實際上我整整做了三年。當時是趕巧得到國外的文學獎，除了獲得以個人來說不怎麼好用的一筆獎金，平裝本作品也賣得不錯，讓我沒有後顧之憂得以這麼做。

「不料，一停止寫小說，發現把我推向『祈禱』的力道也沒啦，在創作小說的時候，我能感受到那股力量，這並不是說我從正面去運用那股力量，只是當時寫的小說出版若干年後重讀起來，就知道那時確曾好好的祈禱過……

「停筆期間，我在新澤西的大學教過一年書。我把這事告訴一位舊識，也就是三番兩次從紐約跑來訪問我的羅絲小姐，沒想到下回再來的時候，她帶了諾斯洛普•弗萊新出的一本書，還說弗萊是她的恩師。

「弗萊引用新約聖經〈羅馬書〉的一節經句：『我們不曉得當怎樣禱告，只是聖靈親自用說不出來的歎息，替我們禱告。』他說，我們沒辦法條理出眞心向上主祈求的禱告詞。在我等支吾其詞的時候，聖靈遂爲我們條理成順暢的禱詞。唯對聖靈而言，這也不是一件易事，所以才會用說不出來的歎息，替我們禱告罷。

「弗萊又說，文學創作亦復如此，有一種獨立於作者意志操作的什麼，會與聖靈代替我們祈求那樣，發揮同樣的功能。原來如此，我打心底認同，於是回歸到小說來。

「我後來發現作曲家篁先生曾經寫過，在他把音樂上的想像力形諸樂句的過程裡，『祈禱』會成形•……」

「你說篁透呀，他不是有個作品叫“Chant”（頌歌）麼？在教會方面來說，應該就是聖歌、讚美詩了。因爲不單只是歌曲，所以才採用這個英文單字的罷。你和篁先生原本就有相似的地方。」

阿由有些拘謹的站在推門那兒望著這邊。他向走近前去的古義人報告說：「奧瀨的飯店打電話來，希望九點以前辦好住房手續。從這兒到那邊大概要三十分鐘，現在就走應該沒問題。」

「我去跟黑野氏說……你用過餐了麼？」

「我可以一邊收拾一邊吃。飯店那兩個人倒是讓他們吃過了。阿朝姑姑說，小明擔心錯過《NH

K交響樂時間》，拿不定主意回來再看，還是看完再離開阿朝姑姑家……」

黑野這時正坐在沙發上翻閱著八成是羅絲小姐拿出來的精裝本《唐吉訶德》裡杜雷的插畫。旁邊的桌子上擱著個大玻璃杯，幾經苦澀的失手經驗，古義人對酒杯與書本同放桌上這事格外神經過敏，不過，酒杯擱在桌上，書本擺在膝蓋或沙發上，大致還算安全。

黑野抬頭看看站立一旁的古義人，以帶幾分醉意的大動作示意他坐過來。

「看來閣下最近好像很熱中於《唐吉訶德》？以那個作類推，如果長江古義人是唐吉訶德，那末，在下我是否『鏡子騎士』？因爲你剛剛開始發表小說的時候，我就想過這種東西我也會寫，不，該說我認爲像他那種人都能寫文章的話，我不可能寫不出來。

「《東京大學新聞》刊出閣下小說那天，也就是法文系四年級五月祭早上，我不是把麓小姐介紹給你麼？你倆同在一個系上，卻沒有交談過。她告訴你讀過你的小說，又說了句『眞的不能以相貌和態度來判斷一個人』不是？

「當時你就答以『只憑內在去判斷一個人也是問題罷』。我知道你那是模仿著六隅老師口氣說的。麓小姐很生氣。我邀她到『白十字』吃中飯，她還說黑野同學無論內在外在都適合當作家哩。

「我辭掉聯合國教科文組織的工作回到東京時候，想起了她那番話。逗留海外有的是空閒，我就把在海外期間試寫的小說寄給麓小姐。她馬上傳眞來說，如果想以職業作家起步，不如把從前寫的東西付之一炬的好。我同樣傳眞過去說，我接受妳的勸告，稿子無須寄回，就勞駕妳燒掉好了。沒想到那些稿子第二天早上就以快遞送回來了，好個一板一眼的規矩人。」

「黑野兄，好不好讓我拜讀一下送回來的你那些小說？」織田醫師從兩人背後搭訕道。

「這未免失禮了罷，我不是指對我，而是對麓小姐。」黑野說，明顯流露出傷了感情的模樣。

黑野手伸向側桌，織田醫師見冰塊和威士忌俱無，遂拿起玻璃酒杯，爲他調製飲料去了。

「那末，等你完成新作品……其實寫到一半也沒關係……，再讓我拜讀一下。」織田醫師將酒杯遞給黑野，並沒有因黑野那句話而打住。他甚且以不管對方同不同意，必得鑽進你內裡來的獨特方式繼續問道：「不過，黑野兄，你爲什麼要寫小說？」

古義人從一口氣灌下威士忌的黑野膝蓋上收回正要滑落地面的書本。

黑野答道：「織田先生，那是因爲我對自己現在的人生感到難以忍受的緣故……我這說法或許有點欠成熟，可上了年紀的人有時也有他青澀的一面，重視長江寫的書這種態度便是其中之一。

「織田先生，最近我半夜醒來，時常有難以忍受的時候。我枕邊擱著辭去ＮＨＫ顧問時他們贈送的時鐘，金色方錐形的那種玩意兒。摸黑敲一下，就會有女聲播報說現在時刻是一點二十分，再敲一下，現在時刻是一點二十八分……只過去八分鐘而已。

「我一直吃市面上賣的感冒藥以代替安眠藥，只是考慮到可能傷胃，也不敢再多服一包……也不想再喝酒。只得看一會兒書，或者熄燈把頭埋到枕頭上……可眞給折騰慘啦。

「依我的想法，這與時光的短暫有關，儘管跟長夜難熬那種感覺似乎互相矛盾。只覺風燭殘年，頂多再過五年（也許加減個一兩年），我這個人就不存在了。午夜夢迴，在臨近黑夜的旅人心緒中，想到自己一生很快就會化爲烏有，不是太虎頭蛇尾了麼？我就是爲了抗拒這種心情，才想到要寫小說的。」

「有時還眞是該聽聽別人的說詞。」織田醫師不勝感慨說：「沒想到黑野氏還有這種深夜的心思……下回我半夜失眠的時候，大概會想到那個人講的那番話，正是我現在的感受，換句話說，你我眞是同個世代的人哪……」

4

晚宴八點就結束，只因前番也提過的，羅絲小姐屬於送客時格外細心周到的文化圈，而從田村到各自在外國社會生活過的其他幾個人士，又都殷勤回應，所以在巴士登車處的送別也就拖長了。影視雙棲的行家津田和眞木彥神官，雖然於晚宴的後半場一直談個沒完，此刻依然意猶未盡的模樣。

巴士總算開走，此刻去接小明顯然趕不回來看《NHK交響樂時間》，只好決定再聊一陣，然後由阿由開車送羅絲小姐和眞木彥神官回社務所，再把前中學校長送回家，順便接小明回來。

大夥兒回到餐廳兼起居間，比誰都感到疲倦的古義人躺到沙發上，前中學校長在扶手椅上坐下假寐，羅絲小姐和眞木彥神官則難得那麼親密的偎在一起共飲一個杯子裡剩下的甜味白葡萄酒。唯獨阿由一人離開大夥兒，坐在杯盤狼藉的餐桌椅子上。

阿由向眞木彥神官問道：「您剛才跟津田導演談到要拍以佔領軍軍官失蹤事件作題材的電影。可是如果是關於奧瀨那邊的鍛鍊道場那件事的話，一方面有當時的高校生古義人的親身體驗，另一方面又有被砸爛雙腿的美軍的傳言，不就只是那麼回事麼？

「要是兩者結合起來，或許還能成個故事，拍成個劇情片也還勉強，但如果沒什麼新證據的話，大概不會變成報導文學式的記錄片吧？」

「我是說明了流傳於奧瀨和眞木鎮上的那樁不怎麼古老的傳說。津田先生則講了伊江島的村民殺掉連續強暴了幾個年輕女子的美軍，並將其屍首丟進珊瑚礁洞穴的傳言。有人告訴我，他們預備把在岩間發現的白骨送去作DNA鑑定，津田先生就表示要以這個作主軸來組合一番。你說這不是現成的紀錄片原型麼？我也對他說，希望藉著實證，將奧瀨跟老村地區連繫在一起。」

「你不是讓羅絲小姐寫封信給美國退役軍人協會，向太平洋戰爭期間曾經擔任語文教官的日本文學研究家詢問，可有關於佔領後期從營地失踪的一名日語教官的消息？……」

「……寫是寫了，可單靠寫信去問，似乎沒什麼用，羅絲小姐是這麼說的。」

「我為了寫有關長江古義人的論文，正在收集整理資料，雖然說我是受眞木彥之託寫那封信，其實那是我工作的一部分。」羅絲小姐說。

古義人支起身子加入談話。

「我認為羅絲小姐的調查是恰當的。再說，不僅是中立的調查，即便出於惡意的調查，有時也會有驚人的成果。」

「……也有一種是出自比惡意更強烈的一股熱情罷？」眞木彥神官近乎自言自語的說。

前中學校長也被古義人的起身所牽動，抬起黑裡透紅的臉膛發表意見。

「眞有意思。在眞木彥神官看來，惡意乃是不夠強烈的一種熱情囉？……那末，所謂薄弱的熱情究竟是什麼呢？是比較強一點的好奇心麼？」

眞木彥神官也不理他，自管問阿由：「聽說古義人先生痛風發作那天傍晚，羅絲小姐計劃讓他在帳篷睡到天亮，第二天早上再去接回來，是不是？可總不能獨留病人在森林裡過夜，但香芽硬是反對你留下來陪他，是罷？

「有段時間，你常帶著從我這邊拿去的岩笛，在墳地或是庚申山上吹著玩兒，我有時也奉陪。那個時候，你總讓我覺得好像被什麼附了身一樣。我的意思是搞不好你具有『童子』的資質，香芽就怕你和古義人兄手牽手跑到『那一邊』去呢。」

眞木彥神官把手伸向黑野喝剩三分之一的那瓶格倫莫萬吉酒廠出產的蘇格蘭威士忌，羅絲小姐制止他，且將一杯甜味白葡萄酒端到他嘴邊，後者猛搖頭。眞木彥神官重新拿起酒瓶，這回羅絲小姐沒有再制止他。

1 和歌為以五、七、五、七、七共三十一音節寫成的日本詩。

2 定家即藤原定家（一一六二—一二四一），日本鎌倉初期的詩人。

3 史賓諾沙（Baruch de Spinoza，一六三二—一六七七），荷蘭哲學家，猶太商人之子。傾心於笛卡爾哲學，後來因為信仰無神論而被逐出猶太教團。所著《神學政治論》、《倫理學》主張思想言論自由觸怒當權者，除禁止發行外並備受迫害。

第十九章　擁抱喜悅！

1

羅絲小姐決定一週兩天，於奧瀨的飯店開設「實用英語溫習」講座。對象是「長青日本會」成員和田部夫人組成的地方商界的夫人們。飯店儘管還在試營階段，篤定參加的學員卻已超過二十人。

星期六一大早自十蒔地出發，上完一整天課在飯店過夜，星期天上午再講半天課，午後領著大家用英語自由討論，於傍晚時分回來。飯店方面委託阿由接送，眞木彥神官也同行。他目前正卯足勁幫黑野籌辦研討會，也負責監督雇來擔任裡外安全或是做粗活兒的當地小夥子們。

綜合所有信息，阿由告訴古義人的是，眞木彥神官正準備於最近的將來，利用週六週日，實踐從奧瀨跋涉到眞木鎮老村一帶去的縱貫森林計劃。表面上是受德國年輕電影人之託，帶津田導演及來自東京的助手們去找外景。

其實，眞木彥神官眞正的意圖是想查證在奧瀨的鍛鍊道場慘遭修理的那名日語教官的逃亡途徑。設若逃亡路線以越過飯店用地與國道間的深谷奧瀨川，躲入森林開始，一個兩腿被砸爛，只能憑著划動雙臂逃命的人，能夠爬上長長的山坡麼？自森林高處連滾帶爬下來的美軍讓正在那兒幹活兒的一票漢子嚇個半死的傳言，眞實性又是如何？眞木彥神官正在考慮發動小夥子們輪流匍匐前進，作一番實驗。

阿由末了表示，眞木彥神官在十萬分之一的地圖上標示出逃亡路線，並準備來一番模擬越嶺作戰，而他也打算加入。

「可你跟他們同行又有何意義？」古義人問。

「不是說單憑哥德龜一個人沒辦法半夜裡翻山越嶺，必得讓『童子』牽著手才能摸黑奔逃麼？那名美軍果眞逃脫的話，八成是『童子』的襄助罷。既然如此，我當然也會對『童子』的路徑感到興趣啦。」阿由答道。

2

星期日，羅絲小姐在奧瀨，阿朝也沒有說好要來，古義人索性給玄關上鎖，躺在臥房兼工作室的床上看書，小明也歪在一旁地板上繼續作曲。床邊的窗下雖也有個通道，卻從未有誰在那兒出現過。山谷底下也沒有任何聲音傳上來，是個寧靜的午後。

不料，古義人眼角好似閃過一隻鳥影。不久以前他曾出現大小和色彩濃度都異於從前的飛蚊症。他以爲是那個症狀，轉過臉去，眼前竟是張陌生的老人面孔，不禁嚇得往後縮。

那人飽經風霜而又板硬的臉膛上，有副只能說是旣遲鈍又銳利的眼神，他糾起嘴唇對著古義人打量半天，末了說：「你跟電視上看到的沒什麼兩樣。門上了鎖，以爲不在家，又聽見有動靜，就繞到後面來看看啦。喏，我是三瀨。咱倆在眞木高校還經歷過不少事呢……如今，彼此都算是平安無事……聽說你回到老家來，心想，見個面聊兩句也好……」

古義人領悟到已經來不及拒絕他，只好點點頭，用手示意他繞回前面去。古義人下床，小明有點不安也感到幾分好奇的待在原地做事。這時候，只覺心情很是沉重，在受到催逼的心境下，去開玄關門。

兒時，古義人常見農夫們以外八字腳擦著地板慢吞吞走近父親的辦公桌前，此刻，三瀨便以同樣的走路方式，一邊環顧室內，一邊走向起居間。他把大腿叉開一百二十度坐到沙發中央，呼過幾口氣以後，才將目光投向古義人。

「聽說老兄您把往日那場小刀決鬥事件寫進書裡，我讓女兒找來看了。你說被人用小刀刺傷指頭，中指的指甲被釘到木板上……大拇指和食指的指杈也割裂了，現在可留有傷痕？」三瀨說著，一勁兒盯著古義人的右手。

古義人雖然沒有藏起右手，可也不想直接回答他。

「要是刀傷岔開那麼一點，只怕大拇指就不管用啦……老兄您幹的是寫字的行業嘛，有沒有造成什麼不便？」

「裂傷並沒有嚴重那個地步。」

「我真想不通您老兄怎麼會那麼劇烈的抵抗。雖然聽來自老村一帶的傢伙說那把小刀是你老爸的遺物……可我本來也只是想借來看一看就還給你的。」

「或許該說是一開始抵抗，就一發不可收拾了罷……」

古義人再也找不到話說，三瀨似也一樣。

古義人起身，從冰箱取來爲小明準備的罐裝薑汁汽水，並附上杯子。三瀨只檢視一下泛著水珠的罐子，便放回桌上，用針織運動衫的胸口去擦手。他把鬆弛滿是皺紋的脖子轉過去望向窗外，古義人也一樣。

「……聽說老兄您準備在奧瀨那邊找一批像我們這種年紀的人搞一番新事業。我心想，不定你可以勻一些我能做的什麼事兒給我……」

既已明白對方來意，古義人遂順勢告訴他自己和飯店方面極其有限的關係。對方顯然明確感受到古義人的拒否之意，於是不等主人把話說完，便起身告辭。

古義人坐在不覺間暗下來的屋裡，小明靜悄悄進來，看出父親的疲憊。

「這人好像一隻大狗，走起路來卻完全聽不見腳步聲！」小明說。

3

星期一下午，到十蓆地來的羅絲小姐，把奧瀨拍的課後交流活動照片展示給父子倆。她是先到眞木鎭大街火車站的販賣部加洗照片，又等阿由去取回，所以來晚了；她以平日少有的那種夾帶弦外之音的口氣解釋著。

照片裡，前番十蓆地那場晚宴上甚至帶幾分年輕學子表情的「長青日本會」列位成員，個個展示出各自的老年風格。就拿黑野來說，給人的感覺像是外交部退休後仍被尊稱作大使，且擔任著各種各樣的顧問。他挺直著修長個子，絲毫不露醉酒的垮態。而每張照片裡都微笑待在羅絲小姐身旁的織田醫師，亦顯得年盛力壯。

然而，羅絲小姐因爲戴了副粗邊眼鏡的關係，看起來就像個臉上塗了層白粉的老婦人。事實上，羅絲小姐誠如照片所見，從不曾顯得這樣衰老。

羅絲小姐覺察到古義人的目光，於是同樣以上了年紀的女人慣有的方式偏偏頭說道：「今日是陰天，氣溫也低，你陪我到森林走走可好？小明能夠獨自看家罷？」

父子倆都不由得正色答應了她這個請求。

古義人和羅絲小姐慢慢走在潮濕的林道上。林綠依舊深濃，路面卻黏著黃色落葉。聽不見鳥鳴，也不聞蟬叫。

羅絲小姐渾身流露著外籍女性的孤立無助，開口道：「古義人，我這也許是一廂情願的要求，我想和眞木彥分手，回到十萮地來住。你和小明肯接納我麼？」

「那當然。不過妳已經跟眞木彥神官談妥了麼？」

「我們已經談過了。」

「那末妳就回來住吧。妳那以燕麥粥爲主食的早餐讓小明順利減重，此番又重新開始的話，他一定會很高興的。」

「……謝啦。我要講的只是這件事，不過，可以再陪我逛一會兒麼？」

兩個人走在穿越兩座小山之間的紅土隘路上，他們剛回到此地的那個時候，曾經在這兒談及唐吉訶德被神怪劇戲班子的小丑用吹漲的乾燥牛膀胱敲打地面驚擾的場景。

「我覺得你好可憐。除了阿朝姐和前中學校長以外，此地好像沒一個人打心底歡迎你對不對？

「我不認爲眞木鎮的人都看過你的小說，在這一點上眞木彥、松男住持和阿由算是例外。像這樣作家與故鄉的疏離關係，在日本應該是很少見罷？又不是塞萬提斯那個時代。」

古義人無意振作起來評論，只好與沉默下來的羅絲小姐並肩行走下去。不一會兒，儘管天空陰沉，他們卻來到一片明亮的草地。眼前是山毛櫸和柏樹形成的一座高高的隧道。羅絲小姐敏捷的彎腰凝視著花期即將結束的輪葉沙參和蓓蕾仍硬、尖端透著點紫紅的野薊花。古義人停下來等候她。

古義人記起了一副情景。地點就在往上爬段路，可以望見岔向母親墳地的下坡路之處。搞不清什麼緣故，當時只才七八歲大的自己居然會單獨爬上那麼高的地方去，只記得他一個人一動不動勾頭凝望著路邊一道小水流造成淺水窪，再細條條流出去……

古義人把這個記憶說給異於往常，只管默然傾聽的羅絲小姐。之所以確定季節是秋天，乃因爲同著一些打磨過的石英和紅褐色小石子一塊沉在小鍋狀水窪底的幾根樹枝呈現著秋色。澄澈水窪裡可以看到夾帶細砂的小漩渦不停浮現，原來那兒有個小小的湧泉……

「看著，看著，只覺艷紅與深黃條紋的葉叢就要罩到你頭上來（我就在野漆樹底下），被圈進單獨一個人的世界裡。我覺得自己正置身於此生所能碰到的最美好事物聚集起來的場所。很久以前，在加州柏克萊校園，楓樹紅通通的葉子也給了我同樣的印象……我曾經把這種感覺寫進小說裡……」

「你用『比瞬間要長上那麼一點的時間』來表達當時的感受。」羅絲小姐說。

然後，彷彿有意彌補之前的沉默，她也變得健談了起來。

「我說古義人，那時候你會不會已經變成『童子』？哪怕只是在『比瞬間要長上那麼一點的時間』裡？自從五歲那年被那個古義撇下來以後，你一直懷抱著沒能成爲『童子』的情結存活過來。可我認爲就整個人生而言，即便只是『比瞬間要長上那麼一點的時間』，你也算得上是個『童子』。」

冷不防被她來上這麼一記，古義人只得歎道：「這倒是個頗具魅力的想法。」

4

兩週後的星期日，天還沒有開始黑，羅絲小姐便從奧瀨的飯店回來了。去時，把向前中學校長借的海釣用的小冰箱放進阿由開的車子後車廂，回程裝滿田部夫人贈送的豬排、牛排和小羊排。

羅絲小姐看起來很累，但小睡一個小時後，便又起來張羅了四人份的晚餐。

這頓餐會爲的是要聽取阿由的報告。羅絲小姐授課的兩天，阿由參加了眞木彥神官主辦的自奧瀨翻過山頭到眞木鎮老村地帶去的活動。

說到累，與羅絲小姐相形之下，作過激烈活動的阿由是從一抵達十蓆地，身上便飄漾著一股異乎尋常的氣氛。他抱著小冰箱進屋來的時候，那種與日常生活迴異的氣味，使得小明不禁畏縮。古義人甚至想起了兒時爬山走森林（他曾向羅絲小姐提到其中的一部分）之際遇見的，上山幹粗活兒的那幫人「成群的氣味」。從阿由罩住手臂和頸子的厚布料襯衫及斜紋粗棉布長褲，都能看出爲時兩天翻山越嶺的痕跡。而已然被帽子壓出痕跡的頭髮與臉上神情，也予人筋疲力盡的印象。

不單是肉體上的疲倦，只怕心理上也是趟諸多煩擾的強行軍罷，想著，古義人建議阿由乘羅絲小姐小睡的空檔沖個澡，換上古義人的衣物歇息一下，但阿由唯恐浴室的動靜妨礙羅絲小姐睡眠，固執的謝絕了。

開始用餐，以恢復了精神的羅絲小姐作核心的飯桌上，阿由依舊遲遲無法融入。想必正在腦子裡反芻著等會兒就要陳述的事情罷。於是到得喝咖啡的階段，經古義人一個指引，他便迫不及待作起了報告。

奧瀨飯店於當地錄用的年輕人一共有十名。其中五名留下來爲羅絲小姐的研討會和餐會兼會話實習班作服務工作，另外五名則加入眞木彥神官帶隊的越嶺行動。津田這邊一共四個，除了他自己以外，還有一名負責前置攝影的錄影技師，和燈光跟錄音兩名工作人員。搬運器材、便當和飲水差事由飯店方面年輕人們擔任。不過，他們最主要的業務仍在後述事情上。阿由雖沒有分攤實際上的工作，但搭帳篷過夜種種該做的事，肯定應接不暇。

由於眞木彥神官根據十萬分之一地圖製作的行程鑾精準，事情進行得相當順利。一路上，津田在自己的筆記本上寫下專業性紀錄，且數次停下來指揮錄影。而眞木彥神官讓飯店派來的小夥子們作匍匐前進，才是意外耽擱了時間的原因。

然而，臨出發時眞木彥神官告訴這些年輕人，那才是行程裡最重要的節目，所以不必牽掛時間。他們於是合作拍攝錄影帶，於成排大岩石敞露的斜坡上，沿著雜草叢生的狹窄空間，把自己設想成雙膝以下無法動彈的情狀，只靠著划動兩臂往上爬。

天黑以前便搭好了營帳，津田和他的工作人員，外加眞木彥神官，就在那兒喝酒到深夜。飯店派來的年輕人們並沒有受邀加入。這點加上白天的苦工，他們所以沒有對差別待遇有所不平和抱怨，正表明了他們對眞木彥神官心悅誠服。阿由持平的這麼說。

阿由懷疑，夜宿山中，促膝相談，會不會才是眞木彥神官此行的主要目的？用一天的工夫納入自奧瀨翻過山頭到眞木鎭老村地帶，然後走下林道的行程並不困難，眞木彥神官偏要排上兩天，他的理由是否就在此？

阿由受命搭帳篷之處，正是哥德龜的山寨當中最顯眼的地方。隱藏在大朴樹底下那口深長的洞穴，被地方史指認爲各方勢力對立抗爭的戰國時代的山寨。而距離那個時代多年後的某一個時期，又成爲哥德龜在山中逃竄的中途站，也是偶爾攜帶女伴藏身之處。

古義人正在寫把特製臥床遺留給他的那位總領事羅癌開刀之後，從建造在天坑的家頻頻徒步到山中漫遊的故事。古義人也把總領事專注於閱讀葉慈這事當作以他爲原型的小說主題。其中一個場景是總領事認定哥德龜的山寨洞穴就是葉慈的「鄂爾特幽谷中的裂罅」[1]，並於洞前朗誦有關詩篇。而按照阿由的說法，眞木彥神官似乎將之過分解讀作那其實是作者自己的行徑。

阿由在飯店小夥子們協助之下，於枝幹分岔成三棵巨朴的樹底下，因陽光受阻而草木不生的地面搭帳篷之際，眞木彥神官便以洞口一方鼓起的岩石作舞台，衝著津田和他的工作夥伴這幾個觀衆表演了起來。

他唯妙唯肖模仿著駝背而又特異的走路方式，行進到可以勾頭探望洞穴的位置，手遮耳朵——顯然在暗示古義人受傷的耳朵——好一會之後，朗誦起葉慈〈螺旋〉（The Gyres）裡面的一段。

> 發生何事？來自洞穴的聲音
>
> 它要表達的言詞只有一個，那便是擁抱喜悅（rejoice）！

讓阿由感到衝擊的是那種近乎哭喊的異樣的朗誦，簡直就是出自古義人，儘管他並不曾聽過古義人的朗誦。這天夜裡，在帳篷的酒席上，同樣的朗誦再三安可，掀起笑聲，也讓洞穴裡與阿由並排著睡袋躺下的飯店那干小夥子笑翻天。

第二天早晨，正在拆帳篷的阿由，看到津田毫不掩飾不悅的神情，對著單獨與他面對面待在那兒的眞木彥神官說：「你昨夜的長江批判是很有趣，也很犀利。每個人各自爲諸般運動奉獻青春，一旦加入某一黨派，就是想脫離也脫離不了，在這種痛苦中熬日子；如今不再年輕啦，也沒有搞過什麼像樣的事業，而他一個國際級大作家，居然要這麼樣的一群人『擁抱喜悅』，老實說，這簡直比漫畫還要惡搞。跟葉慈與愛爾蘭獨立運動人士之間的關係是兩碼子事。不過，你既然這麼刻薄的模仿過人家，還能夠下山到他家去麼？果眞你還是要去向長江兄請安的話，我們這些人奉陪起來不累死了？」

於是他們決定折回奧瀨，而不前往自哥德龜的山寨直下去要不了一小時便可抵達的十蓆地……

聽完阿由的陳述，羅絲小姐開口了。

「阿由的報告讓我覺得很舒服。他並沒有刺探眞木彥，然後回來向我們打小報告的意思。他肯定一如往常想就教於眞木彥，才會把飯店的大帳篷也搬了去的罷？

「關於眞木彥模仿古義人朗誦葉慈的詩這事，從阿由的話聽起來，津田先生的解讀也沒什麼不妥……」

「在紀錄片獨立製片的那個年代，津田兄和所謂新左派那幫人關係很深，所以比我更了解他們的想法和生存方式。」古義人說。

「他引用的那首詩是葉慈懷思在愛爾蘭革命運動中遭到槍殺的青年和同樣在這過程裡染上心病的少女，進而覺得自己務必要有所發聲才好……

「儘管傾心於葉慈，古義人你並沒有因你講的話或是寫的東西，使得年輕人遭到槍殺，乃至讓女孩子發瘋。這並不是說道德上你做不來這種事，而是你的風格讓你沒辦法這麼做。所以，說古義人是政治上的膽小鬼這個批判是正確的。

「縱使這樣，想到身為終生書寫的一個作家的責任，你也有煩心的時候罷？眞木彥也講過，別看古義人優哉游哉一副漫不經心模樣，其實也在以他自己的方式老老實實苦幹著呢。他鼓勵我，只要聚焦在這一點上，把描繪長江古義人老年的窘境當作主題來寫論文就好了。這也是我開始與他同居的第一個動機。」

「那末，羅絲小姐為什麼又要跟眞木彥神官分手呢？」阿由問道。

在古義人聽來，這句話幾近怨艾。羅絲小姐讓他突如其來這麼一問，也噤口無言，古義人只得代替她說點什麼。

「羅絲小姐、眞木彥神官，和阿由你，都有太過認眞的地方，大概各有你們自己的痛苦罷？」

「我要說的是『不容你置喙』，雖然這是一句很拗口的話……在我看來眞木彥有他頹敗的一面，我認為那正是他根本上的缺陷。我說阿由，你可千萬不要變成這樣的大人啊！」

5

松山縣立圖書館的圖書管理員通知古義人，美軍佔領時期，美國文化資訊教育中心備用的一批圖書於美日和約生效時移交給該圖書館，全屬原文書，由於估不出會有多少人來借閱，遂束之高閣。那以來一直平放在地下室的通道上。偶爾作局部性整理，發現封面背後依然附有借書卡。您天天在本圖書館準備升學考試，也不時借閱本館陳列的外文書，應能找出附有借書卡（上面有您的大名）的那些書本罷？所有的書都未經整理，雖不能出借，如能就地檢視，本館當盡可能提供方便。

古義人非常振奮。對方也有了回應，管理圖書的那名青年重新來電，告以他們將會在古義人想要檢視的那類書籍中，大致上已知其擺放處的那一堆之間清理出一條通道，並事先除去灰塵。又說，他有個在ＮＨＫ電視台當記者的朋友，也對這事感到興趣。他們認為如能在鄉土新聞節目中播放出來，將具有公衆性；遂演變成他們甚至準備提供古義人找出心目中的書後翻閱以及複印的場所。

下週中的某日，古義人搭乘早上的四國旅客鐵道特快車前往松山。城市的氣溫雖比山坳裡高兩三度，但連接圖書館地下倉庫的通路倒是相當涼爽。由於等候在那兒的ＮＨＫ攝影組正在安裝照明器材，要找出心目中的書並不費力。首先是附插圖的上下兩卷《頑童歷險記》。借書人卡片上的簽名只有古義人圓咕嚕嘟小蟲子似的字，而且重複好幾回。

即使置身潮濕混凝土地板和陳年灰塵的氣味當中，古義人仍能嗅出洋文書的油墨和漿糊味；那是他所接觸的第一個美國味。他也找到了記憶中少年古義人邊顧忌著館方的規定，邊用紅鉛筆淡淡畫線的地方。就是哈克寫信準備向奴隸吉姆的主人華特森告密，終又改變心意把信撕掉的那個場景。

錄完影後，重又檢查了一遍那本書的年輕管理員表示，鉛筆的顏色太淡，一般影印恐怕印不出來，但換上彩色影印機，不定看得出來，於是把書本送往鬧區的影印專門店去。

戰爭末期，母親曾經用好幾隻棉布襪子裝滿白米，帶到松山那場空襲中倖存下來仍忐忑於慘劇重演的道後街道，四處探訪，換來可供古義人和阿朝他們閱讀的書本。岩波文庫的《頑童歷險記》從此成了古義人嗜讀的書。高校二年級新學期開始他轉學到松山，天天到ＣＩＥ（美國文化資訊教育中心）圖書館去準備升學考試，遂發現附插圖的上下兩冊非常漂亮的《頑童歷險記》。每天每天，念完預定的參考書後，他總要從開放式書架上取來馬克吐溫那本原文書，循著記憶中日譯本的情節，讀它半個小時到一個鐘點。不久，被裡面的日籍職員發現並受到肯定，特別准許他借回去一個禮拜，因而出借卡上才留下他的簽名。

獨自留在空無一人的屋子裡好一會兒之後，古義人一時興起回到走廊上如山的書堆那裡，跪到英國文學類書籍前面的混凝土地板上，傾著上半身尋找記憶中那本應已褪色的暗紅色布匣裝書册。那是布雷克《純潔之歌・經驗之歌》（*Songs of Innocence and of Experience*）的摹印版。有了！但古義人沒法打開那本比記憶中要小得多的書，因爲布雷克的插畫裡肩上扛著幼兒面向這邊而立的年輕人，實在像極了彼得……

負責接待的女職員從茫然佇立的古義人背後告以有人打電話給他，並把他引到一樓的辦公室。而電話裡出乎意料迎上來的是田部夫人熱絡的聲音，她說在午前的地方新聞上看到古義人站在圖書館地下室堆積如山的書籍之間接受簡短的訪問。此刻總經理也在飯店，希望能夠賞臉吃個午飯……

正在爲接待室的女職員簽名時，管理圖書的那名年輕人回來報告說，NHK雖沒有付錄影費和車馬費，倒是代爲支付了整整兩本書的彩色影印費。古義人於是拎起頗爲沉重的大紙袋，坐進田部夫人派來迎接的轎車裡。

6

初次見面的田部氏，比古義人根據夫人的年歲所推測的要年邁許多，氣色倒是很好，透過稀疏的頭髮可以看到與額頭同樣膚色的腦袋，他用比較適合年輕人的慕斯，將頭髮豎立起來。他看似非常健康，在在讓你想到本身的事業也好，地方實業界的名譽職位也好，他都能夠精力十足處理得綽有餘裕。

田部夫人把一張圓桌搬進辦公室當餐桌，古義人則將裝有彩色影印本的紙袋擱到餐盤旁，準備談一談田部夫人提到的馬克吐溫。不料，田部氏儘管面帶微笑頻頻點頭，也伸手過來翻翻影印本，卻沒有對古義人與喜愛的書重逢之事持續感到興趣的樣子。而一看到古義人不再說什麼，田部氏立刻獨佔發言權。他大談景氣的前景，夫人提醒他這個場合不適於談經濟，便又喜孜孜的變換話題。

「聚攏在您這種人士身邊的倒是什麼樣人都有，他們都好有意思，該說是具有獨特的表現力罷。

「眞木彥先生雖說是神官，可依我看來並不是一般的神官，儘管我並沒有什麼標準來判斷所謂一般和特殊。哈哈哈哈！」

田部氏將那張與他餐盤裡火候適中的烤牛肉同顏色的臉龐轉向夫人，夫人後仰著上半身誇張的躲開，還強忍著笑。這使得古義人不禁懷疑，眞木彥神官會是把足以叫人笑成這樣的記憶植入別人腦子裡去的談話對象麼？

「承蒙長江先生特別關照，得以在奧瀨的別館舉辦文化研討會，聽說在會上擔任英語指導的羅絲小姐最近和眞木彥神官分開了。……說起來是長江先生的專業，您不是有本純文學的書叫做《分手的理由》嗎？其實，這個話題正是眞木彥神官談論的一部分。他把這樁跨國婚姻破局的來龍去脈全告訴了我們。該說是悲哀的幽默罷，還眞是特別呢。我問他可曾告訴長江先生，他說不，長江先生他那個人有怪拘謹的地方……哈哈哈哈！」

田部夫人從透明的紗質衣裳袖口露出宛若年糕的手肘，做出揣搗什麼似的動作。這個舉動可以說是有意制止丈夫說下去，也可以視作在努力克制自己不要笑。

「據說有一天，眞木彥神官和羅絲老師辦事——畢竟是老外，做起愛來也跟一般人不一樣，就是所謂的肛交。也許是夫婦間的彈性疲乏，這天眞木彥神官的那話兒勁頭不足，甚至被直腸的壓力擠了出來。

「這麼一來，哈哈哈哈，哈哈哈，噗——一個糗大的聲響，飄來一股臭氣。羅絲老師敢是覺察到事態嚴重，連忙分辯說那並不是放屁。而眞木彥神官當下就死了心的領悟到該是分手的時候啦。哈哈哈哈，哈哈哈！」

田部夫人突出兩條雪白的胳臂上唯獨那個部位有些泛黑的圓形肘彎，雙手捂臉，抖著肩膀笑到不行。

古義人等著夫人和田部氏用餐巾拭去笑出的眼淚，各自恢復原來的姿勢以後，這才大聲發話道：「田部氏身體看起來還很健壯，當你用肛交的方式和尊夫人辦事的時候，大概不至於半途萎縮下來……不過，我想請教你，辦完事給擠壓出來的時候，會不會發出氣聲？即便沒有聲音，臭味呢？我指的可不是放屁……」

田部夫妻收起笑容，莫名所以的愣望著古義人。

「那末，我告辭啦。既然如此，我看所謂文化研討會方面的事情，我就免啦。」古義人說著起身。

田部氏將銳利的目光投向古義人，放低嗓門說：「不，不，我們不會爲這點小事兒就鬆手讓先生您脫身的。」

「……不，您毀約當作沒這回事沒關係。想不到參加過斯德哥爾摩王宮晚宴的國際名人言行居然這麼粗暴。我有生以來從沒有受過這麼蠻橫的羞辱。你可別小看我們松山的女人喔！」田部夫人一旁嚷道。

由於出來時懶得招呼服務生，古義人站在開始下起雨來的溫泉鄉坡道上遲遲攔不到計程車，等候中他不得不承認自己方才的言行，乃是受到被懷念的老書鮮活起來的記憶影響所致。

那是個痛苦的立場。我拿起它，顫抖著；因我永遠必須從中擇取其一。我屏住氣思量一分鐘，然後在內心作了決定。

我告訴自己：「好，就讓我下地獄吧。」說著，將那張紙片撕掉。

那是個可怕的思考，是句可怕的話，但我還是說了，而且說了就算，從不曾想到要改變它。

然而，哈克伯利・芬可絲毫沒有粗野的地方。

---

1 葉慈詩作〈人與回聲〉（Man and the Echo）首句 'In a cleft that's christened Alt'，收於《最後詩集》。

第二十章　大戰「銀月騎士」

1

按照塞萬提斯的說法，這是「書中主角生平經歷諸多冒險當中帶給他最大痛苦的一章」。而此番冒險展開之前，必須言及古義人終於作的愛的表白和悲慘的挫敗。

關於在道後的飯店與田部夫妻發生衝突一事，古義人並沒有告知羅絲小姐；如若要講，即便再委婉，怕也不能不涉及眞木彥神官把他與羅絲小姐的性生活坦白給田部夫妻的事實。

然而，不說出來的話，古義人就沒法平白要羅絲小姐取消下個週末的研討會。星期六早上，因颱風接近沖繩，電視一整天都在播報氣象消息。羅絲小姐對從未經驗過的颱風很是神經質，原本大可以此爲理由建議停課的……

羅絲小姐按照預定計劃，由阿由開車送往奧瀨，卻一臉鬱悶的回來。她說，不僅包括「長青日本會」成員在內的研討會學員一副拒人於千里之外模樣，飯店工作人員的態度也令人感到不快，而且在搞不清原由的情況下敗興而歸。奧瀨那邊已是風狂雨驟，飯店對岸的闊葉樹林，稍高的樹梢已在劇烈地互相揉搓。爲擺脫強烈風雨，死趕活趕總算回到了家，只是下車奔入十蓆地玄關短短一段距離，也讓兩人成了落湯鷄……

往常總要捎回的飯店方面的餽贈也沒有了，羅絲小姐亦未主動表示願意掌廚就窩入自己房間，古義人只得拿鷄腿事先用大蒜調好味，以橄欖油煎烤之後，再擠上檸檬汁，沾墨西哥辣醬油吃。此外，他又做了莫札瑞拉乳酪沙拉和通心麵。

單單做這幾樣吃的，已經忙得他團團轉，廚房前頭偏又傳來塑膠袋摩擦的動靜，那些塑膠袋就放在原本用來裝水，如今空出來的容器裡。古義人把瓦斯爐上的火關小，探頭望向走廊，只見長褲是脫掉了，內褲卻依然兜掛在肥臀上的小明，正準備坐到與馬桶齊高且同樣是白色的那些蓬鬆塑膠袋上。古義人不禁想到邱比特凌辱雌鳥的情景……

但他還是作了實際的對應。他一邊鼓舞，一邊抱住小明上半身，將小明從塑膠容器裡不甚安穩的塑膠袋堆上扶起，帶往隔壁的洗手間。小明立時帶著轟轟烈烈的炸裂聲瀉起了肚子。

小明原本對低氣壓的來襲相當敏感，屢屢引起發作。想必在古義人張羅晚餐的時候曾有過輕微發作，做老爸的並沒有留意到。

而發作後有了瀉意，便想著要上廁所，茫然間一時搞不清十蓆地房間的配置和方位，遂把一堆白色塑膠袋誤認作馬桶了。小明沒有吃晚飯便上床休息，餐桌就只剩下古義人和羅絲小姐。他們把上回晚宴剩的葡萄酒一人一半分著喝。放低音量的電視正在播報進行速度緩慢的颱風，開始登陸紀伊半島。

也就是說，四國倖免捲入暴風圈，風雨卻越來越大。按照往例，一旦颳入甕形峽谷，風勢總會減弱一些，但十蓆地可正是首當其衝的西風標靶，可以望見暮色中三島神社的赤松和椎樹的樹梢在畫著圓圈瘋狂搖擺。關閉木板套窗時，但見擴展在屋後的闊葉樹叢，也在陰暗裡洶湧滾動。儘管敲打屋頂的雨聲不算強勁，但想到高據岩盤上的這個住家，兩人都不免對正在廣大空間恣意肆虐的風聲感到懼怕。

用完餐窩回房間去的羅絲小姐，看到小明爲《NHK交響樂時間》起床，遂用剩餘的晚餐爲他做了三明治，又用上回晚宴留下的純麥威士忌摻上水，分裝到兩只玻璃杯端了出來。

兩人默默喝著威士忌，喝光了，古義人就到廚房取來罐裝啤酒。聽著狂風怒吼，喝了一陣子以後，羅絲小姐給檢討了許久的事下了個結論。

「古義人，我想回紐約去。」

比起這句話本身，羅絲小姐消極而委頓的神情，給了古義人重重一擊。一個美國女子出於一顆無私而不求回報的心，飄洋過海來到日本這個小地方，跟他們父子生活在一起。如今不當的受到打壓，就要回她自己國家去了……

固然出於幾分酒意導致的靈光一閃，古義人也只好抓住當下似乎唯一可以讓事態好轉的構想。他滿懷眞情的說：「羅絲小姐，我們結婚吧。千樫在柏林辦了家日僑托兒所。我和她一直都互相以吾良的妹妹、哥哥的朋友這種共識維持過來，我想今後也不會有所改變……所以，妳就嫁給我吧。」

「不，古義人，我不跟你結婚。我非常了解你們父子倆，讓我成爲十蓆地的主婦大概很方便。我的意思是你固然經過考慮才向我求婚，可我不能接受。因爲你現在正意識到人生的終點！要我陪一個人去走只會畫下句點的人生，對我來說有什麼意義？

「我如果要結婚，也要選個滿心想活出新人生的人，哪怕年齡跟你一樣大。這麼說你該死心了罷？」

「是！」

宛若於風雨飄搖中的鳥籠裡舉行的這場酒宴算是結束了，醉酒的古義人順利入睡。然而，上回黑野醉後那番告白，倒也成了古義人的切身事，凌晨兩點他醒了過來。那便是徹底面對心情破壞殆盡的自己。他想到向羅絲小姐求婚遭到冷淡拒絕一事。歸根究柢，他所以向她求婚，會不會是因爲受到田部氏有關眞木彥神官和羅絲小姐性生活鉅細靡遺而又露骨的描述所挑逗？一經這麼懷疑，古義人立時掉進莫大的羞慚裡；羅絲小姐可是看穿了這一點？

2

而他不覺間還是睡著了，再度醒來，已是晴朗無風的近午時分。餐桌上擺著薄煎餅，昨夜用醋醃泡過留下來已經燒烤過的鷄肉，還有蔬菜沙拉。保溫壺也裝有足夠的咖啡。羅絲小姐以稚拙卻也奔放穩健的平假名留下了字條。

我和小明兜風去啦。有些地方想再看一看。古義人喝醉酒向我求婚不是？You are sweetie, but…

（你很甜，不過……）

這時阿由出現，陪一臉沮喪的古義人喝咖啡。他知道古義人和田部夫妻已經決裂，且認爲修復無望，只講些今後該怎麼做的事宜。阿由似已從眞木彥神官那兒聽說了整個事態；後者目前常駐奧瀨，擔任黑野的助手，神社的各項事務，則由阿由送往飯店由他裁奪。

「黑野先生也被叫到道後去吐槽。其實，長江研討會泡湯後立場最爲難的是黑野先生，可他半句怨言都沒有。這讓我開了眼界，領略到眞是個經過大風大浪的人。

「也不曉得他是正經的還是開玩笑，黑野先生說日本女性的美女要不是『般若型』就是『多福型』1，田部夫人臉圓，所以他一直認爲她屬於『多福』一型。可自從和長江兄衝突以後，食不下嚥，身體有沒有變苗條且不說，一張臉瘦下來了，這才曉得原來屬於『般若型』。」

「黑野兄既然諒解，我這邊也沒問題。我還正在爲得向他解釋感到鬱悶呢。」

「可眞木彥神官大加批判呢。」

「這話怎麼說？」古義人直接反應的問道。一想到由於眞木彥神官的口無遮攔和他古義人的反彈引發的話題又要拿出來重炒，他就不得不怒由心生。而你從阿由的神情裡根本揣測不出他到底知道多少。

「眞木彥神官大概有意藉著長江研討會來整合和鞏固一下往後與奧瀨那些年輕人的關係罷？結果因爲長江先生片面的拒絕合作，這計劃全泡湯啦，爲這個，他一肚子肝火。

「上個禮拜，眞木彥神官利用羅絲小姐課堂的休息時間，把大夥兒集合起來，就研討會中止以後還要不要繼續從事飯店的服務工作這個問題討論了一下。我也參加了，眞木彥神官可是從頭到尾都在批判長江古義人。

「他說，他們如能把長江古義人拱作整個活動的核心，使這個活動鞏固成定期永續的東西，那末，長江古義人算是生平第一遭獲得年輕人的社運基盤。研討會也開放給松山的學生，照理這運動可擴展開去。

「他又說，本來，長江到了晚年總算能夠將自己和一種具體的運動體『連繫』到一起；他這人終其一生都在『避免與青年的運動體直接關連』的模式下生存過來，想必終於領悟到畢竟無可逃避，無法像他青春之日心儀的沙特那種死法……

「眞木彥神官還說，這一點津田導演倒是很能了解，還準備以奧瀨運動作題材拍成電視片。他講這話的時候，一副遺憾的模樣。」

「眞木彥神官的既定觀念我已經聽羅絲小姐說了。」古義人有點不耐煩：「那末，眞木彥神官他們當前的行動方針是什麼？」

「黑野先生說了，田部總經理和夫人可以不必理會，但長江古義人有必要向『長青日本會』的成員打個招呼──也就是當面談一談。眞木彥神官表示他也想加入這個談話……想必認爲基於已有成果，或許也有可能促成您和全體青年來一次對談。

「在眞木彥神官來說，除非您改變主意重拾研討會，他就沒什麼展望可言，所以他的本意該是希望您和田部夫人能夠重新考慮。文化研討會一旦停辦，就只剩下供長期住房用的溫泉小別墅，在奧瀨雇的員工就要失業啦。所以他們還擬了份由全體年輕人署名的請願書，由香芽送到道後去，因爲她認識田部夫人。」

「連那孩子也給捲進眞木彥神官的陰謀去了？高校第二學期不是已經開學了麼？」古義人說，卻得不著回答。

而阿由前腳剛走，不識寺的松男住持後腳便跑來了。看樣子是有事，但他是個說話拐彎抹角的人，古義人只好先拿阿由作話題。

「依我的感覺，阿由和他女友香芽，都跟眞木彥神官在奧瀨帶領的那夥年輕人有互動關係……到底是怎麼回事？阿由不是好像對眞木彥神官很有意見麼？」

「古義人兄住到十蓆地來以前，阿由是眞木彥的頭號弟子。自從你搬來，阿由三天兩頭朝這邊跑，讓眞木彥感到不安。就像我上回所言，導火線就在這兒。」

松男住持先確定一下羅絲小姐不在之後，才繼續道：「看到阿由爲羅絲小姐做牛做馬，香芽忍無可忍直接找眞木彥告狀。眞木彥於是把羅絲小姐搶了過來當作回應。不過，看樣子，形勢好像變得不太妙——總之，進一步的事就不是我這個和尙所能知道的了。

「倒是我這做和尙的想問古義人兄，買個墳地如何？

「你知道總領事挑選地點，整建時特地參加了意見的那塊墳地罷？我們計劃在它旁邊再造個同樣的，並把周圍的地牛永久性空出來。古義人兄要不要買下作爲你和小明將來的墳地？

「我們會在寺院佈置個房間，展示古義人的書和小明的CD，不定還可以指望一些莊重的小衆（雖然不知道是happy還是unhappy）來參拜。

「上回爲前中學校長的母親做法事，我藉機和阿朝姐談起這件事，她好像沒多大興趣，大概她心想古義人兄不會在十蓆地久住。

「沒想到她今天中午來電話，要我們趕緊做好那塊墳地，又說羅絲小姐看來要回美國去了。所以，本著好事不宜遲的原則……」

「何以見得是好事？」古義人不禁慨歎，繼而想到八成是載小明出去兜風的羅絲小姐，半路上碰到阿朝，告訴了自己的決意，也就算了。

古義人於是說：「阿朝對十蓆地的前途作這麼個看法，不定比我還來得準確……所以我會好好兒考慮一番的，松男住持。」

3

黑野從奧瀨的飯店打來電話。公事公辦的公式性口吻，讓原本沉重拿起話筒的古義人，頓時有一種獲得解放的感覺。甚至禁不住回過頭去省察一下多日來鬱悶之深。他也想到了阿由對黑野這個人的重新評價。

從下週六起，「長青日本會」的成員輪番提出報告，由夥伴們講評的讀書會就要開始了。輪完一圈後再開個全體大會，任憑各人自由選擇長期停留或者離開。

「就是這樣，實質上等於敗戰的善後處理。」黑野在電話裡說：「不過，這兒沒有贏家，閣下不是吾良兄，所以不期望你具備電影方面的知識；有部二流影片叫做《無人得勝》。閣下自己該不會認爲打敗了田部夫人罷？

「頭一個上陣的將是織田大夫。講評人是眞木彥神官。織田大夫的講題是『銀髮族的閱讀』，他特別希望羅絲小姐能夠聽到。田部夫人不會來。

「羅絲小姐要來的話，你會同行罷？週六晚上會提供你們緊鄰的小別墅各一棟，至於你們要怎麼使用，那就悉聽尊便囉。此外，他們已經算好了總共四堂鐘點費和必要的開支給羅絲小姐，將以現金支付給她。

「還有，如果你有意，禮拜天上午將有一場餘興表演節目，那是眞木彥神官爲促進文化研討會講師與學員的情誼而醞釀了好久的計劃。第一回是只有內部幾個人參與的小規模活動，可也花了很大心思設計。先別說羅絲小姐，或許長江兄肯於來參一腳。」

羅絲小姐一聽這話，立刻積極的表示興趣。古義人也有意跟「長青日本會」成員打個招呼。他請阿由開車送他前往奧瀨，阿由說那就把香芽也載了去。從第二學期開始常常缺課的香芽，不得不參加下午的補習，一直到四點才下課。既然如此，那又何必找她去呢？古義人這麼說，阿由卻跟上次一樣不予理會。

因此，一行人到達奧瀨，已是五點過後。「長青日本會」的會員都在飯店主樓的談話室輕酌餐前酒聊天。主樓後面地下室有間大澡間，允許房客著浴衣從那兒直上談話室。古義人的新印象是每個人都顯得生氣勃勃，動作也變得輕快許多。習慣於喝烈酒的黑野除外，但仍由織田醫師一旁陪著牽制，在晚餐後音樂廳的聚會之前，只准他喝啤酒。

以往，在偶爾想起來那些爲反對政府的新法而在某些場合乃至試映會上碰過面的津田，總給人有點浮腫的感覺，如今紅光滿面，人也緊襯多了，看起來像個銀髮族運動員。聽說他經常到位於順著國道再往上爬七、八分鐘的田部集團高爾夫球場揮桿。

古義人本來覺得要跟眞木彥神官見面有點麻煩，幸好後者到此番幫忙甚多的那位舞台監督那兒商借該團演出《犀牛》2時製作的小道具去了；因爲要表現的是赤軍連和警察機動隊雙重印象，需要這一類裝扮。

黑野湊過臉來——距離近到古義人都能聞到酒氣——補上一句道：「別看他那個樣子，個性上還是有他軟弱的地方，八成覺得今晚不好跟你碰面罷。」

儘管在乎這個在乎那個，羅絲小姐倒是不像上次研討會結束回去時候那樣悶悶不樂。她雖表示總覺「長青日本會」成員都鄙視她，但看到那些初老學員英語會話下課後仍找著她談個沒完，古義人止不住懷疑，那可能是心情消沉的她表現出來的反應過度。織田醫師率先找著羅絲小姐攀談。醫師的監視一鬆懈，黑野就把古義人引到談話室一角櫃台那兒，理所當然調製起冰塊加純麥威士忌。他告訴古義人，自從古義人與田部夫人公開決裂後，眞木彥神官把那干小夥子找來加入談話，共商飯店的未來走向，已成了習慣。因此，小夥子們照理也會參加織田醫師今晚的講演。

「你我這一代人，三杯下肚免不了要提六〇年代安保的話題不是？什麼示威遊行啦，而且聚焦在跳蛇形舞的示威遊行上。我參加的那一次是七〇年代的安保抗爭，東大醫學系那場示威遊行，織田先生好像也涉入很深哩。

「不過，聽說這些年輕人看到當時示威遊行的新聞片，就忍不住笑了起來。那些示威的遊戲，實質上有什麼效果？根本連個可能性都沒有。他們甚至還說：你們其實都曉得不會有什麼效果，你們扔石頭揮棍棒的時候，壓根兒就沒有當眞罷？

「讓他們這麼一數落，連當年被看作騎牆派典型的我這人內心都感到不安。閣下想必也是如此罷？

「事實上，一次又一次激烈的大規模示威遊行的累積，讓閣下敬愛的鵜飼先生這位戰後民主主義的教宗，也站出來宣示說，一九四五年沒能實現的民主主義，可望以公民層次來完成……」

「鵜飼先生並沒有說過或寫過這樣的話。只是在接受某美國記者訪問時候有過類似的措詞而已。」古義人道：「再說，你所謂教宗什麼的，我認爲跟戰後民主主義的天皇一樣不具任何意義。你倒說說看，鵜飼先生究竟有什麼權力呢？」

黑野用溫柔到古義人不禁聯想到一隻放蕩羊兒的眼神接受了古義人的反駁。一直以來，古義人就對黑野時常在深夜的電視談話節目裡搞這一套感到奇怪。

「……總而言之，事隔四十年，被人家信誓旦旦指出當年凝聚了那麼大能量的示威遊行並沒有帶來任何什麼，我也不由得心想，是這麼回事麼？

「不知道該說是身段柔軟還是半吊子做事不徹底，你也曉得我這人正是在這種方針下活了過來。而織田大夫可不是這樣，他是凡事拘泥的一型，對於年輕人們的說法他不能苟同。他以他的專業成爲一名成功的醫師，卻好像一直把七〇年代的抗爭記憶神聖化。所以，作爲『長青日本會』的基本思想，要是延續織田大夫說法，他建議恢復『我們青春時代的蛇形舞遊行』。

「直截了當的說，你我目前的想法不同，沒辦法將同一個主張寫在標語牌上舉著去遊行。因此只能化爲身體的行動，由我們大家作演員，來一次小規模的示威遊行。這就是明天準備表演的餘興節目。

「眞木彥神官跑去張羅的是遊行示威隊員的裝扮和警方機動隊配備。從鋼盔、盾牌到服裝，他會帶來全套的。」

大夥兒轉移陣地到鄰接的大餐廳——目前只在一個角落擺設了晚餐餐桌——，與古義人將羅絲小姐夾在中間而坐的織田醫師，挑起了話頭。

誠如羅絲小姐先前形容的，織田醫師以殷勤的態度談起了明天的餘興表演。換句話說，他主要是想解釋給羅絲小姐聽，但也可以看出他同時希望古義人能夠明白他是眞的想做這件事。

「我說羅絲小姐，我拜訪過長江先生以後，對『銀髮族的閱讀』才眞的得到了啓發。從那以來，我一直就在密集閱讀班雅明的作品。我按照羅絲小姐的恩師，那位叫做，糟糕，我老是記不起他的名字……對了，諾斯洛普・弗萊，謝謝妳提醒……照著他的方法在re-reading（重讀）。今天晚上要談到這個，而且又是守著羅絲小姐談，讓我心情上好像又回到實習醫師時候那樣，總之，我目前正在重讀班雅明。

「就在這個時候，眞木彥神官提出了餘興表演計劃，說準備重新投入（而且是很認眞的）六〇、七〇年代示威遊行那椿往事裡。這不跟我的重讀班雅明不謀而合麼？

「年輕小夥子們只會嘲笑我們的示威遊行抗爭，不肯花力氣去思考示威遊行的意涵。該說是淺薄還是冷酷……

「當初要是我們的示威遊行成了扳機，引發了類似墨西哥城托洛卡岱洛廣場那場屠殺事件[3]的話，不知已造成什麼樣的後果？那種悲慘的情況，比起，不，該說那就遠非六〇、七〇年代實際上在東京發生的變亂所能比擬的了。

「聽我這麼說，這些年輕人居然拗道：『即便那樣，日本還是一無改變啊，就像墨西哥沒什麼改變那樣。你們就憑著揮動棍棒互毆打鬥，到底想改變什麼？』

「我於是心想，好罷，就讓你們瞧瞧我們的厲害。在今晚表演節目裡，我將拚著這把老骨頭去演『一個有能力給過往的東西撩起希望火花的人』——這是我效法羅絲小姐，從讀書筆記裡引用來的句子。

4

織田醫師充當護花使者，讓羅絲小姐挽住胳臂來到音樂廳後，將她安置到講台正對面的座位上，開心的看著她講了起來。

「住到奧瀨這個山坡以後，我開始名副其實地逐行逐行重讀年輕時代看過的書。按照羅絲小姐的老師含蓄的說法，就是重讀。

「我讀的是什麼？學生時代我學過德文。我一面靠著翻譯本細讀華特・班雅明的原作；這種讀法是長江先生教我的。

「目前看的是短短的一篇論文，叫做“Geschichts Philosophische Thesen”也就是〈歷史哲學論題〉，相當有名的。我逐行逐行，一句一句慢慢的重讀。一開始，單是拿譯文的單字和原文相對照，就會有『啊，原來如此』這種銀髮族式閱讀的領會呢。

「剛才也說過，這篇論文很短，而且盡是由一些小章節組成，所以很方便於重讀。同時，它的主題又跟過去有關。該是像我這樣以重讀自己過去為目的的閱讀老人最適合的書本罷？可以說是『銀髮族的閱讀』最恰當的典型了。

「我們這些老人一說起道理就是長篇大論沒完沒了，實在難纏。我只打算引用班雅明的一小段詞句作例子。記得那是當時還在念醫學系的我讀過的一段譯文。像這樣把有意引用的一段詞句抄到筆記上，如果是譯文，就連同原文一起抄下來，這是學自羅絲小姐的閱讀方法，我想同樣適合於『銀髮族的閱讀』罷。

「班雅明把人類的過去比作一本書。這書中『暗藏有索引』，而且『該索引指出了過去的解放。』」

「我們每天傾聽的聲音，實在是多種多樣。其中就有『事實上，前人周遭空氣裡的那一股氣息』……關於那一股氣息這句譯文，我自己倒是另有看法……『可曾觸及你我本身？我等傾聽的諸般聲音裡，是否混雜著如今已然沉默的聲音的回音？我們追求的女子當中，會否存在著她們已無緣認識的以前的姊妹們？果眞如此，則從前的各世代與你我這一代之間，必然有一種秘密的約定，讓我等肩負著他們的期望出現於這個時代。我們與先行的所有世代同樣，被賦予彌賽亞—救世主式的能力（哪怕只有一點點），而過去遂對這能力寄以期望。』

「或許各位會說我毛遂自薦打頭陣當講者，是不是又不想幹了？可我覺得我這場報告單單引用這段論題就足夠了。然後再由預定的講評人眞木彥神官開頭，帶在座的各位來討論今後的問題。這就是我和眞木彥神官擬定好的程序。他要我把論題六的後半段也引用一下，所以我還是把它念出來。

『彌賽亞不僅是來地上作解放者，同時也是反基督的征服者。一個有能力從過去的事件中燃起希望火花的人，無非是深知敵人一旦獲勝，絕不會在死者之前停止前進的史學家。而敵人目前依然節節勝利。』

「到這裡本該由眞木彥神官開始講評，但他今天到松山張羅表演用的戲服和小道具去了。他授權給我指定代打的人物。

「在座有兩位眞木彥神官弟子級的年輕人，我先請其中一位阿由君上台來發表意見。」

「長青日本會」成員都頗覺意外的望著以沉穩深思的神情起身的阿由。香芽坐在他身旁，挺直背脊，唯獨整個腦袋頹然下垂。

「如果眞木彥神官在座，準備就剛才引用的那段文章提出意見的話，相信他一定會談到反基督這個議題。眞木彥神官曾經跟我談過長江先生小說裡的反基督。

「現在，我也要根據我的小記事本來談一談到底要把 **anti-/ante-**這個接頭詞解釋作反還是前。眞木彥神官表示，長江先生受教於六隅許六老師，把重點放在前上面，可這樣行麼？雖然把基督之前出現的領導人、革命家種種的化身涵蓋在內這一點看來，六隅——長江的想法也蠻有道理。

「眞木彥神官批判的是，身爲學者的六隅教授先且不說，長江先生是個小說家，亦即實踐者，不是該自前基督中認淸反基督，明確的將之問題化麼？」

香芽抬起下垂的頭——這麼一來，緊綁著頭髮的腦袋遂靠近站立的阿由肩膀——作了番補充。

「眞木彥神官說，長江老師並不是沒有將之問題化，而是問題化得不徹底。」

「眞木彥神官批判說，長江先生的小說裡是有反基督的角色，只是身爲作者的他並沒有徹底的去思考那種反基督性。既然反基督，就是敵人，務必打倒它；但長江古義人就是不這麼做，這正是他的弱點。」這是阿由說的。

「沒錯。」香芽加重語氣表示同意之後，重又將腦袋垂向一面薄牆似的背脊前面。

「長江先生的小說裡，眞木彥神官要批判的是眞正的彌賽亞一旦出現，所有的前基督也同時成爲救世主這種思維。他說，反基督是眞正的彌賽亞現身的阻礙者，硬要拿它來與實際上現了身的彌賽亞合而爲一，顯然是錯誤的；那是沒有經過實踐錘鍊的一種不徹底的表現。」

香芽這回依舊垂著頭補充道：「眞木彥神官說，這正是長江先生沒辦法叫人信任到底的地方。」

她這句話立刻在黑衣工作人員之間引起一陣騷動，當中甚至夾著一些笑聲。

「原來眞木彥神官把這當作對我這場報告的講評，打算展開進一步的批判。」織田醫師提高嗓門，展現平息騷動的威嚴。「因此，他才會認爲彌賽亞來到地上作反基督的征服者這句話的提示是有道理的罷。而敵人依然節節勝利……是罷？」

「回到方才的話題，長江古義人沒辦法叫人信任到底，不就是事實麼！」如此大聲對抗的是置身工作人員中間的一個年輕人，感覺上織田醫師剛才那番帶幾分告誡意味的應對，便是衝著他來的。

年輕人說：「由於長江先生突然毀約，準備拿奧瀨當根據地的構想泡湯了。根據地這個想法可是來自長江先生的小說哪。

「可事到如今已經太遲，眞木彥神官也許無意去譴責長江古義人，但我們總有權知道毀約的來龍去脈罷！」

羅絲小姐起立，面對質疑者解釋了起來。

「長江古義人並沒有毀約，因爲他根本就沒有正式簽約。用這種方式把人家不知不覺拖下水扛起責任，是黑野先生一貫的做法。

「不過，古義人本來打算出席研討會，沒想到突然回絕了，沒有一個人告訴我回絕的原因。我於是打了個電話給田部夫人。原來問題出在日本男性的蔑視女性……起碼田部夫人認爲我和她都是蔑視女性的受害者。她把整個事件一五一十坦白給我聽。我這才曉得爲什麼田部夫人會對古義人的改變主意來得那麼情緒化。

「我要是講出實情，各位大概就能夠了解眞木彥何以沒辦法向你們解釋了。

「『長青日本會』的各位，相信已經從黑野先生聽說了事情的原委，在飯店做事的你們大家，肯定也是如此，想到這個，我非常不愉快。不過，現在我明白了眞木彥並沒有把事情說淸楚。

「因爲古義人不再協助研討會方面的事，使得你們有關根據地的構想泡了湯，所以各位對古義人和我感到失望和反感，爲此，我願意用我的母語由衷的說句"I am sorry"。然後，我決定把事實向大家坦白，雖然對我來說，也是件相當屈辱的事。

「說老實話，我從田部夫人那裡聽說了事情的經過之後，曾經建議，由古義人向田部夫人道歉，然後表示願意重拾文化研討會的協助工作。我說我可以說服古義人這麼做。

「田部夫人回答我：『對日本女性來說，被人暴露閨房隱私，或者拿來指桑罵槐說東道西，簡直是要命的恥辱……對於名譽受損這事，妳難道不打心底生氣麼？』

「我於是說：『如果妳指的是眞木彥爆料他和我肛交那件事，我會看不起他，把他視作男性社會中的軟腳蝦，但我絕不會認爲自己有什麼好丟臉的。我和大學裡的副教授老師結婚，來到橫濱，他酒精中毒，還是個同性戀者。我們起初的性關係，總是他看著我這一頭自慰，他那一邊做同樣的事，而且一年也只有那麼兩三回。後來憑著雙方積極的努力，總算能夠進行肛交了。』

「我把跟分了手的前夫之間的這些事說給眞木彥聽。或許是出於好奇心，我們也開始嘗試這種方式的性愛。眞木彥並沒有說假話，我認爲他只是缺乏『惻隱之心』。我覺得很遺憾，心想，要不了多久，我們只好如眼前所擔心的，對持續下去的婚姻生活死心。

「如此這般，我和田部夫人的對話縱然沒什麼成果，總算在圓滿和諧的氣氛中結束。我的發言就到此爲止。」

羅絲小姐坐下，微傾著發紅的臉站在講台上的織田醫師，和好發議論的那個年輕人都默然不語。

而其他人都被羅絲小姐所感動。

這時，從正面的通路後方，出現了一個披戴著黑鐵皮鎧甲的人。他把罩有塑膠面罩的鋼盔往後一推，露出來的是眞木彥神官那張面孔，以透亮的聲音告知大家。

「機動隊員的服裝都準備齊全了。遊行示威群衆的穿著也選了具有各時代特色的運來了。明天早上，請各位到主樓後面選自己喜歡的穿上。上午七點開始遊行。爲這個得在談話室準備簡單的便餐，所以請各位工作人員現在就散會！」

羅絲小姐轉過臉來看古義人，臉上因方才那番發言而泛起的紅潮依然未退。

她對古義人說：「我不是說過眞木彥就是參孫•加拉斯戈麼？他那是現代日本版『銀月騎士』的裝扮哪。以古義人你這個唐吉訶德來說，決鬥是免不了啦！」

走下講台來到她身旁的織田醫師，同樣對古義人說：「我送羅絲小姐回房去。她剛才那番話讓我深受感動。不是有過傳言說，遊行示威決戰前夕，有時能夠期望從女學生同志那兒獲得民主式的激勵嗎？

「六〇、七〇年代，我雖沒有那種幸運，可那方面的夢想是有的。班雅明所提倡的正是要你去『重讀』過去或有可能發生的事！」

1　般若原指面目可怖的女鬼，在此則指瘦長臉；多福原指有著小眼睛、塌鼻梁、大胖臉醜女面具般的女子，在此則指圓圓臉。

2 《犀牛》（Rhinocéros）為法國荒謬劇作家尤金・尤涅斯柯（Eugène Ionesco）一九五八年的作品。

3 墨西哥城托洛卡岱洛廣場屠殺事件指發生在一九六八年十月二日晚上，墨西哥鎮暴部隊對三文化廣場（Plaza de las Tres Culturas）上的示威學生開槍掃射，造成數百人死傷的悲劇事件。

第二十一章　阿貝里雅內達的僞作

1

本身就像一片深濃陰影的飯店主樓這一邊，黑壓壓聳立著白葉背橡樹群。樹底下三五成群的人，圍繞著空汽油桶裡用廢木材燃起的篝火取暖。

他們是爲「長青日本會」示威遊行表演找來的臨時演員，以工作完畢之後，可在大澡堂泡澡暖身，又能參加早上就在餐廳舉行的酒宴，外加以日計酬的條件，從松山市火車站前帶到這裡。往地下室的工作人員通道一帶，也可以望見一些黑黝黝的人影。

俯視的目光習慣黑暗以後，古義人看到只因沒有篝火好烤，顯得百無聊賴杵在那兒的「長青日本會」諸君子。

沒有鬧鐘，也沒人喊醒他——縱使這樣，在十蓆地的自家，古義人經常是天亮以前便起床——這天早晨，他於幾近眞木彥神官叮嚀的集合時間醒來。分配給他的小別墅位於靠近音樂廳的高處，踩著草長得過長的草坪往下走，他看見站到亮處來的織田醫師意氣風發的模樣。他的夥伴和那干臨時演員，應該也各自挑好並已穿上眞木彥神官從劇團調來的舊戲服。醫師泛紅罌粟花色襯衫上面穿了件同系統的深色背心，將格子紋西裝褲腳折進半筒長襪裡……

古義人走到草坪上挑剩的一些舊戲服旁邊，聽見白葉背橡樹上傳來一對山鳩啼叫。仰首望去，幽暗的粗大枝條之間不見鳥兒踪影。

織田醫師那身穿著儘管有些古板，卻也顯得瀟灑帥氣，戴了頂寫有『東大全共鬥』[2]的鋼盔，脖子上纏條毛巾。羅絲小姐正在幫他調整毛巾和領口之間。鮮黃色針織套衫上披了條絲質圍巾，看起來很是青春的她，仔細替他整理完再退後兩三步看看是否像樣一點。

古義人招呼道：「今天這場戲碼設定，是回到六〇年代安保抗爭不是？『東大全共鬥』不是時代錯亂了麼？」

「是羅絲小姐爲了搭配服裝替我選的……我也有自己深一層的想法。」織田醫師任由羅絲小姐重新爲他纏好脖子上的毛巾，一面轉過那張精力十足的面孔回答古義人。

「除了鋼盔和毛巾，其他都是我住到這兒以來散步時候穿的。我先檢查了非組織勞動者『無聲的聲音』團隊的用品，老實說，劇團的用具眞是不衛生哩。作爲一個活生生的人，我雖不能說跟汗臭無緣，可那種老舊法……長江先生可是文化人那種『不裝扮的裝扮』麼？」

「正如您說的，當年我就欠缺示威遊行群衆那種性格。」

「古義人，你來遲了，已經沒有時間用早餐。」羅絲小姐來到旁邊說：「我估計會有這種情況，給你帶來了巧克力。」

好幾根方木材上釘著三合板的標語牌，給扔在朝露潮濕的山坡上。津田蹲在那裡，逐一檢查板子上的字句。他穿著走路鞋，卡其色夾克底下是斜紋布西褲，頭戴老舊登山帽，活脫脫就是六〇年代左派劇團的重現。

津田末了單手拿起書有「解放沖繩！」濃黑字跡的一支起身。他把裝有自己衣服的包袱遞給走近前來的香芽，以兩手支起標語牌，做出高舉的模樣。

他留意到古義人，遂問道：「古義人先生，您也要扛這玩意兒麼？」

仍是小眼睛，氣色倒是很好的津田，似乎打心底快樂享受著即將展開的活動，使得只爲因緣際會加入這場盛會的古義人不免感到幾分心虛。

「我第一次到沖繩[3]是六五年……那時，那霸一個小劇團的領導人談到他留學早稻田大學當時——那是說，他是帶著護照來的——他們以阿爾及利亞解放作題材的舞台劇。那是你的劇團罷？」古義人說。

或許是出於顧忌罷，隔著段距離抽菸的黑野，對兩人說道：「按照規矩，舉牌示威無妨，可你不能踩掉標語牌，揮動帶有釘子的木棍，這是和眞木彥神官那一方協定好的，因爲機動隊的盾牌是厚紙板做的。長江兄空手就行啦；六〇年代那場安保抗爭中，你和蟹行氏都是又瘦又蒼白，大概沒有舉牌交鋒的力氣罷？」

黑野本身的裝備就不足以參加示威遊行，他只戴了頂前後帶簷的大帽子。昨夜的宿醉加上清晨冷空氣，讓他鼻頭發紅。

同樣跑到一邊去吸菸的麻井，魁梧的體格和整潔的頭部，仍是一派大企業高級幹部模樣，待他與津田一般裝束回到現場，已是十足示威遊行領導級派頭。

麻井來往於「長青日本會」成員與汽油桶篝火的中老年示威隊臨時演員之間，好像在連絡什麼，八成是遊行的統籌工作罷。也不知第幾次前去連絡，再回到這裡來的時候，身邊跟隨著同樣戴鋼盔、纏毛巾，模樣卻與高校惡少頭頭當年相彷彿的三瀨其人。

「長江先生，我給您帶來這位老同學。他說想跟您打個招呼……」

「我原以爲飯店所謂的工作，並不是這碼子事……緣分就是緣分唄……」三瀨說。

三瀨回到開始整隊的示威遊行那邊以後，麻井便拉開嗓門對「長青日本會」夥伴們道：「緣分就是緣分，這話固然說得好，說得妙……可還是讓他們穩住後衛，咱們就來好好享受一下咱們的示威遊行罷。要是熱熱烘烘儘著聊下去，只怕你我對那個時代的懷舊情懷也褪色啦……

「我們領先，他們隔著段距離跟來，否則成不了示威遊行的態勢。在六〇、七〇那個年代，我們也常個別一個隊示威遊行。活動解散後，在陸橋下小酒館碰到別的示威遊行隊，彼此間不也一股假裝不知道的氛圍麼？這回你我心情上務必確認這是我們的示威遊行，換句話說，我們要尋求合作，但也不怕孤立！」

一夥人由麻井帶頭，兩兩並排列隊在一條坡度和緩的紅磚道上，開始爬向音樂廳。容光煥發，姿勢挺拔的羅絲小姐一旁，香芽認眞而又黯然的神情目送著大家。至於阿由，既然屬於年輕工作人員一夥，自然而然給分派到眞木彥神官麾下的機動隊去了。

織田醫師的帽簷咚一聲撞及走在旁邊的古義人腦袋，足見他戴不慣鋼盔。他也不致歉，依舊偎近腦袋，悄聲說起話來。

「長江先生，我跟白種女性有了番初體驗！昨夜兩度春風，今早又是一番雲雨，三次都射了精。人生還眞不只第二春哩！」

麻井提高嗓門演起了示威遊行隊伍的總召。

「請大家停止私下交談！讓我們用歌唱來提高士氣！〈民族獨立行動隊之歌〉，這首歌大家應該都會唱罷？那是『我們的時代』之歌！一，二！一，二！『起來，祖國的勞動者，來！讓我們捍衛光榮的革命傳統！』」

「不該是從『讓我們捍衛民族的自由』開始麼？」津田同樣大聲打斷道：「而且和步伐完全不搭調。停一拍再踩出去，唱歌也要這樣才行。該怎麼說呢？該說是切分音還是後半拍起步罷，總之嗯一聲停一拍，再往前踏出一步，算是連哼帶唱的槌球比賽啦。

「既然開了頭，就把這首歌唱到底吧。第一節歌詞才好呢，讓我們唱給新世代的機動隊諸君聽！」

「好，也讓羅絲小姐聽聽正港的調子！

讓我們捍衛民族的自由，起來，祖國的勞動者，讓我們捍衛光榮的革命傳統。我們要以正義的熱血打倒民族的敵人、賣國賊！

起初，只有麻井一個人在獨唱，接著，織田醫師和一兩人和了進來。

前進，前進，緊團結。民族獨立行動隊，前進，前進，向前進。

別說第二節，第一節還沒有唱完，歌聲便停歇下來，使人不禁要慶幸唱著的時候，乃至歌聲衰萎至熄滅以後，後方的示威隊都沒什麼反應。麻井似已有心理準備，並不堅持繼續唱下去。由於地形和風向的關係，湧自溪流的晨霧逐漸將一行人籠罩起來，示威隊就在濛濛霧氣中行進著。從剛才就持續不斷的山鳩啼鳴之外，又加上了成群山雀的叫囂。

這也就是說，「長青日本會」諸公全都靜默下來了，安靜到相隔十來公尺隨後跟來的示威隊悠閒的對話都聽得一清二楚。顯然他們並沒有加入合唱——只怕連唱的是什麼歌都搞不清——走在前頭的人氣喘吁吁揚聲歌唱時候，他們自管悶著頭各自交談。這不僅讓古義人和「長青日本會」成員感到給澆了盆冷水般掃興，也在歌唱者之間散發像是捻緊的繩索被解開了的鬆懈氣氛。

「我說長江兄，打從砂川抗爭[4]那個時候起，咱們的示威運動就是這副德性。從一開始遊行就是這樣。等到眞要開步走時，心情上已經是『戰鼓偃息日已暮』。散散漫漫走呀走的，一心只巴望遊行解散閃人也罷。不就是這樣麼？」

聽到黑野這麼說，津田反駁道：「我們可不是那樣。示威隊包圍國會那天，後續的隊伍綿延不絕待命在那兒，在那股勢頭推動之下，示威隊一波波相繼出發。外加決意堅定形成的一股氣勢。我這輩子從沒有像那樣拚老命奔跑過，而且還不覺得累呢。那會兒年紀也輕……如今嘛，沒走兩步，已經上氣不接下氣啦。」

「你還不錯，還能夠呱啦呱啦講這麼一堆話。我已經喘不過氣來啦……」

「黑野兄該戒掉烈酒才好。織田大夫說的，到了你我這把年紀，所謂spirit（精神）嘛，已經是亡魂的同義詞……」

古義人本來想對織田醫師說：「不，在羅絲小姐心目中，你才不是這樣。」無奈自己也喘不過氣，只好巴巴聽著醫師心懷鬼胎的笑聲。

也因爲年齡關係，「長青日本會」成員的示威隊伍這份沉默，反倒慢慢醞釀出一種肅然氣氛。這使得他們與背後邊走邊聊天的那票人有了明顯區隔，令人覺得他們是另一個異質團隊的遊行。他們與帶有和緩轉彎的紅磚道很相稱，如實的，靜靜的往上爬。

飯店方面鎖定自事業和教職退休下來的銀髮族及其配偶作長期住宿的房客，從用餐的主樓到天然林邊緣的音樂廳之間，設計了一條紅磚漫步道，這是田部夫人非常引以爲傲的。的確，在廣大土地上畫出多樣曲線的這條路，距離雖長，但要不是得這樣邊唱歌邊快步走，想必會是對身心皆宜的一條漫步道。

隨著向上前進，每變換一個角度，那些小別墅群便呈現另一種樣貌，它們四、五棟（每棟都是雙拼式的房子）聚集在一起，形成好幾個群落。穿過一個區塊上方的道路，不覺間來到另一個區塊的下方，而上下兩塊之間的草坪上，可以看到將本地特多的黑色土壤踩出來的小徑。此外，還有一些階梯形直線通道，以捷徑方式貫穿和緩舒坦的紅磚坡道，那是給雇傭們用來搬運東西到別墅群和音樂廳去的。身心都還年輕的遊客，勢將利用這些捷徑。

昨夜音樂廳那場聚會之後變得益發情投意合的羅絲小姐和織田醫師，外加古義人與眞木彥神官，四人遂在法國新藝術風格的鑄鐵夜燈引導下，順著那條捷徑往上爬。古義人分配到的是與羅絲小姐緊鄰的雙拼套房，順理成章該與送羅絲小姐回房的織田醫師同行才對，但他有點擔心眞木彥神官將作何打算。沒想到眞木彥神官其實另有圖謀……

小別墅位於總是撩撥他諸多記憶，如今已成了老樹的櫻花和山茱萸龐大的樹叢上方。示威遊行隊伍行進到這些林木邊緣的紅磚道時，織田醫師仰望著上方的別墅，向古義人展現出幾近天眞的表情。

昨夜，爬向別墅套房時，走在前頭的織田醫師表示想跟羅絲小姐繼續談些有實質內容的話，古義人儘管有些在意眞木彥神官，還是同意了。正準備獨自回到自己的客房，眞木彥神官居然理所當然似的跟了進來。兩人於是演變成一起聽見雙拼住房隔壁傳來羅絲小姐回應的確有實質內容談話的狂野叫床聲。然而，縱使這樣，古義人此刻可根本沒有心情對開心的織田醫師擺出一副共犯的表情……

2

那是因爲昨天深夜跟進別墅套房的眞木彥神官帶來一本雜誌，並對其中一篇論評所作的解釋，實在夠煩人。眞木彥神官發表過長篇大論——疲憊污垢的臉上透露出一絲打完一仗的昂奮——離去之後，古義人還又看了一陣那本雜誌，後來儘管沖過澡上床，仍遲遲無法入眠直到將近天明。他差點沒趕上預定遊行的時間，就是這個緣故。

「您當然是老花眼囉？這房間的照明好暗，字體又小，讀起來怕是很吃力，還是由我來抓住問題的重心讀一讀吧。這篇文章採取的是後現代評論體裁，意圖卻是十足迎合時尙的另一種東西。跟您和羅絲小姐一路仔細共讀過來的《唐吉訶德》在旨趣上還眞有點異曲同工之妙，我指的是阿貝里雅內達的僞作……

「因爲他讓《換取的童子》裡面的人物，也就是古義人和吾良，衍生出有別於您期望的另一種故事！」

古義人給撩起了興趣，伸手想取那本薄薄的雜誌，對方卻不肯給他。

「這是與您也有關係的某家大報社，鎖定讀書人出的雜誌。那篇文章以小說講義——換上美國，應屬於創作寫作班，在日本就該是文化中心講座——的形式寫成。寫手是叫做加藤典洋[5]的文藝評論家。您不也向羅絲小姐推崇過，太平洋戰爭『戰後』，最值得推崇的就是此人麼？文章好像分兩次刊出，這只是前半篇，單看這前半篇，您即便不狼狽慌亂，也會氣得要死，肯定沒法優哉游哉下去。我是從松山一家書店找來的。

「《唐吉訶德》寫到第五十九章時候，發現有人出版仿冒的僞作。我心想，不定您也會像塞萬提斯那樣，寫部對抗僞作的新作，既然這樣，那就越快越好，所以……」

眞木彥神官以逗古義人焦急爲樂般說了半天，這才翻開附有紅色書籤的雜誌。

「這位評論家先是以蒙古大夫式的診斷說您由得獎引發的心理障礙，終因吾良之死而康復，接下去才進入正題。

我首先要說的是這部小說著實非常奇妙（笑）。這奇怪的程度可以舉兩個事例來說明。

小說裡的人物吾良，是個「脆弱」的人，這「脆弱」的背後，顯示著從過去持續到現在的，長期性的暴力觸發點。

「到此爲止我同意他的說法。身爲作者，您也沒什麼異議罷？我認爲這種東西表現在吾良先生製作的電影裡尖銳而嚴重的暴力鏡頭上。或許正因爲他是這樣一個人，才會直接暴露於黑道的暴力之下罷？」

然而，奇怪的是接下去作者有如要爲這事作旁證那般寫道，其實古義人自己「近十五年來」，亦曾暗地遭受過若干次來自某奇怪右翼勢力的恐怖行動傷害（以蠻力壓制他，定期用小鐵球去砸他老毛病痛風的腳趾）。唯讀著讀著，總覺這是虛構。

「就是這個地方，古義人先生，我不明白加藤先生爲什麼要用『讀著讀著，總覺得』這種講法。因爲我實際上見過您，就像眼前這樣看到您脫掉鞋子，露出蒟蒻根一樣變了形的腳趾。從這幅景象我知道那並不是虛構。

「的確，我不是完全沒有懷疑過，可我把它想作是您在哪篇文章裡談過的小說技巧——將事實寫得像是虛構，將虛構寫得像是事實。」

滔滔不絕說個沒完的眞木彥神官忽的停下來，瞇起隻眼仔細觀察著古義人的反應，後者只好問道：「你是說，如今有了另外的想法？」

「話是沒錯，可是——」眞木彥神官仍是一副有所隱瞞的口吻。「我無意向您這位當事人堅持他那種說法才是眞實的。我只是根據阿朝姐轉述的千樫女士的看法來思考。」

「這個嘛，我也從阿朝聽說了。千樫往柏林之前到這裡向母親辭行。由於我和小明定居到十蓆地是阿朝出的點子，所以她有點擔心，便向千樫說，哥哥眞的可以照我這個方案，住到老家來麼？因爲一直以來都把哥哥當眼中釘的鍛鍊道場那干殘餘分子就住在附近……

「我第一次在自家庭院遇襲的時候也好，再就是斯德哥爾摩的飯店前面那回也好，千樫都沒有置身出事現場，她只是事後護理我這隻被砸傷的腳。聽了阿朝那番話後，千樫的回答竟然是：『妳哥哥因爲一連串的恐怖行動而傷了腳。往後，不管他到哪裡，或者回到什麼地方，只要他活著一天，而且跟自己的腳在一起，同樣的恐怖行動怕都會繼續發生。

「阿朝於是心想，原來是這樣的。但做哥哥的和小明住到這兒來，發生『亡魂』遊行那樁事故時候，她還是向你問了話……」

「被阿朝姐質疑是事實。而我的答覆是，古義人先生如果那樣過度反應，足見您對那個『亡魂』的原型人物確實抱持著強烈的罪惡感。不過，阿朝姐似乎覺得對事情的領會還是有所偏差。」眞木彥神官說。

「偏差呀……」

「被砸爛雙腳的那名美軍的『亡魂』讓您受到很大衝擊。我於是說，您肯定多年來一直都在思考那件事。

「可阿朝姐卻認爲——想必是受她與千樫女士談話的影響——最讓您懷抱罪惡感的該是吾良先生，嚴重到甚至恨不得用小鐵球去砸自己的腳……」

眞木彥神官說著閉上了嘴巴，古義人也沉默下來。而在他倆的沉默之間，時而從應該不算單薄的牆壁那一邊，——「喔——！啊喔——！」不斷傳來羅絲小姐生猛卻也可愛的叫床聲，久久，久久……

「我繼續往前念。」眞木彥神官仰望著壁鐘說。

其實，你會發現吾良的「脆弱」，根源上隱藏著更爲嚴重的另一樁事。

「加藤先生在這裡提出了大黃哥那幫人於和約生效前夕策劃向佔領軍基地發動武裝攻擊那樁事。爲此，他們需要從美軍基地弄出一批武器來——其實大半是韓戰中損毀的東西，能用的只有那麼一把手槍——被大黃哥策動的您，於是把吾良提供作接近美軍軍官的工具。」

不料，由於種種原因，在該計劃裡成了狀況外的這兩人，末了遭到大黃哥山上道場年輕人們粗暴地蒙上剛剛剝下的生牛皮，渾身血污，又髒又濕，「身心俱垮」的狼狽下山。此後，或因此番衝擊，數年之間兩人處於絕交狀態，唯獨距離那件事不到兩週的和約生效日那天是例外。當天（一九五二年四月二十八日）晚上，他倆秘密會晤，一起聽廣播，確定美軍於平安無事中結束佔領之後，吾良遂爲古義人拍照，然後分手，書上如此記述著。

「關於這一點嘛，古義人先生，我們實在不得不佩服具有學者氣質的評論家；因爲連我也知道您那張照片是一九五四年三月，在吾良先生母親再嫁的夫家拍的。加藤先生是用『我所謂奇妙和奇怪，是因爲……』這種說法來提醒大家那張照片已刊印在書本上。我也有著同樣的疑問。」

3

古義人沒有分辯，但關於這一點，並非沒有他自己的解答。和約生效那天深夜，拍照時，吾良執拗到幾近偏執的加以戲劇化。對於背景的氣氛營造也非常用心。他將一面鏡子放在古義人臉孔底下，四周鋪滿吾良講解藍波作品時古義人筆記下來的紙張。吾良一而再、再而三調整著那些紙張的重疊和散佈方式。後來古義人甚至感到頸部和肩膀都開始作痛，折騰了三個多小時，總算拍成一張照片。

將近天明拍完照片，古義人提議吾良也來拍一張，但後者沒有答應，這一點《換取的童子》裡也曾提到。

我大概會以動態的照片維生，你八成也不會玩相機，只會選擇筆耕生涯，所以，還是用你的筆寫文章紀念我吧。

不過，古義人並沒有在文章裡提到建議拍照留念的吾良所講的那番話，這話表明了他何以那麼拘泥於古義人拍照姿勢的理由。吾良幾近自虐的一再重複著說，從鍛鍊道場回來那夜，自己的情狀有多慘。

「我想拍下你也跟我差不多那麼慘的模樣。那天你既然找了個藉口臨陣脫逃，總該有那麼點責任感來回應我的要求罷？」

而兩年後，古義人投考東京大學，回程繞道蘆屋造訪吾良。吾良開懷相迎，拿出仍裝在照相館袋子裡的照片，說要兩個人一起看。然而，看著看著，吾良變臉了。他自己好像尙未看過那張照片，且似乎認爲要跟古義人一起看才有意義，這是古義人沒有想到的。

「我說古義人，我沒有說要拍這種照片罷？你應該了解我的意思，可你用表情……而且用整個身體的表情背叛了我的要求。

「我不是說過要拍下眞正陷入慘狀的你麼？當初要是沒有丟下我獨自落跑，而是留下來跟我一起，你也會變成什麼樣的情狀，我要拍的是這個。

「咱們從頭再來吧。如果你我的立場倒轉過來，我肯定會主動讓自己陷入同你一樣的慘狀的。」

如此這般有了第二張照片。之所以會耗到幾近天明，是因爲得利用吾良搬出來的筆記本和素描簿還原成古義人於松山學法文時作的筆記。吾良將相機安置到三腳架上，指示古義人該趴下的位置之後，便讓他一個勁兒作業，直到製造出足夠鋪滿鏡頭的一地廢紙……

眞木彥神官念出有關《換取的童子》裡刊登的照片令人起疑的那段評論——其間，古義人想起了第二次拍照當天晚上的事情——之後，來到了如下的一段。

更奇怪的是一直以來幾次三番描述那件事，甚且爲了將之形象化，而各自成爲小說家和電影導演所遭遇的那樁事件，說穿了，也不過是被年輕人們當頭罩上「生牛皮」這點意外事故而已。被吊足胃口的讀者期望落了空，遂有被耍了的感覺，再次埋怨「什麼嘛，這是！」

「不對，事情不是這樣。」古義人第一次提出反駁：「我要是讓讀者只能有這種解讀，那是我的能力不足……我所謂的那件事，是我和吾良在鍛鍊道場經歷過的全盤經驗；那就是我一直存疑過來的事件整體——彼得被逼著不得不提供數支槍械（儘管已經損壞），甚至一把還可以使用的手槍。末了彼得會不會是被大黃已無能控制的年輕人們所殘殺。」

「古義人先生文章裡並沒有足以認證那干人殺掉彼得的任何場景，也沒有您和吾良先生直接害死彼得的告白。彼得用手槍恐嚇這群年輕人，但沒有任何效用，反倒受制於一干人，這個場景引用自吾良先生的劇本。正是這個地方最『曖昧』。所以我才搬出彼得的『亡魂』，試圖引出您的告白。沒想到演變成您不要命的狂奔以致骨折的事態……眞個是鬧劇一場。

「無論如何，古義人先生始終在懷疑會不會是您倆害死了彼得，這個存疑構成您根本上的罪惡感。更糟的是您壓根兒沒法確定現實裡是否眞的發生過兇殺案。我說古義人先生，就是這點使得您寫的那件事曖昧不明。這可不是吃了四十年作家飯的人一句『能力不足』就可以唬弄過去的，因爲並不是您所有的讀者都像加藤先生那麼樣的老好人，把被罩上生牛皮那樁事認作那件事。

「我一度也想過，八成是出於對千樫女士的顧忌，您才不便表明自殺身亡的吾良先生是殺人共犯。加藤先生也引用的文章裡，您說千樫女士曾經講過下面一段話。

我不知道那課題是什麼，只覺得吾良是從你倆在松山，眞就一副鬆垮掉的狼狽樣子回來的那個深夜開始改變的。你們到底發生了什麼事？除非你把起碼你知道的事實，誠實的、毫不掩飾、毫不隱瞞的寫出來，否則我就只有一無所知。你我的餘生已經無多，我希望我們能夠誠實、不虛僞的過完我們的人生，也巴望你眞實的寫下去……。正如小明對四國老家的奶奶說的一樣，打起勁來坦然面對死亡，請你鼓起勇氣，只寫眞實的東西。

「如果千樫女士所言是眞，那末，您筆下不是應該可以寫清楚古義人和吾良這兩個青少年是殺人兇手麼？」

「可是——」古義人剛要開口，眞木彥神官便以強硬的語氣打斷他。

「沒錯。不管是當初還是現在，古義人先生都搞不淸彼得是不是被您和吾良先生害死的。我在調查本地傳說時候留意到一件事，就是關於被砸爛雙腳的一名美軍連滾帶爬逃出森林的那個傳言，會不會是身爲東大生的您寒暑假回老家時候，您自己向本地小孩散佈的？因爲這簡直就是初期的長江作品本身！

「我在松山幫忙靖國神社訴訟工作的時候，碰到「革馬派」還是「中核派」6的前學運分子。他正在串連組織廣島原子彈受害人的第二代，據他說，每逢需要張羅資金的時候，就上門拜訪您。

「在這種交往中，你們談到了學運中的內部派系鬥爭。軟弱得沒法拒絕強迫捐款的您當時堅定講出的一句話，始終留在他的記憶裡；那就是『殺人者必然被殺』。

「我說古義人先生，令堂過世之前，您一直對她懷抱著一種特殊的情感罷？關於這個，阿朝姐也曾對羅絲小姐說，你們母子間的情感比所謂愛恨交集還要複雜而矛盾。

「單是從您小說裡，便明顯可以看出您似乎有『只要母親還在世，就不能自殺』的反覆強迫傾向。即便如此，無論如何還是想自我了斷的時候，您是否很想告訴老人家您曾經殺過人，作爲想尋死的解釋？

「您領獎那夜，松山電視台播放了令堂的訪談。其中有這麼一句（雖然在稍晚的新聞節目中被刪除）：『古義人我是從小就不太了解他，他讓你覺得，原本加把勁就可以挽救過來的，但他就有可能蠻不在乎死掉，就是這麼一個自暴自棄的孩子。……』

「末了，倒是吾良先生自殺身亡了，但並不是『活得不耐煩』那種自殺；他的自我了斷完全符合了您在弔念吾良的文章中引用的但丁字句：

我的心靈憤怒，想到可以藉死亡免受誹謗，寧將不當之舉，行於我正當之身。

「好啦。加藤先生這篇論評的講解就到此為止。這並不是說其餘的不重要，正好相反，只是誠如令堂所言，您看似蠻不在乎就要自然殞滅，可一旦『崩解』了，就會有動不動就訴諸暴力的地方。我得保護自己。至於論評的後半段，您就自個兒看吧。

「唐吉訶德尋求『如果這麼做，必能揭發那個新故事作者的謊言，讓世人都知道他筆下的唐吉訶德並非在下』的方法。同樣的，您要是繼續讀下去的話，肯定會坐立難安的。

「……那末，我要閃啦。不過，羅絲小姐和織田大夫兩人也眞夠勇猛的！」

4

小說裡作者對那椿意外事故的寫法，讓我感覺到他正在透過『內行人看門道』的方式，向讀者傳達某種訊息。

古義人將雜誌湊近檯燈，邊看邊想，這應該指的是「蒙罩生牛皮」那件事，但那只是單純的「事實」而已。

然而，眞木彥神官也畫了旁線的那段評斷，卻讓古義人看得膽顫心驚。

那個事實即強姦與告密。換言之，按照我的想法，十七歲那年，古義人與吾良爲某種因素捲進大黃哥的舉事計劃，隨後形勢急轉直下，在山上遭到大黃哥年輕手下們洩憤性的雞姦式強暴，以致「身心俱垮」。兩個人於是起意將一干人的舉事計劃向當局檢舉，作爲報復或者對抗。結果，大黃哥的舉事計劃受挫。（爲此，往後許多年，兩人都被暗地裡伺機下手襲擊。）之後，除了四月二十八日當夜以外，兩人幾年之間不曾來往的這個經緯（＝作品中的事實A），務必建構在作品中原本的事實（B）——兩個人遭到姦污，爲擺脫那份恥辱，主動玷污自己這雙手（告密）——上面，始具意義。而猶如與戰後日本的重新起步相抗衡那般，古義人與吾良亦藉著玷污自己的手，向嶄新的世界出發。正因爲這樣，他倆才會想到有朝一日將以各自的作品闡明這個事實——這是我在閱讀中浮上腦際的脈絡。

古義人陡的站起，把雜誌擱到別墅套房裡附設的小小一塊電熱式金屬板上。等到開始冒煙，又啓動換氣扇，以免天花板上的煙霧感應器偵測到。不一會兒起了火焰，古義人一直守候到燃盡爲止。他把餘燼倒入流理檯澆上水，煙味立刻充滿房間。他聞著那氣味，爲免發出水聲，用少量的水——爲此，冰涼的水始終熱不起來——黯然沖了個澡。**這是我在閱讀中浮上腦際的脈絡**。「什麼嘛，你們這些混球！」古義人罵道。似乎被沖澡動靜吵醒的羅絲小姐聽到了聲音，正在跟織田醫師說著什麼。她要是看到我現在的樣子會怎麼說呢？古義人**想像著**。

「馬特．羅拔[7]說，塞萬提斯所以決定收尾，只是因爲對仿冒者加在他書本正篇裡厚顏無恥的剽竊感到害怕。古義人也必得把始自《換取的童子》的故事好好寫完才行……」

關緊蓮蓬頭，古義人一面擦拭冰涼的身體，一面在腦子裡編織著羅絲小姐的語音。

「我挺重要的人被搶走了。」他第一次有了這樣的想法。

上了床以後，猶如五十年前同吾良在佛堂背後洗澡那夜一般，古義人於黑暗中顫抖著。告密？這個字眼比鄰室重新揚起的叫床聲更加鮮活盤據在古義人腦中，至於強姦那個單字，則如熾烈的炭火，不停在腦子裡燃燒。

儘管記憶淸楚，卻仍有逸出事件進展脈絡的一些細瑣又懸而未決的情景。和約生效日深夜裡的那幾個鐘頭，古義人和吾良坐在收音機前面，等候著NHK的臨時插播新聞。過了午夜，確定什麼事也沒有發生後，吾良起意拍攝紀念照片。

原來對美軍基地發動自殺攻擊的恐怖行動——在對方看來應是武裝恐怖分子，其實能用的武器只有一把手槍，根本就是以挨槍送死爲唯一目的——終於胎死腹中。也就是說，連同私自從美軍基地運出槍械的事件，也不致受到警方傳喚了。古義人放了心。想必他這種天眞的認定，也反應在拍出來的照片上罷。

然而，拍照當天晚上，古義人剛剛走進吾良準備過夜的佛堂，住持便從主屋的居室那邊親自露臉——表示打電話來的並非一般玩伴——向吾良使了個眼色。接過電話回來的吾良，儘管形狀美好的寬額頭和眉根上透著幾分憂色，眼睛四周卻脹成一片桃紅……

吾良可是將大黃哥他們打算襲擊基地的情報傳達給美軍，而攻擊計劃仍如期發動了？果如是，正如敗戰次日於松山市內襲擊銀行那樣，大黃哥想必也受了傷——古義人乍乍來到此地時，大黃弟子給他的來信上就曾提及獨眼獨臂的大黃師。記得當初大黃哥到CIE圖書館來找古義人時候，有隻眼睛是紅通通佈滿了血絲，如今成了獨眼，肯定是起因於更加暴力性的某種事故。而除了僥倖逃脫的他這個人以外，參加攻擊行動的其他年輕人怕都給殲滅了。有關佔領結束當天基地遭到武裝攻擊的報導，應曾受到嚴密的控管。

如果來電通知「一切都結束了」的人是彼得，則古義人長達半世紀的殘殺美軍日語教官的疑團便宣告化解。然而，吾良爲什麼不告訴他這事？古義人氣血頓升的腦海裡，伴隨著埋沒多年的記憶影像，接二連三浮現躺在基地大門邊的日本青年營養不良的一具具屍體……

仿冒僞作者的想像裡，或許反倒有更正確之處……老年深自省覺的一日，古義人親手撩撥了半世紀之前吾良埋下的心靈之怒的火種（儘管是大量白蘭地帶來的醉意使然），讓自己投身於燃燒的烈焰之中……

古義人被滿是混亂的悲傷壓倒。輾轉反側中，自然而然呈現出第二次拍照之際，忍著痛苦按照吾良指示擺出的那種姿勢。

1 《唐吉訶德》出版後引起轟動，遂出現阿隆佐．阿貝里雅內達（Alonso Avellaneda）的續篇偽作，後世稱之為《偽吉訶德》（*EL FALSO QUIJOTE*）。

2 全共鬥為一九六八年到六九年間，於日本全國各大學成立的群衆組織。針對反學費上漲、校園民主化、撤回學生處分、反對轉移統合等議題展開涵蓋各黨各派學生在內的群衆運動，提出大學解體、自主管理種種訴求，以設路障封鎖交通展現實力，逼使校方出面協調。全共鬥起初甚獲學生支持，後因長期封鎖交通，加上運動轉趨暴力化而逐漸孤立，終至解體。

3 沖繩在二次大戰後由美國託管，直到一九七二年才歸還日本。

4 砂川抗爭，發生於五〇年代反對美空軍立川基地擴建計劃的抗爭運動。

5 加藤典洋（一九四八－　）為大江氏東京大學文學部法文科的學弟，文學評論家，現任明治大學國際學部教授，主要著作有《小說的未來》、《美國的陰影》等。

6 「革馬派」指日本馬克思主義學生同盟，亦即「革命的馬克思主義派」。「中核派」則為日本馬克思主義學生同盟中核派激進分子，與革馬派分離出來，主張以實力主義對抗國家公權力。

7 馬特・羅拔（Marthe Robert，一九一七－一九九六），法國文學理論家。著有《舊與新：從唐吉訶德到卡夫卡》、《起源的小說與小說的起源》等。

終章　發現「童子」

1

音樂廳出現於和緩坡道的上方。通往那兒去的紅磚道南側草坪上，殘留著一些以入侵態勢漫進來的森林植被。最高處是赤松和高山樺樹的疏林，林腳被灌木叢圍繞。古義人記得其中一棵特大赤松，從人頭高的地方開始，松樹幹的某些範圍出現一道道厚實條紋，再上去則伸長著帶有紅色光澤的光滑枝幹。陽光尚未照及地面，那樹皮卻已反映著薄薄一層雲籠罩之下開始燦白起來的天空。高山樺樹光溜溜的新葉叢，亦呈現著同樣的反映。

白鐵皮玩具士兵似的機動隊，行進中開始出現在視野裡的樹蔭窪地，相互間隔著距離整起了隊伍。他們好似從赤松與因雷擊而攔腰垂折的高山樺樹之間看準了示威隊伍正在接近，於是啓動。那是超過三十個人的隊伍。他們走下灌木叢，穿過草坪，朝著示威隊前方移動過來。看樣子，他們馬上就要封鎖紅磚道，採取迎擊這一方的態勢。

「哎哎，情節是這樣子編的麼？」黑野抱怨道：「我還以為機動隊諸君會因為膽怯而取消任務呢……這下子我們怎麼辦？」

「事到如今還有什麼怎麼辦？說的什麼話嘛！」麻井駁道：「現在只有全員一字排開挽手築成人牆前進！千萬別讓他們個別擊破；只好大夥集中在一起作正面攻堅啦！

「好在路已經平坦。只要衝散敵方隊伍，以你我的腳力，還是能夠奔到音樂廳去。封鎖線一旦突破，相信他們不致窮追到底，因爲那是違反遊戲規則。」

雖然人人都對所謂的遊戲規則不甚了了，但個個皆點頭稱是。

「我們跳蛇形舞讓他們見識一下可好？」織田醫師問道。

「在現階段那樣做又太過頭了罷！」黑野雖然制止，但聲音裡也透著緊張。

小小示威隊裡燃起的戲劇性鬥爭心，立刻互相感染。

「我們就照著麻井兄的指示，首先攬起彼此的肩膀吧。」津田呼籲大家：「這樣下去成不了形。標語牌就扔在那兒吧，眞木彥神官反正會去收集起來；他得送還給劇團。」

說肩攬肩連結成一道人牆，也不是一聲令下便能達成，忙亂間但見示威隊前方，已然下坡來到平地的機動隊伍，有了一個奇妙的動態。他們的表現顯示他們是經過訓練——或者是裝作受過那方面訓練——的團隊。他們移動得飛快。才剛現身，此刻已於前方三十公尺處，夾道展佈在草坪上。而這時候這邊做的只是商量要不要肩攬肩築成人牆，然後付諸實行而已。至於後方跟上來的那夥人，索性隔段距離停下來，袖手旁觀「長青日本會」的示威隊到底要採取什麼對應措施。

不料，展佈在前方的機動隊的動態越來越奇怪，他們三個人一橫排，組成十多排的隊伍，從赤松與高山樺樹的疏林那兒走下來。這個隊伍移動雖快，卻顯然有點變形；每排中間的隊員個個穩穩挺著向前移動，左右兩旁那兩個，儘管裝備絲毫不比他們同伴差，看起來總好像軟弱無力，甚至靠到中間那個隊員身上，拖拉著腳步一路下來……此刻他們三人一組，各組之間保持著固定距離向這邊挺進，只是每一組的左右兩個，都自兩旁倚靠著中間那個隊員！

「好個烏合之衆湊起來的機動隊。八成是做組長的怕不想幹的人臨時開溜，一左一右牽制住他們罷。」

「這正是方便於我們攻擊的地方。開始吧，讓我們一舉粉碎他們！」

麻井這一呼喊，肩攬肩的一夥人立刻起跑，就在同時，前方也有了出乎意外的動靜，各組當中那一個，居然競相離列返身退回方才稍高處的樹林裡去……

而留下來的機動隊，眞是要多散漫有多散漫！眼看肩攬肩築成人牆的一夥就要蜂擁而來，卻不見集結迎擊的動靜，總數二十來個人的團隊，也沒有要塡補空缺的樣子。就像以傾斜或後仰角度拍攝集團動態的錄影畫面刹時靜止，讓時間停格那樣……

「那可是在演默劇？是劇團的業餘演出麼？」

「瞧這些木頭人！」

「別小看我們。咱們眞的把他們打垮好不好？」

麻井嚷著，甩脫攬在一起的肩膀，逕自跳到行進中的一行人前面，轉過身來，踢腿示範起正步走的動作。在他前導之下，肩攬肩的示威隊儘管步調凌亂，倒是越來越快，終於撒腿奔跑，一路衝向機動隊。

機動隊員們穿上銀色護膝的腳沒入疏於修剪而過長的草坪裡，看起來就像擱在那裡忘記帶走的白鐵皮玩具士兵。不過，由於他們面東而立，從他們拉下護罩而發亮的頭部，便可知道示威隊的接近讓他們的身體有所動彈。

是「銀月騎士」小隊呢，古義人心想，那批二十多個士兵當中，哪一個才是藏在那兒等候我的參孫・加拉斯戈？

古義人想起納布可夫對唐吉訶德最後一樁冒險的論評——這個場面應可寫得精采動人，卻只見平庸無趣的描寫，塞萬提斯想必是疲於書寫了……而現在，「銀月騎士」的聯想也沒辦法令我振奮起來，顯然我也累了，古義人這樣想著。

然而，唯獨織田醫師可以說勁頭十足。

「怎麼有這麼溫呑的機動隊！這麼一堆爛傢伙，絕對可以徹底瓦解他們！……咦?!這是怎麼一回事？」

原來站在疏林那邊斜坡上的機動隊員，忽然傾身向前，全員接二連三滾落下來。示威隊奔近前去，發現那些機動隊員只是一些木頭裹上草繩，再加上裝扮的假人而已。但肩攬肩的這一隊氣勢並沒有受挫，在重新面向前方的麻井帶領下，踢翻、踐踏著東倒西歪的假人，轉眼之間衝破封鎖線，繼續狂奔。

示威隊在勝利的昂奮中一舉搶近音樂廳正面的階梯。麻井三步併作兩步跳上台階，一抬腳轉過身來，亢奮扯開喉嚨吶喊：「輕鬆得勝哪！來，我們來唱〈民族獨立行動隊歌〉的第二節！」

贏取民族的獨立，勿讓故鄉南部工業地帶，再度淪爲焦土。我們要以團結的力量驅逐暴力，打倒民族的敵人、賣國賊！

前進，前進，緊團結。民族獨立行動隊，前進，前進，向前進。

古義人他們大聲歌唱。固然由於厤井領導有力，要緊的是如今每個人不僅把握得住旋律，且還能信心十足唱出歌詞。大夥兒邊唱邊朝下看，只見剛才撤退的那夥人，從前方稍高處赤松與高山樺樹之間走下來。不折不扣真人裝扮的機動隊員，正在收拾散亂在草坪上的那些假人。而避開紅磚道聚集在北側的殿後示威隊，則看也不看機動隊一眼，兀自慢吞吞爬上來。

「你瞧那副甩甩搭搭模樣，個個都是要多鬆垮有多鬆垮！比起你我，他們眞個半點鬥志都沒有。媽的，這些勢利鬼！」厤井罵道。

事實上，比起將散亂一地的假人集攏成堆，重又穿越紅磚道，整好隊伍仰望著這邊的機動隊，後續的示威隊看來簡直就是在敵人進擊下倖倖然撤退的殘兵敗將。「從松山找來的這些傢伙，眞拿他們沒辦法。我看，咱們再來示範一次怎麼擊垮機動隊給他們看吧。讓我們用實力來打破他們質疑六〇、七〇年代示威運動的理論，也給眞木彥弟子那干臨時動員的機動隊諸君好看！」

「可千萬別上他們挑釁的當喔！」

黑野雖以具體內容曖昧不明的口吻刹了車，事實上他自己也明顯興頭十足。厤井從台階上跳落地面，施施然來到四個人前面，踮起腳尖踏起碎步，他忽左忽右帶領大家跳起蛇形舞。黑野第一個跟進，其他三個也加了進來。他們連走帶跑氣勢如虹的往前衝。

「長青日本會」的挺進簡直要把陸陸續續回到紅磚道上的殿後示威隊衝散，後者的慌亂讓前者更得勁兒，益發加快腳步，直逼排列在正側方的機動隊。眼看就要接觸之際，厤井制止肩攬肩的夥伴，加進隊伍裡，準備重新發出衝鋒令。

就在此時，白鐵皮士兵們與剛才那副笨拙模樣相反的，一腳踢開護膝，一路丟著盾牌對抗過來。

轉眼間麻井和黑野便各自被兩個機動隊員挾持住。他們一左一右挽起被捕者的手臂，三人連成一體，從草坪斜坡上飛快往下衝。跑在前面的那一組，在麻井抵抗下糾纏著倒在草坪上。而黑野居中的另一組，則更加快速朝下奔，三人各自後仰著身子，挽住的手臂卻不鬆開，三人一體形成的人牆就這樣蹦蹦跳跳衝下斜坡。周邊揚起了說不上是恐懼的慘呼還是尖銳的狂笑。

古義人只覺彷彿在幻視著吾良的劇本。在鍛鍊道場那群年輕人追拿下，給扛起來奔下這道斜坡，跌倒、滑落，再度被四、五個人抓住手腳，抬神轎般高舉著往下衝的彼得……

而夾住古義人的兩個白鐵皮士兵，也不容分說開始拔腿飛奔。喀嚓喀嚓作響的紙制服裝備起來的傢伙們，抱住他兩臂將他拖回草坡。古義人踢蹬著兩腳跳呀跳的，總算保住身體的均衡，但這等同委身於益形加速的狂奔。

身子逐漸後仰的古義人，被其中一邊拽了下肩膀，整個人不由得向前傾。他眼看著就要一頭栽向坡底，只得緊緊抓住另一邊的白鐵皮士兵，試圖穩住身子……

不久，古義人感覺兩旁攬住他的人已放慢速度，把他導向比較和緩的斜坡上去。他發現抓住他的兩個白鐵士兵，竟是眞木彥神官和阿由！

一股無以克制的憤怒襲上古義人心頭。他使出渾身力量掙扎，想恢復兩臂的自由。好不容易抽出了右手，卻讓仍被牢牢抓住的左手，拿自己的身體宛若擲鏈球般，畫起圈子來！漫空騰起的古義人，看到了赤松黝黑的龜甲花紋樹幹。古義人彷彿以自己的意志縱跳著一頭撞向那兒，一面振奮的心想，這下子反倒可以耍弄一下用整個體重穩住腳步，死抓住古義人左臂不放的白鐵皮士兵……

2

從柏林經由關西國際機場飛抵松山的千樫，偕同小眞、阿朝、和小明，到古義人的病房短暫探望。接著便是接受全國性及地方報紙、通訊社分社、以及電視記者們採訪。

千樫並沒有什麼想要主動發表談話，只覺所謂記者會就是這麼回事罷。靠得住的消息只有兩則，其一是古義人頭部遭到嚴重撞擊，至今昏迷不醒，再就是與她並無私交的黑野氏因心臟病發作而猝死。她是在法蘭克福轉乘的巨無霸噴射客機和飛往松山的機上看到報紙報導的。也聽腦外科專門醫師和始終陪伴一旁的織田醫師解釋過傷勢，但提及古義人意識狀態——出事迄今已逾三十個小時——總不出新聞報導的範圍。

短暫的對話結束，千樫正準備回到古義人加護病房所在的那層樓，小明兄妹等候在那兒的地方，地方報紙的兩名記者追上來發問。擔任千樫保鑣的羅絲小姐發現他們正是上回於十蔦地與她發生過爭執的兩人，忙著想制止，千樫卻站在原地接受訪問。

「長江先生等於跟一個外籍女性同居一室，你身爲妻子作何感想？」

千樫輕描淡寫回答得很乾脆：「我也在柏林跟一個德國男性同居一室。我們這把年紀的人，往往會去嘗試從未有過的生活方式。」

「理解長江先生初期的作品，後來又成爲多年批判者的迂藤先生，不是割腕自殺了麼？『腦血管栓塞之後的迂藤，已不是原來的迂藤。』遺書裡他凜然留下的這句話成了話題。」

「聽說那只是表皮傷，事實是喝了白蘭地，在浴缸溺死的……」

年長的記者從旁接過話頭：「要不是手腕流血過多，也不至於昏倒罷。」接下去沉重的說：「塙吾良導演也是喝白蘭地醉酒跳樓自殺的。」

「我在柏林見過對這事表示『遺憾』的日本電影研究者。」千樫說。

「我能了解妳覺得憾恨不甘的心情。這次的事也一樣。我們祈望長江先生能夠康復。只是即使康復重新開始寫作，寫出來的文章與從前的東西是兩碼子事的話，將會怎麼樣呢？」

「長江會怎麼做我不知道，但我希望他繼續寫下去。剛才也說過，壓迫他腦子的血塊已經去除了，但他們沒辦法確定什麼時候會恢復知覺，甚至到底會不會恢復……我們會等候他清醒過來。長江頂重要的一位編輯金澤先生，因爲腦出血抗病了多年。直到過世他都沒有清醒過來，可長江始終對他抱持希望。

「你剛才說即使康復，往後寫的文章會不會不再是他過往的東西，關於這點嘛，我不懂寫作，只是絕不容許他自殺。」

「長江先生既不是藝術院的院士，也不是文化有功人員，兩邊都領不到年金，太太和小明弟的日子可不好過囉。」

「這跟你有什麼關係？」

小眞一直以黯然的眼神望著母親，看似一隻全神貫注的小鳥兒，這時毅然起身，站到方才坐的沙發與隔屏之間。羅絲小姐立刻貼近她身邊，成爲阻擋記者們的一堵厚實的肉牆。千樫總算擺脫了意圖不明的一場訪談。

「眞不敢相信居然會有人提出這種問題！」羅絲小姐用重重的聲調說著歎了口氣。她繼續說：

「從古義人立場而言，千樫姐的回答是正確的，因爲我聽過古義人和眞木彥以該說比剛才他們那種講法理性得多還是文雅得多的方式談過這個話題……」

「吾良邊製作電影邊出書，當時看起來跟他相處融洽的編輯們，在他們出版社發行的週刊雜誌對吾良之死有所貶損的時候，也表現得毫不在乎。長江果眞死掉的話，只怕會被修理得更慘。即使人還活著，只要看準已經失去抵抗能力，恐怕馬上就……」

情況重又回到只有一味的等待——等待中，期望事態不要惡化，期盼能有好的轉機，哪怕一絲絲，一點點。過了一陣之後，小眞以同樣陰暗，但怒色已消的濕潤眼睛，向母親問道：「跟媽在柏林住同一個屋子的那個德國人，是什麼樣的人？」

「就是你們吾良舅舅女朋友浦小姐準備嫁的那個人。」

「千樫姐，妳是個很自豪的人。」羅絲小姐說：「我們家族是愛爾蘭後裔，我說這話或許有點奇怪，我覺得妳無論體態和相貌給人的感覺，都很像我家嬸嬸。初次見面就讓我好懷念。」

「我發胖了，這陣子又很少坐在榻榻米上，總是忙裡忙外的，所以體態就越來越像同年齡的德國婦人啦。」

「媽什麼時候要回柏林去？」

「不回去啦，因爲浦小姐信得過的同伴爲她請了個專職幫傭。剛才浦小姐還來過伊媚兒，說柏林現在是午睡時間。」

「千樫姐要能照顧古義人的話，我就可以放心跟織田結婚啦。謝了。」

「羅絲小姐，我才該向妳道謝呢。」

小眞原本低著頭，以異乎尋常的強勁搓著指腹的右手擱到身旁正在看《袖珍樂典》的小明膝上。後者有點奇怪，又有些好玩的把目光移向不再搓指頭的那隻手。

由長子開車來回了一趟眞木鎮的阿朝，於電梯前聽取織田醫師對古義人病情的解說之後，交給千樫一個紙袋和草綠色封面的薄薄一本書。阿朝心想，應該帶日用品和可以讀的什麼到醫院來，只是十蓆地的書房兼臥室裡就只有這麼一本日文小說，那是中野重治戰後出的第一本短篇集，她站著讀〈軍樂〉那篇以後，覺得不妨讓嫂嫂看看……

「當古義人決定成爲小說家，不得不撤回研究所的申請書，拜訪六隅老師報告這件事的時候，老師給了他這本書，裡面有中野重治的簽名，對古義人來說是很特別的一本書。他說過那是他矢志成爲小說家那天的紀念，他日停止創作小說時也要讀它。不定他已預感到有一天在自己生長的森林裡會發生這種情形。」

「哥哥偶爾也會撒撒嬌，不時對自己信任的人說我不再做什麼的那天之類的話。羅絲小姐就規戒過他最好少講最後一部小說這種話。（此刻，她正隨侍在古義人病房。）

「大概說的是中野自己罷，書裡描述的是因敗戰自軍中退伍回來的一個中年知識分子，自澀谷走向日比谷途中遇見美軍軍樂隊的故事。

「我心想，那是什麼樣的音樂？哥哥可曾探究過？便試著找一找，發現小明的CD旁邊有個厚紙箱，裡面裝的CD全是銅管吹奏的曲子。我把它搬了來，還放在車子裡，我那大兒子就在車上等著。小明，回頭我再告訴你書上寫的對那首曲子的感受……你跟小眞到車上找一找。我也帶來了可以用電池操作的BOSE電唱機。

「羅絲小姐在哥哥病榻旁不停的呼喚他名字……我就想著，由嫂嫂把哥哥或是六隅老師在書上用紅鉛筆畫線的地方念給他聽，或者讓他聽一聽軍樂隊的CD，這樣也許能夠成爲恢復神智的契機……」

小明對自己受託的工作話題特別敏感，早已站起，一臉莊重待命的表情。然而，千樫卻不是會直接應答任何事的那種性格，一方面也是長途旅行導致的勞累之故。

至於同樣因疲倦而臉上佈滿茶褐色雀斑的阿朝，也以很能表現她性格的方式繼續道：「……即使不再恢復神智，當作送給悽慘老哥的話和音樂，也是蠻合適的。」

3

他知道劇烈的頭痛馬上就要來襲。那是無可避免的疼痛。不過，此刻還沒有開始。腦袋剛才卡進昏暗水中細腰葫蘆般凹進去的岩縫裡。正想看清眼前景物，不料，兩耳以上的半個腦袋被凹陷的岩縫牢牢夾住。他恐慌了……緊接著，抓住他兩腳的那個「巨人」，使勁將他整個身體往岩縫裡塞，且狠狠的左右擰絞。

要命的劇痛令他發出無聲的叫嚷。能夠感覺到腦袋嗤嗤刺刺通過凹陷的岩縫。流自頭部的血形成煙幕，身體給推入濃淡不一的血水中，任憑水流沖下去。末了，他的背部卡在深淵出口的淺灘上斜斜靜止下來，他對著藍天喘氣。

搞不清童稚的自己何以要冒那麼大險，潛入大岩石細腰葫蘆般的岩縫去。岩縫裡視野開拓如一口橫放的大壺罐，淡淡的日光照出游來游去的好幾百條石斑魚。這些蒼藍中透著銀灰的石斑魚，一齊朝一個方向，與水流等速的，靜靜游著。數百個小腦袋這一側構成數百個黑點的數百隻眼睛，映出一個「童子」的面孔。

古義人被強烈吸引住，滿心想靠近去看個清楚。無奈才游向石斑魚那邊，便一頭卡入岩縫。他恐慌了……那「巨人」的手抓住他拍水的雙腳，擰絞著將他硬往裡邊推去，這一推，把他推向無比的疼痛……

頭不痛的時候，不，即便疼痛開始以後，有那麼一會兒，他總聽見顯然日語並非其母語的一個輕微女聲，不住從遠方與他說話。那聲音有時會突然靠近，變得非常清晰。可基特，可基特，那女聲呼喚著：cogito, ergo sum?[1]

「可基特、可基特，快醒來寫那部小說，就是森林裡躺著一個龐雜如一架巨大發動機的作夢者那部小說。

「『童子』們從森林的作夢者那兒出發，分散到世界各地去，然後再回到森林裡來。這種情形將永遠持續下去。可基特、可基特，你起意從永恆的時間裡切割出兩百年來編寫你的故事。我也不知道爲什麼是兩百年。

「我所知道的是森林深處龐大如一架發動機的那個作夢者——我想他原本也是個『童子』——他所夢見的，應是『夢的浮橋』。數不清的『童子』在不同時間裡渡過這座橋，到各種不同地方的工作場所，也就是現實世界去了。然而，作夢者絕不會錯失無數『童子』當中的任何一個。每一個『童子』的作爲都映入作夢者夢中的銀幕上。或者說夢中銀幕上合成的影像，傳送到不同時間不同的場所，在現實的場面中映現……

「有人像銘助先生轉世的『童子』那樣，在起義的農民走投無路緊急會商的場合，藉著作夢回到作夢者那兒討教策略。即使不是這樣，森林深處的作夢者仍透過睡夢，將指令傳達給分散世界各地的所有『童子』，給所有時光、所有場所的『童子』們。換上澳洲原住民族神話，就該是『永恆作夢時光』的『童子』們；那『永恆時光』不單是現在、過去，也涵蓋未來的所有作夢時光。

「可基特、可基特，我祈望你那兩百年故事的時間，能夠超出現在之後的未來！

「可基特、可基特，年邁而仍然愛動的你居然動也不肯動一下，是因爲回去森林深處，將腦子裡的回路連結到那架龐大的結構之故？你的腦袋變得那樣血肉模糊，爲的是連結回路這樁工程麼？可憐的可基特、可基特。

「果眞如此，則你現在應該在森林裡偎著作夢者，一遍又一遍重看放映在夢中銀幕上的所有影像。如能將那些影像化爲言詞寫在紙上，肯定可以成爲你一直想寫而沒能寫成的小說。此刻，與作夢者連上回路，觀看個不停的你，不就是『兩百年的孩童』麼？

「可基特、可基特，醒來吧！你雖口口聲聲自認是個老人，但只要醒過來回到這一邊，我認爲你就是一個『新的人』。請你想一想你常引用的布雷克的句子！即便緊閉雙眼不出聲，可像你這樣的人定能將它變成一個個鉛字浮現腦中。來，讓我們合起靈魂之聲，一起把它念出來！

Rouse up 'O' young men of the New age!

「可基特、可基特，你不是把這句譯作『新的人啊，醒過來吧！』？」

4

然而，爲什麼要醒來？此刻，我只要把揷頭揷入作夢者的回路，或者我自己的回路此刻就是森林作夢者的回路，則這個事態不就等同爬上森林成爲「童子」麼？我只要是大岩石裡邊深潭中幾百條石斑魚眼睛裡的「童子」就行了。那個時候，我何以要肯定且甘受即將來襲的巨痛，回到這一邊來？是因爲那「巨人」抓住我的腳擰絞著往回拖之故？果如是，此刻「巨人」既然沒有現身，我何以要主動承受那麼劇烈的疼痛，於痛苦中醒來？

那個「巨人」的手不可能再從細腰葫蘆般凹陷的岩縫裡，拉扯著我的腦袋將我拖回這一邊了。爲什麼不可能？因爲我仰臉躺到淺灘上總算喘過一口氣來的時候，「巨人」以粗重的腳步踩著砂礫爬上河灘去了。河灘東邊便是村落的火葬場。

即使在示威遊行當中也不浪費時間的那個人……是個醫師呢……一面爬坡，一面大談他正在讀的那本書。他引用德國哲學家的言辭談到「過去」——錯開視角（而不是錯開基準！），從那個部分重新出現積極的部分，亦即不同於原先被視作積極部分的另一種東西，然後將之無窮無盡延續下去……

說到「過去」當中，「成果豐碩」的部分，乃至「孕育未來」、「生機蓬勃」的「積極部分」，則我不是已經飽嚐過了麼？我沒有必要再重生一次，縱使重新來過，我的人生也沒什麼兩樣……滿場歡呼中，裹在燕尾服裡，對著北方的國王投以僵硬微笑，這樣又如何？

如若要重生，必定是爲了要給過往的人生虛妄、遲誤、死滅的部分賦予意義，直到整體「過去」

完成某種歷史性的回歸，進入現代裡來。——據說哲學家這樣寫著。

其實，一直以來，所謂的歷史或者現代，對我而言，都是太過沉重的言詞。果眞錯開視角（而不是錯開基準！）來回顧我個人的「過去」，則究竟什麼才算是積極的部分？

錯開視角……

一直持續到剛才的疼痛經驗，讓孩童的我癱軟的卡在淺灘上，仰臉承受日曬，慘然喘息著。而那個「巨人」——他那雙暴力的手，曾經抓住我腳狠狠的往回拖，讓我嗤嗤刺刺擠過細腰葫蘆岩縫的腦袋受傷流血——此刻縮小成嬌小的女人身影，卻以粗重的腳步踩著砂礫，爬上河灘，一路走向上游去了。倒臥河灘的孩童身上飄然出竅的靈魂，繞到女人前頭。靈魂看著面帶慍色，芳華猶存的那女子垂著長及下巴的大耳朵，擰絞水濕的纏布……

原來是母親！既然如此，那就不至於因疼痛而不成聲的大喊大叫著被拖回痛苦的「生」去了。母親已經死亡，在河上游舉行火葬，如今長眠於塵土中。過小的骨罈，裝不完母親瘦小身子燒出的骨灰，剩下的便只好撒入河流。數百條石斑魚想必都十足補充了鈣質和燐質。……

腦海裡浮現一個句子：「我要救自己！」那是與小林秀雄翻譯的藍波詩集同樣，吾良用創元叢書版的富永太郎詩集教我的詩句。於是新的認知出現了，此刻卡在這岩縫裡的我，正是塙吾良的朋友長江古義人……

十六歲的我與十七歲的吾良正在玩「語言遊戲」。「這輩子在道德上感到最丟臉的事。」吾良的答案是「被母親當場看到在手淫」。道德上？沒錯，吾良說。古義人的答案則爲「正準備自殺的時候被母親發現」。道德上？爲什麼不？古義人道。

「媽，您看透我不肯救自己，所以打那個時候起就一直生我的氣！」

古義人這才衝著自己主動引發的巨痛強烈絞動身子，疼痛立即開始。雖嫌太遲，他滿腔無力的憤怒，因爲無能控制繼續擰動身體而任由岩角碰傷頭部的自己。重生又有何用？即便重生，也不過多活個三、四年，且只是風燭殘年。

因古義人自傷口流出的血而開始混濁起來的潭水裡邊，數百條石斑魚向他投以質疑目光——牠們的祖先也曾向兒時的他投以同樣的眼光：你就是起死回生，又有什麼用？他於是回答那群石斑魚：

「硬要把我拖回『生』去的『巨人』之手既然沒了，我就得自己救自己！」

「古義人，古義人，怎麼可以這樣亂動身體？居然讓腦袋去碰撞點滴架呢！要知道你的頭部才剛開刀取掉血塊，又不像小明的腦袋那樣由塑膠板子保護著！」

他發覺在床頭對他說話的女人，就是長久以來同他一起讀《唐吉訶德》的那個女子。對了，與唐吉訶德共患難的「搬運手」，其名叫做洛西南特（Rocinante）。那女子說過，搬運手的名字既然來自岩石（roca），雖與玫瑰（rosa）無關，她還是很高興發起音來和她的名字羅絲相近。玫瑰與岩石？把我生到這一邊來的搬運手，也防止了我從岩縫裡擠向那一邊。而她已然在岩石上游的火葬場燒成骨灰，埋入塵土……

然而，現在不又出現了近乎母親那般的另一個女搬運手，交給了我一個「新的人」麼？他也不規避疼痛，將腦袋直通通伸出去，摸索著剛才出現的思維脈絡。更劇烈的疼痛來臨，不僅這樣，頭部還流出血來，微溫的弄濕半個臉……原來那是眼淚。

「古義人，古義人，你爲什麼流淚？很難受麼？也不曉得是怎麼回事？啊，到底會變成怎麼樣呢？千樫姐，請妳過來一下，古義人不再亂動，正在哭哪！居然在昏迷中平靜的……像個就要死掉的人那樣平靜的哭著哩！」

5

主治醫師和護士已經離開病房。小明兄妹也隨阿朝回眞木鎭去了。羅絲小姐坐到織田醫師正在假寐的看護床腳，仰望著高高的病床一旁椅子裡的千樫說：「妳眞是個堅強的人。我只曉得慌亂成一團大聲喳呼，妳卻安安靜靜以免妨礙醫師診治。……你們夫妻倆在深深的層次裡相通，我只待在淺淺的層面上，除了驚恐慌亂什麼也不能做。」

「我也很害怕……現在還是怕。我才是什麼都不能做，只曉得在一旁讀阿朝帶來的那本書。

「小明聽過阿朝解釋以後查了查CD……雖然很花了點時間，他從不同的CD裡選出了三首曲子。而小眞是說老爸根據談到佔領軍音樂方面的那本書，收集了可能有那種曲目的各種CD，可就是沒辦法確定是哪一首。

「那部小說很短，反覆讀了幾遍以後，我覺得還是大家一起聽的音樂比較對……小明說是按照他挑選的順序播放的。

「明天早上阿朝把小明兄妹載過來以後，我打算照著她的建議朗誦那本書給古義人聽。當小明替我從第一張CD重播一遍的時候，我簡直讀不下去，就怕會變得情緒化……」

「情緒化有什麼不好？那不是武士的倫理麼？不過，爲什麼是這個文本？」羅絲小姐顫抖著聲音問道。「我讀過，可是看不懂。爲什麼說『如此情境當不復再有』？事實上，有過兩次，有過三次，直到現在，同樣的美軍還在繼續的做。」

「我也不清楚。吾良和古義人爲了瘦小蘿蔔頭時候扛下的痛苦，一個自了殘生，一個留在人世苟延殘喘……我不知道阿朝是否有意爲他倆背負了一輩子的痛苦，向誰去說項打圓場……」

又過了一陣子之後，重讀同一本書的千樫，想起來對羅絲小姐說：「讓妳我這兩個同樣不很清楚的讀者練習朗誦看看如何？古義人不再流淚，而且好像在豎耳諦聽。爲免吵醒織田大夫，請用最小的音量播放CD，就從小明選的第二首曲目開始……」

新的音樂再度揚起。它令人覺得第一樂隊、第二樂隊，連同槍隊都靜止了下來。這要比剛才那份寧靜更加寧靜得多。樂曲進行至某個地方，男人突覺旋律以虎頭鉗般的力道攫住他。不諳音樂的男人，不知該如何對自己解釋。他感到幾令人顫慄與疼痛的什麼。對他來說，那旋律既不屬於西洋，也不屬於東洋，甚至是非民族性的；性質上就像是用清水去潔淨人的靈魂，無關乎諸國家、諸民族，毫不容情，卻又萬分憐恤的加以清理。

……………

寬恕吧，互相殘殺的人們。不得不帶著彼此殘殺的基因，卻又倖存下來的人們，寬恕吧。樂曲這份寧靜，彷彿就是從血流成河中產生的。如此情境當不復再有……無關乎諸國家、諸民族，毫不容情，卻又萬分憐恤的……

1 可基特（Cogito）為古義人的日語發音。"cogito ergo sum"乃我思故我在之意。

〈附錄〉閱讀參考資料

吳繼文

一、本書乃作者近年來一再演繹的，關於知識、記憶（自身／國族歷史）以及創作的「重讀 re-reading」行動又一體現，因此書中不免綿密充斥著自我指涉、引用、重複雜沓的內容；當我們脫離單一作品，試著綜觀作者創作生涯整體業績，或許可以生起較為客觀的理解和同情的體諒，以為此一行動彷彿針對同一命題的反覆書寫或重層設色。

二、如果將作者全作品納入以作者為中心的大同心圓，則本書（二〇〇二年出版）與公元兩千年發表的《換取的孩子》、二〇〇三年的《兩百年的童子》（《二百年の子供》，中央公論新社）構成的「童子三部曲」，或可視為一個小同心圓，一個緊密融合交疊的小宇宙。

三、其他與本書有著連帶關係的作品亦值得閱讀參照，如塞萬提斯的《唐吉訶德》、莎士比亞的《李爾王》和威廉・布雷克（William Blake）的詩作，如已有中文譯本的《萬延元年的足球隊》和《靜靜的生活》等。

四、本書中出現人物，許多都是以實在人物做為原型，部份可參考《換取的孩子》中文版書後附錄，其餘則在底下略做索隱提示。

五、序章第二節最後提到「約莫百把年前的俄國，不也有個到了這種年紀，離家出走，死在火車站的人」，所指即《戰爭與和平》、《安娜・卡列尼娜》作者列夫・托爾斯泰（Leo Nikolayevich Tolstoy，一八二八—一九一〇）；他在一九一〇年十一月十日因家庭以及信仰因素離家出走，於途中感染肺炎，十天後逝於莫斯科東南梁贊省的鐵路小站阿什塔波沃（Astapovo, Ryazan）。

六、序章第三節提到的挪威出身薩克斯風演奏家及其作品，即一九九三年楊・葛巴瑞克與希利雅合唱團一起演出的《晚禱》（*Offocium*, Hilliard Ensemble & Jan Garbarek）專輯。

七、第二章第四節提到的別子銅山，乃作者故鄉愛媛縣的新居濱市所轄位於海拔一千公尺之上的銅礦蘊藏，於元祿四年（一六九一）開始採掘生產，爲江戶時代重要輸出品，對日本產業現代化有著極大貢獻；一九七三因坑道浸水等危險而中止開採。

八、同第二章第四節出現的一個知名罪犯「歌德龜」，是出身愛媛地方、明治年間活躍於四國山區的傳奇大盜池田龟五郎，爲當時警方登記有案的犯罪超過千件。

九、第四章提到的迂藤先生，即文學批評家、政論家江藤淳，著有《成熟與喪失》、《漱石及其時代》等；一九九四年當選文藝家協會理事長，九八年愛妻亡故、中風，翌年出版《妻與我》同時辭去文協理事長職務後不久遺書自殺（一九三三—一九九九）。

十、第六章第四節古義人於斯德哥爾摩遇到的曾經被控性騷擾的紳士，是日本第一位諾貝爾獎選考委員、瑞典皇家學院院士矢野暢（一九三六—一九九九），他是東南亞研究權威，翁山蘇姬留學京都大學時的指導教授，因被揭發對一位以上的秘書多次性騷擾而辭去京都大學和瑞典皇家學院的職務。

十一、第八章第二節提到有著特殊設計音樂廳的學校，是作者母校內子町立大瀨中學；新校舍的設計者，也就是設計了備受爭議的京都火車站新站的建築師原廣司。

十二、第十章第一節提到一位古義人所肯定的英譯者，應是加州大學聖塔芭芭拉分校高島日本文化研究講座教授鍾・內森（John Nathan），他除了翻譯過本書作者的《個人的體驗》、《醒來吧新人類》外，也翻譯了三島由紀夫作品，並撰寫三島傳記。

十三、第十三章以後多次出現的「長青日本會」，其前身「年輕日本會」乃五〇年代後期活躍於文化、傳播界的菁英，爲參與反對美日安保條約的群衆運動而結合的左傾組織，參加者除了本書作者，還包括了武滿徹、寺山修司、江藤淳、石原愼太郎、谷川俊太郎、淺利慶太等，到六〇年安保條約簽訂後也就煙消雲散，但有些人仍維持左派色彩至今如本書作者，但也有像現任東京都知事石原愼太郎那樣成爲大右派的旗手。

十四、第十四章提到作者兩篇作品：〈把山羊縱放野地〉即一九八〇年發表的短篇〈替身山羊的反擊〉（「身がわり山羊の反擊」）；〈游泳者——水中的雨樹〉即一九八二年發表的中篇〈游泳的男子——水中的『雨樹』〉（「泳ぐ男——水のなかの『雨の木』」）。

十五、本書屢屢提及的童子信仰，普遍出現在各民族、宗教傳承中，比方基督教常見的「聖母與聖嬰」畫像，比方佛教的「儒童文殊」。嬰兒、孩童的潔淨與純眞，不沾社會化、世俗化色彩，身體亦處於中性（無性或者說兩性具有）狀態，既是來自過去（出生之前／大自然）的神祕，又含藏著未來成就神聖的（可能）種子，因此在（社會化的）大人眼中，幼童如神，甚至具有不可思議的力量。此或爲童子信仰成形之一因。

大師名作坊 91

憂容童子

作者—大江健三郎
譯者—劉慕沙
審稿—吳繼文
主編—葉美瑤
編輯—邱淑鈴
董事長—趙政岷
總經理—莫昭平
總編輯—林馨琴
出版者—時報文化出版企業股份有限公司
108019台北市和平西路三段二四〇號三樓
發行專線—（〇二）二三〇六—六八四二
讀者服務專線—〇八〇〇—二三一—七〇五・（〇二）二三〇四—七一〇三
讀者服務傳真—（〇二）二三〇四—六八五八
郵撥—一九三四四七二四時報文化出版公司
信箱—10899臺北華江橋郵局第九九信箱
時報悅讀網—http://www.readingtimes.com.tw
電子郵件信箱—big@readingtimes.com.tw
校對—余淑宜、邱淑鈴
印刷—勁達印刷有限公司
初版一刷—二〇〇五年四月四日
初版三刷—二〇二三年三月二十日
定價—新台幣四〇〇元

時報文化出版公司成立於一九七五年，
並於一九九九年股票上櫃公開發行，於二〇〇八年脫離中時集團非屬旺中，
以「尊重智慧與創意的文化事業」爲信念。

Urei Gao No Douji
by OE Kenzaburo

Originally published in Japan by KODANSHA LTD., Tokyo

ISBN 957-13-4276-9
Printed in Taiwan

國家圖書館出版品預行編目資料

憂容童子 / 大江健三郎著；劉慕沙譯. -- 初版.
-- 臺北市：時報文化, 2005〔民94〕
面：　　公分. --（大師名作坊：91）

ISBN 957-13-4276-9（平裝）

861.57　　94004047